U0635072

本书得到"南京大学白先勇文化基金"资助

南京大学白先勇文化基金·博士文库

主　　编　白先勇

执行主编　刘　俊

20世纪80年代以来
香港小说中的
"香港书写"研究

徐诗颖 ◎ 著

天津出版传媒集团

天津人民出版社

图书在版编目(CIP)数据

20世纪80年代以来香港小说中的"香港书写"研究 /
徐诗颖著. -- 天津 : 天津人民出版社, 2024. 11.
(南京大学白先勇文化基金·博士文库 / 白先勇主编).
ISBN 978-7-201-20549-6

Ⅰ. I207.42

中国国家版本馆CIP数据核字第2024QP3315号

20世纪80年代以来香港小说中的"香港书写"研究

20 SHIJI 80 NIANDAI YILAI XIANGGANG XIAOSHUO ZHONG DE "XIANGGANG SHUXIE" YANJIU

出　　　版	天津人民出版社	
出 版 人	刘锦泉	
地　　　址	天津市和平区西康路35号康岳大厦	
邮政编码	300051	
邮购电话	(022)23332469	
电子信箱	reader@tjrmcbs.com	

策划编辑	王　玶	
责任编辑	李佩俊	
封面设计	汤　磊	

印　　　刷	天津新华印务有限公司	
经　　　销	新华书店	
开　　　本	710毫米×1000毫米　1/16	
印　　　张	20.25	
插　　　页	2	
字　　　数	320千字	
版次印次	2024年11月第1版　2024年11月第1次印刷	
定　　　价	98.00元	

总　序

　　南京大学与天津人民出版社合作出版"南京大学白先勇文化基金·博士文库"丛书。丛书以出版青年学者研究台港文学的博士论文为主,出版由南京大学"白先勇文化基金"赞助,此基金乃由"赵廷箴文教基金"负责人赵元修先生、辜怀箴女士捐赠。丛书旨在鼓励青年学者对台港文学加深研究。文学是最能沟通人类心灵的媒介,通过青年学者的研究成果,把台港文学讲解介绍给读者尤其是高校学生,会产生良好的影响,使他们对台港的社会有更深一层的了解。

　　"南京大学白先勇文化基金·博士文库"丛书第一批包括以下列七本书:

　　林美貌:《台湾当代散文批评新探索研究》

　　王璇:《空间书写与精神依归——抗战时期旅陆台籍作家研究(1931—1945)》

　　肖宝凤:《消解历史的秩序——当代台湾文学中的历史叙事研究》

　　徐诗颖:《20世纪80年代以来香港小说中的"香港书写"研究》

　　蔡榕滨:《杨逵及其文学研究》

　　宋仕振:《白先勇小说的翻译模式研究》

　　李光辉:《联合副刊文学生产与传播研究》

这些论著涉及的领域相当广阔,具体如下:

　　台湾当代散文的质与量都相当丰富,散文家辈出,尤其女性作家数量甚众,值得研究。

　　在全面抗战时期有一批台湾作家旅居大陆,如钟理和、吴浊流、张我军、洪炎秋等,这些人的作品及生平,在大陆较少受到关注。台湾因经过日本50年的殖民统治时期,光复后,国民党撤退抵台,又一次经历大变动,历史渊源相当复杂,而历史意识常常反映在文学作品中。

　　20世纪80年代,香港涌现新一代的作家,如钟晓阳、辛其氏、董启章等,他们笔下的"香港书写"又呈现了一种新的面貌。

杨逵是台湾日据时代享负盛名的作家,他的政治背景复杂,曾参加抗日运动,遭日本当局逮捕,光复后,因言论触怒台湾当局,被判刑坐牢。他的生平与作品对当时台湾读者有一定的影响。

宋仕振的研究比较特殊,他研究我的小说的翻译模式,主要聚焦在《台北人》的英译本上。这个英译本,由我本人、共同译者尹佩霞(Patia Yasin)以及编者——著名翻译家乔志高三人合作而成。这个译本花了五年工夫,一再润饰修改而成,修订稿原件存于加州大学圣芭芭拉校区图书馆白先勇特别馆藏中。宋仕振研究译本的修订稿,得以洞悉《台北人》的英译本是如何一步一步修改润饰而成的。

台湾《联合报》是影响力最大的一份报纸,其副刊历史悠久,在台湾文坛享有极高的声誉,曾经培养出为数甚众的台湾作家,联副的文学奖也是台湾文学界的标杆。

这些博士论著,是"南京大学白先勇文化基金·博士文库"的第一批丛书,另外,还有一些博士论著陆续进入出版流程,如尹姝红的《大转折时期的旅美左翼知识分子研究:以郭松棻为中心》、陈秋慧的《新文学传统的延续——以20世纪50年代台湾文学教育为中心的考察》等。这些论著的出版希望能激励更多青年学者投身台港文学的研究事业。这项计划完全由南京大学中文系教授刘俊先生一手促成,特此致谢。

白先勇

二〇二二年四月五日

目　录

绪　论 / 001

第一章　"香港书写"的历史演变 / 033

　　第一节　"香港书写"的发生:20世纪70年代及其以前 / 033

　　第二节　"香港书写"的转折:"九七"回归过渡期 / 039

　　第三节　"香港书写"的深化:后"九七"时代 / 042

第二章　混杂性:流徙空间下的香港文化身份特征 / 045

　　第一节　寻找根源文化身份的虚妄 / 045

　　第二节　展开城市空间叙述的多元想象 / 054

　　第三节　建立超越中西话语支配的"第三空间" / 063

第三章　历史眼:百年"香港"的重述与新构 / 074

　　第一节　双重颠覆性叙述声音 / 077

　　第二节　个人/集体口语体的叙述方式 / 090

　　第三节　充满象征意味的家族书写 / 105

　　第四节　多声部交错的空间叙述 / 119

第四章　失"物"志:为"消逝"的香港形塑与作注 / 138

　　第一节　重塑"香港"的记忆与形象 / 140

　　第二节　为香港这本书下"脚注" / 150

　　第三节　钩沉已消逝的文化经典意象 / 160

第五章　"我"与城:新时空下的出走与困境 / 173

　　第一节　本土转向:"香港意识"与"失城小说" / 174

　　第二节　流离异乡:自我精神的困顿与分裂 / 177

　　第三节　此地他乡:异化都市生态下的陌生与疏离 / 184

第六章　省思:重返与书写的限度与可能 / 210

　　第一节　如何重返,怎样书写? / 211

　　第二节　重返的限度:身份建构中的游移与含混 / 228

　　第三节　书写的可能:重撷失落的东方美学 / 247

结语　走向人文复兴的"我城" / 272

参考文献 / 275

20世纪80年代以来香港小说中的「香港书写」研究

绪　论

一、研究缘起

综观香港小说的研究成果,归纳起来大致有:作家论、香港新文学时期小说研究、香港都市小说研究、从"小说与香港"的互动关系中提出叙述香港文学的框架、探究香港小说的都市化形象及叙事范式、考察香港小说的人物形象、香港小说的跨媒介叙事研究、香港南来作家的身份建构研究、香港女性小说的身份书写研究、香港言情小说研究、香港现代主义小说研究、香港武侠小说研究、香港小说里蕴含的"香港意识"嬗变研究等。选题范围较广,包括文学的内部研究与外部研究,且较为集中在当代香港文学时期,不少成果也已触及香港文学研究的核心问题,比如香港武侠小说研究(袁良骏、严家炎等学者)、香港现代主义小说研究(许子东、黄劲辉等学者)、香港小说史编写的研究(黄子平、王宏志等学者)、想象"香港"及其叙事方法研究(赵稀方、蔡益怀等学者)、香港文学的文化身份及其书写研究(白杨、王艳芳等学者)、香港南来作家的身份建构研究(计红芳等学者)、香港文学的跨媒介叙事研究(凌逾等学者)等。这些具有代表性的研究成果主要集中在当代香港文学时期是可以理解的,因为自20世纪50年代以来,内地环境的变化,"改变了前一时期香港文学与内地文学联系密切的互相延伸、互补乃至互相叠合、印证了同步发展状况,使香港文学逸出内地文学发展的轨迹,形成了当代中国文学在不同地区各自发展的分流状态。在香港特殊的政治、经济、文化环境和社会发展中,香港文学逐渐形成了自己既迥异于三四十年代,也不同于同时期内地的文学存在形态,伴随着工商经济和都市社会的发展,建构了自己作为都市文学的文化品格和文学形象。因此无论从哪一方面说,这都是香港文学的一个迥异于前的独立发展时期,一个无论从文学队伍构成、文学存在形态和文学自立精神等都与二十年代至四十年代的香港现代文学阶段相区别的一个新的当代发展时期"①。也就是说,要想真正获悉香港文学独立发展的品格和特色,就要把目光聚焦于当代香港文学时期。为此,本书首先把研究范围确立在当代香港文学时期。

在研读能搜集到的香港当代小说后,笔者尤为感兴趣的是作为都市文化及其文学精神接受的主体,香港作家(包括南来、外来及本地的)是如何通过小说来书写他们所处的境遇、表现丰富的心境及独有的思考方式,而这些复杂性的体验又如何通过书写与"香港"产生联系,以此追索香港当代作家的精神谱系。也就是说,重点关注城市作为精神因素在叙述主体层面所起的作用,而这种精神因素包括"人的生活、人的体验、人的关系的变化,以及种种对人的理解、体悟的变化"②等。毫无疑问,小说的背后实际上寄寓着作家对所居住城市的独特理解。虽然已有成果以不同方式对相关研究做出诸多积累,但目前研究者集中聚焦的是叙事对象与城市空间的联系,还没有对城市文化与叙事主体的相关性进行充分的研究,对小说所反映出来的作家体验、文化心理、审美精神、创作规律及港人精神脉络走向缺乏系统而深入的分析,比如着眼于"小说和都市"互动关系的《小说香港》,试图突破以往文学史采用线性叙述的传统模式化框架,以构筑出叙述"香港文学史"的新视角;对于香港文学文化身份研究的成果,它们更多着眼于作家和小说的"文化身份"建构问题;而跨媒介叙事研究,则从"形式"的层面探索香港文学新形态。美国加州大学理查德·利罕教授曾指出:"城市是都市生活加之于文学形式和文学形式加之于都市生活的持续不断的双重建构"③;"当文学给予城市以想象性的现实的同时,城市的变化反过来也促进文学文本的转变"④。实际上,如果能从主体性的文化心理和审美精神出发来考察文学与都市的关系,那么我们就可以对"香港书写"的创作规律、走向及其特质做出符合语境的阐释和总结,甚至可以对港人在每个阶段反

---

① 刘登翰主编:《香港文学史》,人民文学出版社1999年版,第193~194页。
② 也斯、陈智德:《文学对谈:如何书写一个城市?》,《文学世纪》2003年1月号。
③ [美]理查德·利罕:《文学中的城市:知识与文化的历史》,吴子枫译,上海人民出版社2009年版,第4页。
④ [美]理查德·利罕:《文学中的城市:知识与文化的历史》,吴子枫译,上海人民出版社2009年版,前言和致谢第3页。

20世纪80年代以来香港小说中的「香港书写」研究

映出来的心态有更深入的体会,以此走出某些文化语境阐释的局限,并达成一些新的文学认知。

　　暨南大学中文系饶芃子教授曾对"如何建立海外华文诗学体系"发表过自己的看法,她认为:要建立海外华文诗学体系,寻找这一领域可以建构体系的"网结"和"基本词汇",由它们构成体系,因为它们是存在于海外华文文学深处的"理论真实"。我们要走向这一"真实",深入地理解作为一个学科"路标"的特殊诗学范畴的性质、功能、特征、系统性等问题,为建立一门经典学科奠定良好的理论基础,也使其在世界性汉语诗学中的地位具有一定的规范性和科学性。①饶教授这番话对香港文学诗学体系的建构也是具有启发性意义的。在考察香港当代小说时,我们也要从中总结出蕴含在每个时期香港小说中的共同路数、创作规律,以及作家共通的心理机制,从而寻找这一领域可以建构诗学体系的"网结"和"基本词汇",为探索香港文学自身的理论问题(香港文学诗学问题)奠定基础。目前香港文学理论体系同样在建构之中,饶教授向我们道出了一个任重而道远的任务。这种体系的建构还是要建立在对具体作品的创作规律和特质,以及对作家的审美精神和文化心理的把握之上。在逾70年的香港当代文学发展时期,作家们对城市的印象到底是如何的,在其中居住会产生什么体验,又是如何通过不同的书写方式来表达这些体验的? 带着这些疑问,在对作品进行全面分析后发现,实际上"香港"是不少香港作家一直以来高度关注的话题,而且成为他们笔下的"故事"和"谈话"的对象。相应地,"香港书写"成为香港当代文学非常显著的书写形态之一。中国城市文化研究专家高小康曾对城市书写作为发掘城市形象文化内涵的可能性做过如下分析:"把城市看作'故事'和'谈话',意味着对城市作为具有意义内涵的文化文本或'叙事'进行理解、阐释和研究的可能性。事实上在叙事作品中出现的关于城市的叙述就是人们想象和释读城市的经典方式,也是构成社会主流意识和一般公众心理中城市想象的典型方式"②;"对这种

---

　　① 饶芃子:《拓展海外华文文学的诗学研究》,见中国作家协会理论批评委员会编:《中国文学理论批评文选.2003卷》,作家出版社2004年版,第360页。
　　② 高小康:《当代中国叙事中的城市形象》,见田根胜、黄忠顺主编:《城市文化评论.第8卷》,花城出版社2012年版,第71页。

城市想象的研究是认识中国当代城市文化内涵的重要途径"①。因此,研究"香港书写",实际上是可以作为进入香港文学诗学体系建构的一个重要环节,也是认识香港当代城市文化内涵的重要途径。这些均成为本书的价值和意义所在。

"香港"之所以能够成为香港作家高度关注的书写对象,是因为生活或迁徙于这片土地上的人本来或逐渐将其视为"家园"。"家园"母题在中国文学史上早已有之,这反映出中国文人有着强烈的家园情结。中国当代文学的"家园"母题既是对古代文学"家园"母题的继承,同时又具有开创性。这种开创性不仅可弥补文学史书写的不足,而且也可重构文学史上一些传统母题的模式及深化其意义,而这也适用于涉及"家园"母题的香港当代小说。"家园"一词在汉语中原本是对出生和栖居之地的经验性表达,它寄寓着熟识、亲近、眷恋、舒适等情感性因素,诱发着人的乡情、亲情和思乡感、归家感。②海德格尔诗学中的"家园"充满了诸多形而上的意味,如"接近源泉之地""接近极乐的那一点",且与"存在的敞开""诗意地栖居""澄明之境"等相联系。他认为家园(源自荷尔德林的名诗《返乡——致亲人》)"意指这样一个空间,它赋予人一个处所,人唯在其中才能有'在家'之感,因而才能在其命运的本己要素中存在"③。因此,"家园"的内涵既包括出生和栖居之地的地理要素,也包括人们追求回归心灵原乡的精神要素。现代人对"家园"的阐释更接近于海德格尔的阐释,隐含着对人文家园守望的形而上意义。由此,对"家园"意义的追寻实际上也与人类对三大哲学难题的终极追问是一致的,那就是:我是谁? 我从哪里来? 我要到哪里去? 对于港人而言,由于有不少人是从内地或其他地区迁移而来,所以他们眼中的"家园"也经历了诸多变迁,但随着在此落地生根,终归还是将香港视为命运共同体。

---

①　高小康:《当代中国叙事中的城市形象》,见田根胜、黄忠顺主编:《城市文化评论·第8卷》,花城出版社2012年版,第72页。

②　王又平:《新时期文学转型中的小说创作潮流》,华中师范大学出版社2001年版,第47页。

③　[德]海德格尔:《荷尔德林诗的阐释》,孙周兴译,商务印书馆2014年版,第15页。

对于被称为"借来的地方,借来的时间"①的香港,"流动性"和"混杂性"(hybridity)成为它典型的文化风格。可以看出,"香港过去一直都是一个让人流徙、穿梭和随意进出的地方"②,所以生活在这片土地上的人会产生不安全感和漂泊感。这种"中途站"及"过渡"的空港角色与香港一百多年的受殖民统治历史与身份是有着密切联系的。因此,"寻找家园"便成为港人渴望寻求归属感的重要表现。随着20世纪70年代香港经济的逐步腾飞,不少港人(尤其是二战后在香港出生或成长一代的长辈)看待这片土地由持有随时会迁走的"过客"心态逐渐演变为产生"家在香港"的认同感。"香港意识"在他们心中萌芽并根植于内心。真正的"香港书写"也是从这个时候开始的。在20世纪中后期,香港经历了一系列不平凡的大事。特别是"九七"回归的到来,更加激发并巩固了港人视"香港"为家的"香港意识",纷纷聚焦香港未来的出路问题。到了后"九七"时代,香港同样经历着各种浮沉,人文精神的传承遭遇断裂的危机。于是,"本土"重新成为香港社会的热点话题,并成为作家聚焦"我城"现状与未来的重要书写对象。然而从香港近些年所患的"症候"可知,"香港意识"有走向日益狭隘、封闭,乃至自我膨胀的危险。从20世纪80年代开始,"香港意识"表现出更加复杂曲折的面貌,因而"香港书写"也进入深层次拓展的时期。可见,"香港意识"与"香港书写"之间是紧密相连的。二者的关系也极大影响着作家如何看待香港,以及如何选取适合表达这种印象的创作方法。这便成为本书拟选取"20世纪80年代以来香港小说中的'香港书写'"作为研究对象的原因所在。

二、对"香港书写"的界定

要想使本书的研究得以顺利进行,就要集中对"香港书写"的含义做清晰界定。

---

① 此概念是时事评论者晓士(Richard Hughes)在1968年创造的,在香港传播甚广并逐渐成为形容香港这一空间特色的"代名词",从中可窥探出香港与内地的微妙关系。详细参见晓士的 *Hong Kong, Borrowed Time*(London:Andre Deutsch,1968)。该书1976年修订再版时易名为 *Borrowed Place, Borrowed Time:Hong Kong and Its Many Faces.*

② 洛枫:《盛世边缘:香港电影的性别、特技与九七政治》,香港牛津大学出版社2002年版,第159页。

由于本书聚焦的体裁为小说,所以其他体裁(如诗歌、散文和戏剧影视等)则不在本书所界定的"香港书写"范畴内。虽然"香港书写"在诗歌和电影里都有较为广泛的呈现(尤其是取得瞩目成就的电影),但为了能使本书产生更为集中的信度和效度,所以乃选取小说这一香港文学中的主要叙事体裁作为考察对象。与此同时,在文学种类的选取上,本书聚焦的是香港严肃小说范畴,暂时搁置对香港通俗小说等消费性文学的讨论。香港文学自身的包容性和混杂性,导致各类消费性文学的产生和蓬勃发展(包括言情、武侠、科幻及报刊上的框框文章等)。内地学者刘登翰曾指出:"文学的消费现象是都市文学或都市文化不可回避的命题。"①然而,由于香港的通俗小说发表和出版的渠道众多,质量也参差不齐,笔者难以在短时间内对其整体状况作出一个较为客观的评价。受篇幅与能力所限,本书拟集中对香港严肃小说进行论述,以后再对其他文学体裁(诗歌、散文和戏剧影视等)和文学种类(消费性文学等)做更进一步的探讨。此外,进入本书研究范畴的香港小说语种为华文。对于语种的强调,是为了与在香港创作、发表或出版涉及的,与香港相关的非华文语种的小说进行区分。香港曾经受英国殖民统治,所以产生过大量与香港相关的英文小说。据内地学者赵稀方的考察,较早反映香港的英文小说是1895年同时刊行于英国和美国的由 W. Carlton Dawe 撰写的小说集 Yellow and White(《黄与白》)②。到了20世纪,书写香港的英语文学中影响较大的是克莱威尔的两部小说 Taipan(《大班》)和 Noble House(《望族》)。当然,还有毛姆的《彩色的面纱》(The Painted Veil)、理查德·梅森的《苏丝黄的世界》(The World of Suzie Wong)等。尤其是《苏丝黄的世界》(The World of Suzie Wong),在香港和西方世界都产生了较大影响,成为西方学界用来诠释东方主义的典型范本。

---

① 这句话的出现源自笔者请教刘登翰教授关于香港文学混杂和包容特色的相关问题时,刘教授提醒笔者要注意香港的通俗文学大量存在的情形。此外,时任香港大学饶宗颐学术馆高级研究员、副馆长(学术)郑炜明也提醒笔者需要注意此类特殊文学现象的存在。如不探讨该类现象,则需要在定义"香港书写"时作出说明。

② 赵稀方:《小说香港》,生活·读书·新知三联书店2003年版,第31页。

　　"书写"的法文为écriture,英译为writing,而法国理论家罗兰·巴特①的同一法语词汇却被汉译为"写作",也许巴特比较"文学"之故。在此统译为"书写"。②到底翻译为"写作"还是"书写"呢? 有内地学者认为,将writing一词译成写作,则近乎马克思、萨特的传统;而译成书写,则近乎巴尔特、德里达的传统。③实际上,这种硬性区分的必要性是不大的。如果要在汉语语境中做出抉择,那么"书写"是首选。当然,这只是一种较为便宜的做法。如果从学理上进行分析,那么这种区分还是有缺陷的,也直接影响到本书在"香港书写"还是"香港写作"二者之间的抉择。

　　本书认为,"书写"是建立在"写作"的基础之上而指向更为广阔的视域。一方面,按照传统意义上的理解,"写作"指的是创作者的文学实践及其相关活动。巴尔特在这种传统理解的基础之上创造出新的意义,将"写作"视为文学形式上的要素和价值,形成"具有意图性的语言",指向作家的姿态、意图或立场的表现,让语言形式获得了一种独立于字面意义之外的所指,从而赋予文学形式的主体性。因此,巴尔特曾宣称:"书写永远植根于语言之外。"④实际上,巴尔特所理解的"写作"是试图将语言学与马克思主义的观点结合起来,以此强调语言关系中所蕴含的社会关系性。如果将巴特与马克思主义的观点做硬性区分,那么就会割裂二者之间的关联性。与此同时,巴特吸收了语言学家本维尼斯特的话语理论。按照本维尼斯特的一种直观的说法,语言结构就是社会性本身,⑤从中批评了索绪尔语言学中关于能指与所指的二元对立结构,忽视了语言主体与语言间关系的复杂性。可见,在文学形式的意图表现层面,"写作"与"书写"的使用是可以互

---

　　①　因时间、地点不同,有的书译为"罗兰·巴特",有的书译为"罗兰·巴尔特",本书在引用、说明时均保留原貌。

　　②　林少阳:《书写》,见赵一凡等主编:《西方文论关键词》,外语教学与研究出版社2006年版,第528页。

　　③　周志强、邝波:《书写:作为文学理论范畴》,《新疆大学学报(哲学社会科学版)》2001年第4期。

　　④　[法]罗兰·巴尔特:《写作的零度》,李幼蒸译,中国人民大学出版社2008年版,第14页。这里被翻译成的"书写"实际上指的是"写作"。

　　⑤　[法]罗兰·巴尔特:《法兰西学院文学符号学讲座就职讲演》,见《符号学原理——结构主义文学理论文选》,李幼蒸译,生活·读书·新知三联书店1988年版,第13页。

通的。

另一方面,"书写"是一种动词性的表达和动态化的行为,相较于"写作"着重聚焦文本内部形式所表现出来的作家意图本身,"书写"还发掘影响作家意图的文化、历史、社会、政治等各个层面的语境。在德里达看来,"书写"可以从"声音"①(="意识"="世界")这一在场性主体中逃逸,形成自成一体和永远开放的品质,从而呼唤多元他者世界的出现。斯皮瓦克认为这是德里达对意识与主体等同性的摒弃,而德里达也对此做过详细的阐释:由于文字既构造主体又干扰主体,文字自然不同于任何意义上的主体。我们决不能将文字纳入主体范畴之下……作为文字的间隔化是主体退席的过程,是主体成为无意识的过程……文字主体的本源性的缺席便是事物或指称对象的缺席。②这种"间隔化"也就表明德里达希望书写能从超念主体中逃逸,并成为"书写"中的重要特征。所谓的"间隔",就是"空间和时间的结合(artic-ulation)、时间的空间化和空间的时间化"③。由此可知,他想摆脱结构主义理论中静止、封闭的"结构"意图,"书写符号有着与自己的语境(context)断裂的力量"④。"书写"为摆脱单一时间与语言的线性序列而发挥出多元共生的作用,是在以马克思、萨特介入现实和政治的"写作"传统基础上呼唤多元他者世界的出现。可见,与"书写"对应的是开放和动态的文本,而不是封闭和静止的作品。由此出发,本书使用"书写"而不是"写作",是因为作家以"香港"作为叙述对象进行创作,形成的文本不仅仅局限在文学形式的探索,而且还可从中看到"叙事主体与城市文化"之间的互动关系,发掘出与作家意图形成相关的文化、历史、社会、政治等层面的语境。这与学界当前的研究形成非常紧密的关联,也在香港小说这一特定语境中形成了"书写"自身的含义与范畴。

---

① 这里提到的"声音"一词源自德里达所提出的"双重书写"概念。他批判胡塞尔现象学还原和超验性经验,以最终颠覆整个形而上学体系的根基"声音/书写"序列。也就是说,与声音断裂的文字"不再对应任何欲望。甚至它表明了它自身于欲望中的死亡"。[法]雅克·德里达:《论文字学》,汪堂家译,上海译文出版社2005年版,第455页。

② [法]雅克·德里达:《论文字学》,汪堂家译,上海译文出版社2005年版,第97~98页。

③ [法]雅克·德里达:《论文字学》,汪堂家译,上海译文出版社2005年版,第96页。

④ 此句翻译引自林少阳版本,林少阳:《书写》,见赵一凡等主编:《西方文论关键词》,外语教学与研究出版社2006年版,第537页。

若放在香港小说的语境下,用"书写"确实比"写作"更为合适,因为这与如何理解"香港书写"中的"香港"密切相关。实际上,能被归入"香港书写"范畴的香港小说可以有广义与狭义的区分。广义的"香港书写"指的是外来和本地作家在香港的创作活动。狭义的"香港书写"指的是根植并属于香港的小说,具体涵盖以下三个方面。第一,作为一个地名的存在,将"香港"视为一个想象的共同体(包括行政、地缘、经济和城市文化形态等)进行书写,使其具有作为整体性对象的考量。第二,小说"香港",即书写被作家想象和形象化后的各种各样的"香港"。第三,具有清晰、醒觉或潜在的香港意识,使得小说体现出香港本土性特征的元素。在此需要强调的是,"香港书写"只是一个相对性的概念,并具有可持续生发的可能。因此,本书拟将广义和狭义的"香港书写"视为一条主轴的两端,而这条主轴是具有普遍性质的,属于其中的作品均可视作"香港书写"。①有了这些对象(包括时间、空间、地理、身份等)指涉的区隔,我们就可以将"香港书写"与其他类型的书写(比如女性书写、民国书写、义和团书写等)作出相应的区分。当然,如果要对相同景观类型的书写作出区分,那么这就要对"香港"一词作出符合本书研究向度和语境的理解和阐释。对此,香港学者陈德锦提出一个值得我们深思的问题:"'香港'是一个不变的符号还是可任意解释的能指?'香港'是否是一个能为我们解惑(demystified)的开始键?"②

在本书的研究语境里,"香港"是一个具有时间流动和空间变动的相对性概念,具体包含以下三个方面。第一,作为实体意义空间的"香港"。作品反映在这个城市里生活的人及其在某个时空发生的事。简而言之,就是在题材和风格等方面要呈现出香港特色。第二,作为构想意义空间的"香港"。香港是多元文化共生之地,其独特的移民文化造就了历史断裂的时间属性和流徙开放的空间属性。因此,"混杂性"成为香港这座城市重要而独特的文化身份特征。同时,这种"混杂性"是在以岭南文化为主要形态的中华文化与西方文化的交融碰撞中逐步形成的,而中华文化是构成这种混杂性的主要底色。在书写香港时,作家笔下流露出来的都市文化品性与气

---

① 笔者产生对"香港书写"的概念需进行广义和狭义的区分,以及就相应内容进行阐释的想法,均受益于南京大学文学院傅元峰教授的详尽建议启发。

② 陈德锦:《想一想本土文学——兼谈香港的文学批评》,(香港)《文学评论》2011年总第15期。

质必然与混杂性的文化身份特征是有所关联的。否则,作家就不能真正讲出地道的香港故事。第三,作为感知意义空间的"香港"。这关乎香港作家在香港社会、历史、文化等层面触发下的所思所感,也就是我们所说的"香港意识"。

这种所思所感,具体表现为三点:首先,牵涉"香港书写"里是否体现出作家从香港的生活土壤里生发出来的香港意识和香港情怀,也就是要有从香港社会历史生活经验中产生的在地关爱情怀和香港的文化精神,用香港作家陶然的话来说就是能体现出"对香港身份的认同"①。其次,表现出香港文学的本土性特征,香港学者蔡益怀曾对这种"本土性"作过如下阐释:"真正的本土性更多地表现为一种人本关怀,一种由生活出发形成的人文经验与情怀,经内化而形成的观照方式与表达方式"②,具体包括"书写的内容是否接地气,是否承载了一种地方经验,是否表现出了港人的生存处境与社会历史经验,是否表现出了本地的人文风情,人生百态"③;"以道地的香港眼光审视香港的历史、香港的经验、香港的社会人生,以道地的香港话语言说香港的故事"④。最后,在表现艺术的层面,展现多元文学形式,运用与中西文化交融背景相契合的书写方式及表现手法,从中呈现出香港文化的语境、品位和气质。⑤这三点能否实现,与第二层面所提及的香港文化身份特征是不可分割的。与此同时,有了第三个层面,就能够排除那些只是纯粹以香港作为创作背景但实则表达的中心与香港城市文化内涵无关的小说,或者作家只是带着有距离性而不肯融入城市的"他者"眼光来理解并书写香港的小说,从而真正进入探讨根植并属于香港的小说。可见,要书写"原汁原味"的香港,就要在作品中展现出独特的"香港味",而对"香港

---

① 这个观点来自陶然的创作谈《写作中的香港身份疑惑》。当谈到自己写作中的香港身份认同时,他说:"我比较多地把注意力放在当下香港的生活场景中去,是因为对香港身份的认同,不论爱还是恨,其立足点还是在于坚实的香港土地。"陶然:《写作中的香港身份疑惑》,《香港文学》2004年3月号。

② 蔡益怀:《本土内外——文学文化评论集》,香港文学出版社有限公司2015年版,第39页。

③ 蔡益怀:《"我城"——香港文学在地书写六座标》,《粤海风》2017年第1期。

④ 蔡益怀:《本土内外——文学文化评论集》,香港文学出版社有限公司2015年版,第39页。

⑤ 本书对香港文学本土性所归纳的三点看法,均受益于蔡益怀的观点。他曾通过多篇文章阐述过相关看法(详见本书参考文献)。

味"的理解与以上三个层面息息相关,缺一不可。

因此,如何才能从各自的经验和观察出发讲好地道的香港故事,而不是变成他人眼中欲望的产物,便成为香港作家致力于实现的书写目标。蔡益怀对此总结,认为香港的都市环境、生存经验和受殖民统治处境"对作家美学认知的影响,以及这种认知在创作中的具体呈现、表现出来的区别于其他地区文学形态的特色"①。如果说"香港"设定了本书聚焦的范围与形态(也就是关乎"写什么"),那么"书写"则规定了本研究聚焦的方法与视野(也就是关乎"怎么写")。为了展现书写香港的三个层面,香港作家在表现手法的运用上可谓异彩纷呈,从不同角度将支离破碎的断片堆砌出一幅立体的城市光影图像,体现出书写的混杂性和开放性,这"正是香港文化和都市文学不可或缺的要素"②。"混杂性"和"开放性"的特征与"香港"这个变动不居的空间实不可分。香港学者李小良曾经用"玻璃球"来形容他眼中的香港,并坦言:"香港就好像一个玻璃球,当这个玻璃球掉落地下,每一个人都捡拾得一些碎片,但没有任何一人拾得全部。"③同样地,作家选取不同的书写方式也与他们如何看待和理解香港这个融汇中西文化特色之地有关,比如将它描写成"幸存者的空间、历史记忆断裂的空间、荒谬的文化剧场、魔幻的政治舞台、陌生的异境、传奇衍生的异域、抒情寄寓的原乡"④等。因此,此处的"书写"既与巴特所强调的语言关系中的社会关系性有关,也离不开德里达所认为的拥有自成一体和开放性的品质。

小说书写本身就是一种怀旧的行为,是因为小说书写与记忆有着密切的关系。德里达的"差延"说实则关心的就是永远不可能成为"现在"(在场)的"过去"。对香港的书写实际上反映的就是每个作家对过去香港的回忆。将各种回忆聚集起来,就会形成自己与他者的所有"经验",并且只有在与他者的关系中才会在场,也就是德里达所指的"踪迹"。这种"踪迹"永

---

①　蔡益怀:《为"香港小说"正名——兼说香港小说的本土性》,《香港文学》2005年10月号。

②　郑政恒:《二十年来的香港小说面貌》,《香港文学》2017年7月号。

③　李小良:《"我的香港":施叔青的香港殖民史》,见张美君、朱耀伟主编:《香港文学@文化研究》,香港牛津大学出版社2002年版,第69~70页。

④　晨曦:《小说我城　多元空间——"香港小说二十年(1997—2017)创作风貌回顾"讲座纪要》,《香港作家》2018年1月号。

远有差异和延迟,故永远不可能在场(显现)①,并形成书写的"间隔化"。当记忆用文字表述出来时,实际上就成为书写。当这些记忆成为作家长期累积的"经验"时,那么记忆就会显现出他们心中作为整体性的"香港"的存在。因此,"书写"与"香港"也就自然而然地有了相连的机会,对于小说这一体裁而言更是如此。按照昂利·柏格森环节来看,"香港书写"就是要探讨"回忆了什么""如何回忆""谁回忆"三个问题。相对应的,就是"写什么""怎么写"及"谁来写"的问题。

前面已经对"写什么"和"怎么写"做了探讨,但这些都是要基于书写者的认知和实践才能完成。因此,要对"香港书写"进行界定,还需要对"香港作家"的身份做出梳理。也就是说,最后还要落实到"谁来写"的问题。这也成为落实定义"香港书写"的核心问题。

作为一个以移民为人口主要构成的城市,香港作家的身份构成十分庞杂,有土生土长的,也有从外(尤其是内地)迁移而来的。因此,"谁才是香港作家"一直都无法在香港文坛和学界形成共识。根据收集到的资料显示,大致有以下六种较为典型的说法:

其一,1983年夏,几位资深老作家提出如下四条作为香港作家的界定标准:①本港居民用中文写文学作品的;②主要作品是在本港发表和出版的;③作品主要是反映香港社会现实,并有香港特色的;④作品对香港有一定影响,并受读者欢迎或评论界好评的。②

其二,香港学者黄维樑在《香港文学初探》中将香港作家分为四类:"第一,土生土长,在本港写作、本港成名的;第二,外地生本土长,在本港写作、本港成名的;第三,外地生外地长,在本港写作、本港成名的;第四,外地生外地长,在外地已经开始写作,甚至已经成名,然后旅居或定居本港,继续写作的。"③不过,他也强调:"作家属于哪个地区,对作家本身是不重要的,他的地位不会因地区而有增损"④;"香港对作家,应有'多多益善'的吸纳

---

① 林少阳:《书写》,见赵一凡等主编:《西方文论关键词》,外语教学与研究出版社2006年版,第535页。

② 潘亚暾、汪义生:《香港文学史》,鹭江出版社1997年版,第17页。

③ 黄维樑:《香港文学初探》,中国友谊出版公司1987年版,第15页。

④ 黄维樑:《香港文学初探》,中国友谊出版公司1987年版,第16页。

原则"①。

其三,香港学者郑树森认为,香港文学(按:此处应为香港作家)有狭义的和广义的两种。广义的包括过港的、南来暂住又离港的、仅在台湾发展的、移民外国的。但两者之间随着时间的流逝,有时不免又得重新界定。②

其四,1994年,被邀任香港市政局"作家留驻计划"首任作家的刘以鬯,为编辑《香港作家小传》和创建"香港作家资料库"时,曾提出"香港作家"的一个界定标准,即必须是持有香港居民身份证或在香港居住七年以上的"曾出版文学作品或经常在报纸杂志发表文学作品,包括评论和翻译著作"的作家。③

其五,内地学者潘亚暾、汪义生认为香港作家由以下七种人组成:一是香港土生土长的,二是成名后从内地来的,三是在内地接受教育、来港后才成名的,四是内地出生来港受教育后成名的,五是从台湾或澳门来的,六是从世界各地华人社会来的,七是从海峡两岸来港公干的。④

其六,香港学者黄淑娴在编选《香港文学书目》时曾提出如下入选标准:"除土生土长的作者以外,我们尽量包括曾在香港居留长时间、在港从事文化工作、与香港文学发展有关的作者。在这样的前提下,我们不但包括了1949年前后从内地来港定居的作者如林以亮、刘以鬯、马博良;在本地长大而仍在本地写作的作者如舒巷城、西西、也斯、小思;七十年代及以后南来的作者如陶然、舒非、颜纯钩;来自台湾旅居香港而产生影响的作者如余光中、施叔青;来往香港与海外的作者如刘绍铭、郑树森;也包括早已移居海外的作者如李维陵、叶维廉、绿骑士、杜杜、钟晓阳多位。他们都曾对香港文学作出贡献。这些作者不同背景带来的多元性本来就是香港文学的特色。"⑤

从上述看法可知,学者们的观点大多集中在以"作家来源地、作家写作

---

① 黄维樑:《香港文学初探》,中国友谊出版公司1987年版,第17页。

② 郑树森:《香港文学的界定》,见黄继持、卢玮銮、郑树森:《追迹香港文学》,香港牛津大学出版社1998年版,第55页。

③ 刘登翰主编:《香港文学史》,人民文学出版社1999年版,第36页。

④ 潘亚暾、汪义生:《香港文学史》,鹭江出版社1997年版,第18页。

⑤ 黄淑娴编:《香港文学书目》,香港青文书屋1996年版,前言第1~2页。

地、作家成名地、作家生活地、作品发表(出版)地"等硬性指标来界定香港作家的身份,只有第一点中几位资深老作家还将"书写语言"和"作品反映的内容和受众影响"等纳入界定香港作家身份的范畴。如果要使用硬性指标来界定香港作家的身份,那么本书更倾向于采纳其"是否具有香港合法公民身份"的狭义标准,即上述第四点刘以鬯所说的:"必须是持有香港居民身份证或在香港居住七年以上的'曾出版文学作品或经常在报纸杂志发表文学作品,包括评论和翻译著作'。"①然而,如果以能否写出地道"香港味"的"香港书写"来衡量,那么实际上并不是所有作家的创作都能合乎这项标准。"香港书写"已经走过近百年的历史,但能够被港人认可为真正香港作家的实际上是不多的。当然,其中还存有诸多分歧和争议。因此,这些硬性指标只能成为评价一个作家是否"地道"的必要条件,而不是充分条件。对此,本书同意蔡益怀的看法,就是能否将一个作家定位成"香港作家"的关键条件,"不是根据他的公民身份,即是否有一张香港身份证,而是要看他是否有一张香港的'文化身份证'"②。要想顺利获取这张文化身份证,除了要符合上述所提到的一些硬性指标外,还有两个更为重要的条件是需要纳入考虑的,即一方面,作品能体现出根植于香港都市生活土壤的"香港味"(具有中西文化交融共生的气质与特色);另一方面,作家能选取适合表达出这种地道"香港味"的创作手法。

综上所述,本书中的"香港书写"主要是指自20世纪80年代以来拥有香港合法公民身份的作家以"香港"为空间、角色和对象所创作的严肃华文小说,而且要运用各种契合中西文化交融背景的书写手法体现出流徙和混杂文化空间下的"香港味",以地道的香港眼光和话语从香港社会历史经验中生发出在地关爱的情怀。实际上,"香港书写"在本书中应为"书写香

---

① 香港学者陈国球曾对刘以鬯的这个提法提出疑问:"这个定义的前半部分是以'政治'和'法律'论文学的一例,很难令人释怀;兼且'法律'是有时效的,这时不合法并不排除那时的'非违法'。我们认为:'文学'的身份和'文学'的有效性不必依仗一时的统治法令去维持。"(陈国球:《香港文学大系(1919—1949)·总序》,《香港文学》2014年11月号。)对此,本书认为,刘以鬯从政治和法律的角度出发界定"香港作家"身份还是能较为妥善地兼顾各方意见,因为这样能够将包括"作家'自认'与他人'承认'与否等更复杂的主观倾向"暂时搁置,从而把主要精力集中在对"香港书写"中的"写什么"和"怎么写"两方面的探讨上。故本书坚持采纳刘以鬯的看法。

② 蔡益怀:《"我城"——香港文学在地书写六座标》,《粤海风》2017年第1期。

港",但鉴于汉语语境的表达习惯,所以将此调整为"香港书写"。

三、研究现状及局限

香港文学作为一个自足的研究课题,直到20世纪七八十年代才渐具雏形。①从我们目前掌握的有关香港文学的文学史、教程、会议论文集、个人学术专著等学术著作和论文集,以及中国期刊网收录的学术论文、博硕士论文等研究资料来看,香港文学是在20世纪七八十年代才逐渐被学术界关注。

目前涉及香港当代小说讨论的文学史著作有早期出版的《香港文学观察》(许翼心)、《香港新文学简史》(谢常青)、《台港文学导论》(潘亚暾等编著)、《香港文学史》(潘亚暾、汪义生)、《香港文学史》(王剑丛)、《二十世纪香港文学》(王剑丛)等,此外还有几部有影响力的香港文学史著在20世纪90年代后期陆续出版,如:《香港文学史》(刘登翰主编)、《香港小说史 第一卷》(袁良骏)、《香港文学简史》(施建伟、应宇力和汪义生),以及《台港澳文学教程》(曹惠民主编)等。然而由于受制于既定的文学史编写体例或教材写作规范,这些专著大都以"史"的线性叙述的模式化框架作纵向铺陈,以作家论、作品论的形式进行论述,多局限于个人生平介绍和简短的写作历程评述,无法体现出深刻的问题意识,史和论未能很好地结合,也就没办法呈现出香港当代小说的独特品格和特色。又因为受制于主导的文学研究理论方法,对香港文学的价值审视也难免片面和偏颇,②某些问题的认定或文本的解析甚至成为意识形态差异下的话语"误读"。③又由于上述文学史大部分都出版于香港回归之前,那段时期内地与香港在两地文化交流、信息沟通上存有一定条件的限制,所以获得一手资料的难度也相应增加。内地学者余禺对此做过总结:在台湾、香港暨海外华文文学研究领域,总体来看,批评梯队尚较模糊,知识结构颇不完整,视野不开阔,观念较狭窄,更主

---

①　朱耀伟、张美君:《导论:文学研究与文化研究之间》,见张美君、朱耀伟主编:《香港文学@文化研究》,香港牛津大学出版社2002年版,第xxii页。

②　古远清:《内地的香港文学研究》,《湖北社会科学》1998年第5期。

③　陈岸峰:《李碧华小说中的情欲与政治》,见陈国球编:《文学香港与李碧华》,台湾麦田出版·城邦文化事业股份有限公司2000年版,第220~222页。

要是思想不丰厚,趣味较浅陋,文化哲学上的探讨欠缺,文学本体意义上的价值寻求也不够。①这就会导致以上所提到的无法深入香港文学内部去探讨问题,只能以内地的研究思维和理论方法来观照香港文学的局面。在这种情况下,不少研究成果便不能得到香港学者的认可,从而影响了研究的科学性与公正性。聚焦香港本地的研究,蔡益怀认为:有的侧重于资料整理、钩沉辑佚,未加总结;有的侧重于作品论,作一些印象式的泛泛之谈。另外,由于不同的文艺观形成山头主义,壁垒分明的小圈子风气,导致学术视野和胸襟狭窄,无法作出公正客观有识见的批评。再则,生吞活剥西方新潮的文艺理论,硬套香港的创作,作出大而无当评论的毛病也都存在。②由此可见,要真正将香港文学研究提升到更高的层面,依旧任重而道远。

这种情况要到21世纪以后才有所突破,新的香港小说研究成果逐渐呈现在大家面前。首先对其作出突破性贡献,在问题意识和研究方法上得到更新的著作是赵稀方的《小说香港》(2003年版)和蔡益怀的《想象香港的方法:香港小说(1945~2000)论集》(2005年版)。其中,赵稀方的《小说香港》标志着内地学者对香港文学研究问题意识和方法创新层面的提升和突破。③该著作从新历史主义和后殖民理论等角度切入,挖掘阐释香港受殖民统治的身份和香港文学的都市特征,解读香港小说中的文化身份,从"观看香港想象及叙述的本身,并尝试从小说与都市的互动关系中提出自己叙述香港文学的框架"④,从而开辟新的研究和批评空间。根据这个框架,该书分为上下两篇,上篇是在小说中见证历史想象,下篇是在"小说—香港"的互动关系中建立观察香港小说的视角。

同样,蔡益怀的《想象香港的方法:香港小说(1945~2000)论集》也是极为重视研究中的问题意识与方法创新。他在上编的研究方法中提到"力求提炼出深蕴在香港小说作品中的共同路数、创作规律、作家共通的心理机

---

① 余禺:《札记:话语的储备与文心探微——关于台港文学研究和小说文本的解读》,见黄克剑主编:《论衡(第一辑)》,福建教育出版社1998年版,第281页。

② 蔡益怀:《想象香港的方法:香港小说(1945~2000)论集》,中国社会科学出版社2005年版,第224~225页。

③ 王艳芳:《异度时空下的身份书写——香港女性小说研究》,中国社会科学出版社2015年版,第6页。

④ 赵稀方:《小说香港》,生活·读书·新知三联书店2003年版,第13页。

制。因而,在本书中,我已经不满足于那种由作家传记和社会学考察及零散的情感批评拼凑成的大杂烩式研究,而是力求把这个时期的香港小说当作一个整体来加以研究,分析作品中的意象、隐喻,力图发现香港小说家共同的创作心结、规律及香港小说中特有的创作元素"①。因此,该书的上编则以"追索香港小说人物形象的谱系"为出发点,以史论结合的方式,尽量对战后25年间的香港小说创作规律及特征做出合理的阐释。下编则以20世纪八九十年代香港小说的都市化形象及叙事范式为研究对象,以此分析香港小说家的身份与"讲故事"的方式及其产生这种叙事特征的文化语境,并探讨香港小说的文学形象及其文化意识、社会历史经验等。虽然有些章节的编排及其内部主题的分类仍有可以商榷的地方,但强烈的问题意识导向使他能够迅速走进香港文学研究的核心问题,试图从作品中寻找并分析作家创作的创作规律和精神谱系。

在这两部具有开创性意义的著作基础上,紧接着内地又发表或出版了不少极具问题意识和方法论创新的著作、学术论文和硕博士学位论文,其中不少成果直触香港文学研究的核心问题,值得我们好好研读。对这些研究成果进行系统分析后,本书将其归纳为以下三个特点:

第一,作家论为不少学术论文所青睐,而且在其中占据的比例也是最大的,涉及的作家也较多:既有南来作家、外来作家又有本地作家,既有现代文学时期又有当代文学时期。根据在学术期刊、学术专著、会议论文集、评论文集等渠道所收集到的信息,目前已被研究过的香港作家有:舒巷城、海辛、侣伦、阮朗、崑南、曹聚仁、叶灵凤、徐訏、金庸、黄庆云、寒山碧、李辉英、司马长风、何达、犁青、梁羽生、刘以鬯、西西、也斯、吴煦斌、陶然、颜纯钩、东瑞、王璞、李碧华、黄碧云、施叔青、董桥、董启章、陈冠中、梁凤仪、倪匡、亦舒、陈慧、钟晓阳、陈宝珍、谢晓虹、葛亮、韩丽珠、黄灿然、潘国灵等。其中,有些作家的研究在内地显出热度,比如徐訏、金庸、梁羽生、刘以鬯、西西、李碧华、董桥、董启章、梁凤仪、亦舒、葛亮等。相反,有些作家的研究在内地遭受冷遇反而在港台地区乃至海外汉学界盛行,比如黄碧云、钟晓

___
① 蔡益怀:《想象香港的方法:香港小说(1945~2000)论集》,中国社会科学出版社2005年版,第9页。

阳等。在这些作家中，有少部分则是内地研究者和读者几乎闻所未闻的，比如陈慧、陈宝珍、谢晓虹、韩丽珠、麦树坚等。

第二，有些选题已经成为后来者研究香港文学所不能绕过的，而且也触及香港文学研究的核心聚焦点，包括香港小说里蕴含的"香港意识"嬗变研究、香港南来作家的身份建构研究、香港小说的跨媒介叙事研究、香港女性小说的身份书写研究等。对这些研究成果的分析具体呈现如下：

（1）在研究香港小说里所蕴含的"香港意识"嬗变这一问题上，白杨的《文化想像与身份探寻——近五十年香港文学意识的嬗变》（2006年版）是其中的代表作。该书认为，当今的香港文学史不能给读者展现何以香港文学有"史"的发展，于是该研究立足于"以当代香港文学意识的发展演变为线索，从文化想象与身份探寻的考察角度，梳理当代香港文学发展的内在精神特征，并尝试突破一般文学史泛泛而论的研究思路，提出自己叙述香港文学的研究框架"①。在这一研究思路的指引下，作者梳理并研究了香港当代文学时期关于"香港文学"意识的嬗变，包括20世纪五六十年代的作家与"传统"的纠葛，70年代文学中的"香港形象"与叙事范式、身份追寻，八九十年代文学主题的变异，以及香港回归以后文学反映出来的超越本土性迷思的文化重建。在此基础上，作者再对目前学界的香港文学史写作实践进行反思并尝试提出解决的方法。

（2）关于香港南来作家的身份建构问题，计红芳在《香港南来作家的身份建构》（2007年版）一书中作了详细的探讨。香港文学本身就是特征明显却概念模糊的领域，香港文学中的"南来作家"同样是一个众说纷纭的作家群体。"南来作家"作为在香港客观存在并且对香港文学起到重要作用的作家群体，此前学界对其鲜有整体性的研究成果，而她很好地回应了这一挑战，并且就如何界定并考察"南来作家"与"南来文学"提出了自己的看法。该著作以"跨界书写"作为切入口，系统研究了内地南来香港的三批作家，并且深入细致地分析了"南来作家"是如何借助"叙事"和"形象"进行身份的想象性建构过程。同时，她根据"南来作家"群体这一独特的文学现象界

---

① 白杨：《文化想像与身份探寻——近五十年香港文学意识的嬗变》，吉林人民出版社2006年版，第8、12页。

定了一些重要的概念和范畴,显示出她对"南来作家"这一群体及文化现象的本质特征有深刻的把握和认识,如:"双重边缘人""跨界""异质化、人间化和总体化""难民、移民、属民"等。在论述到"南来作家"的文化身份焦虑时对"怀乡"母题的演绎,即"怀地理之乡""怀文化之乡"和"怀精神之乡",成为该著作的学术亮点。

(3)对于香港小说的跨媒介叙事探索,凌逾做了系统深入地研究。她在攻读博士学位期间就开始研究西西,从跨媒介视角入手,挖掘西西的文体革新精神,这在此前内地的香港文学研究学界都是尚未深入开拓的领域。在著作《跨媒介叙事——论西西小说新生态》(2009年版)里,作者"探究西西创造的跨媒介叙事新生态,重点研究其成因、类型、风格和意义,希冀探讨西西的叙事突破,如何体现出文学转型的前沿趋向,为消除文学终结的阴影提供思维指向和创作实例"[1]。在此基础上,作者由点及面,从研究西西一个作家拓展到整个香港文学的跨媒介叙事探索,并经过六年修炼促成了新著《跨媒介香港》。在写作过程中,作者极其留意当今香港新文化发展的核心问题,那就是跨学科与跨艺术视野。作者发现"香港文艺家多跨行业从职,三头六臂,勇于开拓跨界创意,呈现跨媒介转型的整体趋势"[2]。该著作以20世纪八九十年代的香港文学艺术为研究对象,探究香港文艺在新媒介时代,文学叙事与广播影视、数码网络、赛博符号、建筑空间、文化地理、展演艺术的跨界融通,挖掘具有跨媒介性的作品,透析其独特之处,并论述香港跨媒介叙事的成因、形态、特色、风格和意义。笔者曾为该书撰写评论时高度评价:"凌逾不但完成了一部在香港跨媒介叙事研究领域里具有重大影响的著作,而且标志着大陆学界在研究香港文学上有了新突破。"[3]赵稀方对此著也给予了充分的肯定:"这不但展现了香港当代文学的先锋性,也在一定程度上预示了网络时代中国文学的走向。"[4]

(4)对香港女性小说的身份书写进行研究其实也是一个需要我们重视

---

① 凌逾:《跨媒介叙事——论西西小说新生态》,人民出版社2009年版,第29页。

② 凌逾:《跨媒介香港》,社会科学文献出版社2015年版,第450页。

③ 徐诗颖:《跨媒介叙事研究的新突破——评凌逾新著〈跨媒介香港〉》,《香港文学》2016年11月号。

④ 赵稀方:《后"九七"时代的香港文学研究》,《大公报》2017年4月9日。

的话题。这是基于以下事实:香港女性文学占据了香港文学的半壁江山,却没有得到研究者应有的重视。王艳芳的著作《异度时空下的身份书写——香港女性小说研究》则对此做了系统深入的分析。作者从"身份书写"的角度入手,集中探讨20世纪70年代至21世纪以来的香港女性小说,借助后殖民主义、新历史主义、通俗文化理论、消费文化观念及性别文化理论,从城市身份书写、历史身份建构、文化身份想象及主体身份消解四个向度,对香港女性小说的身份书写进行全面的考察与剖析,从而呈现小说对身份的思考、身份的迷惘、身份书写的建构以至身份书写的空幻。该著作的亮点是创设了"异度时空"术语,其范畴包括:夹缝人、老灵魂、荒诞和暴力的书写风格。作者通过考察香港女性小说的身份建构,发现它们有"流散与聚集、同一与差异、匮乏和无限地寻找"①的特质。更重要的是,该著是在还原女性主体逐渐显影的过程中凸显女性小说身份书写的差异和歧见。

第三,学位论文选题对象较为集中。②对于香港当代小说的研究,目前收集到内地的硕士学位论文以作家论为主,涉及的作家与第一点所述的基本一致。可有一点值得提出来的是,香港"70后"新锐作家受关注程度越来越高,如葛亮、韩丽珠、谢晓虹等。在综合类研究方面,有:《重合与创新——承袭与变异——施叔青的"香港故事"和张爱玲的"香港传奇"对比谈》(张雪梅,西南师范大学2001届)、《边界与想象——1994—1997年香港短篇小说中的香港形象》(李耿辉,暨南大学2002届)、《台湾、香港女性小说创作比较论》(向萍,山东师范大学2005届)、《论当下港台言情小说的大众文化生产机制》(杜若松,东北师范大学2006届)、《二十世纪九十年代香港城市小说研究》(陈琳,福建师范大学2007届)、《论二十世纪七十年代以来香港现代主义文学中的物质书写》(陈思,南京大学2012届)、《现代性视野下的当代香港言情小说创作》(邵娃,南京师范大学2014届)等。博士学位论文同样有一部分是涉及作家论研究的,比如:《金庸武侠小说人物研究》(陈淑贞,苏州大学2003届)、《香港城市精神观照下的景致——论二十世纪八九

---

① 王艳芳:《异度时空下的身份书写——香港女性小说研究》,中国社会科学出版社2015年版,第18页。

② 由于本书为在笔者博士学位论文基础上修订而成,所以该处统计的学位论文发表时间截至2018年4月,以保持当时思考的原貌。

十年代李碧华的中长篇小说创作》(唐丽芳,复旦大学2004届)、《徐讦小说创作的文化心理》(佟金丹,山东大学2008届)、《刘以鬯与现代主义:从上海到香港》(黄劲辉,山东大学2012届)、《徐讦小说的诗性品格研究》(金凤,南京师范大学2012届)等。综合类研究有:涉及现代派小说研究的《香港现代派小说论》(周福如,苏州大学2002届)、武侠小说研究的《武侠小说从"民国旧派"到"港台新派"叙事模式的变迁》(宋琦,山东大学2010届),以及对香港城市文学进行研究的《香港文学:一种城市文学形态》(张清秀,兰州大学2012届)等。在香港地区,目前找到选取综合类题目进行研究的硕士学位论文有:《一九五〇至一九七〇年代香港都市小说研究》(黄静,香港岭南大学2002届)、《香港小说中的情欲与政治:从施叔青,李碧华到黄碧云》(林贺超,香港岭南大学2002届)和《香港九〇年代短篇小说中的"房子"》(王芳,香港岭南大学2015届)等。综观这些研究成果,除了作家论外,在综合类选题的探究中,有香港形象、现代派小说、城市小说、女性小说、言情小说、武侠小说及作家之间的比较研究等。总体而言,研究香港小说的博士学位论文还是过少。从硕博士学位论文的选题取向来看,虽然大部分论文都聚焦于作家论的探讨,可是从所选取作家的比例来看,还是能够看出内地学界的研究兴趣与方向,比如说刘以鬯、金庸、李碧华这三位香港作家都是硕博士学位论文曾被多次选取研究的作家。尤其是李碧华,论文数量之多就可以说明其受关注的程度是很高的。

以上所展示的研究综述范围大多聚焦于内地。内地的香港文学研究如果从1982年在广州召开的"首届台港文学学术研讨会"算起,已经走过了逾40个春秋,在这个过程中,它大致经历了三个阶段:从带有政治意识形态的殖民批判,到中原视野下的国族认同,再到艺术多元的审美评价,逐渐走向公正、客观学术语境下的探讨和研究。①

相较而言,香港学者对香港小说,甚至是香港文学的研究反而体现出谨慎的态度,主要表现在他们不轻易写文学史。因此,他们更愿意先对一手史料进行钩沉,从而再进入香港文学的研究。李欧梵、郑树森、王宏志、许子东、也斯、刘绍铭、黄维樑、罗贵祥、叶辉、梅子、何福仁、黄继持、黄康

① 计红芳:《内地香港文学研究之我见》,《当代文坛》2005年第7期。

显、陈炳良、陈国球、朱耀伟、潘毅、洛枫、陈清侨、王一桃、东瑞、张美君、李小良、蔡益怀、胡国贤、慕容羽军、李嘉慧、黄淑娴、黄劲辉、吴美筠、伍宝珠、邝可怡、余丽文、陈丽芬等都有关于香港文学研究的专著、编著或论文问世。这些人当中既有学院派也有非学院派。其中，学院派在香港文学研究方面起到了先锋作用，十分重视史料搜集，但不以系统性著称，而非学院派研究的形式则较为灵活多样。值得特别提出来的研究成果是香港牛津大学出版社于2002年推出的"香港读本系列"，包括《阅读香港普及文化1970—2000》等12本书，其中与香港文学研究联系紧密的是由潘毅、余丽文合编的《书写城市：香港的身份与文化》，以及由张美君、朱耀伟合编的《香港文学@文化研究》。书中的研究者均根据自己的阅读体验和研究积累从香港文学范畴选取了最具代表性的文章，涵盖了不少香港当代小说研究的重要成果。可以看出，编选者的意图没有就作品谈论作品，而是以文化研究作为视角来考察香港文学及其文化身份书写，从各个向度对香港文学进行考察和思辨，可以称之为新世纪以来香港文学研究的集大成者。

除此之外，黄维樑的《香港文学初探》《香港文学再探》，东瑞的《我看香港文学》，王一桃的《香港文学评析》，黄康显的《香港文学的发展与评价》，胡国贤的《香港新诗论集》，陈炳良的《香港文学探赏》，黄继持、卢玮銮、郑树森的《追迹香港文学》，卢玮銮的《香港文纵》《香港的忧郁》和《香港文学散步》，梅子的《香港文学识小》，许翼心的《香港文学观察》，易明善的《香港文学简论》，何慧的《香港当代小说概述》及《香港作家传略》《香港作家剪影》《香港作家掠影》，[①]王宏志、李小良、陈清侨的《否想香港——历史·文化·未来》，王宏志的《历史的沉重——从香港看中国大陆的香港史论述》，陈国球的《文学史书写形态与文化政治》，陈国球主编的《香港文学大系（1919—1949）》《香港文学大系（1950—1969）》，慕容羽军的《为文学作证——亲历的香港文学史》，黄维樑主编的《活泼纷繁的香港文学——1999年香港文学国际研讨会论文集（上、下册）》，香港岭南大学人文学科研究中心出版的"一九五〇年代香港文学与文化丛书"等，都是在研究香港小说，

---

① 以上只是不完全的粗略统计，主要参考了王剑丛《对香港文学史编纂问题的思考》一文所罗列出来的书目。黄维樑主编：《活泼纷繁的香港文学：一九九九年香港文学国际研讨会论文集（上、下册）》，中文大学出版社、香港中文大学新亚书院2000年版，第665页。

乃至香港文学领域值得参考的研究书目。

如果将内地与香港对香港文学评论的态度作一番比较的话,那么可以看出香港学界对香港文学的评论力度还不够,反而内地学界更为活跃。这主要表现在:一方面往前溯,转向期刊通史研究、20世纪初文学史料研究;另一方面往今望,当下文学批评更关注跨媒介、跨文化、跨地域的研究,从多个领域,考察香港文化的前世今生、来龙去脉。香港文学未来的发展趋势在于,根植传统,广求创意。①上述所提到的"跨媒介、跨文化、跨地域的研究"也揭示了香港当代小说创作新的发展趋势。

总的来看,无论是在内地还是港澳台地区,对香港文学研究还是存有一些未能回避的局限:

首先,研究多以微观为主,善于从细微处解读文学作品和文学现象,以香港城市文学作为整体性对象的研究还稍显薄弱。从以上所提到的关于综合与整体研究的成果来看,数量还是偏少。在内地,研究者虽然有从事宏观研究的学术传统,但由于受到获取资料存有难度等客观条件的限制,而且与大部分香港作家未能做到直接、全面乃至深入交流(特别针对21世纪以后的创作近况),所以在宏观研究上不能在深度和广度上有所展开,只能是"心有余而力不足"。因此,对香港当代小说,乃至香港文学还要继续往宏观、整体与系统的研究方向努力。

其次,研究对象较为集中,个案研究不均衡,不利于对整个香港文坛做整体性把握。上面已提到,刘以鬯、金庸、李碧华这三位香港作家都是内地硕博士学位论文曾被多次选取研究的作家,且不同作家在不同地域受关注程度不同。这固然与作家本人的小说创作、小说出版、媒体推介、作品营销、文学奖效应等方面有关,但作为文学史、文学批评、诗学建构意义上的文学研究,如此顾此失彼的研究情形,不仅不利于香港文学的意义彰显,也会因疏忽而造成学术研究的局限、偏颇乃至谬论。遗憾的是,这些情况到目前为止还是不同程度存在于学术圈中。

最后,就是因研究方法较为单一而缺少对两个文学主体间的差异性对照。毫无疑问,在对西方新潮批评的借鉴上,港台地区的文学研究是走在

---

① 凌逾:《2015香港文学年鉴:深吸传统、深吐创意》,《香港文学》2016年5月号。

内地前面的。因此,新历史主义、后殖民主义等后现代理论、形式主义的文本批评在这些文学研究中比比皆是,而且由于过度注重理论在作品中的推导演绎,所以总是会得出一些先入为主的成见,以及让人觉得高深莫测或大而无当的结论,以此呈现出"城市寓言、家国想象和历史建构的意图"①。长期下去,作品的丰富性就会被遮蔽和掩盖。与此相应的是,在内地的香港文学研究中,自赵稀方的《小说香港》更新方法论后,后来者也对之前热衷于传统社会学方法的研究有所反拨,文本细读、文化研究和比较研究的方法逐渐为研究者所熟知和使用。可由于在一定程度上仍受大中原文化心态的影响,并且缺少对两个文学主体进行更多向度的差异性对照,所以就无法对香港文学(进一步可细化至香港城市文学)的内涵做更深入和细致的解读。

　　总之,与香港文学不断丰硕的创作实绩相比,香港文学研究,特别是作为整体性对象的研究,任重而道远,不断呼唤内地、港澳台,乃至其他华文地区的同人们能对其进行持续的关注与深入的探究。

四、研究思路、方法及创新

(一)研究思路与框架

　　要想对本论题有清晰的认知,就要对香港意识在20世纪80年代以来的演变做出实质性研究。与此同时,我们知道香港意识从形成到发展始终离不开香港这个"借来的时空",以及诞生在这个时空上的文化。也就是说,香港意识内涵的演变是由具有混杂性特征的香港文化身份所决定的。由此出发,"混杂性"和"香港意识"可以作为切入20世纪80年代以来香港小说中的"香港书写"的"网结"和"基本词汇"。如果说"混杂性"代表的是香港文化身份的特征,那么"香港意识"则是叙事主体文化心理和审美精神的集中体现。二者的互动关系共同作用于作家笔下的"香港书写"。对此,以下问题值得深入思考:香港意识在"香港书写"的发展历程里经历了哪些具体的演变、融合、分离或再生? 它与香港当代小说的发展又存有怎样紧

---

　　①　王艳芳:《异度时空下的身份书写——香港女性小说研究》,中国社会科学出版社2015年版,第14页。

密而具体的联系？

　　本书从对核心词汇"香港书写"的概念和范畴界定、研究成果的梳理和归纳出发,对20世纪80年代以来涉及以"香港"为书写对象的香港小说进行梳理,从文本中考察作家在不同时期是如何通过各种书写方式反映港人"寻找家园"的演变心态,试图从"叙事主体与城市文化"的互动关系探索建立香港城市文学研究新的路径和方法。由于香港意识的发展在当下面临诸多自我设限的危险,所以我们也需要对"香港书写"作出相应的反思。实际上,香港作家对"我城"的未来充满迷茫的主要原因是无法确立香港文化的主体性身份地位。尤其是现代性危机对香港文化的侵袭,更使得他们想迫切寻找、梳理并保存香港文化的命脉,希望能建构属于香港文化的"主体性"身份,从而让香港重返人文家园,以此抵抗并走出现代性危机。

　　综观并考察20世纪80年代以来香港小说中的"香港书写",可以发现在建构具有"主体性"文化身份的香港意识这一层面上,与对"家园"意义的追寻路径是一致的,即由始至终均贯穿着"我是谁？ 我从哪里来？ 我要到哪里去？"的主轴。这条线索与该时期"香港书写"的具体内涵(即"香港意识"的发展)相契合,即身份探寻(我是谁?)、历史重述(我从哪里来?)、地志追忆(我从哪里来?)和人文重返(我要到哪里去?)。①简而言之,这条主轴最终指向的是"重返与书写"的关联这一研究主旨。这条主轴上的各个环节并不仅仅是历时性的关系,也呈共时性的并存。其中,身份认同是"香港意识"的核心要素,贯穿在整条主轴之中。与之相应,"香港书写"便表现出四种形态,包括身份书写、香港史书写、地志书写及人文书写。基于以上的思路,本书拟分为六章,基本上遵循"整体的观念(第一章)——部分的细节(第二、三、四、五章)——整体的观念(第六章)"的研究思路,以求达到"史""论"结合,尽可能对20世纪80年代以来香港小说中的"香港书写"规律及其特质作出符合实际的总结和阐释。

　　基于文本细读的四个"部分"并非各自为营、毫无关联,而是统摄于"香

---

　　① 这里就"香港书写"母题内涵的具体分类主要受到陆健鸿对"怀乡母题"分类的启发,他认为"怀乡"就是"怀地域的乡,历史的乡和文化的乡"。(黄维樑:《火浴的凤凰·导言》,见黄维樑编:《火浴的凤凰——余光中作品评论集》,台湾纯文学出版社有限公司1982年版。)本书认为这种分类同样适用于对该时期香港小说中的"香港书写"内涵的具体阐释。

港意识"这条发展主轴的整体构思之中。详细思路分析如下：

对应于"香港意识"发展这条主轴上的第一个环节"我是谁"，实际上就是涉及香港的文化身份认同问题。这也是大量"香港书写"所探讨的核心问题。香港的文化身份是混杂的，是复数的，是应被视作"成为"(becoming)的过程和"开放"的意符。具体到20世纪80年代以来香港小说中的"香港书写"，作家在思考香港的文化身份认同问题时主要从以下三个维度展开，即关系性、叙事性和想象性。①在关系性上，混杂性的文化身份特征使得作家无法追根溯源，任何试图寻找根源文化的努力都会成为虚妄。具体到小说叙事性的层面，为防止这个城市的文化身份在后"九七"时代由混杂性变成单一化，作家对这个容许自由想象的异质性书写空间展开多元想象，"空间隐喻"为身份认同提供了想象的载体，希望用小说的"虚构"来对抗现实的"虚无"。既然无法确认单一的文化身份认同，那么在具有混杂性特征的流徙空间里寻求并建构香港文化的"主体性"身份便成为不少作家笔下"香港书写"的着力点。于是，他们在"关系性"和"叙事性"两个维度的基础上试图建立超越中西话语支配的"第三空间"，用"边缘"和"夹缝"两种带有想象性的视角潜在表达突显香港文化自身"主体性"的策略。

"九七"回归让不少港人对自己的身份认同产生了困惑，由此也引发了对自己来处的追寻。这就步入"香港意识"发展这条主轴上的第二个环节"我从哪里来"。可在追根溯源的路途中，港人猛然醒觉自己对香港历史的"一无所知"。于是，20世纪80年代以来不少香港作家尝试通过笔下的"香港书写"追忆被遗忘已久的百年香港历史。同时，由于香港历史的书写权长期没有得到应有的重视，而且被主流历史叙述"盖棺论定"，所以不少作家希望立足非延续性史观，通过"重构百年香港"来还原更完整的香港人文史。为此，作家在叙述者设置、人物形象及情节结构等形式层面做了多番

---

① 这三个维度的设定是受到内地学者王艳芳深入阐释"身份认同"概念的启发，她认为：关系性指的是"一个人的身份总是借由与他人的差异系统而确立的"，叙事性是指"一个人的身份在个人以及他者的叙事所连缀成的故事中显现"，想象性指向"一个人的身份除了物质的基础之外还是一个想象的存在方式"。王艳芳：《异度时空下的身份书写——香港女性小说研究》，中国社会科学出版社2015年版，第23页。

探索,比如运用"双重颠覆性叙述声音""个人／集体口语体的叙述方式""充满象征意味的家族书写"及"多声部交错的空间叙述"等,尽可能呈现百年香港历史的复杂性。此外,他们也希望在重述百年香港历史时,重新定位香港的文化身份本源。然而在这个混杂且多元的文化空间里,这些努力并未能对本源形成认知上的共识,历史的虚无感及身份认同的困惑感依旧存在。

对一个城市及城市文化身份来源的认知不仅与"历史/时间"相关,还指向"地理/空间"。城市里的地景(如街角、地标、建筑等)勾勒着城市历史发展的轨迹,并透过日常生活潜入人们的意识,唤醒人们曾经历过的某种私人或公共记忆。当在这些地景里生活了一段时期后,人们的历史就会与这些地景的历史发生交集,共同书写城市的历史。然而,城市的发展使不少地景面临拆迁重建的命运。这也在无形中斩断人们对地景乃至这个城市的历史记忆,因为城市历史的重现是与人们的记忆联系在一起的。地景的"消失"给了不少港人相当大的感触,从保育运动的广泛开展就可以看出他们对城市历史的珍视。因此,追忆消失的地景便成为该时期"香港书写"的重要话题。作家笔下的"消失"除了弥漫着浓厚的历史感以外,还与港人身份及香港文化身份的认同相关。地景的消失与重建,正反映出香港文化身份的混杂性和不确定性,使得港人无法在这个变动不居的空间里找到稳定的认同感与归属感。于是,他们选择重塑过去,在追忆消逝的地景时试图找回一种与"根"相连的认同感。以"地志文学"的书写方式来重塑"香港"的记忆和形象便成为该时期"香港书写"一个非常重要的文学现象。通过众多的"地志书写",我们发现香港其实是一本大书。其中,有的作家专心书写这本书的"正文",为香港的中心地景立此存照。相反,有的作家发现外地人对"香港"的印象大多停留在中心地景,而对许多已消逝的边缘地景(比如不少底层和外来移民曾集中居住的安置区)则不曾听闻。于是,他们致力于为香港这本大书做脚注,以此为"正文"的缺漏添加更为翔实的注释,展现香港社会、文化与历史身份的多元性和混杂性。除了聚焦地景的消失以外,文化经典意象的消失也成为一些作家笔下钩沉的对象。其中,最有代表性且影响甚广的是对已流逝的"塘西风月"意象的追忆与重构。

既然身份认同是贯穿"香港意识"发展这条主轴上的核心要素,那么认同能否形成最终还是要落实到"人与城"的关系。身份认同至少包括两个方面:个人的认同(personal identity)和社会的认同(social identity)。可见,"身份认同"离不开人对自身及其与社会关系的认知和定位。只有认清这种关系,才能更好地为主轴上的第三个环节"我要到哪里去"确立一个明晰的方向,也就是重构具有人文精神的"香港意识"。因此,40多年来港人如何理解"自我"及其与他人和社会的关系就成为认同形成的基础。这不仅丰富着"香港意识"的内涵,也会促使人们思考这个城市的"症候",维系着人们与这个城市的纽带。考察20世纪80年代以来香港小说中的"香港书写",我们可以发现"香港意识"与城市的命运紧密相连。其中,"失城"成为诸多"香港书写"流露出对这个城市命运的共同感受。它的内涵以"九七"回归作为分界点表现为两个方面:①在回归过渡期,"失城"集中表现为"流离异乡"。面对时代的巨变,对未来持不明朗态度的港人选择移民,可在异国他乡的生活不仅未能使心灵安顿下来,反而遭受困顿与分裂。在此情况下,有一部分港人选择回到香港,可在原有精神创伤还未复原的情况下又迎来新一轮的精神分裂。于是,"文化移位"语境下港人的精神困境便成为作家笔下书写的对象。②到了后"九七"时代,"失城"内涵不再指向失去具体的"城",而是变为"此地他乡"。现代性危机侵袭着这座国际化大都市的发展。"此地他乡"成为港人面对香港前途,以及异化都市生态(噪声、建筑、生活方式等)下陌生与疏离的精神状态。因此,作家将目光聚焦于港人与现代化都市之间的互动关系。按照小说局部书写对象的不同,此类"香港书写"大致可分为三种类型:第一,对已消逝的城(景观)与物(文化经典意象)的追忆和怀念;第二,无法直面现实,并产生对往事的追溯与眷念(尤其体现为南来作家的创作);第三,用荒诞、抽象的笔法来描写人与人之间的隔膜,以及人与社会的疏离关系。

两个"整体的观念"的内涵所指并非完全一致。

前者(第一章)关注的是"香港书写"的历史演变。根据"香港意识"由形成到发展的不同形态,可以将"香港书写"分为三个阶段,即发生期(20世纪70年代及其以前)、转折期("九七"回归过渡期)和深化期(后"九七"时代)。梳理这条脉络发展的来龙去脉,是为了将"香港书写"放到整个香港现当代文学史的视野中进行考察,从而对港人一直以来渴望建构具有"主体性"文化身份的香港意识的原因有更清晰的了解。这将作为本书第一章的内容。

后者(第六章)则是指向"重返与书写"的关联这一整体研究主旨,对"香港书写"的限度与可能做出反思与总结,并由"重返"引申出身份探寻的第三个环节("我要到哪里去")的思考。在后"九七"时代,香港的传统文化及其人文精神受到现代性危机的侵袭,"有机社群"面临解体,人文精神的传承遭遇断裂的困境。港人未能从中找到主体身份存在的意义和价值,并对"本土"的理解有走向封闭乃至膨胀的危险。于是,"重返人文'我城'"便成为"香港书写"接下来需要思考的其中一个方向。具体而言,就是通过"香港书写"重构具有人文精神的香港意识。这不仅是本书由始至终的整体目标所在,而且还将在研究框架中以最后一章的形式出现。为实现这一整体目标,就要从"如何重返,怎样书写"这两个方面着手进行思考。一方面,"如何重返"聚焦的是港人"如何自处的存在之思",也就是香港的文化身份归属问题,对此需反思的是具有"复数"内涵的本土与"混杂性"文化身份的共谋关系。另一方面,"怎样书写"则落实到"词与物"关系的审美之思,即作家如何通过美学趣味的选择来重返人文精神传统,乃至于创造新的人文精神理念。因此,用"如何重返,怎样书写"的空间诗学理念来思考叙事主体文化心理的逻辑演变,以及如何在汉语母语的表述与更新中重返审美与话语层面的"原乡",是当下进入反思研究"重返与书写的限度与可能"的有效路径。

台湾作家林耀德曾对都市文化与文学的关系进行过深入的研究。从主体精神的层面出发,他对生于1949年后的"新世代"小说家与都市的依存关系作过如下分析:"从个别人格主体意识内省式的心理写实跃入集体潜意识的洪流,不仅是叙述模式与结构技巧的改装,更涉及'新世代'作家的心灵结构与精神底蕴的质变,能够从容地刺探当代光怪陆离的都市文化,势必先要能从容地进入集体潜意识的幽晦中寻找创造性的光。"[①]因此,以上的研究思路是可以视作从"叙事主体与城市文化"的互动关系出发来考察文学与都市关系的一次可操作性实践,以此希望能在摆脱某些文化语

---

① 林耀德:《台湾新世代小说家》,《文学自由谈》1989年第6期。

境的局限后形成新的文学认知。

（二）研究方法与视野

以上对研究思路的阐释中，"书写""混杂性""第三空间"理论等整体性观念实际上已经涉及一些关键的方法，并提供了广阔的研究视域。这对本书如何理解香港、香港意识及混杂性的文化身份提供了整体性视野和宏观性方法论，并内在影响了本书的研究架构和主旨方向。而对于"细节的部分"，尤其是文本的细枝末节，乃至对个别字词上的分析与探讨，主要还是立足于文本细读，由文本内在的世界选取相应的方法与理论。文本先行，是本书得以顺利展开的基本方法。

在属于主体部分的四章中，本书所采用的方法更多属于指导性的，而非实践性的。当中所涉及的文本均呈现出开放性、可对话及可自我生产的多重意义世界。这也属于巴特所言的"可写的文本"。在如此丰富的文本世界里，本书在浩瀚的方法论海洋中选取了多种方法与之进行对话。现将主要方法概括如下：

1. 一般的文学方法论：叙事学、象征主义、形式主义等。

2. 西方视野中的方法论：城市文化、人文地理学、现代主义、后现代主义、后殖民主义、新历史主义、解构主义等。

3. 中国视野中的方法论：《周易》、儒家、东方美学等。

这些方法的选取，是基于阅读情境的触发，并力图在整体性视野的观照下，对20世纪80年代以来香港小说中的"香港书写"进行全面且深入的研究。这些方法或视野，只适合微观范畴的使用，主要用于更好地理解文本，并与之进行对话。它们的出现，都处于作为宏观性方法的"书写""混杂性""第三空间"等理论所规定的语境与视域之内，并由具体实践而生成的意义世界与体系，都将成为实现"重返与书写"这一研究主旨的文本依据。

（三）研究创新

在绪论的最后，对本书的创新之处做出如下两点说明。

1.从"叙事主体与城市文化"的互动关系来提出研究香港城市文学的

框架,用空间的思维向度探索建立香港城市文学研究的新路径和新方法

具体而言,就是用"混杂性"和"香港意识"作为切入研究20世纪80年代以来香港小说中的"香港书写"的"网结"和"基本词汇",并由此提出适合本书展开的"香港书写"定义。如果说"混杂性"代表的是香港文化身份的重要特征,那么"香港意识"则是叙事主体文化心理和审美精神的集中体现。虽然已有成果以不同的方式或多或少对叙事主体与都市文化之间的关系有所涉及,但目前还没有对二者的相关性展开充分的研究,对小说所反映出来的作家体验、创作规律及港人精神脉络走向未能产生系统而深入的分析。同时,研究综述里面已提到,以香港城市文学作为整体性对象研究的问题意识还稍显薄弱。对此,关键的问题不在于文本的涉猎是否全面(无疑,资料的搜集始终是展开研究的最基础工作),而在于是否具备整体性研究的学术意识。因此,本书的思路,即以"重返与书写"为研究主旨,探讨契合建立主体性文化身份的香港意识的具体内涵,并对应着寻找人文家园的路径。通过"香港书写"这一有限的视域来窥一斑而知全貌,具有一定的整体性,以此试图寻找适合建立香港文学诗学体系的路径和方法。

2.理论视野的拓宽与研究方法的多元

目前内地的香港文学研究未能充分展开涉及"香港文化身份"的理论在地化问题。因此,即使意识到香港文化身份具有混杂性特征,也无法对其缺陷做出更有效的反思。归根结底,这是由于没有将"混杂性"和"第三空间"理论做"在地化"的处理,也就是没有与香港意识的发展联系起来理解。本书的理论框架与操作方法,一方面与"混杂性"和"第三空间"理论的"在地化"理解紧密相连,另一方面与"书写"的"去主体化"和开放性品质的认识与探索息息相关。"混杂性"和"第三空间"理论引出了整体性的研究视野,而且与香港意识结合起来,不仅在本书中担当了宏观指导、主旨确立与微观操作的重任,更在于能提供弥补"混杂性"和"第三空间"理论所存有的"游移与含混"缺陷的方法,为"香港书写"如何从后殖民语境中找到重返人文"我城"之路提供适宜的条件与基础。"书写"的自成一体与开放性品质,不仅令本书所涉及的文本形成多元开放的网络生产体系,而且为作为读者的我们积极参与到书写与阅读的互动对话中提供广阔的平台。鉴于此,本书中的文本细读始终处于多样性方法的选取之中,力求打通古今中外,让

文本内外得以沟通与交流。基于以上的考虑,本书积极寻求有效的研究视角和方法,综合内地、香港、台湾、海外等地的研究,多维度聚焦涉及"香港书写"理论视野的在地化问题。

第一章 "香港书写"的历史演变

　　综观整个"香港书写"的历史演变历程,我们可以发现有关书写香港的小说其实在20世纪20年代就开始了。可如果谈到真正发生,那么应该要将时间坐标往后定位在20世纪70年代,因为它为探索建构香港文学"主体性"方面开启了一个有利契机,香港作家也开始持有一种归属香港的本土意识。到了20世纪80年代以后,"香港书写"进入深层次拓展的实践期,而香港作家对本土意识的建构展现出更为复杂曲折的面貌。究其原因,这与"九七"回归及回归后香港作家在如何看待香港过去、现在与未来的问题上有着极大关联。其中,每一个阶段表现出不同的文学形态,"九七"回归成为"香港书写"演变的一个重要历史分水岭。根据不同的文学形态特征,本书将"香港书写"的演变历程以"九七"作为界线分成两个阶段,第一个阶段从中英草签"联合声明"开始到"九七"香港回归,视为"香港书写"的转折期;第二阶段为"九七"香港回归以后,也就是后"九七"时代,"香港书写"进入深化拓展期。

第一节 "香港书写"的发生:20世纪70年代及其以前

　　"香港书写"的发生,体现了香港意识的自觉形成,实际上促进了香港文学"主体性"(或称作"本土性")的建构。所谓"香港意识",也就是香港的本土意识,一种对香港的归属感。20世纪七八十年代以来,文学、社会及文化研究学者对香港意识做了许多讨论,普遍认为香港意识是由战后成长一代自发形成的。其中一个重要转变是20世纪70年代香港人开始接受香港是可以落地生根的地方。①这种"落地生根的地方",指的是港人开始把香港视作自己的"家园"。

　　香港意识,并不是一种独立存在的观念,它必然有着他者或外来的对

---

　　① 吕大乐:《香港故事——"香港意识"的历史发展》,见高承恕、陈介玄主编:《香港:文明的延续与断裂?》,台湾联经出版事业股份有限公司1997年版,第3页。

应,才能突显自身的"主体性"。"香港书写"的发生,同样有着历史上的他者或外来的对应。为此,可以把时间上溯至香港沦陷以前,即20世纪20年代。据内地学者袁良骏考察香港小说萌芽期的发展线索后,得出如下结论:从黄昆仑的《毛羽》、黄天石的《碎蕊》、《英华青年》季刊,到谢晨光的小说集《胜利的悲哀》,以及与之同时的另一些小说作品,再到1928年的《伴侣》,已经涉及都市生活的诸多方面,都市色彩甚为鲜明。①内地抗战爆发后,大量内地文人逃难至香港,也把在内地展开的"民族形式论争"等抗战文艺讨论带到香港,沈从文的《长河》和《湘西》、萧红的《呼兰河传》等作品都在香港报刊上连载。与此同时,以本土读者为主要市场的报刊也因为要

---

① 袁良骏:《香港小说史》(第一卷),海天出版社1999年版,第2~3页。这里需要强调一点的是袁良骏把探索香港新文学萌芽期的目光往前追溯到《伴侣》之前的原因。按照香港学界普遍流行的看法,香港新文学萌芽标志的确立乃源自香港文坛前辈侣伦一说,即《伴侣》为香港新文坛的第一燕。(侣伦:《香港新文化滋长期琐忆》,《海光文艺》1966年8月号。20世纪70年代后期刊于《大公报·大公园》的"向水屋笔语"专栏,之后1985年7月收录进《向水屋笔语》一书并由香港三联书店出版。)可这种看法也受到刘以鬯、卢玮銮(小思)等香港作家和学者的质疑。针对上述两种颇为不同的意见,袁良骏"利用几度访港之机,在香港大学图书馆收录的孔安道图书馆和冯平山图书馆认真翻阅查找,终于找到了一本足以解决上述分歧,不过却鲜为香港学界所知的出版于1924年的学生刊物《英华青年》,为香港新文学的萌芽及萌芽期的特征找到了有力论据"。(袁良骏:《关于香港文学的源流》,《文学评论》1997年第3期。)刘以鬯为袁良骏的《香港小说史》作序时高度评价这一重要发现,称赞此结论"不但纠正了部分学者对早期香港文学的错误看法;而且为研究者奠定探本溯源的基础,从而对不同时期香港文学进行推究,精确反映香港小说复杂的历史行程"。(袁良骏:《香港小说史(第一卷)》,海天出版社1999年版,"序一"第2页。)距离袁良骏发表此文近20年后,赵稀方同样在《文学评论》上发表了他的重要发现,即"《英华青年》仅有1期,又是学生内部刊物,不足为训"。于是,他发掘了与《英华青年》同年创刊的《小说星期刊》,并指出:"内中所刊载的白话小说,数量远远多于《伴侣》。可惜的是,《小说星期刊》在香港早期文学的研究中并未得到多少注意。"(赵稀方:《〈小说星期刊〉与〈伴侣〉——香港早期文学新论》,《文学评论》2016年第4期。)针对《英华青年》能否成为香港新文学萌芽的标志,香港学者杨国雄发现"《英华青年》现存两期:第1期是在1919年7月,另外的第1卷第1期在1924年7月由学生组织的青年会出版";"《发刊词》关于征文的旨趣,大略与以前相若,但这次'无论白话文言',都'搜罗编辑',与前期的全用文言,是有所不同"。[杨国雄:《旧书刊中的香港身世》,三联书店(香港)有限公司2014年版,第153、155页。]后来赵稀方在另一篇文章里也提道:"真正的五四新文学小说,可以提到《英华青年》。"(赵稀方:《〈伴侣〉之前的香港白话文学》,《香港文学》2017年7月号。)目前关于香港新文学萌芽的标志还处在不断挖掘史料以求证实的过程中,但它们均为本书将"香港书写"发生的时间点追溯到20世纪20年代的论证给予了有力的支持。此外,感谢福建师范大学袁勇麟教授提出杨国雄的看法供笔者参考,让笔者对此问题有了更多向度的认识,特此说明。

寻求符合香港本土风味的创作,①而相应刊登了本土作家的作品,如平可(岑卓云)的《山长水远》,望云(张吻冰)的《黑侠》和《人海泪痕》,杰克(黄天石)的《红巾误》,还有周白苹(任护花)的"牛精良"系列小说等。这些作品中,不少故事主角无论经历多少风雨,最后还是会选择回归本土。在民族形式的讨论中,"香港书写"并没有直接参与到建立新的现代民族国家的观念进程中,但反过来,在本地文化市场制造出对本土书写的关注氛围里,民族形式在一定程度上促进了"香港书写"的发展。

抗战期间,不少香港本土作家因日本侵略而有了第一次大规模的逃难,在辗转迁徙途中产生了浓烈的"思乡情"。长达三年零八个月的日据时期结束后,战后香港的失而复得,使得香港本土作家有了一种更为爱惜家园的"香港意识",把香港视作"自己的家",比如吉士的《香港人日记》(1947),"香港书写"便有了因抗战中断而恢复下去的可能。然而,战后的香港再次出现大规模的内地移民潮,使得香港文化界力量的构成发生重大变化。据相关数据统计,1945年8月,香港人口60万人,1947年底增至180万人。②当时的香港文坛环境是,"内战开始以后,由中共中央安排,在国统区的左翼文化人士和'进步作家',先后来到香港,香港成为40年代后期的左翼文化中心"③。事实上,"抗战爆发后,特别上海、广州相继沦陷后,内地作家大量南下香港,总数不下120人……其中,著名小说家即有茅盾、巴金、萧红、端木蕻良、骆宾基、楼适夷、欧阳山、陈残云、路易士(纪弦)、卜少夫、施蛰存等数十人"④。他们的到来,"大大推动了香港文化事业和文艺创作的繁荣,不少小说家,如许地山、萧红、骆宾基、茅盾、端木蕻良等都在香港撰写并发表了小说作品"⑤,掀起了抗战文艺的高潮。全国的文化中心已从上海"孤岛"逐渐南移至香港,慢慢"代替上海来做全国的中心"⑥。此时,"南来作家"的心态也很明晰,那就是"共同努力树立起来中国的新文化中

---

① 据作家平可回忆,当时有一种说法,就是内地名家作品"对典型的香港市民缺乏吸引力"。平可:《误闯文坛忆述》(六),《香港文学》1985年第6期。

② 黄万华:《百年香港文学史》,花城出版社2017年版,第49页。

③ 洪子诚:《中国当代文学史(修订版)》,北京大学出版社2007年版,第10页。

④ 袁良骏:《香港小说史》(第一卷),海天出版社1999年版,第14~15页。

⑤ 袁良骏:《香港小说史》(第一卷),海天出版社1999年版,第15页。

⑥ 了了(萨空了):《建立新文化中心》,《立报》1938年4月2日。

心"①。因此,按照内地抗战模式来服从抗战需要便成为本阶段来港作家所要秉持的中心原则。然而,抗战结束,这个中心原则并没有随之结束,而是在内战爆发后,其具体内涵演变成"反独裁、争民主"。在顺利与港英政府谈判后,中国共产党利用香港这个特殊地方继续保存中国文化精英和进步文化势力。香港文坛此时也呈现出更为生机勃勃的繁荣景象,不仅汇聚了战前或抗战时来港的作家以及本土作家,还迎来了因内战而来港避难的作家。②这一批的人数比抗战逃难来的作家更多,"总计不下150人,郭沫若、茅盾、柳亚子、叶圣陶、郑振铎、夏衍、胡风、臧克家等尽在其中"③。这些"南来作家"大多是"左翼文人",来港后继续开展在内地被迫中断的文化活动。此时的香港文坛已明显受到了解放区"左"的文艺思潮影响。④内地学者黄万华曾经对此时的香港文坛做过总结:"1945年8月光复后的香港,由于恢复了港英政府统治的传统,在……中国内地之外,为中国现代文学的生存发展提供了一种较具包容性的空间。而在这一空间产生的文学形态主要的并非战时中国文学形态的延续,而是后来50年代文学的前奏。"⑤这一时期,虽然出现了像黄谷柳《虾球传》及侣伦《穷巷》这些以香港为背景的名作,但有些主角的出路最终是返回内地,并没有把香港视作自己的家,所以抗战前所建立起带有香港意识的"香港书写",在20世纪40年代中后期出现了断裂的局面。

新中国成立前,面对共产党节节胜利的局面,港英政府害怕面对一个强大的新中国,于是单方面取消之前谈判的协定,许多民主人士和进步文化人(如郭沫若、茅盾、曹禺等)不得不在共产党的保护下北上解放区。与此同时,处于失利位置的不少国民党人及右翼文化人士则被迫南下到受殖民统治的香港,并改变着香港文坛的生态环境,其中代表性作家有"张爱玲、徐讦、李辉英、易君左、赵滋蕃、孙述宪(齐桓)、黄思骋、卜少夫、司马长风、黄震遐等",再"加上曹聚仁、刘以鬯等中间派作家,总数也不下四五十

---

① 了了(萨空了):《建立新文化中心》,《立报》1938年4月2日。
② 徐诗颖:《论陈残云民国时期小说的人性书写》,广西师范大学2015届硕士学位论文,第6页。
③ 袁良骏:《香港小说史》(第一卷),海天出版社1999年版,第15页。
④ 徐诗颖:《论陈残云民国时期小说的人性书写》,广西师范大学2015届硕士学位论文,第6页。
⑤ 黄万华:《1945—1949年的香港文学》,《中国现代文学研究丛刊》2004年第2期。

人"。①1950年年中,香港人口增至223.7万人,比1949年同期的185.7万人增加38万人,增幅高达20.5%。②20世纪50年代至60年代,虽然不少内地人选择定居香港,但绝大多数的成年人都属于第一代或第二代移民,所以他们仍然心系故乡,依旧处于漂泊无根的状态。英国人哈乐德·英格拉姆斯曾在其著作《香港》里提道:"人们很快可以感受到,鲜有华人视香港为家。香港出生的华人在理智上感激英国,但内心热爱中国,将香港视为中国的一部分。"③因此,20世纪50年代的香港主要是一个以难民心态为主导意识的社会。如果将20世纪50年代来港的南来文人视作香港当代文学时期第一代"南来作家"④的话,那么他们对香港普遍持有"过客"的感伤、落难和不幸心态,而且其小说书写建基于国族或民族主义的认同,寄寓着"回望祖国"的怀乡之思,实践着一种"离散"式的写作,如徐訏的《江湖行》(共四部),齐匡的《银弟》《阿女》等。国学大师唐君毅晚年的一番回顾文字很能道出此时众多南来文人的心境:"香港……既非吾土,亦非吾民。吾与友生,皆神明华胄,梦魂虽在我神州,而肉躯竟不幸亦不得不求托庇于此。"⑤此外,不少作家由于带着明显的意识形态眼光来看待香港,所以笔下的香港要不"充满资本主义的罪恶,只有一片灯红酒绿",要不"为知识分子流亡海外的所在"。⑥即便如此,"香港书写"还是在20世纪50年代至60年代取得长足发展,产生了如舒巷城和海辛的"乡土"小说系列,以三苏为代表的市井通俗小说和刘以鬯、崑南、李维陵等的香港现代小说创作实践等。

刺激"香港书写"真正走向"主体性"探索的重要转折事件是"六七暴

---

① 袁良骏:《香港小说史》(第一卷),海天出版社1999年版,第15页。

② 刘蜀永主编:《简明香港史》(第三版),三联书店(香港)有限公司2016年版,第392页。

③ Harold Ingrams. *Hong Kong*, London:H.M. Stationery Office, 1952, p.245.

④ 20世纪50年代以后南下香港的"南来作家"与此前"南来作家"的定义已经很不相同。对香港当代文学时期的"南来作家"定义,本书拟采用内地学者计红芳教授在其博士学位论文中的定义,即,"南来作家"首先是"香港作家";其次,他们是在内地完成的高等教育(有些比较特殊,如颜纯钩、王璞等因为"文革"中断了大学学业),有着内地教育文化背景,对"乡"有特殊的感情;最后,由于种种原因,他们是或主动或被动放逐到香港,试图认同香港却又回望中原,因而往往有着跨界身份认同的困惑及焦虑,更能体会"家"之失落与追寻的痛苦。计红芳:《香港南来作家的身份建构》,中国社会科学出版社2007年版,第10页。

⑤ 唐君毅:《中华人文与当今世界》(上),台湾学生书局1975年版,第27页。

⑥ 也斯、陈智德:《文学对谈:如何书写一个城市?》,《文学世纪》2003年1月号。

动"①。20世纪60年代末到70年代初，抗战后在香港出生的第一代已经成长起来了。虽然传统的价值观念仍占主导地位，但西方文化发展的新变化及外缘的政治也在逐步影响这群新生代，给他们的思想造成极大的冲击，即，一方面比上一代更西化，另一方面却同时比上一代更香港化，即今天所说的本地化。他们对中国内地的兴趣较弱，但他们的香港意识更强。因为香港是他们唯一理解，也是唯一无条件接受他们居留的生存空间。他们别无选择。②"六七暴动"后，港英政府吸取教训，在缓和社会矛盾上更着重于教育、医疗、廉政、房屋等方面的改革，尤其在兴建公屋上，使当时的港人有了一种"家在香港"的感觉，"在屋邨长大"可以说是香港人的集体经验的一部分。③同时，政府通过举办"香港节"等活动有意为港人设计一个有别于中国的西化身份，而民间宣传则有意引导港人意识转向阶级斗争和左、右翼的二元对立以外的局面，更多引向对香港本土的建设及新的身份认同建构之中。在这个过程中，战后新一代的香港作家在文坛中崭露头角，并在"香港书写"中注入对本土意识建立的反省。当中不少中青年作家都是经20世纪五六十年代左、右两派培养出来的，并曾得到两派文坛前辈的奖励和提拔，从而在20世纪70年代成为本地文坛的生力军，比如西西、也斯、羁魂、古苍梧、柯振中、林荫等，④大力推动了香港小说本土化的进程。从他们所创作的不少作品里，我们已看到政府所极力建构的香港意识其实是一种"粉饰现实、膨胀自我"⑤的做法。由此可见，此时的香港作家在对香港意识的观照里，还是陷入了确认与抉择的挣扎境地。即使如广为人知的西西代表作《我城》里，对"我城"的乐观叙述背后也是隐藏着诸多不确定的因素。此外，较有代表性的作品还有刘以鬯的《岛与半岛》、也斯的《剪纸》等。

---

① "六七暴动"也称为"反英抗暴"和"左派暴动"。该运动发生于1967年5月6日，同年12月基本结束，是在内地"文化大革命"影响下，由香港左派工人为对抗港英政府统治而发起的一连串暴动。

② 陈冠中：《我这一代香港人》，中信出版社2013年版，第48页。

③ 吕大乐：《唔该，埋单——一个社会学家的香港笔记》，香港牛津大学出版社2007年版，第68页。

④ 袁良骏：《香港小说史》（第一卷），海天出版社1999年版，第17~18页。

⑤ 洛枫：《香港现代诗的殖民地主义与本土意识》，见张美君、朱耀伟主编《香港文学@文化研究》，香港牛津大学出版社2002年版，第239页。

由此,可以说,"香港书写"真正发生于20世纪70年代,指向的是香港意识开始大规模根植于香港作家的内心,更加认同并归属于港人身份。

第二节 "香港书写"的转折:"九七"回归过渡期

1984年12月19日,中英双方在北京签署了《关于香港问题的联合声明》,"并于1985年5月27日正式换文生效,香港便开始进入为期十二年的回归祖国的'过渡期'"①。这一即将结束英国对香港殖民统治的文件,让香港各阶层和世界上不少国家产生极大的震撼,激起社会情绪的不同反应。文学界也在关注着这一现象,一个最明显的例子就是香港文坛首次公开触及"九七"回归话题。②王仁芸在《一九九七与香港文学》一文里提到:"一九九七除了促使香港作家关注中国外,也促使他们关注香港的现实。"③"九七"回归对香港文学来说确实是一个重要的契机,迅速地完成了从"移民文学"到"当代香港文学"模式的过渡。④黄万华认为,香港文学能将"九七"这样重大的社会时代性命题纳入其自身的发展轨迹,而不是相反,反映出香港社会百年发展已开始形成较为稳定的多元价值的社会结构。⑤因此,转折时期的"香港意识"更着眼于对港人身份及香港文化身份的探索与定位。

事实上,"九七"回归话题之所以能够引发港人高度关注命运共同体的背后,是由于他们的身份认同出现了危机。"香港人"是一个特定的政治称谓。然而,对别人来说可以顺理成章说出自己的"国籍",对港人来说却是一件极其尴尬的事情。⑥到了后过渡期,"香港身份认同的讨论曾经几乎像

---

① 刘登翰主编:《香港文学史》,人民文学出版社1999年版,第401页。

② 在中英谈判香港前途期间,香港许多团体都发表声明以表明自己的政治态度,唯独文学团体鸦雀无声。

③ 王仁芸:《一九九七与香港文学》,《香港文学》1985年第1期。

④ 黄维樑主编:《活泼纷繁的香港文学:一九九九年香港文学国际研讨会论文集(上、下册)》,中文大学出版社、香港中文大学新亚书院2000年版,第24页。

⑤ 黄万华:《百年香港文学史》,花城出版社2017年版,第153页。

⑥ 这种"尴尬的事情"指既无法认同英国国籍的身份,又被迫丧失中国公民的身份。

当时的楼市一样炽热"①。当"九七"回归已成定局时,港人的身份再次遭遇挑战。虽然骨子里还是蕴含着中华传统文化的意识,但百年受殖民统治的经历让他们与内地在生活方式、思维习惯等方面已经有所不同。因此,他们迫切需要确认自己的身份以获得归属感。然而,要对自己身份判别已混淆不清的港人必须在12年后接受从"英国人"或"香港人"到"中国人"的身份转变事实,一时间也是难以做到的。因此,在"九七"回归这个事实前,香港的社会普遍存在一种焦虑、不安、彷徨而又束手无策的氛围。②他们害怕回归后失去发声的权利和优越的经济地位。归根结底,对自己身份的不确定和对香港前途不明确的问题困扰着他们。

综观回归过渡期的小说,在香港作家笔下所投射出来的香港意识,也是处于动摇和无力的情形,并且难以准确定位自己的身份。他们会追问:到底香港还是否能视作自己的家? 如果是,那它的未来会如何走? 我们值得与它一起同舟共济吗? 于是,他们通过"香港书写"展现港人在这重大命运转折点下的生命图景,深入追问港人在回归过渡期陷入身份认同危机的原因,以此希望能在"思考和建构港人身份,并彰显香港意识"这一目的上发出属于自己的声音。这种在困境中寻求突破的韧性就如同香港作家陶杰所言:"香港人的日子像一寸塌下来之后又重新向上积的灰烬。"③

在命运共同体的驱使下,他们发现一直以来香港的历史书写权并没有掌握在自己的手里,从来就没有发声的权利,所以尝试在"九七"回归前去追忆和建构属于他们心目中的香港历史,希望通过创作来重新思考香港的文化身份,以彰显香港意识。只可惜,在寻找身份认同后却发现,一切的建构都是徒劳的。依据这条线索,该时期的"香港书写"主要涵盖三个主题,即害怕失城,还原历史,寻找归途。④虽然该时期小说的"香港书写"突显了"香

---

① 朱耀伟:《本土神话:全球化年代的论述生产》,台湾学生书局2002年版,第111页。
② 洛枫:《世纪末城市——香港的流行文化》,香港牛津大学出版社1995年版,第65页。
③ 陶杰:《余烬》,见:https://www.douban.com/note/345041230/(豆瓣网)。
④ 这三个主题是笔者通过考察"回归过渡期"香港小说的"香港书写"与身份认同关系后得出的。徐诗颖:《香港文学与身份认同——以回归过渡期的香港小说为例》,《世界华文文学论坛》2016年第4期。

港性"①元素,但探索较多的还是处于"集体经验"和"集体回忆"的共性层面,能突出香港独特历史经验的文学是少之又少的。已故台湾作家陈映真曾经提醒香港的知识者:"……从清末香港所走过的路,香港文学的发展,香港社会的发展,以至香港中国人的身份的认同的问题,香港在历史当中,在社会发展当中,在整个世界的政治经济发展当中占一个怎样的位置,提出整个的反省。"②他建议从整个香港受殖民统治的历史开始反省。然而,香港知识阶层对陈映真的回应可谓少之又少,"像陈映真那样具有强烈的反省意识、深刻的思考能力的文人(同时又有精彩的创作),则并不多见"③。这不得不让人慨叹港人在受英国殖民文化统治时缺乏反抗,造成了对文化身份乃至于国族认同模糊等后果。

实际上,这种缺乏反抗与港英当局长期实行的文化统治和教育政策息息相关。在文化统治上,比如有禁止在印刷品上印有"反英"字样,所以香港文学中的爱国主题就缺了反殖民统治的一角。④而在教育政策上,这种"重英轻中"的情况更为明显。赵稀方曾对此分析道:"英国占领香港后,初期教育完全被教会所控制,目的在于传教。19世纪60年代之后,香港教育开始从宗教教育转向世俗教育,不过教育的重心是英文教育。1895年,

---

① 对于"香港性"的理解,内地学者施建伟认为,"香港性"是香港文学在保存母体基本素质的同时,又在这特殊的时空条件下形成了它自己独特的文学新质。同时,他就"文学新质"的理解做出进一步的阐释:"香港的社会风貌、港人的思想形态、生活方式、价值观念,以及中西文化碰撞所产生的火花等,都是这一文学新质('香港性')的重要内涵。""香港性"的存在使得香港文学能够"以自己特有的形和质定位于世界华文文学大文学圈格局之内"。(施建伟:《香港文学:世界性和香港性》,《香港文学》1999年第6期。)香港学者蔡益怀也指出:"香港是一个华洋杂处、中西文化荟萃的地方,始终处在东西方文化激荡的前沿,是一个两种文化交汇点上的文化驿站、文化码头,她的文化具有开放性、杂交性,既流着传统中国文化的血液,又吸收着西方文化的奶水,这就决定了她同时具有中国的经验、中国的色彩、中国的情怀,同时又有西方的影子、西方的情趣、西方的意识,应该说,'香港性'其实蕴着着'中国性'与'世界性',这种混血的身份给了她一种宏达的眼界、宽宏的气度。只有具有这种文化底蕴的文学作品,所表现出的本土经验、地方色彩、香港情怀,才称得上具有'香港性'。"(蔡益怀:《为"香港小说"正名——兼说香港小说的本土性》,《香港文学》2005年10月号。)由此可见,内地学者和香港学者在这一问题上是可以形成共识的。

② 陈映真:《美国统治下的台湾:政论及批判卷》,台湾人间出版社1988年版,第160页。

③ 黄继持:《文艺、政治、历史与香港——对〈四十年来的台湾文艺思潮〉的回应之一》,见陈映真:《美国统治下的台湾:政论及批判卷》,台湾人间出版社1988年版,第152页。

④ 袁良骏:《香港文学的爱国主题》,《大公报》1997年7月23日。

港英当局规定:新设立的学校,若不以英文为教育媒介,便不能获得政府补助。1902年,香港出台《教育委员会报告书》,奠定了20世纪上半叶香港教育的两个原则:一是强调英文教育,淡化中文教育;二是精英教育,即将教育经费和资源集中于少数上层港人子女上。香港的中产阶级子弟,多热衷于学习英语,目的是在毕业后可以进入买办阶层。殖民统治下的香港,英语是官方语言,政府文件、法律条文等均以英文为准绳。从英国入主香港直到19世纪末,香港的报刊也基本是英文的,华人所办报刊只有《循环日报》一份。英语文化在香港的统治地位,是无可置疑的。中国文化的传授主要由民间私塾和中文学校承担,一直不受重视。"①因此,除了将产生回归焦虑情绪的根源矛头对准中国外,对英国在历史、文化、教育等人文方面的殖民统治进行反思,也需要更多的作家和学者来践行。

第三节 "香港书写"的深化:后"九七"时代

在后"九七"时代,"香港书写"与此前相比有了新的转向。香港学者许子东曾对回归初期的香港小说进行研究后做过精辟的概括,认为:"不仅'漂流异国'故事不多,而且从政治角度感慨'此地是他乡'的小说这两三年来也明显减少。"②于此,赵稀方认为若再用"香港意识"作为分析回归后香港文学的切入点,则会显得捉襟见肘,遮蔽了"香港内部固有的诸如阶级、性别、殖民和本土、传统与现代、乡村和都市等纠葛"③。以上两位学者的考察也仅限于2003年以前的"香港书写"。如果将其作为标准衡量2003年及其以后的"香港书写",那么就显得并不妥当了。相反,香港意识在后"九七"时代(尤其在2003年后)的"香港书写"比重中并没有呈递减的趋势,反而呈逐步上升的势头,主要原因是在这个独特的混杂性多元文化空间里,作家努力建构香港文化的"主体性"身份,以及积极探索它未来发展的可能性与复杂性。

---

① 赵稀方:《〈小说星期刊〉与〈伴侣〉——香港早期文学新论》,《文学评论》2016年第4期。

② 许子东:《后殖民食物与爱情·序》,见许子东编:《后殖民食物与爱情》,上海文艺出版社2003年版,序第4页。

③ 赵稀方:《走出"香港意识"——近年来香港小说的想象与叙述》,见黄万华主编:《多元文化语境中的华文文学——第十三届世界华文文学国际学术研讨会论文集》,山东文艺出版社2004年版,第396页。

的确,香港意识被运用于政治话题方面的探索在回归初期的"香港书写"中确实处于淡化的状态。陈冠中的代表作《什么都没有发生》就反映了这种文坛生态。小说主人公张得志在香港回归一周年之际发出如下声音:"一九九八年七月一日,香港回归一周年,放假一天,什么都没有发生。"①然而,不过多探讨政治,并不等于就不关心自己的家园了。香港意识在回归初期的小说主要表现为对港人"此地他乡"心理的描写与探索,代表作有《鱼咒》(王良和)、《宁静的兽》(韩丽珠)、《好黑》(谢晓虹)、《谜鸦》(葛亮)等。此类作品多通过描述小人物的个体生命体验来表达对异化都市生态的陌生与疏离,即一方面发现所居住的城市已面目全非,另一方面不仅对"九七"前后的香港感到迷茫,还对现代都市形态(如噪声、建筑、生活方式等)产生疏离感。因此,作家更为关注城市发展的本身。总体而言,回归初期的"香港书写"表现出关注日常生活的倾向。也就是说,既然选择留在此地,那么这个"家"应该如何建设才能真正让港人产生归属感,便成为不少香港作家思考的方向。

到了2003年,一场非典(SARS)风暴让港人产生极大的死亡恐慌症,伴随着香港经济的持续不景气,一并引发了同一年的"七一大游行"。这两个事件的发生源于继回归过渡期后港人陷入新一轮的生存及身份认同危机。②面对21世纪以来官方"去本土化"的举措和全球化危机引发"有机社群"解体③的困境,此时期的"香港书写"更注重反思20世纪70年代香港文

① 陈冠中:《什么都没有发生》,春风文艺出版社2010年版,第172页。
② 这种本土身份危机并没有随非典(SARS)风暴的过去和"七一大游行"的结束而终止,而是一直蔓延至今,其中最具有代表性的社会事件是2014年的非法"占中"运动、2016年的旺角暴乱及2019年的"反修例风波"。
③ 此一理念是受到王斑分析王安忆的《长恨歌》和《纪实与虚构》及朱天文的《世纪末华丽》和《荒人手记》等小说的启发,他认为:全球化意识形态来源于现代化经济发展的理论,但这个理论描绘的前景是把双刃剑。指向未来的一面,提出有关进步、自由、民主、科技发达和全面经济繁荣的许诺。指向过去,则掩盖现代化途中的残垣断壁。现代化的推销,仅仅是一种虚幻的托词,屡屡被资本集团用来掩盖跨国公司对传统生活世界的无情侵略和渗透。……全球现代化欲盖弥彰的一面是,资本的扩张,使先前由传统、文化记忆,民俗和世代相传的亲情关系所连缀的"有机社群"解体,将记忆的氛围去魅。在盲目拥抱资本市场和消费的过程中,许多社群文化面临丧失原有文化遗产的危机。作为文化表意媒介之一的文学,见证了新旧交替、现代与传统转型的焦虑。文学较之社会学更有力地揭示变化中的心理和日常生活情境。王斑:《历史与记忆:全球现代性的质疑》,香港牛津大学出版社2004年版,第223~224页。

学所反映出来的本土价值传承遭遇断裂的问题,通过带有历史批判意识的怀旧行为来重建人文记忆的氛围,由此"反证本土文学作为文化资源和'文学记忆'而存在并传承的重要性"[①],并重新思考香港的"主体性"文化身份建构问题。受此香港意识的引导,2003年后的香港小说在"香港书写"上主要表现为以下两个方面:一是继续延续回归过渡期重述百年"香港"的主题,更多从空间的角度来追溯历史,多层次多角度展现香港历史的复杂性;二是追忆已消逝的"地景",虽然"怀旧"主题的"香港书写"在回归过渡期也有相当程度的体现(比如有作品《胭脂扣》《塘西三代名花》等),但回归后港人面对历史记忆的断裂及整个城市急遽变化的情形并未能做到完全适应。因此,在后"九七"时代(尤其在回归十周年时),坊间出现大量以"怀旧"为主题的书籍、电视剧和新闻特辑,通过"(文化/文物/旧区)保育"等运动来重塑港人的"集体回忆"和文化身份。在这股风潮的盛行之下,大量"地志书写"应运而生。唐睿的《脚注》便是其中的重要代表作。

总而言之,在全球化侵袭本土文化的危机下,香港前途及香港文化何去何从成为后"九七"时代不少作家笔下"香港书写"的重要话题。

从考察近百年"香港书写"的历史演变历程后可知,"香港书写"其实是与整个香港历史的演变及香港这一混杂性多元文化空间有着千丝万缕的关系,而"香港意识"始终贯穿在这一时空之中。混杂性的文化身份使得"香港书写"在寻找根源文化身份时显得徒劳,进而从"无"根源身份的特殊语境中展开城市空间叙述的多元想象,并尝试建立超越中西话语支配的"第三空间",从而展开对香港文化"主体性"身份的建构。关于这一历程的发展,现简要总结如下:20世纪70年代建立起来的香港"主体性"文化身份经历了"九七"回归考验后,使得作家更牢固树立了"家在香港"的意识,并且在后"九七"时代的"香港书写"里,更多倾向于发掘重构香港"主体性"文化身份的路径,并反思"香港书写"在重返人文家园的路途中会面临的可能与限制,从而更好地挖掘城市文化的独特内涵,为走向"人文香港"打下坚实根基。

---

① 陈智德:《解体我城:香港文学1950-2005》,香港花千树出版有限公司2009年版,第228页。

第二章　混杂性：流徙空间下的香港文化身份特征

身份(Identity)有"居民身份"和"文化身份"之分，本书因探讨的重点是"香港书写"，所以主要指的是文化身份。"文化身份"是后殖民理论中一个相当重要的问题，它意味着一种文化只有通过自己文化身份的重新书写，才能确认自己真正的文化品格和文化精神。①香港文化的"主体性"必然与文化身份的建构有着密切关联。具体到20世纪80年代以来香港小说中的"香港书写"，作家们的身份认同意识主要表现在以下三个维度：关系性、叙事性和想象性。在关系性上，混杂性的文化身份特征使作家无法追根溯源；在叙事性层面，作家对城市空间展开了多元想象，"空间隐喻"为身份认同提供了想象的载体，作家们希望用小说的"虚构"来对抗现实的"虚无"；在前两者的基础上，作家试图建立超越中西话语支配的"第三空间"，用"边缘"和"夹缝"这两种具有想象性的视角，潜在表达突显香港文化自身的"主体性"。

第一节　寻找根源文化身份的虚妄

何谓"文化身份"？荷兰学者瑞恩·赛格斯提出："通常人们把文化身份看作是某一特定的文化固有的、同时也是某一具体的民族与生俱来的一系列特征……另一方面，文化身份又具有一种结构主义的特征。因为在那里，某一特定的文化被看作一系列彼此关联的特征，因此将'身份'的概念当作一系列独特的或有着结构特征的一种变通的看法实际上是将身份的观念当作一种'构建'。"②由此可见，文化身份既包含静态固定的特征又指向动态建构的属性。斯图亚特·霍尔也认为"文化身份"可以分为两个层面，一个是单向性和寻求共同性，另一个是异质性和寻求变化转移。前者建基于对共同

---

① 王岳川：《后殖民主义与新历史主义文论》，山东教育出版社1999年版，第147页。
② [荷兰]瑞恩·赛格斯：《全球化时代的文学和文化身份构建》，《跨文化对话》1999年第2期。

社群的认同,强调"本质"(the essence),属于"本质性的身份"(essential iden -
tity);后者则是建基于"位置"的安放与定位(positioning),强调"异质"(dif -
ference)。属于此一层面的"文化身份"(cultural identities)是复数的组合,即
一个人可以同时拥有多种文化身份。①相较而言,霍尔更倾向于后者,他将
身份看作"建构"的结果,可以出现充满异质的多样性。既然身份存有不确
定性,那么它就需要认同的确认,如同孟樊所言:"从后现代来看,Identity 本
身变得既不确定、多样且流动,正需要有一'认同的过程'去争取。换言之,
身份(或正身)来自认同,而认同的结果也就是身份的确定或获得。"②

　　香港独特的移民文化,造就了它流徙的特征。③香港是一个主要由中
国内地移民聚居而形成的城市,且受英国殖民统治长达一百多年,流徙性
成为香港文化空间的重要特征。此外,由于英国政府实施统治意图的复杂
性,以及地理位置相较于内地的边缘性(marginality),所以香港自鸦片战争
以来便成为各种政治力量争夺的"公共空间"。有学者将香港的意识形态
作了如下概括:"以自由资本主义意识形态为主体,具有中国传统文化和殖
民主义文化深刻烙印的,多元化、混合型意识形态。"④具体到文化领域,据
也斯考察,香港文化的混杂性在20世纪50年代就已经形成。⑤城市与文化

----

① 　Stuart Hall . "Cultural Identity and Diaspora", in *Identity: Community, Culture, Difference.*
Ed. Jonathan Rutherford. London: Lawrence and Wishart, 1990, pp.223-225.

② 　孟樊:《后现代的认同政治》,台湾扬智文化事业股份有限公司2001年版,第17页。

③ 　葛亮、刘涛:《小说应当关乎当下、关照历史——与香港青年作家葛亮对谈》,《朔方》2014
年第4期。

④ 　周毅之:《香港的文化》,新华出版社1996年版,第165页。

⑤ 　这个看法引自黄万华的文章《香港小说:"混杂"中的丰厚》。黄万华也同意也斯的看法,
他认为,受殖民统治地背景下,"自由主义的思想传统,商业港口的来往便利,左中右文化人士的
共处,又没有党国政治的主导,等等,都使得20世纪50年代的香港,在东西方冷战意识形态对峙
的世界环境中,反而包容了各种各样文化,雅的俗的,新的旧的,城市的乡村的,现代的传统的,本
土的外来的,在香港都有其容身之地,在中国大陆或台湾被视为'另类''异类'而无法舒展甚至被
禁止的中文文化也都流落到香港,延续着各自的传统。在这样一种环境中,政治倾向不一样的作
家也大多能抱有较通达的文学观,左、右翼政治背景的刊物在文学创作的容纳上却不壁垒分明,
使香港文坛的生态更雅俗混杂、中西交织。半个多世纪过去,香港文学在'混杂'中显得游刃有
余,各种纯然的界限都被模糊、突破,虽有时难免招致非议、批评,甚至轻蔑,但不断嫁接生发出的
新枝叶显示了其生命力,自由自在,艺术探索沉积下的也慢慢被认可。回头看看,香港文学史
上有影响的作家、作品大凡都受益于香港文化的混杂,而在'杂交'的自成一家的更大有人在"。
黄万华:《香港小说:"混杂"中的丰厚》,《香港文学》2012年10月号。

生态的演变形成了结晶化，不同文化的汇聚造就了这座城市独有的文明形态。这如同刘以鬯在《〈香港文学〉创刊词》中所说的："它是货物转运站，也是沟通东西文化的桥梁。"①因此，"混杂性"②便成为"香港"这一流徙空间中非常重要的文化身份特征，也得到了华文学界的首肯。

混杂是后殖民论述的重要概念，也常见于如拉丁美洲等地区的文化研究中。简而言之，混杂通常是指在殖民或受殖民统治区域的不同文化相互接触中形成的跨文化形式。③"混杂性"的文化身份使得多元文化同时并存于香港这个独特的空间里，但它也使港人希冀寻找根源文化身份认同的努力显得虚妄且徒劳。这种根源文化身份的认同既不指向纯粹的中国传统文化，也不是完全为西方文化价值所同化，更不能等同于本土文化。如同洛枫所言，香港既不属于中国本土又不属于英国传统的产物，在一百五十多年的受殖民统治历史里，"透过兼收并蓄的包容性，香港已发展出一套属于她个人的、唯一的、独特的文化形态。内里既有中国传统文化的因子，亦有西方外来的冲击和养分，结合而成国际性大都市的文化模式"④。也斯也相信香港具备"包容性的空间"，成员的文化身份是"混杂性并非单纯的"，具体表现在"香港人相对于中国人当然是中国人，但相对于来自内地或台湾的中国人，又好像带一点外国的影响"。⑤实际上，香港社会早已摆脱了殖民统治政府或殖民统治者的计划或预期，发展为一个相对自主的社会，

① 刘以鬯：《〈香港文学〉创刊词》，《香港文学》1985年第1期。
② 香港学者在使用"混杂性"这一概念时是基于本土文化特征提出的。自鸦片战争以来，民族传统意识形态同资本主义意识形态经历多次的碰撞与交融，民族意识与殖民主义意识此消彼长，使构成香港文化和文学的元素变得更为多样和复杂。本书在使用这一概念时沿用了这一层面上的意义。故特此说明。
③ 有关混杂的定义，详见 Bill Ashcroft, Garteh Griffiths and Helen Tiffin. *Key Concepts in Post-Colonial Studies*, London and New York：Routledge, 1998, pp.118-121。
④ 洛枫：《世纪末城市——香港的流行文化》，见陈清侨编：《文化想像与意识形态：当代香港文化政治论评》，香港牛津大学出版社1997年版，第55页。
⑤ 梁秉钧：《都市文化与香港文学》，《当代》1989年总第38期。梁秉钧，笔名也斯。在作者的自我设计中，两个名字所承担的功能存在严格的分野，一般在发表小说和散文时使用笔名也斯，发表诗歌和学术评论时则使用梁秉钧。（陈思：《论二十世纪七十年代以来香港现代主义文学中的物质书写》，南京大学2012届硕士学位论文，第1页。）因本书重点考察的是他小说创作中的"香港书写"，且为便于读者阅读，所以在正文论述中统一使用"也斯"一名，而在文献标注时则依据作品发表或出版时使用的名字，特此说明。

并拥有自我特色的文化。①因此,阿巴斯曾说,拥有混杂文化的香港成为世界殖民统治史上的特例,因为它的"后殖民性"(postcoloniality)竟然先于"去殖民性"(decoloniality)。②

在香港这个混杂多元的文化语境下,都市成为包容异同的空间,像潘国灵的《我到底失去了什么》、李碧华的《霸王别姬》、颜纯钩的《关于一场与晚饭同时进行的电视直播足球比赛,以及这比赛引起的一场不很可笑的争吵,以及这争吵的可笑结局》等作品均揭示了在香港这块空间寻找单一文化身份认同的无效性。

除此之外,茶餐厅文化及不少港式食品都是中西文化交汇的结果。无论来自内地还是西方的食物,到了香港后都不会原封不动地承袭,而是会进行"在地化"处理,比如在香港的茶餐厅里,有一种非常著名的饮品叫鸳鸯。它的出现并非如中国传统诗词中隐喻浪漫爱情结合之意,而仅仅指向的是一种混合型饮品,即奶茶和咖啡的混合,"恐怕是非常自觉彼此'他异性'的一种结合"③。其中,咖啡来自西方,而奶茶也已经是中国茶英式化后再经由民间转化而成的"香港制造"。又比如说香港特产"豉油西餐",利用中式豉油和铁板的高温弥补平价肉扒的不足,从而使西餐大众化,让平民百姓也能品尝西式风味。在这个过程中,它也见证了香港历史(尤其是港人日常生活史)的发展。另外还有"瑞士鸡翼""金必多浓汤"等,都是中西文化交汇下的名菜,而且属于在日常的误读和误解中发展出来的文化想象。④

---

① 郭少棠:《无边的论述——从文化中国到后殖民地反思》,见陈清侨编:《文化想像与意识形态——当代香港文化政治论评》,香港牛津大学出版社1997年版,第171页。

② 郭少棠:《无边的论述——从文化中国到后殖民地反思》,见陈清侨编:《文化想像与意识形态——当代香港文化政治论评》,香港牛津大学出版社1997年版,第171页。

③ 梁秉钧:《嗜同尝异——从食物看香港文化》,《香港文学》2004年3月号。

④ "瑞士鸡翼"是以鸡中翼为主要材料的一道菜式。鸡翼为"鸡翅"的广东方言。"瑞士鸡翼"产生的故事源自香港的茶餐厅。据说很久以前,香港的茶餐厅推出了这道菜式,由豉油和冰糖腌制,一位外国人品尝后觉得非常美味,不停对侍应说调味酱汁"sweet,sweet"(甜,甜)。餐厅老板英文发音差,以广东话的发音理解为"Swiss",即中文"瑞士"之意。同时,在那个时候,取外国名做菜式包装能提升档次和品位,于是这道豉油鸡翅就正式取名为"瑞士鸡翼",甜酱汁就叫"瑞士汁"。"金必多浓汤"本身是海派西餐的名菜,在奶油汤里添加鱼翅鸡茸,成了中西合璧的菜,颇合上海前清遗老遗少及旧式富商巨贾的口味。1949年后,这道汤流传至台北、香港及各国华人聚居地的"豉油西餐"店,至今仍有余温,如香港湾仔六国饭店的西餐室就有这道汤。这道汤的英文名有人翻译为"Capital soup",有人音译自"Comprador"(买办),而买办在当时是中西商人沟通的中间人和桥梁。

20世纪80年代以来香港小说中的「香港书写」研究

　　这种东西食物文化交汇的情形也反映在小说里。也斯的《后殖民食物与爱情》与陈冠中的《金都茶餐厅》就是其中两篇重要的代表作。两篇小说均写于后"九七"时代，用"食物"作为切入点来观察港人的混杂性文化身份特征，以及如何在中西文化交汇中重新找寻文化归属感。也斯在小说《后殖民食神的爱情故事》里借食神老薛的口"强调食物是理解香港全面政局与个人心理之钥"①。内地学者梁燕丽在分析也斯的小说后提道："'食物'意象既带有生物成分又带有社会成分的双重属性呼应了后殖民文学表现的两大主题：生存环境和身份认同的转型。"②香港学者林沛理也谈道："到香港人心里去的路通过胃，港人对食物的热情隐藏着对生活其他范畴的失望。"③而这些失望的产生，主要源于港人找寻根源文化身份的虚妄。梁燕丽曾分析到小说主人公"我"的困惑："以食物作为隐喻，东西方融合而各自保持尊严，既不西方中心主义，也不自我东方主义，这在理论上似乎不可能，但在香港人的生存经验中似乎早已存在，这难道正是后殖民烙印？这是'我'所不能解的问题。"④这种虚妄虽然也会让无根的港人时常陷人身份认同的困惑中，但随着后殖民时代的到来，他们慢慢适应了这种混杂性身份，并学会了持更多的理解与包容。这从小说里他们对待食物的态度便可管窥一二。

　　在《后殖民食物与爱情》里，"我"的酒吧开张不久后，来自不同背景的朋友为"我"和老何庆祝生日，并带来不同的食物：中东蘸酱、西班牙头盘、意大利面条、葡式鸭饭、日本寿司。在食评人薛公的领导下，"我们"还弄出了"热辣辣的夫妻肺片，甚至夸张地用油锅烧出了糯米酿猪肠"⑤。可到了后来，"我"发现想在饮食问题上取得共识是一件困难的事情，并发出了疑问："这群人要再像以前那样走在一起就难了，真有一种可以适合这么多不

---

①　也斯：《后殖民食物与爱情》，作家出版社2013年版，第131页。

②　梁燕丽：《后殖民的"食物"小叙事——简析也斯的〈后殖民食物与爱情〉》，《香港文学》2012年4月号。

③　也斯：《后殖民食物与爱情》，香港牛津大学出版社2009年版，第267页。

④　梁燕丽：《后殖民的"食物"小叙事——简析也斯的〈后殖民食物与爱情〉》，《香港文学》2012年4月号。

⑤　也斯：《后殖民食物与爱情》，作家出版社2013年版，第2页。

同的人的食物和食肆吗?"①然而,这并不妨碍在香港寻找能令"我们"有愉快进食体验的地方。同时,在这个具有流徙特性的空间里,"我"的朋友圈也处在不断变化之中。这反而让"我们"更珍惜彼此的情谊,如同最后"我"所感慨的:"有些人离开我们到别处生活,又有些新人加入进来。这是个新的时代。事情有时不太顺遂。我们对事老是各有不同的意见,彼此争吵不休,有时也伤害对方,但结果又还是走在一起,也许到头来也会学习对彼此仁慈?"②也就是说,在"混杂性"的文化空间里如何找到"自我"并且定位好自己的文化身份,是港人在后"九七"时代所要面对的重要课题。在小说的最后,"我"已经慢慢领悟到生活在这座城市,最重要的不是试图找寻根源文化身份,而是如何在这些混杂性身份中学会安然处之,并且获得归属感。赵稀方对此的理解切中肯綮,认为这显示出也斯独特的香港后殖民立场,即"自己既不足以成为根源文化,并受到排斥,它自然本能地排斥中心意识、本质主义,同时不排斥混合,注意在冲突中相处"③;"小说从香港食物的外部混杂性的角度,颠覆了香港'本土意识'的统一性。在香港,要寻找和坚持某种本土和正宗看来是十分可疑的,有的只是多元混杂,无怪乎,'我'最后所想念的是一种法国烹饪与泰国调味的结合,一种跨文化的'后殖民食物'"④。

茶餐厅一度被视为"半唐番""杂种""新本土""通俗文化"的代表,⑤并深深植入香港文化的骨髓之中。陈冠中的《金都茶餐厅》正是选择了香港这种独特的茶餐厅文化作为切入点来考察其混杂性的文化身份。他用"半唐番"来形容香港的"混杂性"文化身份,而且是逐步发展起来的:"开始的时候,一定是折衷主义,拿来主义,是时尚噱头,是'刻意趣'(Kitsch),甚至是无心之得。然而,当万千半唐番品种在文化浓汤里适者生存,存活下来的,就出现质的变化,得到足够的承接力,开始了自己的传承,成正果的,叫

---

① 也斯:《后殖民食物与爱情》,作家出版社2013年版,第16页。

② 也斯:《后殖民食物与爱情》,作家出版社2013年版,第19页。

③ 赵稀方:《从"食物"和"爱情"看后殖民——重读也斯的〈后殖民食物与爱情〉》,《常州工学院学报(社科版)》2008年第6期。

④ 赵稀方:《后殖民时代的香港小说》,《香港文学》2007年7月号。

⑤ 潘国灵:《食物与后殖民性随谈》,见 https://www.hkaaa.org.hk/?a=doc&id=9396(香港艺术行政人员协会网)。

'新本土'、叫'后现代'、叫'文化身份'。"①香港的茶餐厅文化就是适者生存的结果,成为香港"半唐番"文化身份的具体表现。对此,陈冠中也不得不承认:"想不到,经过了二十年,我终得承认这(半唐番)是代表香港的。"②于是,在小说里,当介绍金都茶餐厅的菜式时,他把蕴含在其中的"半唐番"文化展示了出来:

> 烧味系列、粥粉面系列、碟头饭系列、煲仔系列、煲汤系列、炒菜系列、沙姜鸡系列、肠粉系列、潮州打冷系列、公仔面系列、糖水系列、越南汤粉系列、日式拉面系列、星马印椰汁咖喱系列、意粉通粉系列;
>
> 俄罗斯系列——牛肉丝饭、鸡皇饭、罗宋汤;
>
> 西餐系列——炸鸡脾、焗猪排饭、葡国鸡饭、忌廉汤、水果沙律;
>
> 西点系列——菠萝油、蛋挞、法兰西多肠蛋、薯条、汉堡、热狗、三文治、奶茶咖啡鸳鸯;
>
> 厨师诚意推荐新菜系列——泰式猪颈肉、美利坚童子鸡、秘制金银蛋咸鱼比萨。③

由此,"我"感慨道:"全球化在我金都,金都厨房真 Can Do。"④茶餐厅文化发展为港人的"Can Do"精神。当茶餐厅因2003年香港环境不好而宣布结业时,看见大家对香港前景持悲观态度的"我"竟然发出了一句"至理名言":"如果茶餐厅都死,香港真系玩完。"⑤可见,茶餐厅(半唐番)文化已经在香港拥有强劲的生命力。与其在混杂性文化空间中寻找根源认同的共识,还不如承认香港本身具有混杂性文化身份就是最大的共识。用陈冠

---

① 陈冠中:《半唐番美学笔记》,见陈冠中、廖伟棠、颜峻:《波希米亚中国》,广西师范大学出版社2004年版,第86页。

② 陈冠中:《半唐番美学笔记》,见陈冠中、廖伟棠、颜峻:《波希米亚中国》,广西师范大学出版社2004年版,第85页。

③ 陈冠中:《香港三部曲》,香港牛津大学出版社2013年版,第212页。

④ 陈冠中:《香港三部曲》,香港牛津大学出版社2013年版,第212页。

⑤ 此句为粤语表述,大致意思是:如果茶餐厅都消失殆尽,香港真是要完了。

中的话来说,就是:"半唐番是香港多元文化中最能建构本土文化身份的一元。"①于是,大家在即将结业的茶餐厅里发起"救亡图存"的签名运动,并且在这个公共领域②发表各自的看法,齐心协力,重新确立了茶餐厅"绝不走高档,坚决发扬港式茶餐厅文化,誓死与人民站在一起,反对全球化和美式速食文化侵略,打破大财团大地产商垄断"③的立场。这其实也暗示了港人希望能够从社会危机中走出来,正如黄子平所言:"陈冠中取'茶餐厅'作为香港危机的'底线',以跳脱利落的粤方言俚语,将'金都茶餐厅救亡运动'卡通化,正是以小喻大,以特殊喻普遍,慧眼独具。"④不过到了最后,"我"还是产生了犹豫,因为作为小市民的"我"无法预测餐饮业前途的稳定性,所以最后陷入两难之中,需要在"Do唔Do"之间作出抉择。如果要Do,就需要有破釜沉舟的姿态。否则,就去上海追求女友。小说最后留下了悬念,留下了"我"的游移不定的态度,但换个角度看,说不定这"正暗蕴草根半唐番的生机与活力"⑤?

实际上,经过多年发展,香港的"半唐番"文化已自成系统,蕴含在其中

---

① 陈冠中:《半唐番美学笔记》,见陈冠中、廖伟棠、颜峻:《波希米亚中国》,广西师范大学出版社2004年版,第91页。

② 本书将茶餐厅视为"公共领域"是符合德国哲学家尤根·哈贝马斯所设想的理念。他认为:"所谓'公共领域',我们首先意指我们的社会生活的一个领域,在这个领域中,像公共意见这样的事物能够形成。公共领域原则上向所有公民开放。公共领域的一部分由各种对话构成,在这些对话中,作为私人的人们来到一起,形成了公众。那时,他们既不是作为商业或专业人士来处理私人行为,也不是作为合法团体接受国家官僚机构的法律规章的规约。当他们在非强制的情况下处理普遍利益问题时,公民们作为一个群体来行动。因此,这种行动具有这样的保障,即他们可以自由地集合和组合,可以自由地表达和公开他们的意见。"([德]尤根·哈贝马斯:《公共领域及其社会结构》,见谭安奎编:《公共性二十讲》,天津人民出版社2008年版,第288页。)当然,这里的"公共领域"也可以称为"公共空间"。也斯曾谈道:"一个公众的空间是你可以经由某些途径、互相尊重的原则之下发表意见、又听到不同意见的地方。这些空间当然要受政治与经济的条件所左右,不会是完全独立的空间。"(也斯:《香港文化十论》,浙江大学出版社2012年版,第165页。)在小说里,来自不同职业背景的人为支持金都茶餐厅继续运营下去而在茶餐厅召开第一次熟食大会,既推举出新的老板及安排其他人员的相关职位,也为未来茶餐厅的走向做出宏观的规划。

③ 陈冠中:《香港三部曲》,香港牛津大学出版社2013年版,第219页。

④ 黄子平:《陈冠中〈香港三部曲〉导读》,见陈冠中:《香港三部曲》,(香港)牛津大学出版社2013年版,第xvii页。

⑤ 黄子平:《陈冠中〈香港三部曲〉导读》,见陈冠中:《香港三部曲》,(香港)牛津大学出版社2013年版,第xix页。

的多种文化并行不悖，并且渗透进人们的日常交际语之中。20世纪60年代香港诗人崑南写过一首名叫《旗向》的著名诗歌，点出了文言、白话、粤语及英语在香港文化这个语境里交汇的情形：

> 起来（不愿做奴隶的人们）
> 噫　花天兮花天兮
> To Whom It May Concern
> That is to certify that
> 阁下诚咭片者　股票者
> 毕生掷毫于忘寝之文字
> 与气候寒暄（公历年月日星期）
> "诘旦Luckie 参与赛事"
> 电话器之近安与咖啡或茶
> 成阁下之材料——飞黄腾达之材料
> 敬启者　阁下梦梦中国否
> 汝之肌革黄乎　眼瞳黑乎[①]

　　可见，这种草根的"半唐番"文化已经在港人的心中获得了默许，而且因多年的身体力行而焕发着蓬勃生机与活力。混杂性的文化身份也使得香港经验由本土和多种"他异"经验共同组成，并且处于不断变动调整的过程中。[②]"香港经验"不再仅仅局限于地理意义上的理解，而是已超出地域范围且融合了世界各地的元素。李欧梵在讨论现代中国的文化批判领域时也承认："香港的政治文化已经是一杂体；它结合了政治和文化，并且将

---

　　① 崑南：《旗向》，香港《好望角》1963年第6期。

　　② 也斯曾经对"香港经验"的不纯粹性举过如下例子，颇能印证本书的看法。他说："香港小说中同样有王璞的深圳经验，蓬草、绿骑士、黎翠华的法国经验，施叔青等人的台湾经验。但'他异'的经验从一开始就是香港经验的一部分。印度人聚居的重庆大厦、石岗锦田一带的尼泊尔族裔、佐敦道发展出来的越南社群、后来中环星期天的菲律宾女佣的聚会、九龙城陆续形成的泰国印尼潮州社群、北角从小上海变成小福建，连带不同族群的食物，互相渗染，令城市的面貌，正如它的文化身份，不断在变化。"梁秉钧：《嗜同尝异——从食物看香港文化》，《香港文学》2004年3月号。

文化批评与日常生活商品相融合。"①因此,承认混杂性的文化身份才能恰切概括港人的身份认同意识,任何试图寻找根源文化的努力都是一种虚妄。

第二节 展开城市空间叙述的多元想象

空间的轮廓、界限和地理往往被用来作为身份认同的论述工具。②也就是说,空间被不同立场的人以不同方式挪用为各种身份认同论述的工具。因此,"空间隐喻为本土身份认同提供了想象媒介,其中城市更是与香港这种大都会的所谓'本土'文化密不可分的"③。作为公共空间的香港,小说为这种"空间隐喻"提供了展示的载体。尤其自回归过渡期以来,不少作家对香港的未来感到迷茫和无力,担心这座城市的文化身份会由混杂性逐渐变成单一化。反映在文学上,那就是作家需要思考"如何书写城市现实多元复杂的面貌,提防不要把它简化"④。不少作家常常把对城市的看法通过寓言的方式表达出来,期待能形成对这个空间更多元的想象。王德威对香港文学进行考察后发现:小说在这个地方是一个以"叙事作为行动"的总称。⑤他认为:"香港在过去的几百年来,从无到有,本身的传奇色彩其实就是小说从无到有,最具有创造性与想象力的一种实践过程,香港的未来仍然需要小说家来创造不同的说法,给予不同论述的可能";"是香港这个地方,再一次让我们理解到,小说作为文类生生不息的可能性,而以小说对抗

---

① 李欧梵:《批判空间:论现代中国的文化批判领域》,见廖炳惠编:《回顾现代文化想象》,台湾时报文化出版社1995年版,第23页。

② Anthony Vidler. *The Architectural Uncanny: Essays in the Modern Unhomely*, Cambridge:MIT Press, 1992, p.167, 转引自 Jane M. Jacobs. *Edge of Empire: Postcolonialism and the City*, London and New York: Routledge, 1996, p.3.

③ 朱耀伟:《小城大说:后殖民叙事与香港城市》,见张美君、朱耀伟主编:《香港文学@文化研究》,香港牛津大学出版社2002年版,第254页。

④ 也斯、陈智德:《文学对谈:如何书写一个城市?》,《文学世纪》2003年1月号。

⑤ 陈芳访问、整理,赖映记录:《小说虚构的力量——专访王德威教授》,《明报月刊》2017年1月号。

当代，可能是这一代作者和读者对于小说，对于香港的最深期望"。①实际上，这与香港不断创造容许自由想象的异质性书写空间有很大的关系。香港文学化不可能为可能，竟折射了香港本身开埠以来，无中生有的想象力与韧性。②

相较于中国文学正统的"乡土/国家"论述，现实/写实主义并未能在香港取得主导性地位，反而是在城乡交接地带形成多重可能的书写空间。作家以"想象香港"作为出发点，建构一个"存在"（becoming）的香港，而不是"已然"的香港，从而进一步定位香港的文化身份。凯文·林奇对如何理解"作为文化形象的城市"曾提出如下看法："城市可以被看作是一个故事、一个反映人群关系的图示、一个整体和分散并存的空间、一个物质作用的领域、一个相关决策的系列或者一个充满矛盾的领域。"③因此，关于如何"想象香港"，要视乎作家如何讲述这座城市的故事，也就是他们叙述香港的策略。从中可发现也斯所言，这些故事"告诉了我们他站在什么位置说话"④。具体而言，就是"书写的方法上，城市也提出了很大的挑战。应该怎样写城市，要怎样认识城市？"⑤这如同罗兰·巴特所说的，可以将认识城市视为一种谈话，"其实这种谈话是一门语言：城市用它和居住者对话，我们通过居住在这里、徜徉其间、观察它来使用这门语言，使用这座城市——这个我们居住的城市"⑥。

于是，我们可以看到20世纪80年代以来作家对"城市"的想象是与香港的社会历史发展紧密相连的，并不完全在现代主义等理论的观照下进行书写。自从20世纪70年代西西在《快报》连载著名长篇小说《我城》以后，"X城"成为往后的作家建构这座城市的代名词。这是因为"她的小说为香

①　李薇婷：《王德威教授论以小说对抗当代——兼记〈岭南学报〉复刊学术会议之四》，《明报月刊》2017年1月号。

②　王德威：《香港：一座城市的故事》，见张美君、朱耀伟主编：《香港文学@文化研究》，香港牛津大学出版社2002年版，第320页。

③　[美]凯文·林奇：《城市形态》，林庆怡等译，华夏出版社2001年版，第27页。

④　也斯：《香港文化十论》，浙江大学出版社2012年版，第2页。

⑤　也斯、陈智德：《文学对谈：如何书写一个城市？》，《文学世纪》2003年1月号。

⑥　[法]罗兰·巴特：《符号学和城市》，见[英]诺南·帕迪森编：《城市研究手册》，郭爱军、王贻志等译校，格致出版社、上海人民出版社2009年版，第67页。

港文学开辟了新的艺术疆域,也带出了以香港为本位,我手写我城的'我城'意识和书写风气"①。这源于《我城》里有一段能恰切反映当时港人面对身份认同困惑的经典对话,具体如下:

> 我没有护照。他们说,如果这里的人要到别的地方去旅行,没有护照是麻烦透顶的事。在这个城市里的人,没有护照而想到别的地方去旅行,要有身份证明书。证明书是用来证明你是这个城市的人,证明书证明你在这个城市里的城籍。
>
> ——你的国籍呢?
>
> 有人就问了,因为他们觉得很奇怪。你于是说,啊,啊,这个,这个,国籍吗。你把身份证明书看了又看,你原来是一个只有城籍的人。②

　　主人公阿果在一次出游时被问及"喜欢做谁的子孙"时,很肯定地回答"当然做皇帝的子孙"③后,有人就善意地提醒他"做皇帝的子孙"在这个城市是没有护照的,也就是说没有国籍。④这才让阿果恍然大悟,对自己的身份有了更多地了解和自省。西西发明的"城籍"一词,恰好暗示出港人身份的无所依归,于是"我城"便成为港人形容自己所生活的这片家园的代名词,以此确认自己的归属感。现在,"我城"已成为港人指代自己所生活的这片土地——香港——的代名词。20世纪70年代,正好是香港意识高涨的时期,也是港人建立与城市休戚与共的命运共同体的时代。吕大乐形容整个70年代处于港人"建构一个自成一体的香港社会的过程"⑤。

　　时间进入20世纪80年代,随着香港回归期限的确定,港人对香港的空间想象有了新的转变。坚固的"我城"意识不再,随之而来的是要面对一个

---

① 蔡益怀:《"我城"——香港文学在地书写六座标》,《粤海风》2017年第1期。

② 西西:《我城》,广西师范大学出版社2010年版,第156页。

③ 西西:《我城》,广西师范大学出版社2010年版,第156页。

④ 文中"只有城籍的人"其实是有所指的,就是那些本身来自中华人民共和国的公民移居香港,因定居香港而不能取得中国内地的护照;或者指出生在香港,但没有英国国籍的群体。

⑤ 吕大乐:《唔该,埋单——一个社会学家的香港笔记》,香港牛津大学出版社2007年版,第105页。

摇摇欲坠的"浮城"。连之前对港人的身份认同持无比自信态度的西西也开始陷入彷徨之中，为此创作出"肥土镇"系列寓言和《浮城志异》这篇图文互涉叙事小说。其中，《浮城志异》已经没有了《我城》的那种"轻逸"感。"浮城"隐喻着在《中华人民共和国香港特别行政区基本法》结构草案制订下前途未卜的香港。文字读起来"轻"，但实则蕴含着"无根"的"重"。浮城的命运到底何去何从，小说也表达了类似的疑虑，第五节《眼睛》里是这样说的："睁开眼睛，浮城人向下俯视，如果浮城下沉，脚下是波涛汹涌的海水，整个城市就被海水吞没了，即使浮在海上，那么，扬起骷髅旗的海盗船将蜂拥而来，造成屠城的日子；如果浮城上升，头顶上那飘忽不定、软绵绵的云层，能够承载这么坚实的一座城吗？"①以上这段话里面的海盗船蜂拥而来比喻英国对香港殖民统治的开始，而"浮城上升"实则隐喻香港回归的事件。就像文中提到的，如果"海、天之间的引力改变，或者命运之神厌倦了他的游戏"②，那么浮城将不会维持悬在半空的现状。"是的，如果浮城头顶上有坚实的云层，浮城的上升就成为可喜的愿望，还抗拒些什么呢？"③这暗示了如果回归后内地能保证港人继续过上自由、繁荣的生活，他们是不会抗拒回归这个事实的，因为"浮城居民辛劳的成果，是建设了丰衣饱食、富足繁华的现代化社会"④。可见，浮城人内心恐惧的事情就是怕头顶上的云层不足以承载浮城的重量，而浮城人的疑问实际上反映了当时港人面对"九七"回归事件的真实感受。

当不能得到确切答案时，第十章《翅膀》一节便告诉了我们不少浮城人的选择："一半以上的浮城人，则希望自己长出飞行的翅膀。对于这些人来说，居住在一座悬空的城市之中，到底是令人害怕的事情。感到惶恐不安的人，日思夜想，终于决定收拾行囊，要学候鸟一般，迁徙到别的地方去营建理想的新巢。"⑤可是，飞到哪里去？飞去之后能否真正找到让自己的心灵安顿下来的地方？小说并没有直接把答案告诉我们。然而，从第十一节

① 何福仁：《浮城1.2.3：西西小说新析》，三联书店（香港）有限公司2008年版，第85页。
② 何福仁：《浮城1.2.3：西西小说新析》，三联书店（香港）有限公司2008年版，第85页。
③ 何福仁：《浮城1.2.3：西西小说新析》，三联书店（香港）有限公司2008年版，第87页。
④ 何福仁：《浮城1.2.3：西西小说新析》，三联书店（香港）有限公司2008年版，第87页。
⑤ 何福仁：《浮城1.2.3：西西小说新析》，三联书店（香港）有限公司2008年版，第91页。

《慧童》的文字里,我们能感受到无法做到弃城而去的西西其实内心还是对浮城的未来充满乐观的期待,并选择与"我城"紧紧联系在一起。本节所配的图画是一个长着稚气脸的孩子抱着一个具有成熟气质的母亲。小说提道:"她们的孩子,成为家庭中的支柱,取代了她们作为家长的地位,倾覆了她们传统的权威。"①也就是说,浮城人的新一代还是有希望的。小说继续提道:"她们的心中一直积存着疑虑与困惑,她们有许多悬而未决的难题。这时候,她们想起了智慧孩子,也许,一切将在他们的手中迎刃而解。"②母亲们在她们那个年代能创造的奇迹和辉煌,在慧童那儿同样能够做到,并且也会做得更好。虽然也有学者提出疑问,认为这浮城并不是指代"香港"③,但无疑西西用"浮城"来形容当时的香港处境,为想象香港开辟出新的叙述空间。

既然港人前途命运如"浮城"一样充满未知数,那么整座城市也陷入了集体的抑郁氛围,"仿佛某种灾难随时要发生,但又不知是什么灾难"④。当压抑气息蔓延在整座城市之际,"世纪末"的放纵狂欢心态也悄然在港人心中燃烧。正如也斯在《后殖民食神的爱情故事》里所言:"大家满腹疑虑,诿过于人,但不见得就能令自己心里更加快乐。总之有得玩就玩,今朝有酒今朝醉!"⑤因此,一股股怪现状在这城市轮番上演,使这座城市陷入了"狂城"的乱象。

心猿的《狂城乱马》以嬉笑怒骂的无厘头方式描述了这些怪现状,从中也渗透着"世纪末的华丽"⑥的凄然之美。在香港即将跨越"九七"大限之前,小说用"狂城"暗喻香港,"乱马"暗喻港人。一方面,这种"狂"与"乱"将

---

① 何福仁:《浮城 1.2.3:西西小说新析》,三联书店(香港)有限公司 2008 年版,第 95 页。
② 何福仁:《浮城 1.2.3:西西小说新析》,三联书店(香港)有限公司 2008 年版,第 95 页。
③ 张系国曾提出:"浮城是香港吗?我肯定告诉读者它不是!……却可能是地球上任何一个城市。"董启章编:《说书人——阅读与评论合集》,香港香江出版有限公司 1996 年版,第 144 页。
④ 也斯:《后殖民食物与爱情》,作家出版社 2013 年版,第 143 页。
⑤ 也斯:《后殖民食物与爱情》,作家出版社 2013 年版,第 143 页。
⑥ "世纪末的华丽"曾经是解严后台湾文学品位的一种风尚。陈芳明曾言:"把'世纪末'与'华丽'两种想象并列置放时,竟产生苍凉凄美之感。这种美学出现在威权时代崩坏而开放社会犹未诞生之际,确实有其诡奇魅感的吸引力。"陈芳明:《世纪末文学·世纪初台湾》,见刘亮雅:《后现代与后殖民:解严以来台湾小说专论》,台湾麦田出版·城邦文化事业股份有限公司 2006 年版,第 9 页。

后现代的混杂性美学空间渲染得淋漓尽致。作者在小说的《后记》中也谈及："我关心的是比较古怪的小问题：雌雄同体、都市空间、混杂（不是混蛋）文化，大概比较适合在这样的空间活动。"①故事并不复杂，时间跨度也不大，主要以中年摄影记者老马和八卦版记者纽约水无端落入一场政治风波，并且在这个"都市迷宫"中想办法逃离的冒险旅程为叙事线索。在这场冒险旅程中，老马目睹混杂文化如何融汇在这座城市的多元空间里，既有"吴宇森的英雄片集锦、叶玉卿的千娇百媚、大佛开光、中英斗法、艾慕杜华、日本漫画、男扮女装、性别越界、《叫父亲太沉重》、《血染的风采》，甚至彭定康外加民主示威走马灯般来到眼前"②，也有在一个广场及其附近"小贩在路旁摆了档摊、小吃店的蒸笼搁在门前、几个青年男女染了头发在戏院门前扭动身躯、几个孩子在玩溜板、菲佣坐在台阶一角野餐"等"看来充满危险但又是各种各类活动同时和平共存"③的情形。脱险后的老马认出"这正是他喜爱的城市的混杂空间"④。另一方面，"狂"与"乱"的混杂状态又让小说主人公不知如何摆脱受控制的阴影并重新找回自我身份，小说这样描述老马的心态：

> 我们从<u>历史的噩梦</u>中醒来，摸不到自己的头颅。
> 我对着一盘混杂的麻辣火锅，或我对着影像的<u>拼盘</u>，一曲<u>众音纷陈</u>的即兴爵士乐色士风的演奏。历史要作一个总结了，一双巨大的手合上了账簿。
> 一切都注定，一切都已太迟了，我在哪里？
> <u>我不知自己身处何方，梦里不知身是客。</u>
> 太迟了，我赶不上。
> 总是赶不上，<u>历史的渡船</u>，是零余者，<u>幸存的人</u>？
> 老天，醒来吧？

---

① 心猿：《狂城乱马》，香港青文书屋1996年版，第246页。
② 王德威：《香港：一座城市的故事》，见张美君、朱耀伟主编：《香港文学@文化研究》，香港牛津大学出版社2002年版，第337页。
③ 心猿：《狂城乱马》，香港青文书屋1996年版，第244~245页。
④ 心猿：《狂城乱马》，香港青文书屋1996年版，第245页。

我已醉了，你真的醉了？

真的，天南地北，一片旋转而晕眩的梦，你是什么呢？

你努力，努力从恶梦中醒来，带着历史血淋淋的恶梦。

你不知该怎样做，你不知你如何可以不钉死在<u>他人的影像</u>里，做<u>自己的主人</u>。①（注：下划线为笔者所添加）

从"历史的噩梦""混杂""历史的渡船""零余者""他人的影像""自己的主人"等词组和短语里，我们可以体会到老马面对过去的无力和面向未来的困惑。实际上，整个冒险故事的开端就是从老马和纽约水无端卷入一场政治大阴谋开始，中途历经香港的过去与当下发生的种种混乱事件，到如何艰难逃离并重回充满是非的人间结束。这对他们来说就像一场噩梦，中途还遭高干子弟嘲笑和鄙视作为港人的身份而无可奈何，好几次以为成功逃脱他的阴影而又不幸重新遇上，只能落入"无家可归"和重新寻找"家"的过程。最后虽然成功脱险，但已经伤痕累累，在除夕夜只想默默等待新年的来临，做回自己家园的主人。这也暗喻了回归前夕港人对自我身份的疑惑及对未来的疑虑，希冀能够摆脱外在势力的干扰，重新定位作为"主体"的自我文化身份，能够在这座城市重建"精神家园"，而不再做历史的"零余者"、心灵的"流亡者"。

时间进入后"九七"时代，港人"悬浮"乃至"狂乱"的心终于安顿下来。然而，当身体不再选择离去，不少港人却发现精神依旧荒芜，这座城市于他们而言极其陌生。有许多隐疾会随时因外界力量的干扰乃至摧毁而发生病变，牵一发而动全身，不断加速，使这座城市走向消亡。在诸多不稳定因素存的情况下，港人的心灵继续处于漂泊甚至是流亡的状态。此处的"流亡"到底是一种怎样的状态？萨义德的《寒冬心灵》对此做了恰当的解释，他认为："流亡是过着习以为常的秩序之外的生活。它是游牧的、去中心的（decentered）、对位的；但每当一习惯了这种生活，它撼动的力量就再度爆发出来。"②如同《狂城乱马》里提到的，是为了"不钉死在他人的影像

---

① 心猿：《狂城乱马》，香港青文书屋1996年版，第204~205页。

② [美]爱德华·W.萨义德：《知识分子论》，单德兴译，生活·读书·新知三联书店2013年版，第1页。

里"，为了让心灵得以安顿。于是，在一些作家的想象里，香港就如同一座逐渐腐化、糜烂进而消失的城市。潘国灵在长篇小说《写托邦与消失咒》里就把这座岌岌可危的城市称为"沙城"，将心灵处于流离失所和流亡状态的港人喻为"消失人"。小说借写一位不安于现状的作家的消失来隐喻"沙城最终是会变成泡影的"①结局，而且是不能扭转与不可抵抗的。那么"沙城"一名是如何得来的，小说这样写道：

> 真正巨大的冲击还要等"时间零"的几年之后，沙城人抵受得住自己的尘埃抵挡不了外来的风暴。一场沙尘暴自北方吹来……但那种入侵浮城的粗沙粒经化验，很快证实来自极其干旱的沙漠，跟浮城的气候完全不符，确定是一种外来的异质物，经过动物或人类宿主的流动身体，而悄悄进入浮城的。为防止吸入粗沙异质物，浮城人纷纷戴上口罩如戴着一个面具似的，从此没有卸下。气候剧变，沙尘暴自此隔不久从外袭来，大大小小不同级数的，内含不断变种的毒。毒成为常态，变成悬浮粒子，变成每日生活的景致。终于再无漂浮的梦，只剩沉降，浮城告别，正式进入"沙城"时代（如今我们称"浮城"，也叫"前浮城"了）。②

由此可见，"外毒"入侵，使得防御能力极弱的城市迅速倒下。往后随着更多病毒的侵蚀，浮城人对这座城市的未来已无所期盼，就如同上面所提到的"终于再无漂浮的梦，只剩沉降"。也就是说，这座城市已失去"造梦"的可能，只剩下活生生的残酷现实。在潘国灵的笔下，沙城"充斥过度发展的消费与浪费、政治的压抑与禁制、文化的稀薄和功利、社会的分歧和贫富不均、族群的决裂和孤绝等等积劳成疾的病变，而当这些人与城市的疾病变成绝症以后，便只有消亡的终局"③。然而，叙述者对此并没有完全绝望，而是为生存在这座无根之城的人创设了新的空间——"写托邦"。主

---

①　潘国灵：《写托邦与消失咒》，台湾联经出版事业股份有限公司2016年版，第269页。

②　潘国灵：《写托邦与消失咒》，台湾联经出版事业股份有限公司2016年版，第268~269页。

③　出自洛枫为该长篇小说写的序言：《极端生命的残酷阅读——潘国灵和他的消失角色》，见潘国灵：《写托邦与消失咒》，台湾联经出版事业股份有限公司2016年版，第10页。

人公兼"消失人"游幽就是因不能忍受这种失去想象力的唯一空间而遁入消失之境"写托邦"的作家,并把即将消失的沙城写入他的故事里。

　　这个"写托邦"类似于福柯所设想的"异托邦"(heterotopias)①的混杂状态。如果说"异托邦"是作为"乌托邦"的镜像而存在,那么"写托邦"就对应着"沙城",并照见沙城的"存而不在"。因此,"写托邦"给这群心灵的流亡者一个重新观照自我与沙城关系的空间,成为他们寻求心灵庇护与安顿的处所。游幽虽然无法返回沙城,但在"写托邦"里实现了安静写作的愿望,能够"完全从现实世界中撤走了,不再属于它自然也不再受困于它"②,最后获得心灵上的解脱。"沙城"虽然是作家对这个城市的一种想象,但或许能给当下充满"隐疾"的城市一个有意味的警醒。否则,它只能走向毁灭的结局。

　　从"我城""浮城""狂城"到"沙城"这条发展线索里,③我们可以看到作家对这座城市的想象是以逐渐悲观的面貌呈现出来的,即"我城"在当下的种种危机下慢慢走向消失,甚至是灭亡。出现这种想法的主要原因是,他们害怕香港混杂性的文化身份及多元的文化空间会随着回归及后"九七"时代的来临而逐渐消失。香港以及香港文化的前途,是否真的如作家所想象的那样无望呢?这确实是当前"香港书写"无法回避的一个重要问题,而且与香港在"混杂性"文化身份中如何定位自我有着极大的关系。因此,作家希冀通过"想象香港"的方式来保存这块独特的混杂性文化空间,为重返

---

　　① 　福柯在论及"异形地志学"(heterotopology)时提出,理解当代世界的方法需从"空间"出发,并于1984年发表的一篇重要文章《另一空间》中提出"异托邦"(heterotopias)的混杂状态。属于"异质空间"(heterogenous space)的"异托邦",与"乌托邦"(utopias)形成镜像的关系。作为"乌托邦"的镜子,"异托邦"带有"他者"(Other)的属性,并照见自我的存而不在。用福柯的话来说,就是"I find myself absent from the place where I am"。(Michel Foucault. "Of Other Spaces: Utopias and Heterotopias", in *Rethinking Architecture: A Reader in Cultural Theory*. Ed. Neil Leach. London & New York: Routledge, 1997, p.352.)这两个词有什么不同呢?乌托邦是一个在世界上并不真实存在的地方,而"异托邦"不是,对它的理解要借助于想象力,但"异托邦"是实际存在的。尚杰:《空间的哲学:福柯的"异托邦"概念》,《同济大学学报(社会科学版)》2005年第3期。

　　② 　潘国灵:《写托邦与消失咒》,台湾联经出版事业股份有限公司2016年版,第76页。

　　③ 　本书归纳这条线索是基于作家所处的社会历史阶段下香港呈现出来的具有代表性的面貌,主要表现为线性发展的顺序,但也有共时发展的形态,如,"浮城"与"狂城"其实是共同呈现出回归过渡期港人的无根感与面对未知前途的恐慌感和压抑情绪。

"我城"发出属于自己的声音。

第三节 建立超越中西话语支配的"第三空间"

既然无法有效确认单一的文化身份认同，那么在具有混杂性特征的流徙空间里寻求并建构香港文化的"主体性"身份，便成为不少作家笔下"香港书写"的关注点。小说这种形式天然与叙事紧密相连，所以文化身份的探寻多由小说叙事来承担。在"回归过渡期"以及后"九七"时代，恐慌、焦虑和无助等种种负面情绪存在于不少港人身上，而且他们始终害怕失去主体发声的权利。不少作家同样对回归后的香港文化前景充满迷茫和担忧，到处弥漫着不安全感，而这些感受主要来源于他们将内地文化视为"他者"，害怕被作为"他者"的内地文化收编，对当代中国文化也表现出复杂的态度。为了能使香港文化重新拥有自主发展的空间，以逃离中英双重文化力量的控制，他们期待香港文化能形成一个既包容又超越于中国内地和英国文化话语力量支配下的"第三空间"（Third Space）。

一

"第三空间"（Third Space）是由美国学者爱德华·W.索亚（Edward W. Soja）于法国思想家、社会理论家亨利·列斐伏尔在城市研究的"三个空间"理论（空间实践、空间再现、再现空间①）基础上提出并付诸实践的一个重要跨学科批评概念，来自《第三空间——去往洛杉矶和其他真实和想象地方的旅程》（1996年出版）。索亚分析了他提出的三种"空间认识论"，即第一空间认识论（感知的空间）、第二空间认识论（构想的空间）和第三空间认识论（实际的空间）。对于"第三空间认识论"，索亚认为："它源于对第一空间——第二空间二元论的肯定性解构和启发性重构，是我所说的他者化——第三化的又一个例子。这样的第三化不仅是为了批判第一空间和第二空间的思维方式，还是为了通过注入新的可能性来使它们掌握空间知

---

① 这是根据英文翻译而成的中文，英文分别对应为：spatial practice，representations of space，representational spaces。

识的手段恢复活力,这些可能性是传统的空间科学未能认识到的。"①"第三空间"的基本宗旨是"超越真实与想象的二元对立,把空间把握为一种差异的综合体,一种随着文化历史语境的变化而改变着外观和意义的'复杂关联域'"②,所以它永远保持一种开放的姿态,为传统空间科学③的突破提供新的可能性。内地学者姚媛也曾说过:"第三空间是一个非实体性的结构,是无形的、抽象的、比喻的空间。在这个空间,双方或多方相互混合而生成第三方。混合并非同时共存、简单叠加,而是双方或多方在相互影响和作用之下交叉、融合并最终发生转化。其间,各方之间的界线变得模糊,乃至消失。第三空间不是一个闭合的、不变的空间;相反,它具有开放性和流动性,不断吸收新的因素,永远处在变化之中。"④此外,霍米·巴巴也阐发过"第三空间"的概念,且就此"引出了'杂交性'(hybridity),并将它放置在'作为他者的第三化范型'之中。以此'杂交性'筑构起反抗本质主义、解构文化帝国主义以及挑战单一现代性话语"⑤。它"关心殖民空间中'权力和统治作用于符号和主体化的过程',关心在文化关系领域内'象征结构或表现机制立刻转变成了社会话语的中介和政治策略的运作实体'"⑥。这些物质空间随着不同身份的人物之间关系的变化而变化,空间的变化又反过来影响人物身份,使之发生改变。空间和身份都变动不居。物质空间与人物身份相互作用,使此处/彼处、里面/外面、中心/边缘等空间界线和不同种族、文化、民族国家之间的身份界限变得模糊不清,第三空间由此而产生。⑦

在试图站在"第三空间"立场来书写"香港"时,香港作家更多着眼于香

---

① [美]爱德华·W.索亚:《第三空间——去往洛杉矶和其他真实和想象地方的旅程》,陆扬等译,上海教育出版社2005年版,第102页。

② 汪民安:《文化研究关键词》,江苏人民出版社2007年版,第48页。

③ 指第一空间和第二空间的思维方式。

④ 姚媛:《身份与第三空间:迈克尔·昂达奇作品主题研究》,南京大学出版社2011年版,中文提要第5页。

⑤ 汪民安:《文化研究关键词》,江苏人民出版社2007年版,第49~50页。

⑥ 赵稀方:《后殖民理论》,北京大学出版社2009年版,第110页。

⑦ 姚媛:《身份与第三空间:迈克尔·昂达奇作品主题研究》,南京大学出版社2011年版,中文提要第5页。

港文化与中国内地文化那种既融合又冲突的关系。简单来说，就是探究"本土性与中国性的内在矛盾"的命题。为了能有效抵抗分别来自中国内地文化和英国文化所形成的本质主义和中心主义，使香港文化永远保持一种不受某一文化话语力量支配下的开放多元状态，"第三空间"理论在"九七"回归的现实背景下受到香港及海外学术界的青睐。受此影响，不少香港学者认知香港的文化身份亦是如此。用美籍华裔学者周蕾的话来概括，"第三空间"反映的香港是一个"既不是寻根也不是混杂"的"崛起的社会"。①

然而，这种视角的探讨并未能有效缓解他们对香港前途焦灼不安的态度。事实证明，"混杂性"的文化身份并未能使20世纪80年代以来的"香港书写"切实有效地建立起"第三空间"。不少作家以"香港"作为一个隐喻的整体，通过寓言化、陌生化、超现实及志异想象等现代和后现代的处理手法，将"第三空间"的想象寄托于香港及香港文化的未来。这不仅使小说中的文化身份话语有了象征性与故事性，还有了想象性。身份的表达始终是一种和自我相关的想象，②其中最具代表性的就是在众声喧哗的文化场域里通过"边缘"和"夹缝"两种视角潜在表达建设自身主体性的诉求。

二

关于如何看待"香港"的地位，有香港学者曾提出一种较有代表性的看法，即无论语言、文化传承、地理环境还是生存条件，香港都无法自外于"中原"，但客观情况又注定香港要扮演"边陲"角色（绝无可能另谋发展），而且往往被内地与台湾皆视为边陲。③一直以来，谈到"边缘"一词，很容易让人产生"被冷落"的贬义色彩。相较于中心的边缘者而言，也较易产生自卑情绪。即便如此，香港学者和作家对"边缘论"的看法还是莫衷一是的。

最早探索香港文化"边缘性"特点的是李欧梵的文章《香港文化的"边

---

① [美]周蕾：《写在家国以外》，香港牛津大学出版社1995年版，第108~115页。
② 王艳芳：《异度时空下的身份书写——香港女性小说研究》，中国社会科学出版社2015年版，第24页。
③ 郑树森：《香港文学的界定》，见黄继持、卢玮銮、郑树森：《追迹香港文学》，香港牛津大学出版社1998年版，第55页。

缘性"初探》。李欧梵认为：自处于边缘并不等于把自我视为"弱势"。①他在这篇文章里同时指出香港处于边缘地位的意义一直没有受到重视，之所以提出这一观点的缘由是基于以下两点：①"柯恩的边缘论中的主要城市是上海。从19世纪末叶到20世纪中期，香港似乎一直处于上海的阴影之下，它和上海形成了一种密切的姐妹城的关系，但上海仍处于主宰地位。同是租界口岸——也许因为香港割属英国……香港却变成了化外之地，边缘的边缘"②。②"香港的从属地位也是五四以来知识分子视为理所当然的事……经过多少年来的政治革命，知识分子的地位(诚如余英时所述)已经被政权逼向边缘化，但并没有改变他们的中心心态，所以他们也无法从边缘的立场透视问题，更不会对边缘地区如香港感兴趣……这一种大陆知识分子的中心心态，我认为一直持续到现在，几乎没有任何人对于香港文化和历史有真正的兴趣"③。

　　边缘立场的提出，与李欧梵前半生从流亡到边缘的个人经历有关。他愿意用积极的眼光并站在"第三空间"的立场来审视这种边缘的位置：①"我感到一种强力推动我积极致力于与两种文化的对话"④；②"也许是意识到这种思想交战的需要，使我没有完全'迷失'于两个大陆之间"⑤。他认为当前人们的思维模式"仍然是一元而非多元"⑥，而"打破这种二元论法(基于一元心态)的可行之径就是把自己置于两种文化的边缘地位"⑦。因此，当把兴趣投入对香港文化的研究时，他发现，也许香港文化的特色，就在于它的"杂"性，它可以处在几种文化的边缘——中国、美国、日本、印度——却不受其中心的宰制，甚至可以"不按牌理出牌"。⑧于是，李欧梵的"杂种"

　　① 李欧梵：《寻回香港文化》，广西师范大学出版社2003年版，第160页。
　　② 李欧梵：《寻回香港文化》，广西师范大学出版社2003年版，第153页。
　　③ 李欧梵：《寻回香港文化》，广西师范大学出版社2003年版，第154~155页。
　　④ 李欧梵、季进、宋洋：《身处中国话语的边缘：边缘文化意义的个人思考》，《当代作家评论》2008年第1期。
　　⑤ 李欧梵、季进、宋洋：《身处中国话语的边缘：边缘文化意义的个人思考》，《当代作家评论》2008年第1期。
　　⑥ 李欧梵：《寻回香港文化》，广西师范大学出版社2003年版，第159页。
　　⑦ 李欧梵：《寻回香港文化》，广西师范大学出版社2003年版，第159页。
　　⑧ 李欧梵：《寻回香港文化》，广西师范大学出版社2003年版，第161页。

说应运而生,揭示了香港文化的混杂性与边缘性是紧密相关的。

香港本来就是一个多元开放的中转站,任何的悲欢离合都不会在此做过多停留,而这也恰恰反映出书写香港的困境。台湾学者叶维廉曾对此提出疑问:"如何把'永远在边缘永远在过渡'的状态转化为一种正面的力量?"①施叔青通过她的女性视角和边缘立场回应了这个问题。她的《香港三部曲》以青楼红妓黄得云的一生及其后影响贯穿香港百年的受殖民统治历史作为书写对象,以求为香港立传。她曾在第十二届台湾文艺奖颁奖典礼上发表的获奖感言中提道,中国的文学传统,由古至今大部头的大河力作,几乎无一不出自男性作家笔下,因缘际会,她移居当时还是受英国殖民统治的香港,身处华洋杂处的受殖民统治社会,"触动了我以小说撰写香江百年历史的契机,我有意识地采取女性的角度,创造一个受性别、阶级、种族三重压迫的人物——黄得云,以小博大,站在女性立场发言,找回诠释历史的权力,而一直以来这项权力都是掌握在男性作家手中。但愿我的香港三部曲填补了这个空缺"②。细读小说,可以发现施叔青之所以发表这段得奖感言与她身处边缘立场有着极大关联。这种边缘立场不仅体现在小说中的女性叙事,还将黄得云的命运走向与受殖民统治后香港的盛衰联系起来,用黄得云与英国人的感情纠葛来反映香港与英国的恩怨情仇,以黄家的发迹史来影射香港的百年受殖民统治史。由此可知,她把香港历史当成一部传奇来书写,通过关注被主流历史和社会双重遗弃的妓女等底层弱势群体,用"以小博大"的叙述方式,把"边缘"写入"中心",以此尝试为香港赢回历史书写权。虽然对于香港来说,施叔青只是一个过客,但她那一颗融入香港、热爱香港的心让她的香港意识得以彰显。

董启章的《地图集》没有再现某个时期的风物人情,而是通过似是而非的地图学理论来对V城展开另一层次的虚构,而"虚构"成为贯穿整部小说的重要关键词。关于"虚构",小说是做过一番解释的:"虚构(fiction),是维多利亚城,乃至所有城市的本质;而城市的地图,亦必然是一部自我扩充、

---

①　叶维廉:《全球化与回归后的香港文学》,见张美君、朱耀伟主编:《香港文学@文化研究》,香港牛津大学出版社2002年版,第274页。

②　施叔青:《第十二届台湾文艺奖得奖感言》,见 https://www.ncafroc.org.tw/award-artist.aspx?id=1260(台湾文化艺术基金会网)。

修改、掩饰、推翻的小说。"①同时,这部小说还有一个副标题,叫"一个想象城市的考古学"。可见,V城地图不是固定不变的,而是自鸦片战争后就因各方势力的博弈而不断上演着"自我扩充、修改、掩饰、推翻"的现象。面对不同势力渴求拥有对V城地图解释权的现象,董启章反其道而行之,用个人话语来消融各种宏大叙述话语,以反线性的时间观来建构心目中的香港,期待一个能有主体权利发声的"香港"出现。在董启章看来,让香港地图呈现出它的"可能性"比随意对它作出裁定更为重要,因为这才能准确理解香港作为百年受殖民统治之地的本质特征。这与他在《地图集》中所推崇的"虚构"理念是相一致的。他在《地图集》的后记中也明确表达过这种想法:在九七年,我选择不去写它的当下,而写它的过去,但也同时写它的未来。从未来的角度,重塑过去;从过去的角度,投射未来。在过去与未来的任意编织中,我期待,一个更富可能性的现在,会慢慢浮现。只有一个富有可能性的当下,才是人能够真正存活的当下。②由此可见,董启章希望用"虚构"和"可能性"来解构宏大叙述话语中的"真实"及"确定性"。这源于他尝试站在边缘位置来审视和反思各方势力争夺V城地图解释权的现象。总的来看,他同样是凭"以小见大"的叙述方式,把处于"边缘"位置的香港写入笔下的"中心",以此为港人争取"书写香港"的自主权做出一些努力。

在面对香港所处的"边缘"位置时,也斯持有的观点则与李欧梵相反,他认为香港并没有以主动的姿态来接受"边缘论"。他说:"边缘性并不是一个时髦的名词,而是一个长远以来被迫接受的状态。"③对于香港文学的认知,亦是如此。关于它的历史定位问题,学术界与文学界历来存在两种针锋相对的观点,一种是从"大中华"意识出发,强调香港文学与祖国传统文化的历史渊源和现实承继关系,将香港文学纳入中国文学的整体板块中进行审视;另一种则强调香港文学的独立性,突出香港文学意识,以求摆脱被大陆文学阵营收编并被边缘化的命运。④针对这种二元对立观点长期存

① 董启章:《地图集》,台湾联经出版事业股份有限公司2011年版,第75页。
② 董启章:《地图集》,台湾联经出版事业股份有限公司2011年版,第162页。
③ 梁秉钧:《香港文化专辑·引言》,《今天》1995年总第28期。
④ 白杨:《文化想像与身份探寻——近五十年香港文学意识的嬗变》,吉林人民出版社2006年版,第80页。

在的情形,也斯发出了感慨:"过去人们对现实已有了许多定型的看法,不知怎的这些成套的已有看法总回答不了我由亲身感受开始的问题。"[①]为此,一直以来,他致力于香港的文化身份认同研究。尤其是在回归过渡期,无根的不安全感及对前途的渺茫感常常困扰着他,城市的畸形发展及港人内心迷茫无助的状态常常使他反思现状。为了能更好地审视这种"边缘"处境,他试图通过"第三空间/他者的空间"的视角来反省当下港人的精神状态,但最后发现即使身处"局外人"的位置来建构文化身份的行为也是徒劳的。他的小说代表作《烦恼娃娃的旅程》[②]从"香港人在海外"的角度出发,来探寻回归过渡期香港知识分子的精神旅程,希望通过越界来找到归途,寻找属于香港的文化身份。然而,最终发现想回的"家"已经不是原来寄托在他们内心的"精神原乡"了。小说提道:"我一次又一次踏上旅途,或长或短地离开,然后又一次又一次踏上回程。离开总是怀念,回去又充满挫折。"[③]可见,也斯对此表现出无奈和担忧的态度,因为这并未使喜欢越界的港人找到让自己心灵安顿下来的处所,最后只能成为游荡在浮城里的"孤魂"。小说提及港人的真实感受:"偏偏是不属于这儿也不属于那儿,还要骄傲自己喜欢越界的品性,结果就总是落了单,变成没有归属的孤魂。"[④]虽然在寻找中不断遭遇挫折,但也斯坚持使用"边缘"视角来寻找属于香港自身的特性。他在《都市文学:迁移的界线、混杂的身份》一文中做出了自己的阐释:"香港作者对自己身份的反省,当然亦有各种不同态度、不同方法。有人回归乡土,有人放眼世界。什么是香港的特性? 一种思考的方法是与其他时空的比较来界定,或者从他人的关联中回头反省自己,从自己'不是什么'界定自己是什么。对于文化身份的追寻,往往亦可以从如何描绘'他人'开始。这'他人'可能是其他来到这片土地上的人,也可能是离开这片土地所遇到的种种不同的人。香港作为一个国际性的现代都市,自然

---

①　也斯著,艾晓明编:《寻找空间》,中国人民大学出版社1994年版,第291页。

②　本书讨论的版本为1996年漓江出版社版本。《烦恼娃娃的旅程》写于1983年,在《快报》连载后经过不停繁复修改,十年后以《记忆的城市·虚构的城市》为名由香港牛津大学出版社出版,1996年由漓江出版社在内地出版,也斯趁此机会再修改一次,加上新的一章,并且恢复原来的书名《烦恼娃娃的旅程》。

③　也斯:《烦恼娃娃的旅程》,漓江出版社1996年版,第200~201页。

④　也斯:《烦恼娃娃的旅程》,漓江出版社1996年版,第180页。

提供种种'来'与'去'的方便,在流放与归来之间,各式各样的人物与时空亦可借作追寻文化身份的种种不同衬照。"①在另一篇文章《嗜同尝异——从食物看香港文化》里,也斯认为身处香港这一"边缘"位置反而"比较容易理解其他遭受偏见和歧视的边缘人",而"基本上没有一副民族主义的排他肠胃"。②因此,"边缘"立场对于无论心灵还是身体都在漂泊的港人而言,均可以成为观察世界的角度。

三

作为不同势力争夺下的"公共空间",香港作家陶杰曾将港人过日子比喻成灰烬:"日子在夹缝里,像余烬一样,幽狭地长长细烧着……"③同样地,处于"夹缝"位置的香港的历史书写权也没有得到应有的重视。因此,回归过渡期反映本土意识的香港小说所表现出来的"夹缝"视角,与港人面对"回归"已成事实的情况下所表现出来的集体焦虑症有关。西西在她的小说《浮城志异》里暗示了这一点。文中的"浮城"暗喻香港的处境,讲述的是浮城人非常担心浮城的未来,因为它终有一天会失去维持悬在半空的现状。如果真失去这种稳定的情形,浮城要不下沉被海水吞没,即使不下沉,也会被扬起骷髅旗的海盗船④肆意屠城;要不上升到云层⑤处,但云层能否承载这座坚实的浮城尚属未知数。在处于夹缝的尴尬位置下,一半以上的浮城人心生恐惧并希望能长出翅膀迁徙到别的地方。可见,西西在此表现了港人对未来处境的不安和忧惧情绪。正如何福仁所说的:"浮城人生来就有一种忧患意识。这小说,也是一篇忧患之书。"⑥

《香港的故事:为什么这么难说?》一文曾指出:"大家争着要说香港的故事,同时都异口同声地宣布:香港本来是没有故事的。香港是一块空地,变成各种意识形态的角力场所;是一个空盒子,等待他们的填充;是一个飘

---

① 也斯:《香港文化十论》,浙江大学出版社2012年版,第37~39页。
② 梁秉钧:《嗜同尝异——从食物看香港文化》,《香港文学》2004年3月号。
③ 陶杰:《余烬》,见 https://www.douban.com/note/345041230/(豆瓣网)。
④ 这里暗喻英国殖民统治者。
⑤ 这里暗喻中华人民共和国。
⑥ 何福仁:《浮城1.2.3:西西小说新析》,三联书店(香港)有限公司2008年版,第99页。

浮的能指（signifier），他们觉得自己才掌握了唯一的解读权，能把它固定下来……大家似乎都想证明香港自己不会说故事，香港的故事要由他人来说。大家都在争夺说这故事的权利。"①西西在小说《肥土镇灰阑记》里就隐喻了港人没有自我发声的权利。小说里小寿郎代表的就是香港。在这次决定自己该判给谁抚养时，他勇敢地站出来表达了自己的愿望："其实，谁是我的亲生母亲，也已经不再重要，重要的还是：选择的权利。为什么我没有选择的权利，一直要由人摆布？包待制一生判了许多案子，也一直继续在判，可是这次，我不要理会他的灰阑计，我要走出这个白粉圈儿。谁是我的亲娘，我愿意跟谁，我有话说。"②由此可知，西西借小寿郎的口来表明港人希望回归后能够拥有这项宝贵的权利，包括香港的历史书写权问题。董桥的《熏香记》同样寄寓了港人渴望自己的声音能得以倾听的诉求。该小说影射的是中英关于香港回归问题谈判的事件，其中"可香"隐喻港人，"老人"隐喻中国，"碧眼海魔"隐喻英国。老人和碧眼海魔自始至终关注的都是熏香炉、宝剑、佩玉③的去留问题，而没有考虑站在旁边的可香的感受。这让可香十分失望，为了不再过"在夹缝中生存"的日子，可香毅然决然地选择出走。小说是如此描写她这种"自决"的精神："可香飘然出来，有出尘之慨。但见她背负名剑，手挽包袱，腰系佩玉，秀眉微蹙，面有愠色。海魔和老人心下惊愕，一时说不出话来，只得徐徐站起身来，目送她穿过厅堂，走向大门。她倏地立定，回头冷冷瞄了两人一眼，右手衣袖一扬，连剑带鞘划过厅堂，插入放置熏香炉的长案上，随即左手衣袖再扬，腰间佩玉唰的一声飞向长案，紧紧系在那名剑的剑鞘之上。"④可见，在无法决定自我命运的现实情形下，"可香的出走"意味着港人希望从夹缝中逃离，去过自己想要的生活的企盼。

　　实际上，此类"香港书写"之所以如此关注港人在"夹缝中"生存的现状，是因为他们本身就有一种无法摆脱的"自卑感"，而这种"自卑感"来源于自己无法确定的文化身份。周蕾结合此现状提出了对"夹缝论"的理解。

---

① 也斯：《香港文化十论》，浙江大学出版社2012年版，第3~5页。
② 何福仁：《浮城1.2.3：西西小说新析》，三联书店（香港）有限公司2008年版，第140页。
③ 三者喻指的是香港岛、九龙、新界。
④ 董桥：《旧情解构》，生活·读书·新知三联书店2002年版，第6~7页。

她认为:①"香港的现代史从一开始,就被写成是一部对中国身份追寻的不可能的历史"①;②"香港对中国身份的追寻,只会是徒劳的:香港愈努力去尝试,就愈显示出本身'中国特性'的缺乏,亦愈偏离中华民族的常规。这段历史紧随着香港,像一道挥之不去的咒语,令香港无法摆脱'自卑感'"②。《熏香记》中可香的表现明显契合周蕾的这一看法。从小说里可以看出,可香内心还是很眷恋老人的。在老人喝上女儿红陈绍并连说了两次"女儿红"时,听到这词的可香一阵心酸,以为老人还是想念自己的。然而,当老人酒性大发时,本性马上尽露,原来他在乎的还是"熏香炉、宝剑、佩玉能否拿回来"的问题,而对可香本人的情况置之不理。这才使可香彻底明白原来自己日思夜想渴望与老人重聚的念头是天真的,因为在老人看来,她的身份已经变得复杂,即不再纯粹是他的女儿,同时也是碧眼海魔的媳妇。这可以从老人对碧眼海魔说的话中予以证实:"当年你抢走的妮子,就当是泼出去的水,她不回中土,也是稀松平常事。"③

可见,香港的复杂身份就如周蕾所言:"香港最独特的,正是一种处于夹缝的特性,以及对不纯粹的根源或对根源本身不纯粹性质的一种自觉"④;"这个后殖民的城市知道自己是个杂种和孤儿"⑤。同样,面对"混杂性"的文化身份,香港同样需要像可香一样从"夹缝"生存中寻求逃离和突破。正如另一位香港学者罗贵祥指出的:"香港不会以延续的纯民族文化为自傲;反之,它的文化生产往往是一种特殊的协商。在这个协商之中,它要穿梭周旋于中、英之间,努力寻找自我的空间。"⑥

香港是一本难读的书,香港的故事很难说清。确实,香港是一个不容易说得清楚的城市,她的文学也一样,不是那么容易说得清、道得明,因为她的文化十分多元,光谱十分宽阔,我们很难对她作出一个简单而明了的概括。⑦这其实与香港"'身份缺失'的困惑和焦虑,'身份认同'的迷思与寻

① 周蕾:《写在家国以外》,香港牛津大学出版社1995年版,第109页。
② 周蕾:《写在家国以外》,香港牛津大学出版社1995年版,第109页。
③ 董桥:《旧情解构》,生活·读书·新知三联书店2002年版,第4页。
④ 周蕾:《写在家国以外》,香港牛津大学出版社1995年版,第101页。
⑤ 周蕾:《写在家国以外》,香港牛津大学出版社1995年版,第101页。
⑥ 周蕾:《写在家国以外》,香港牛津大学出版社1995年版,第102页。
⑦ 蔡益怀:《"倾城之恋"——香港文学的在地书写谱系》,(香港)《文学评论》2017年总第48期。

觅"①有着密切关系。纵观涉及"第三空间"话题的"香港书写"，每一写作个体都表现出对"香港"这一喻体想象的差异性，而这种差异性建基于对香港的历史、现实和未来三个时空发展的不同理解之中。在有关身份认同的文化批评中，不少论者一再强调，"中国性"应该是复数的、具有开放性的意符。香港学者朱耀伟曾说过："'中国性'应被视作'形成过程'和'开放的意符'。再者，当我们同意'诸中国性'（Chinesenesses）之时，也同时要提醒自己构成'诸中国性'的各个组成部分（如中国台湾、中国香港、新加坡等），也必须同样是复数的。"②内地学者朱崇科也认为："由于时空和历史因素等的影响，中国性也应当是复数的和开放的。"③由此可知，香港的身份是混杂的，是复数的，是应被视作"成为"（becoming）的过程和"开放"的意符。既然如此，那么各种"香港"的故事既是复数（Hong Kong stories）的，也是"开放的能指"，它们共同展现这座都市日新月异的景观。

---

①　钟晓毅：《香港文学：身份之中与身份之外》，《香港文学》2006年1月号。

②　朱耀伟：《本土神话：全球化年代的论述生产》，台湾学生书局2002年版，第251~252页。

③　朱崇科：《复活区域华文文学本土性：活力及限度——以新马华文文学为例加以说明》，见黄万华主编：《多元文化语境中的华文文学——第十三届世界华文文学国际学术研讨会论文集》，山东文艺出版社2004年版，第306页。

第三章 历史眼：百年"香港"的重述与新构

在英国殖民统治香港时期，英国人致力于培养港人的分离意识，以此逐渐使他们与民族意识对立起来，从而扩大同祖国的疏离感。这种做法在当时显然取得了一定的效果，田迈修曾对此做过分析，他认为："很明显地本土的生活方式已经慢慢取代对传统文化的感情，成为主体意识的基础。到八十年代中，人口的绝大部分认为自己是'香港人'而非'中国人'。"①因此，"吾土吾乡"的香港情怀在港人心中愈显浓烈。由于传统的民族意识和殖民主义意识互不相容，所以港人从来就没有属于自己的历史书写权和发言权。由此可见，港人淡薄的历史意识是其来有自的，也可以用"失忆"来概括，正如香港大学周永新教授所言："我读书的时候，中国历史课本只记述到辛亥革命……课本用英文写，总不会常提中国事。孩子喜欢听故事、读寓言，今天我脑里载的还是爱丽斯梦游仙境、快乐王子等。这些寓言和故事是世界文学遗产，没有国界之分，但虽为中华民族的一分子，对自己的传统和历史，却是这么的陌生……"②这种尴尬的处境直到20世纪80年代的回归过渡期，才让沉睡着的港人惊醒过来，此刻才惊觉对香港乃至中国历史的一无所知，成了被历史放逐的群体，董启章在《永盛街兴衰史》里就谈及这点："世界上大概没有比我们对自己长大的地方了解得更少的人了，但这不能怪我们，殖民（统治）地是毋须拥有记忆的。但在殖民（统治）地走向终结的时候，我们忽然醒觉到自己脑袋的空白，急于追认自己的身份，但却发现，除了小说，除了虚构，我们别无其他的依仗。历史叙述变成了小说的一种，没有人能坚持自称纯粹整理史料的伪装。"③于是，不少作家尝试借助小说赓续历史、重返原乡，希望借此解决英国殖民统治时期留下的两个主

———

① Matthew Turner, "60's/90's: Dissolving the People", in *Hong Kong Sixties: Designing Identity. E*d. Matthew Turner and Irene Ngan. Hong Kong: Hong Kong Arts Center, 1995, p.7.
② 周永新：《见证香港五十年》，香港明报出版社有限公司1997年版，第135页。
③ 许子东编：《香港短篇小说选（1994—1995）》，三联书店（香港）有限公司2000年版，第96页。

20世纪80年代以来香港小说中的「香港书写」研究

074

要问题：一个是"去历史化"行为；另一个是刻画带有东方主义色彩的香港历史形象，寻根的意识在此彰显。

对香港百年历史的重述，其中的"历史"不全指向历史学家的历史，而更多属于个体记忆叙述对主流历史叙述的"解构"和"重构"。由于香港的历史书写权长期没有得到应有的重视，而且主流历史叙述似乎已经给香港历史作了定性，[1]所以不少香港作家希望立足非延续性史观，通过"重构百年香港"来还原更完整的精神人文史。

既然谈到历史书写，那么首先就要对其相关含义做一些梳理。耶尔恩·吕森曾对"历史"作过如下定义："只要记忆与'实际发生的'经验相关，历史就仍然是对集体记忆中这种经验因素的一种言说。"[2]罗兰·巴特也说过："历史陈述就其本质而言，可说是一种意识形态的产物，甚或毋宁是想象力的产物。"[3]就是说，个体的记忆与集体的记忆是相互融合的，共同讲述各种版本的历史故事。关于历史书写，海登·怀特曾有过如下阐述："一种以叙事散文形式呈现的文字话语结构，意图为过去种种事件及过程提供一个模式或意象。经由这些结构我们得以重现过往事物，以达到解释它们的意义之目的。"[4]针对历史书写权的问题，"有人持这种观点：'历史'被讲述成一个关于权力关系和权力斗争的故事，一个矛盾的、异质的、破碎的故事。还有人持这样一种（争议更大的）观点：统治权力只是一部分而不是全部的故事，而'历史'则是由各种声音和各种形式的权力讲述的故事。这些

---

①　所谓的主流历史叙述实际上持一脉相承的历史大叙述倾向，大概可分为以下两种观点：一种是港英政府的官方论述，它认为香港走过了"由小渔村发展为工商业大都会"的历史，代表的是港英政府自1841年开埠以来以维多利亚港及两岸市区为重心的历史；另一种是近年的考古学论述，追溯新界"原居民"、五大族或其他主要人种的论述，则属于一条以中国汉民族为重心的线索，把以新界汉民族为重心的"香港历史"推延至新石器时代，使"香港历史"顺理成章地进入"中华历史"的系统。由此可见，香港内部的地域性已经造成了多种历史的对立，再加上纷杂多元但互有尊卑强弱的群族立场差异，"香港历史"其实还大有通过争议而达至自我反思的空间。董启章：《答同代人》，作家出版社2012年版，第18~19页。

②　[德]耶尔恩·吕森：《〈历史的观念译丛〉总序一》，见[波兰]埃娃·多曼斯卡编：《邂逅：后现代主义之后的历史哲学》，彭刚译，北京大学出版社2007年版。

③　Roland Barthes, "Le discourse de l'histoire", *Social Science Information*, 6, 4 (1967): 71.

④　Hayden White. *Metahistory*. Baltimore: The Johns Hopkins UP, 1973, p. 2.

权力中,有的淡薄弱小,处于边缘;也有的占统治地位,强大无比"①。由此可见,历史不完全是真实可靠的,更多还渗透着以记忆、想象和权力为基础的文学叙事。王德威将此称为历史书写所具备的"文本特质",他说:"只有在我们认清历史具有'文本特质'(textuality)及叙述活动性质之时,我们才能开始讨论历史话语陈述;而历史陈述'可信度'的达成主要并非仅根据众说纷纭的'事实',而是来自人类对事物'可理解性'(intelligibility)所作的努力。"②加达默尔从现代诠释学出发将这种融合理解历史的原则称为"效果历史",意在消除二元对立的历史现象,即真正的历史对象根本就不是对象,而是自己和他者的统一体,或一种关系,在这种关系中同时存在着历史的实在以及历史理解的实在。一种名副其实的诠释学必须在理解本身中显示历史的实在性。因此我就把所需要的这样一种东西称为"效果历史"。理解按其本性乃是一种效果历史事件。③这种针对历史与记忆的互动关系,柏格森曾指出:"通过对先前体验的记忆,这种意识不仅越来越好地保留了过去,以将它们与当前组织在一起,形成更新鲜、更丰富的决断;而且(由于存活在更强烈的状态中)还借助其对直接经验的记忆,将越来越多的外部瞬间压缩进了它当前的绵延之中。"④琳达·哈钦甚至将历史与小说等同起来,指出:"历史和小说同样是话语,两者同样在建构种种使我们对过去产生意义的机制。"⑤在此层面上,我们可以将香港作家对历史书写的各种实践,看成"小说历史",而不是传统意义上的"历史小说"。

为了尽可能呈现香港百年历史的复杂性,不少作家在叙述者设置、人物形象及情节结构等形式层面做了多番探索。他们聚焦香港百年受殖民

---

① [美]朱迪思·劳德·牛顿:《历史一如既往? 女性主义和新历史主义》,黄学军译,见高建平、丁国旗主编:《西方文论经典·第六卷·后现代与文化研究》,安徽文艺出版社2014年版,第765~766页。

② 王德威:《想像中国的方法:历史·小说·叙事》,生活·读书·新知三联书店1998年版,第301页。

③ [德]汉斯-格奥尔塔·加达默尔:《真理与方法:哲学诠释学的基本特征》(上卷),洪汉鼎译,上海译文出版社1992年版,第384~385页。

④ [法]昂利·柏格森:《材料与记忆》,肖聿译,华夏出版社1999年版,第226页。

⑤ [加]琳达·哈钦:《后现代主义质疑历史》,见[加]帕米拉·麦烤勒姆、谢少波选编:《后现代主义质疑历史》,蓝仁哲、韩启群译,中国社会科学出版社2008年版,第15页。

20世纪80年代以来香港小说中的「香港书写」研究

统治史,在城市史、家族史及个人史书写范畴中发出自己的声音,并产生以下四种代表性的叙事形态:"双重颠覆性叙述声音""个人／集体口语体的叙述方式""充满象征意味的家族书写""多声部交错的空间叙述"。此外,他们也希望在重述百年香港历史时,不仅能掌握历史书写权,尽可能多角度还原香港历史的本来面貌,而且希望以此重新定位香港的文化身份。

在这个混杂且多元的文化空间里,这些努力更多呈现出来的是"众声喧哗"的场面,并未能形成对本源认知的共识,历史的虚无感及身份认同的恐慌感依旧存在。然而,他们并没有放弃这条"寻根"之路,希望能为自己"从哪里来"找到更多的答案,以此试图治愈受殖民统治时期留下的"无根症",并逐渐改变西方世界的东方主义立场,在中西文化融合视角下重新思考"香港"的前世今生。这种不懈的追寻精神如同黄碧云所言:"香港主体既是劳动的,资本主义的,强悍的,杂种的,也是在强权威胁下怨怼的,无奈的,冷淡的,暧昧但坚实地求存。"[1]陶杰也曾说过:"在一个昏暗的城市,人在鸡肚小肠地苟活着,像一柱点燃着的幼檀香,一直往下烧,香灰在抵抗着地心引力,但是很无聊地软软挺着、挺着,最终塌下来,然后从头再幼幼地积上去。"[2]鉴于此,本章立足于 20 世纪 80 年代以来香港小说呈现出的有代表性的历史叙事形态,从美学的层面探究作家背后的艺术追求和叙述用意。

第一节　双重颠覆性叙述声音

在西方殖民统治者的眼中,香港能走过"由小渔村发展为工商业大都会"的城市现代化历程,离不开港英政府实施的科学统治。因此,香港在他们眼中长期扮演着需要被拯救的弱者形象。这主要表现为香港常常以"妓女"的角色出现,其中有代表性作品《苏丝黄的世界》(The World of Suzie Wong)和《大班》(Tai Pan)等。一百多年来,"妓女"作为香港这一空间的隐喻,无形中强化了其阴性化的形象。

---

[1]　刘亮雅:《情色世纪末:小说、性别、文化、美学》,台湾九歌出版有限公司2001年版,第192页。

[2]　陶杰:《余烬》,见 https://www.douban.com/note/345041230/(豆瓣网)。

前面已提过,回归前香港史的书写为英国殖民统治者所垄断,后来也纳入中国的历史叙事框架之中,本地的声音得不到有效彰显。因此,自20世纪80年代以来,本地出现了一批追忆被遗忘已久的百年香港历史小说,试图建构具有本土特色的历史书写。其中一种叙述策略就是颠覆这种固有的阴性化的弱者形象,试图打破蕴藏在殖民统治者与被殖民统治者之间"西方/男性"和"东方/女性"这种不平等的权力对立架构。为了有效打破这一架构,有的小说突出双重颠覆性叙述声音,具体表现为叙述者并没有隐退在幕后,而是同样站出来,或成为小说里面的角色,或作为"说书人"的角色交代故事发生的缘由,让叙述者与主人公共同发出强有力的颠覆声音,借助对历史的重新赓续,发掘更多被英国殖民统治者有意遮蔽的历史,以及蕴含在其中的复杂性,从而反思本地的历史叙事,重返精神原乡。对此,有两部重要代表作值得研究,一部是诞生于"九七"回归前的《香港三部曲》(施叔青,1997),另一部是写于21世纪初的《龙头凤尾》(马家辉,2016)。特别的是,两部作品虽然出版时间相隔近20年,但在颠覆"阴性化"的叙事策略上有相似之处,可以构成互文性阅读,并在反思历史叙述的层面上提供更多向度的思考。

一

施叔青的《香港三部曲》分别为《她名叫蝴蝶》(1993)、《遍山洋紫荆》(1995)和《寂寞云园》(1997)。在写三部曲时,来自台湾的施叔青居港近20年,对香港已经产生了"入乡随俗"的认同,这可从此前所撰写"香港的故事"系列得知。到了回归过渡期,香港发生的大事使得她"自愿与六百万港人共浮沉",深感"应该用笔来做历史的见证"。[①]小说的时间跨度近百年,从1897年自开埠以来最严重的一次鼠疫写起,直到中英政府就香港问题进行谈判的事件结束。其中,她"参照历史上重要的事件,运用想象力重新搭建心目中百年前的香港"[②],以此作为"她与东方之珠一段情缘的总结"[③]。为了更好地还原历史,施叔青阅读大量的史料、掌故、传说等,"用心良苦地

---

① 施叔青:《她名叫蝴蝶——香港三部曲之一》,台湾洪范书店有限公司1993年版,第2页。
② 施叔青:《她名叫蝴蝶——香港三部曲之一》,台湾洪范书店有限公司1993年版,第3页。
③ 王德威:《当代小说二十家》,生活·读书·新知三联书店2006年版,第244页。

还原那个时代的风情背景"①,扮演着"一个洞悉历史、操纵想象、无处不在的叙事者"②。施叔青努力发现"香港",而"香港"并没有辜负她,也成就了她。

与此相反的是,作为土生土长港人的马家辉,在《龙头凤尾》里并不打算为香港历史写一部大河小说,而是选取哺育他成长的"湾仔"作为历史书写的发生地。对此,他是这样理解的:"我在湾仔长大,至今仍喜自称'湾仔人',把湾仔视为故乡。这里有太多太多的故事让我回味,亲身经历的,耳朵听来的,眼睛读到的,或悲凉或哀伤,或欢欣或荒唐,或关乎背叛,或诉说忠诚,皆离不开球场四周的街道与马路。"③无论现实中的香港变化多大,电车的路轨延伸至多长,马家辉的"记忆电车"依旧在湾仔回旋打转。尤其近几年,他感到对湾仔有所"亏欠",希望能写几个故事分享"所知道所记得所想象所渴望的 Wan Chai"④。此外,在时间点的选取上,故事发生在1936年至1943年间。据马家辉在小说后记中介绍,刚开始"想写的是发生于一九六七年的'金盆洗捻'盛宴以及其后的江湖风云,然而写了两三万字,心意改变,推倒重来,把时间移前了三十多年,改由陆南才的乡间遭遇写起,最后竟把故事写成了'前传',原先的'金盆洗捻'反而变成待续情节,只好留待下一部小说细述重头"⑤。由此可见,马家辉有意追溯"湾仔"的前世今生,为"湾仔"立史之心不灭。有学者认为,香港受殖民统治时期所建立的新城市在港岛北岸建立,向东西两面伸展,远离原来的村落……市区的发展并不是以原有的农村为核心而扩建出来的。⑥湾仔处于港岛北岸的中心位置,不少西方殖民统治书写及香港本土书写,都选择湾仔作为欲望投射的对

---

① 施叔青:《她名叫蝴蝶——香港三部曲之一》,台湾洪范书店有限公司1993年版,第3页。

② 陈燕遐:《书写香港:王安忆、施叔青、西西的香港故事》,见张美君、朱耀伟主编:《香港文学@文化研究》,香港牛津大学出版社2002年版,第99页。

③ 马家辉:《后记　在湾仔回旋打转的记忆电车》,见《龙头凤尾》,四川文艺出版社2016年版,第324页。

④ 马家辉:《后记　在湾仔回旋打转的记忆电车》,见《龙头凤尾》,四川文艺出版社2016年版,第324页。

⑤ 马家辉:《后记　在湾仔回旋打转的记忆电车》,见《龙头凤尾》,四川文艺出版社2016年版,第324页。

⑥ 董启章:《答同代人》,作家出版社2012年版,第21页。

象,尤其是里面的酒吧及其性工作者、瘾君子、黑社会人员等,均受到写作者的青睐。因此,湾仔在香港受殖民统治史上有着不可忽略的地位和影响。这种历史地位的确立,与港人的地方认同感紧密相连,如同马家辉所言:"湾仔是我长大的地方,思想启蒙的地方,这里有熟悉的气味,对它的街道和布局不只是Location,也是一种认同。"①可见,马家辉用"以小见大"的叙述方式,希望借书写湾仔的历史来管窥并还原被遮蔽的百年香港史。

二

虽然《香港三部曲》和《龙头凤尾》在选取书写百年香港史的时空点上有所不同,但在叙述策略上,它们在辨析诸多暧昧复杂的现象里有力诠释被西方殖民统治书写遮蔽的地方历史。其中,性别关系与身份认同成为两部作品共同颠覆香港作为"阴性化"弱者形象的重要切入点,并且加入双重颠覆性的叙述声音,与香港的文化身份认同联系起来,以此反省蕴藏在"颠覆"力量里面的暧昧性与混杂性。参与这种颠覆行为的主人公分别是《香港三部曲》的黄得云和《龙头凤尾》的陆南才。

《香港三部曲》的黄得云自13岁起在故乡东莞被人口贩子拐卖到香港的妓寨,经调教后成为青楼红妓,妓名叫蝴蝶。施叔青突出"蝴蝶"的象征,来"影射香港的形成"。②在小说里,钟情于黄得云的两位英国男子亚当·史密斯和西恩·修洛都称呼她为"黄翅粉蝶",因为黄翅粉蝶是地道的香港特产。与此同时,黄得云的故乡在东莞,曾是种植莞香的地方。后来莞香业兴旺之时,香港成为莞香的转运港,"香港"之名由此得来。来自东莞且有着"蝴蝶"妓名的黄得云便自然成为香港的隐喻。在黄得云的身上,集中了三个重要的属性:民族/国家(中国人)、性别(女性)和阶级(先是下层妓女,通过努力和奋斗最终成了上层贵妇)。③小说将她的身世与香港的历史大事件形成某种程度的对接,从而展开百余年的受殖民统治历史书写。王德威对此认为,施叔青书写受殖民统治世界里的性与政治,"已具有教科书

① 《人鬼同途 龙凤双全——专访马家辉》,《艺文青》2016年9月号。
② 施叔青:《香港三部曲》,江苏文艺出版社2010年版,第3页。
③ 刘俊:《从"四代人"到"三世人"——论施叔青的"香港三部曲"和"台湾三部曲"》,《香港文学》2014年11月号。

意义，应可让后殖民主义学者好好显露一番身手"①。

　　一开始，叙述者将黄得云塑造成殖民统治者的情欲客体。黄得云第一个情人洁净局副帮办亚当·史密斯在与黄得云的缠绵中，心里想的是与黄得云的关系不是爱情，而是征服，"蝴蝶，我的黄翅粉蝶。他把她的双脚架在自己的肩上，他是她的统治者，她心悦诚服地在下面任他驾驭。这不是爱情，史密斯告诉自己，而是一种征服"②。同时，亚当·史密斯是带着"东方主义"的色彩来看待黄得云所代表的中国形象，小说提道："这个南唐馆的前妓是情欲的化身，成合坊这座唐楼是他的后宫，亚当·史密斯要按照自己心目中的东方装扮起来：红纱宫灯、飞龙雕刻、竹椅、高几、瓷瓶、白绸衫黑绸裤的顺德女佣所组合的中国。他的女人将长衫大袖垂眉低眼，匍匐在地曲意逢迎。"③然而，这种征服的对象实际上只属于身体层面的。在精神层面上，亚当·史密斯却无法摆脱黄得云的"绝望的柔情"，并承认："她是他平生的第一个女人，他们在瘟神肆虐死亡深谷的边缘找到彼此，那种在天地之间找到另一双和自己一样惊恐、哭泣的眼睛的安慰"；"他们是瘟疫蔓延的孤岛上唯一的一对男女，注定要在一起的，牢不可破的结合使他们战胜了瘟神，从死亡幽谷边缘爬了下来……蝴蝶，我的黄翅粉蝶，我患难与共、相依为命的爱人"。④由此可见，在灵魂的深处，作为欲望投射对象的黄得云反而"征服"了殖民统治者亚当·史密斯，渐渐倒置"东方/女性"和"西方/男性"的对立权力架构。如果说，亚当·史密斯与黄得云的恋情还受着二元权力对立思想约束的话，那么到了黄得云最后一段与英国贵族西恩·修洛的恋情，这种思想便彻底消除。20世纪初，这个城市发生的大事成就了这段忘年恋。黄得云后来能够跻身上层社会，在商业领域大展宏图，特别是她手里的土地物业，"就是在西恩上门啜饮由黄得云亲自奉上的一杯杯白兰地拼凑起来的"⑤。西恩·修洛也从中收获了爱情。直至香港沦陷，西恩·修洛终于意识到自

---

① 王德威：《当代小说二十家》，生活·读书·新知三联书店2006年版，第246页。
② 施叔青：《香港三部曲》，江苏文艺出版社2010年版，第47页。
③ 施叔青：《香港三部曲》，江苏文艺出版社2010年版，第48页。
④ 施叔青：《香港三部曲》，江苏文艺出版社2010年版，第129页。
⑤ 施叔青：《香港三部曲》，江苏文艺出版社2010年版，第490页。

己爱上了黄得云,"躺在集中营的木板床上,西恩前思后想。他告诉自己就是在那些不断的酬酢中间,特别是这一次下午茶之后,他爱上了他的蝴蝶。呵,蝴蝶,我的永远的黄翅粉蝶,花之精魂"①。对这两段恋情所反映出的二元权力对立思想的变化,内地学者刘俊作了精辟的分析:"在殖民统治者和被殖民统治者的关系框架内,一段屈辱的历史,通过黄得云('黄种女性被殖民统治者妓女')对史密斯(以及后来的西恩·修洛,'白人男性殖民统治者官员')的'以柔克刚''以阴胜阳',最终颠覆了殖民统治者对被殖民统治者的不平等关系,在'民族/国家''性别'和'阶级'这三个方面,实现了全面翻转。"②

在此基础上,问题也随之而来:这种架构是得到翻转了,但结果是否彻底? 换句话来说,最终是否会变成被殖民统治者黄得云"征服"殖民统治者亚当·史密斯和西恩·修洛? 从小说来看,由始至终,这种"倒置"并没有彻底完成。黄得云的内心是复杂的,对他们并没有恨,反而倾注了所有的爱。在黄得云看来,亚当·史密斯"是一个离乡背井,来向她索求片刻慰藉的孩子"③。因此,黄得云对亚当·史密斯的爱是带有同情和怜悯的,"可怜的孩子,我可怜的孩子! 黄得云从压在她上面、水里捞出来一样湿透的身体下挣扎地伸出头来。老天,你真的是个孩子! 又是一个离乡背井的游子,把童身失在自己妓女的红肚兜"④。当得知西恩·修洛被日军抓去集中营后,"她害怕此生此世再也见不到他了。凄凄然回到云园,黄得云整个人溃散了"⑤。已决定回故乡东莞度过余生的她,当听到有囚犯逃脱集中营的消息后,"一瞬之间决定不回她的故乡了。她转身朝着来的方向颠着脚步往回走。她要回去云园重新在那如意纹的窗前倚立,一直到把西恩盼到为止"⑥。香港学者李小良评价施叔青的香港受殖民统治论述是,"东方"女性

　① 施叔青:《香港三部曲》,江苏文艺出版社2010年版,第491页。
　② 刘俊:《从"四代人"到"三世人"——论施叔青的"香港三部曲"和"台湾三部曲"》,《香港文学》2014年11月号。
　③ 施叔青:《香港三部曲》,江苏文艺出版社2010年版,第24页。
　④ 施叔青:《香港三部曲》,江苏文艺出版社2010年版,第45页。
　⑤ 施叔青:《香港三部曲》,江苏文艺出版社2010年版,第484页。
　⑥ 施叔青:《香港三部曲》,江苏文艺出版社2010年版,第485页。

被殖民统治者向西方男性殖民统治者取回身体的操控。[①]一方面,如果说仅仅处于身体层面的讨论,那么施叔青的叙事无疑做到了这点;另一方面,若涉及精神层面,那么"操控"一词要予以商榷。黄得云(黄翅粉蝶)作为"香港"的隐喻,本来在颠覆西方殖民统治者所加诸的二元权力对立架构中应该要持有决绝的反抗姿态才符合我们的想象,结果呈现出来的却是一种暧昧的回望。与此同时,小说也提到黄得云的长相有"洋化"的迹象。屈亚炳看着黄得云淡褐色的一双眸子,颜色异乎常人的浅,就感叹"简直不像华人的眼睛","正是这双过于浅褐色的眸子,使他想到摆花街的洋妓,澳门过来倚门讨生活的,多半是杂种"。[②]可见,黄得云不但是妓女,还是一个不仅仅"属于中国"的香港妓女。这不得不让我们联想到香港的文化身份是带有中西文化交融的混杂性特征,而且香港的历史也是暧昧含混的。

这种二元权力对立的架构翻转同样表现在《龙头凤尾》里孙兴社龙头老大陆南才和英国情报官张迪臣的断背之恋中。陆南才没有像黄得云一样有着与"香港"这一隐喻直接相关联的特征。即便如此,这并不能说明陆南才就没有成为"香港"隐喻的可能。陆南才本身只是广东茂名的一名普通木匠。国内抗战将他裹挟到时代的大潮中,他加入了陈济棠的部队。由于知道了兄弟间的秘密,所以被偷袭后连夜逃到香港。在香港,举目无亲的他只能从事拉车这项苦力以维持生计。陆南才所处的这段时间(1936—1943)是香港危在旦夕的时刻,正处于中日英的战局之中。各路人马汇聚于此,鱼龙混杂,上演着一幕幕江湖传奇与暗战大戏,"岭南军阀从陈济棠到余汉谋莫不以此为退身之处,青帮洪门觊觎岛上娼赌行业,英国殖民(统治)政权居高临下,坐收渔利。抗战爆发,香港局势急转直下,不仅难民蜂拥而至,国民党、共产党、汪精卫集团也在此展开斗法。更重要的是英国殖民(统治)政权面临日本帝国侵袭,危机一触即发"[③]。马家辉并没有直接述说这段沦陷史,而是通过一场"龙头凤尾"的断背恋在倾城这一危急时刻的悄然生长而略窥一二。王德威称此时的香港正处于"宾周满目"的时代。

---

①　李小良:《"我的香港"——施叔青的香港殖民史》,见张美君、朱耀伟主编:《香港文学@文化研究》,香港牛津大学出版社2002年版,第82页。

②　施叔青:《香港三部曲》,江苏文艺出版社2010年版,第173页。

③　王德威:《历史就是"宾周"》,见 https://book.douban.com/review/8136844/(豆瓣网)。

"宾周"是粤语词汇,意指男性的生殖器。由于香港长期被西方世界赋予"妓女"这一阴性化的隐喻形象,所以王德威认为"马家辉反其道而行,强调男性之间政治与欲望的纠缠角力才是香港本色。从情场、赌场到战场,宾周的力量如此强硬,甚至排挤了女性在这本小说的位置"①,以此试图颠覆殖民统治者强加给被殖民统治者的这种不平等的二元权力对立架构,乃至于让我们看到马家辉要改变香港作为"妓女"这一固有阴性化形象的坚定决心。

由此延伸至香港沦陷史的书写上,马家辉为香港写下的这段性史乃至心史的确发出了自己(或者说香港本土)的声音。为此,王德威得出如下结论:历史就是宾周,亢奋有时,低迷有时。以猥亵写悲哀,以狂想写真实,香港故事无他,就是一场龙头凤尾的悲喜剧。②马家辉用"龙头凤尾"的断背恋来切入这段香港沦陷史,以此争取诠释香港抗战史的权力。廖伟棠曾对此作出评价:"书中有种意图,是对那些传统抗战史完全正面的叙述进行一种颠覆——用的就是男性肉体的碰撞、情欲的恶魔性。"③同时,小说展现的这场断背之恋的主角是两位男性主人公。在浑浊不堪的年代里,断背恋决定了他们既要守住这份情感的秘密,也要在各种身份中不断游移。他们的身份认同因时势变化而充满不确定性,既影射香港这座城市混杂的文化身份,也与这座城市历史发展的复杂性息息相关。也就是说,混乱的局势对两人恋情的发展造成重大影响,反过来两人恋情的细微变化(或者说做出的抉择)也有可能改变历史的格局。如果用马家辉的话来说,那就是"这么大的格局,这么小的如果"④。马家辉所关心的这种"抉择"及其带来的毁灭性后果,表现为蕴藏在其中的"西方/男性"和"东方/男性"及"殖民统治者与被殖民统治者"之间二元权力对立架构的转换里。

---

① 王德威:《历史就是"宾周"》,见 https://book.douban.com/review/8136844/(豆瓣网)。

② 王德威:《历史就是"宾周"》,见 https://book.douban.com/review/8136844/(豆瓣网)。

③ 廖伟棠:《都是可怜的人间——评马家辉〈龙头凤尾〉》,见 https://dajia.qq.com/original/dajiaabooks/lwt161130.html(腾讯大家网)。

④ 马家辉曾在一次访谈里对此做过解释:"在战争的流离乱世里,混乱的局势固然对人的命运影响很大,但两个人或人与人之间的'小小如果'以及细微抉择,则更是决定个人命运,甚至由小及大,个人的命运反过来影响历史进程。"《专访马家辉:其实我是一个作家》,见 http://m.orsct.com/Home/Index/article/id/474176.html(腾讯文化网)。

　　命运在冥冥中自有安排,陆南才自从为张迪臣拉车并且有了第一次亲密接触后,两人交往的频率越来越多。在这个过程中,作为龙头老大的陆南才其实是心甘情愿成为被张迪臣征服的欲望对象,自然倾向于扮演一位"女性"的角色,对爱人流露出无尽的柔情蜜意。只要让他能体会到张迪臣是在乎和爱护他的,只要在一起时开开心心,不管能不能成为张迪臣的"唯一",他都已经心满意足了。用常挂在陆南才嘴边的口头禅来形容,那就是"是鸠但啦"①。随着交往的深入,他已经把张迪臣看作他的"臣(神)"②。为了使这个"臣(神)"永存,他和张迪臣都在各自的手臂上纹了一个"神"字,觉得从此"和张迪臣之间有了剪不断的联系,像有一根幼细的绳子把两人缚在一起,这端是青,那端是蓝,见字如见人,互相铭印在对方身上"③。无论陆南才是否在香港,他都已经认定自己是张迪臣的"自家人",甚至是张迪臣的人。更让人觉得意外的是,当陆南才发现两人的秘密过于沉重而导致关系没有以前亲密时,他怀念起"那些拉车的夜晚,一前一后,一尊一卑,那才各有自由",而且也"逐渐相信,人与人若想长久相处,最好是由一方压倒一方,一旦有了对等的地位,自由反而烟消云散"④。相应地,当他们在缠绵时,张迪臣想的是如何在陆南才身上充分展现自己的"雄风"。小说是这样描写张迪臣作为"征服者"的骄傲内心,"张迪臣每回把陆南才压在胯下,便有种充实感,陆南才是龙头老大,但没有他在背后撑腰,这个龙头老大便是个屁,他是他的成就,摧毁他便是摧毁自己,而一个敢于摧毁自己的人便是一个什么都不恐惧的人,不恐惧战争,不恐惧日军,不恐惧一切一切。张迪臣在自我摧毁里感受到无比的满足"⑤。

　　然而,这种热恋的爱情随着香港沦陷彻底瓦解殆尽,两人的秘密遭到背叛,蕴含在两人之中的二元对立权力架构也出现了逆转。这个转折点是张迪臣的另一位同性伴侣米利托向日本人告密一事。张迪臣为了此事第一次在陆南才面前流泪,而且需要陆南才的帮忙,让陆南才觉得"只要张迪臣哭

---

① 此为粤语粗话,大意为:随便啦!
② "臣"和"神"在粤语中的发音是一致的。
③ 马家辉:《龙头凤尾》,四川文艺出版社2016年版,第204页。
④ 马家辉:《龙头凤尾》,四川文艺出版社2016年版,第188页。
⑤ 马家辉:《龙头凤尾》,四川文艺出版社2016年版,第201页。

了,只要张迪臣开口了,在这样的刹那,他已从被压在胯下的bad boy忽然变成强者,比张迪臣强,比张迪臣更有力量"①。原来米利托向日本人告密说他自己和张迪臣有染,张迪臣觉得危机即将到来。因此,他偷偷把自己私藏的金条托付陆南才保管,并且给他钱作为回报。陆南才当即感到羞辱且彻悟,原来一直以来想成为张迪臣的"自家人"是一种奢望,他们之间的感情已破裂,只剩下利用(帮忙)与被利用(被帮忙)的交易关系,即张迪臣需要他帮忙收藏金条,他则需要张迪臣提供日军的动向情报,再跟杜先生报告邀功。②尤其是越到后来,陆南才越不觉得自己在两人关系中处于"下风",反而"现在占了上风,随时可以翻脸拒绝,从此张迪臣每回见面都要对他低声下气。……相处三年多,陆南才终于能用强者的眼光张望张迪臣,并突然发现,张迪臣的个子好像变得矮小"③。陆南才虽然觉得两人的关系已经发生了质变且自己处于"上风",但还是视张迪臣为自己的"神"。当他打算去磨掉手臂上的"神"字时,最后还是舍不得,而且还加了几个字,变成"举头三尺有神明",希望两人的关系还是能够恢复到之前的热恋状态。然而,随着日军的铁蹄踏进香港,两人的关系直落冰点,秘密变成利用和背叛的筹码,摊牌之日就是双方你死我活的终极时刻,连仅存的一点信任都没有了。张迪臣在集中营勾搭上另一位华兵,而且还央求陆南才想办法救出他们两人,让陆南才觉得张迪臣已经彻底摧毁了两人的关系。既然"秘密是香港命运的黑箱作业,也是种种被有意无意遮蔽的伦理情境,或不可告人,或心照不宣,或居心叵测。相对于此,背叛就是对秘密的威胁和揭露,一场关于权力隐和显、取和予的游戏名称"④,那么陆南才只有狠下心来,展开最后的背叛,亲手埋葬这段恋情,才能对得起自己为张迪臣所付出的这份爱。此时的陆南才觉得已彻底扭转两人的二元权力对立的架构,并心存幻想:

> 他料张迪臣已被李才训抓回集中营,日本鬼子再大胆,亦该
> 不敢杀战俘,大不了把他打个皮开肉绽,唉,心痛啊,但他相信他

---

① 马家辉:《龙头凤尾》,四川文艺出版社2016年版,第209页。
② 马家辉:《龙头凤尾》,四川文艺出版社2016年版,第201页。
③ 马家辉:《龙头凤尾》,四川文艺出版社2016年版,第216~217页。
④ 王德威:《历史就是"宾周"》,见https://book.douban.com/review/8136844(豆瓣网)。

熬得过来，张迪臣机智，有强大的求生本领，只要他能熬到最后，一定会回来这里，因为他的黄金仍在这里。张迪臣不是说过"有用的人始值得爱"吗？陆南才这里有他需要的东西，他会回来的，他会回来找他、求他，而到时候，陆南才要做一个真正的bad boy，拒绝他、愚弄他，让他体会一下被背叛的滋味。①

可是，上天并没有给予他这个"复仇"的机会。张迪臣反而用死亡对陆南才展开了最后一次的背叛，让陆南才醒悟过来：只有从心里彻底解除两人的关系，"把张迪臣连根拔起"②，才能"从废墟里站起，走下去，活下去"③。从两人有了秘密到最后的互相背叛，我们可以看到在龙蛇混杂的战乱时期，陆南才（在香港的中国人）和张迪臣（英国人）之间"剪不断理还乱"的复杂关系。"龙头凤尾"，到底谁是龙、谁是凤，谁是主、谁是从，最后连两人都无法分清。陆南才本身也经历着激烈的身份认同挣扎：茂名故乡不值得回去，广州又满足不了他的爱欲，只有香港才能让他找到安全感，因为他已经和张迪臣有了千丝万缕的关系，也常常把自己视为张迪臣的"自家人"。可这段秘密又不能"见光"，只能存活于能容纳暧昧地带的湾仔，以及留存于两人的心间。因此，对这段香港沦陷史，我们在马家辉的笔下读出了"抉择"下的暧昧与复杂。香港的历史也如同讲述香港故事一样，难以道尽。

三

《香港三部曲》和《龙头凤尾》不仅仅将历史呈现在我们眼前，而且还出现了"叙述者"的身影，他们或成为小说里面的角色，或作为"说书人"的角色交代故事发生的缘由，由此出现了双重颠覆性叙述声音，让叙述者与主人公共同发出强有力的颠覆声音，借助对历史的重新赓续发掘更多被英国殖民统治者有意遮蔽的历史，以及蕴含在其中的复杂性，从而反思本地的历史叙事，重返精神原乡。

在《香港三部曲》的第三部《寂寞云园》里，作为叙述者的"我"不仅"创

---

① 马家辉：《龙头凤尾》，四川文艺出版社2016年版，第305页。

② 马家辉：《龙头凤尾》，四川文艺出版社2016年版，第308页。

③ 马家辉：《龙头凤尾》，四川文艺出版社2016年版，第308页。

造了黄得云的曾孙女,活跃于七十年代末期的黄蝶娘,连'我'也粉墨登场,扮演起串场的角色"①。也就是说,叙述者在第三部曲中采用的是"内焦点叙事",与黄蝶娘一起追忆黄得云后期与英国贵族西恩·修洛的恋爱史及期间香港历史的演变,直至20世纪80年代"九七"回归问题的到来为止。因此,第三部曲的历史背景实则为英国殖民统治的后期阶段史。作为这段历史见证者的古堡云园,中国人、英国人和日本人都曾在里面活动,成为20世纪30年代到80年代香港受殖民统治史的缩影。同时,它也是主人公黄得云爱欲的象征。"我"因为认识了黄蝶娘而有机会参观云园,希望能呼吸到里面仍残存下来的脂粉暗香味:

> 我来到黄得云生前幽居的所在,她生命中最后一次惊心动魄的爱情就是发生在这里。我把背紧贴着房门,闭上眼睛,兴奋得无法一下子使自己去面对云园的女主人存活过的空间。我屏息品嚼黄得云残存漂浮空气中的脂粉暗香,深深吸嗅着,没想到吸入鼻子的却是一种取名为"激情"的香水味,混合着充满野性的欲望的,应该是黄蝶娘的味道。②

然而,她的期望落空了,已经无法感受原来女主人在这房子里留下的丝毫痕迹。到了80年代,云园面临要被拆除的命运,意味着黄得云一生的历史将会随着云园的消逝而埋葬,香港受殖民统治的历史同样如此。小说最后,黄蝶娘邀请"我"一起走一遭黄得云曾经住过的地方。其间,主要地方都走遍了,唯独"即将在怪手、铲土机肆虐下夷为瓦地的云园"③,黄得云一生最爱的地方,"我没胆子开口邀黄蝶娘一起前往凭吊"④。由此可见,"我"无法直面这段即将消逝的历史,也为无法留住这段历史而感到无奈。同时,面对香港的前途,"我"无法掩饰内心的不安,"一觉醒来,'九七'问题

① 施叔青:《香港三部曲》,江苏文艺出版社2010年版,第334页。
② 施叔青:《香港三部曲》,江苏文艺出版社2010年版,第441页。
③ 施叔青:《香港三部曲》,江苏文艺出版社2010年版,第441页。
④ 施叔青:《香港三部曲》,江苏文艺出版社2010年版,第503页。

20世纪80年代以来香港小说中的「香港书写」研究

依然存在"①。因此,"我"只能对着天空大喊:"呵,蝴蝶,永远的黄翅粉蝶!"②然而,喊出的"永远"不能永存,蝴蝶已挥挥翅膀离去,而且不留下任何痕迹。随着回归的到来,黄家历史和香港受殖民统治史终将烟消云散。

在《龙头凤尾》里,叙述者"我"没有像《香港三部曲》一样进入"故事"并成为其中的角色,而是作为"讲故事的人",把陆南才从离开家乡到南下香港并卒于香港的人生历程展现在我们眼前。其中,"我"只出现在两个地方,一处是"楔子:行船的我外公",一处是"第二十七节:人死如灯灭"。它们分别处于故事的"序言"和"尾"两个部分,把故事发生的缘由和"我"的感受诉说出来,作为故事的"脚注"补充了故事没有道尽的部分,形成三重互文性文本,使得整个故事的叙述呈现出较为全面的效果。

作为叙述者的"我"并没有经历陆南才生活的年代,但是非常想留住湾仔这段特殊年代的历史。"我"与作者同名,也叫"马家辉",这样作者就能借叙述者的口把自己的想法自然而然地融入故事里。小说这样写道:"因为有我马家辉,湾仔的老百姓仍将世世代代记得你,尽管不一定以你渴望的方式。"③这里能读出潜文本的意思是:因为有我马家辉,湾仔的历史不会被淹没,尽管不一定完全属实。在本书的扉页上,作者留下这样一句话:"献给仿佛不曾存在过的秘密。"小说里的"秘密",仿佛随着主人公的亡逝而不曾存在过,无人记起,也回不去,而且陆南才也不希望自己与张迪臣的这份秘密公之于世。然而,小说第27节便提到,英国国家档案馆藏有英国陆军部档案,在编号W.O.235的资料库收录了大量审判记录,其中在审判杀害张迪臣的日本陆军中尉畑津武义的文字里,就暴露了两人的断背之恋。这暗示了我们历史终究没有不留下痕迹的秘密,只是有没有人发现它,愿意揭示它并且保存它。对于马家辉而言,湾仔的历史就如同不曾存在过的秘密。如果不去发现并记录它,那么它就如秘密般不会被人提起。湾仔毕竟是马家辉的成长之地,是他的根,他觉得自己有责任发声来保存这段历史,而不是任由西方殖民统治者作出随意性的评价。如同"举头三尺有神明",历史就像"神"一样照耀着他前行。在《香港三部曲》出版后的20年,香港

---

① 施叔青:《香港三部曲》,江苏文艺出版社2010年版,第500页。

② 施叔青:《香港三部曲》,江苏文艺出版社2010年版,第503页。

③ 马家辉:《龙头凤尾》,四川文艺出版社2016年版,第320页。

经历着许许多多的浮沉,港人似乎找不到前行的方向,眼前依旧一片混沌。"是鸠但啦"只能成为暂时慰藉人心的话语,但长期下去这种得过且过的心态是不能让港人走出混沌之境的。《龙头凤尾》已经揭示出这种危险的心态,也在暗示着港人:无论香港的未来如何,港人都不能忘记自己的来处、自己的历史,因为历史会像"神"一样照耀着他们前行,启迪着他们如何走下去才是最合适的。否则,历史就会变成仿佛不曾存在过的秘密,最终从太平山顶上不知飘往何方。

可见,两部作品在面对"西方/男性"和"东方/女性(男性)"及"殖民统治者与被殖民统治者"之间二元权力对立架构层面均有着强烈的反省意识。受殖民统治史本身潜藏的暧昧性与混杂性,使得作家要颠覆固有架构并不是一件容易的事。然而,他们并未放弃"赓续历史、重返原乡"的努力,当加入双重颠覆性叙述声音后,这种解构西方殖民统治历史书写的决心显得更为有力。

第二节 个人/集体口语体的叙述方式

如果将英国殖民统治者在殖民统治时期书写的香港历史视为"大写历史"的话,那么对这种叙述方式进行拆解的行为可看作"小说历史"。关于"小说历史"对"大写历史"的颠覆问题,我们可以做两个层面的理解:一方面,用"小说"这一体裁"小写"(重述)历史,进而消解"必然"历史叙述、弥补"正史"书写之阙,以及争取诠释历史的权力;另一方面,用"小说"历史的方式对"大写"历史(宏大/主流历史叙事)进行强力"解构",进而重构香港历史的主体身份。关于这一点,黄碧云的"口述体"小说创作值得关注和研究。她曾在《后殖民志》里提过:"相对于书写历史而言,口述历史是一种颠覆。书写历史是国家的,口述历史是部落的、家族的、小的。"①因此,她通过在两部小说《烈女图》(1999)和《烈佬传》(2012)里使用"口述体"的叙述方式来实践其"小写的历史"观。"口述体"的叙述方式分为"集体口语体"(《烈女图》)和"个人口语体"(《烈佬传》)两种。两部作品不仅替以"烈女和烈

---

① 黄碧云:《后殖民志》,台湾大田出版有限公司2003年版,第235页。

佬"为代表的弱势群体发声创造条件,还为这个群体的历史主体身份赋予尊严,以此赓续一个群体的历史,为他们寻找重返精神原乡的路。这如同王艳芳所说的:"烈女是曾经为香港的繁荣打拼过的一众底层女性,烈佬无疑是那些底层的男性,黄碧云以她笔下的烈女和烈佬互相映照,瞩目底层生存,揭示出命运中沉重而被忽略的一群。这一次,黄碧云不说性别,不说生死,不说自由,因为在籍籍无名、芸芸众生的底层面前,性别、生死和自由都是奢侈之物,所谓无火至烈,无名至响,至微至大,至轻至重,以文字为名器,黄碧云的香港历史书写依然具备强烈的颠覆意图、叛逆决心和重建气象。"①

在真正将"口述体"叙述方式融进"小说"历史前,黄碧云的创作也是经过反思和改进的。《烈女图》虽然写的是百年底层烈女的历史,但依旧关注的是与宏大历史相关的事件,仍受到"大写的历史"观的潜在影响,只是用妇女琐碎的语言包装。后来,她选择停笔数年并重新反思自我:这种从女性和弱势的角度来叙述大历史,通过文字的力量将弱者变成强者,是否是另一种权力,成为另一种庸俗的包装,同样摆脱不了"百年沧桑"的大历史思维,是一种投机取巧的对社会热门议题的回应。②到了创作《烈佬传》的阶段,她叛逆并颠覆这种大历史书写思维,开始专注于写一个瘾君子(周未难)和一个鱼龙混杂的江湖之地(湾仔),实现"小说"历史的可能,以一己之力付诸实践,切实赋予这群被社会忽略的男性以身份和尊严。

一

《烈女图》的封底对本书的历史书写观有一段精辟的介绍:

> 生而为中国女子,苦难是她生命的记认。不管在什么年代,中国女子都要比男人更坚忍、更努力、更豁达。活不下来的,早已零落成泥碾作尘,活下来的,一代代延续生命。

---

① 王艳芳:《异度时空下的身份书写——香港女性小说研究》,中国社会科学出版社2015年版,第122页。

② 张眉:《城里城外——黄碧云小说中的香港意识》,华东师范大学2016届硕士学位论文,第59页。

一幅烈女图,走下三代香港女子,各以她们的生存方式书写自己的历史,也顺便书写香港的历史。

从沦陷时代,到六〇年代的暴动,到香港回归,历史如此碾过,以平民百姓的痛楚,铺垫它的轨迹。人们记得历史,却忘记被历史碾压过的红颜。

没有尊严的年代,只能苟活。奢言理想者,到头来志气消磨。一旦得到自由,却又失去生活的方向。

如此女子,在人间。①

据黄碧云作品研究专家黄念欣介绍,此简介并非出于黄碧云之手,但出版前已经黄碧云过目。②由此可见,它一定程度反映了黄碧云的历史观。以往的历史叙事大多延续父权式书写传统,呈现出"大写的历史"格局。这种偏属"男性"的大历史书写主要表现为"以政治权力为中心"③,"强调时间的延续、事件的因果关系、历史书写的科学与客观"④。相反,黄碧云"将真实置于今昔交错的口述叙述中,历史时刻恒已透过不同女性主体的主观认知与记忆"⑤,并通过女性今昔交错的口述之音来拆解"大写的历史"。

这自然会让我们想起西汉儒家学者刘向的《烈女传》。《烈女传》共7卷,通过记叙105名贤妇、寡妇及孝女等故事,以"赞扬"的方式来"鼓励"女性自残乃至自杀,"更加强了父权社会对女性的宗法暴力,使得父权体制得以延续"⑥,成为"中国文、史记载中最具有代表性的'女性被压迫的经验'的

---

① 黄碧云:《烈女图》,香港天地图书有限公司2004年版,封底。
② 黄念欣:《香港女性历史文本——〈红格子酒铺〉〈烈女图〉〈玫瑰念珠〉探析》,见王德威、黄锦树编:《想象的本邦:现代文学十五论》,台湾麦田出版·城邦文化事业股份有限公司2005年版,第399页。
③ 黄念欣:《香港女性历史文本——〈红格子酒铺〉〈烈女图〉〈玫瑰念珠〉探析》,见王德威、黄锦树编:《想象的本邦:现代文学十五论》,台湾麦田出版·城邦文化事业股份有限公司2005年版,第398页。
④ 陈芳明:《后殖民台湾:文学史论及其周边》,台湾麦田出版·城邦文化事业股份有限公司2007年版,第153页。
⑤ 刘亮雅:《情色世纪末:小说、性别、文化、美学》,台湾九歌出版有限公司2001年版,第167页。
⑥ 陈雅书:《何谓"女性主义书写"? 黄碧云〈烈女图〉文本分析》,见范铭如主编:《挑拨新趋势:第二届中国女性书写国际学术研讨会论文集》,台湾学生书局2003年版,第369页。

书写"①。反之,《烈女图》"以'自传式'的书写模式来凸显女性的主体性(female subjectivity)",以此"让女性诉说自己的故事,尝试消除传统加诸女性的一切书写障碍"。②《烈女图》表现出来的女性之"烈"不再是《烈女传》所颂扬的品德,而是面对生存苦难时表现出"卑微低贱而又蛮横顽强"③的精神。小说展现出来的"烈"性程度,丝毫不亚于《烈女传》里面的女性。王德威认为,张爱玲创造了怨女传统,此传统自20世纪60年代以来,影响深远。港台作家纷纷以此为蓝图,描写女性困境。到了黄碧云,"怨女"为"烈女"所取代。"烈"取其"凄厉酷烈"之意。④台湾作家张娟芬也对此作出评价:"没见过这么疾言厉色的女人史,喧哗嘈杂尽是鬼声,三代女人扯着喉咙尽情控诉,愤怒如火四野延烧。"⑤此外,虽然三章标题"我婆""我母"和"你"看起来有线性叙述的痕迹,但由于里面混杂了口述和书写的成分,三个部分涵盖了至少九个女子家庭的故事,所以整体的历时性叙述很快被以"家庭(图)"为纲的空间性叙述取代,弃用了如《烈女传》中所采用的"传"或其他如"记"等的编年体形式,从而打破了以父系血脉为核心的传统大历史的书写方式。由此,《烈女图》在模仿、重复与重写《烈女传》的基础上,与经典作品形成了一种"互为文本"的反讽效果。⑥

为了紧贴香港女性百年来的生存状况,使她们有机会成为言说者,而不是作为"他者"发言的对象,《烈女图》采用了集体口语体的叙述方式。这个想法来自黄碧云曾参与的由香港新妇女协进会组织的"阿婆口述历史"编写计划,其间对20世纪60年代的工厂女工做了口述历史的访谈及搜集资料工作,最后集结并出版《又喊又笑:阿婆口述历史》一书。在书的序言

---

① 陈雅书:《何谓"女性主义书写"? 黄碧云〈烈女图〉文本分析》,见范铭如主编:《挑拨新趋势:第二届中国女性书写国际学术研讨会论文集》,台湾学生书局2003年版,第369页。

② 伍宝珠:《书写女性与女性书写——八、九十年代香港女性小说研究》,台湾大安出版社2006年版,第198页。

③ 杨曼芬:《评黄碧云〈烈女图〉》,《妇研纵横》2011年总第94期。

④ 王德威:《序论:暴烈的温柔》,见黄碧云:《十二女色》,台湾麦田出版·城邦文化事业股份有限公司2000年版,第14~15页。

⑤ 张娟芬:《鬼城的喧哗》,《中国时报·开卷周报》1999年5月6日。

⑥ 此观点受到《重复:黄碧云小说的一道奇观》一文的启发。孙宜学、陈涛:《重复:黄碧云小说的一道奇观》,《当代作家评论》2007年第2期。

里,编写者明确表达了如下历史观:我们需要一种小写的历史,女性的历史。①这种"小写的历史"观贯穿在以此为基础创作的《烈女图》,以及往后的《烈佬传》。黄碧云曾说:"《烈女图》的写作过程,对我极为重要。这是我第一次仔细思索,历史论述。我第一次眼见,原来我们为历史的肉身——我婆,我母而生。"②可见,黄碧云眼中的香港历史构成离不开"我婆、我母"组成的群像人生。这种集体口语体的叙述方式在"我母"部分达到轮唱共鸣的高潮,是黄碧云在文本中赋予这个边缘或受压制群体"叙事权威"的具体显现,并"通过多方位、相互赋权的叙述声音,也通过某个获得群体明显授权的个人的声音在文本中以文字的形式固定下来"③。

实际上,《烈女图》发出的集体叙事型声音比苏珊·S.兰瑟构想的更为复杂。兰瑟将这种声音分为三种可能的形式:某叙述者代表某群体发言的"单言"形式,复数主语"我们"叙述的"共言"形式和群体中轮流发言的"轮言"形式。

首先,第一部分是阿月仔的正妻宋香和阿月仔的妾侍林卿为自己的故事做双线轮流交叉叙述。这种双线轮流交叉叙述的架构具体表现如下:

表3-1　叙述者及出现的章节

叙述者	出现的章节
宋香	2、3、5、6、9、10、14、16、17、18、20、21、28、29
林卿	1、4、7、8、11、12、13、15、16、17、18、19、20、21、22、23、25、26、27、28、29

因为一开始两人的故事并没有交集,所以叙述呈现平行般相互穿插着发展。可到了第16节,从阿月仔偷偷跟踪林卿开始,两人的故事就有了交集的机会。越发展到后面,两条线形成一股强大的合流,高潮时可以做到一段宋香、一段林卿地交错发展。"我婆"时代,恰逢日本侵略和解放战争时期,女性既要做工维持生存,又要忍受父权制施加的血腥暴力,毫无尊严可言。两线的合股暗示了女性将顽强的生命联结在一起,共同对抗生存的苦难。

①　新妇女协进会编:《又喊又笑:阿婆口述历史》,香港新妇女协进会1998年版,第3页。
②　黄碧云:《后殖民志》,台湾大田出版有限公司2003年版,第174页。
③　[美]苏珊·S.兰瑟:《虚构的权威:女性作家与叙述声音》,黄必康译,北京大学出版社2002年版,第23页。

到了"我母"部分，叙述者由"我婆"里的两位变成六位（彩凤、玉桂、金好、银枝、带喜、春莲）。五条线索（银枝和带喜共属一条）轮唱共鸣，众声喧哗，此起彼伏，共同奏响一首解构宏大历史叙事的曲目。这种五线"轮言"的叙述架构具体表现如下：

表3-2　叙述者及出现的章节

叙述者	出现的章节
彩凤	1、2、12、19、28、31、37、44
玉桂	3、4、10、14、15、20、27、32、36、43
金好	5、6、11、13、21、26、33、35、42
银枝	7、8、9、16、17、18、22、23、24、38、39、41、45
带喜	
春莲	25、29、30、34、40、46

在这46节中，由于银枝和带喜是在工厂做工时认识的，后来故事的发展也有着相当多的交集，所以小说安排她们俩出现在同一章节。春莲的故事出现在其他几条线索已轮唱几番之后，就如同是这首曲目的变奏，更加丰富了它的表现形式。"我母"均出生在"香港重光"以后，所以这首曲目奏响的背景主要集中在香港正处于经济不断向好的时期，也是众多女工为香港经济资本的原始积累献出芳华的年代。在婚姻爱情上，除了玉桂没有结婚，其他女性与丈夫相处大多停留在物质的层面，精神上毫无共鸣可言，更不用奢想有情感上的自由。这个时期的父权思想依旧主宰着女性，比如，"贞洁观"像一把精神枷锁牢牢套在她们身上，使得玉桂"失贞"后不敢面对未来的人生；春莲的丈夫见牛听到一些关于春莲的流言蜚语，以为她出轨，就马上从英国赶回来，将春莲吊到天花板上边打边施暴，而且日夜不停，直到春莲流血也不停止，就怕吃亏似的。又比如，女性只是生育的工具，毫无主体的尊严。金好不想生孩子，可金好夫家的女人由不得她，当场压着她让丈夫阿坚完成这场如"猪配种"的活。尤其是金好生了孩子后，全家人只围着孩子转，还对金好下了一道"令"："养不大唯你是问，你死无所谓，个仔不能死。"[①]在这一部分，虽然大多采用第三人称叙述，但也会时不时插入第一人称自白，以及采用第二人称，让作为儿女辈的"你们"也参与进故事的叙述进程中，以

---

① 黄碧云：《烈女图》，香港天地图书有限公司2004年版，第158页。

此拉近"你们"与母辈的距离,更好地理解母辈的心路历程。虽然整体而言女性还是没有自由,但由于已经与社会接触,慢慢强化着她们作为女性的主体意识,所以父权制也面临着解体的危机。小说里,彩凤丈夫阿九的早死、金好丈夫阿坚的无能、春莲丈夫见牛后来患了精神病等,都让这群女性以主体的姿态重新看待人生,有了更多的勇气面对生存的苦难。

到了第三代"你"的部分,叙述人称变为第一人称"我"。这一部分围绕着一个叫李晚儿的年轻女子展开。故事主要集中在20世纪八九十年代的香港,正好处于情欲解放的时期。李晚儿追求个性解放及物质精神享受,是香港20世纪70年代出生的其中一类女性代表。欲望似乎有了放纵的机会,身体可以与多个男性任意交合,但她知道这些男性因为种种原因都不会爱她,因而她"必须承受,承受离开,承受歉疚"①。同时,年少时发生的一件谋杀案成为一个永远无法揭开的秘密,还被迫成为同谋者,所以她只能选择沉默:

> 我不说,我什么事都没有。没有人会知道。
>
> 我说。我必须面对整个敌对的世界。
>
> 我不说。我一生将背负沉默。
>
> ……
>
> 我低下头,沉默不语,或许就这样决定我一生。
>
> 每一个人都要保护自己,在这残忍荒谬的世界。
>
> 每一个人都有她自己的秘密。
>
> 无论我们多么渴望,我们都无法接近。②

这"说"与"不说"之间是否也是在暗示香港历史书写的命运呢?是否也是对香港历史主体身份认同的一种阐释呢?第三部分虽然只有第一人称"我"作为叙述者,整体篇幅也较前两部分单薄,但它迸发出来的作为女性主体的力量丝毫不亚于前两部分。在物质丰厚的今天,原来男性和女性在"灵肉合一"关系的追求上依然遇到重重障碍,正如小说提到的:"我们的

---

① 黄碧云:《烈女图》,香港天地图书有限公司2004年版,第253页。

② 黄碧云:《烈女图》,香港天地图书有限公司2004年版,第257页。

身体结合,灵魂各自游走。"①可面对这些处境,李晚儿选择承受、理解和宽恕:我愿意离开的时候,我心里都是温柔。②随着"九七"回归,她与这些男性的关系也宣告终结。最后,李晚儿通过"回家"的方式安顿破败的内心。总的来说,虽然李晚儿身处的时代依旧有着它的缺陷,但女性确实拥有了比之前更多的自由,这从她母亲对她说过的一段话可予以证实:"我母说,婆婆那个年代,女子都不读书,种田担泥,日做夜做,还要给男人睡,没得选择。到阿母那时候,读都不过读到小学,细细个,就到工厂做工,拍拖手都不敢拖,如果不是处女,都没人要,到死都只得一个男人,哪像我们这一代,雀儿一样,喜欢飞哪里飞哪里,多自由,自己赚钱自己花,还有什么不快乐。"③也就是说,李晚儿的这一代可以"在不爱与忘怀之中,得到自由"④。

小说三个部分描写香港从日占时期到"九七"回归三代女子的故事,用女性的群像图组成香港历史肉身,以她们的众声喧哗赓续香港历史,实现历史叙事的突破,试图重构香港历史的主体身份。三代人各自独立,代与代之间没有血缘关系,可存在一种互文式对话,主要表现为小说里的叙述人称设置,并通过母系家谱的发展脉络贯穿其中。虽然小说三个部分的标题分别为"我婆""我母"和"你",但具体到文本的叙述人称则变成"你婆婆""你婆婆婆婆""你婆婆阿母""你母""我"等。其中,这个"你"并不指称具体某人,而是泛指女性前辈诉说历史故事对象的后辈,比如:"我婆"部分的诉说对象是孙儿辈,"我母"部分的倾诉对象是儿女辈。这使得全书没有中心人物,也没有固定的叙述视角。人称的交叉使用造成叙事呈现跳跃式效果,表现出来的是随意、琐碎与凌乱的记忆。尤其在小说的第一、第二部分,大部分句子都比较短促,并夹杂大量粤语方言和粗鄙语言,重复啰唆,断断续续,形成带有留白空间的独白叙述。这与接受口述历史计划采访的阿婆的说话方式是一致的。小说正是通过这种互文式对话上升为集体口语体的叙述方式,将女性内心世界更为丰富地表现出来,奏响多声部和谐

---

① 黄碧云:《烈女图》,香港天地图书有限公司2004年版,第218页。
② 黄碧云:《烈女图》,香港天地图书有限公司2004年版,第251页。
③ 黄碧云:《烈女图》,香港天地图书有限公司2004年版,第260页。
④ 这句话出自黄碧云的另一部小说《媚行者》的封底,因意思契合此处的语境,所以本书加以引用。黄碧云:《媚行者》,台湾大田出版有限公司2000年版。

共存的复调音乐。

二

继 1999 年出版《烈女图》后,沉默数年的黄碧云在 2012 年出版关注另一群同样被社会忽略的底层男性的著作《烈佬传》。两个书名时隔 13 年后相互呼应,继续贯穿"小写之历史"的观念,更坚定了她重构香港历史主体身份的决心。虽然历史观依旧,但《烈佬传》比《烈女图》在方法论上实现了新的突破。

黄碧云在创作《烈女图》后实际上为这种弱小声音表达的方式有过犹豫与反省。《烈女图》借女性弱势群体的叙述视角与香港受殖民统治时期大事结合起来,即使没有如《拾香纪》和《香港三部曲》般结合得天衣无缝,也依旧无法摆脱"百年沧桑"的宏大历史叙事模式。黄碧云对此曾公开做出自省:"我们必须知道,我们无法真真正正,揭示人内心的所有;我们无法完完全全,记下我们的时代,刻画时间,捕捉空间,追溯历史。"[①]这种刻意处理历史的"不纯动机"[②],让黄碧云重新思考如何才能真正追溯并赓续香港的历史,重构香港历史的主体身份。因此,到了《烈佬传》,她不再专注于"大历史"命题的书写,而是真正回归"小写"的姿态,从叙述的层面切实赋予弱势群体以主体身份和尊严。促使黄碧云改变此前想法的,是从搜集《烈佬传》的书写材料开始的。

黄碧云在 2004 年曾动过写一个关于香港监狱史故事的念头。当时的她还保留着写《烈女图》时的历史书写观,打算"从犯罪者看香港监狱和政治历史"[③],"以为历史事件进入小说就是历史感,就是时代记忆"[④]。然而,

---

① 黄碧云:"默想生活——文学与精神世界",第 25 届香港国际书展作家讲座演讲词,2014年 7 月 20 日。

② 黄碧云曾就《烈女图》的创作谈过感受:"我自知动机,有点心术不正,但这本小说也令我得到动机以外所得着的。"罗展凤:《沉默·暗哑·微小——黄碧云关于写作之能与不能》,《文学世纪》2004 年 11 月号。

③ 黄碧云:《"言语无用 沉默可伤"——"红楼梦奖"得奖感言》,《明报》(世纪版)2014 年 7月 21 日。

④ 黄碧云:《遗忘之必要,理性之必然,微笑之必须——历史与小说的宽容》,《字花》2012 年总第 39 期。

当她开始搜集资料,阅读档案与剪报并约见香港善导会的更生人士(其中约有八成是瘾君子)后,才发现"原来作者不是独裁者,不是你想让角色怎样便怎样"①。大约两年后,她产生了"不想写"的感觉,主要原因是"我无法有现场感,我不是他们"②。这与《烈女图》所展现出来的历史书写观已经有了很大的差别。同样是面对历史,在《烈女图》里,黄碧云只是"解释历史的工具"③。可到了《烈佬传》,她慢慢学会最大限度将自己代入到角色的身份、视角与思维,叛逆大历史书写观,真正回归"小写"的姿态。于是,在七年的创作里,她努力写一个卑微的人,讲一个普通人的故事。④正如她在一次发言里提到的:"我就系佢,似演员咁上咗身,我唔再系我自己,所以我必须放弃自己嘅语言,但又要摸索佢嘅语言,究竟佢系点样讲嘢?"⑤就这样,当与这些更生人士进行交谈时,黄碧云只是静静地聆听,不做任何价值判断,更不会对他们施与同情的眼光,而是从他们慢慢流露出来的宝贵讯息里平等理解他们选择走这条路的来龙去脉。经过四年的深入对谈和资料搜集,毕业于香港大学犯罪学专业的黄碧云深谙人心,渐悟到她只能写"一个人的小历史",那就是:或许因为他只是一个人,他自知的小人物,他对无论自己过去,还是其时所发生种种,说起来,"是这样",没有更多,不怨不

---

① 黄碧云:《"言语无用 沉默可伤"——"红楼梦奖"得奖感言》,《明报》(世纪版)2014年7月21日。

② 黄碧云:《遗忘之必要,理性之必然,微笑之必须——历史与小说的宽容》,《字花》2012年总第39期。

③ 黄碧云:《遗忘之必要,理性之必然,微笑之必须——历史与小说的宽容》,《字花》2012年总第39期。

④ 这点可从黄碧云的获奖感言里予以证实。她曾提过在走访不少有吸毒经历的人时,"不把他视为好人,不把他视为坏人,只是当作一个普通人"。(李青:《新晋"红楼梦奖"得主黄碧云:我希望我的读者是失意的人》,《新京报》(书评周刊)2014年9月19日。)"呢个就系本书嘅基调。我会记住,佢哋唔系好人,所以唔好浪漫化,唔会因为佢哋弱势原故,道德上就比其他人高尚;佢哋都唔系坏人,虽然某啲情况会有啲惊,但相处时大部分都系普通人。"(这句话是黄碧云用粤语讲出来的,大意是:这个就是本书的基调。我会记住,他们不是好人,所以不要浪漫化,不会因为他们弱势的缘故,道德上就比其他人高尚;他们都不是坏人,虽然某种情况会有点怕,但相处时大部分都是普通人。)谢傲霜:《当黄碧云成为烈佬》,《经济日报》(书香阵)2014年10月21日。

⑤ 这句话是黄碧云用粤语讲出来的,大意是:我就是他,像演员那样上了身,我不再是我自己,所以我必须放弃自己的语言,但又要摸索他的语言,究竟他是怎样讲话? 谢傲霜:《当黄碧云成为烈佬》,《经济日报》(书香阵)2014年10月21日。

憎。①愈到后来，黄碧云愈感受到如果不为这个群体写一段"小历史"，那么就不会再有人记得他们。书写这段"愈小至无"的历史，其实也是在反观我们自己的一生。②从此以后，黄碧云彻底走向"小写之历史"的写作境界，《烈佬传》由此诞生。

这种"小写的历史"观还表现在黄碧云不把目光聚焦于整个社会，只是定位在特定地区湾仔，而且关注的群体更为集中。相较于《烈女图》能显著看到历史变迁的痕迹，这种"将都市的(湾仔)地方志转换为小说，香港六十年沧桑变迁的许多历史大事件毫不起眼地隐伏其中"③《烈佬传》以"古惑仔"周未难的第一人称自述，将湾仔这一特定空间转化为吸毒边缘群体的生存史。小说分为三个部分：此处、那处、彼处。这"三"处并不指代具体的空间，而是如该书后记所言："小说当初叫《此处那处彼处》，以空间写时间与命运，对我来说，是哲学命题：在一定的历史条件里面，人的本性就是命运。时间令我们看得更清楚。"④具体而言，这"三"处对应烈佬的人生际遇(时间与命运)：此处即此岸，彼处即彼岸，那处恐怕则是无岸之河。⑤在作者眼里，湾仔是一个藏污纳垢之地，"不值得怀念，但实在曾经"⑥。这个曾经"实在"的地方，才使得这群"黑暗的孩子"有了幸运存活的机会，也产生了如"烈佬"周未难这样的人。

"此处"部分的时序是从预叙讲起的，六十岁的周未难(以下简称"阿难")最后一次从赤柱监狱出册，回想起湾仔修顿的那班兄弟，"行正的行

---

① 黄碧云：《"言语无用　沉默可伤"——"红楼梦奖"得奖感言》，《明报》(世纪版)2014年7月21日。

② 这个看法引自黄碧云的得奖感言："锦上添花易，知识分子有字，名门望族有钱，各自记录自己的历史，这样的一群人，我不写，就没有人知道，他们所活过的，也是我们的小历史，愈小至无。以小而面对大，我想是这一代写作人的责任。"黄碧云：《"言语无用　沉默可伤"——"红楼梦奖"得奖感言》，《明报》(世纪版)2014年7月21日。

③ 魏沛娜：《以小面对大是写作人的责任》，《深圳商报》2014年7月31日。

④ 黄碧云：《烈佬传》，台湾大田出版有限公司2012年版，封底。

⑤ 符以轩：《烈佬的自述、自度与度人》，见香港浸会大学文学院主编：《第五届红楼梦奖评论集　黄碧云〈烈佬传〉》，香港天地图书有限公司2016年版，第202页。

⑥ 黄碧云：《"言语无用　沉默可伤"——"红楼梦奖"得奖感言》，《明报》(世纪版)2014年7月21日。

正,老的老,一身病,断手断脚,死的死一个少一个"①。于是,回忆将他带回
11岁那年,他在公园认识阿生后,如何离开家庭进入黑道和毒海生涯。"此
处"的阿难故事大概发生在11岁至22岁,但已经是湾仔与教导所(往后是
监狱)两边跑的常客。这样的生活已经让阿难麻木不已,对生活不抱任何
希望,包括爱情。"此处"部分有几句话似乎对阿难的人生做了"定论":

> 小心行自己要行的路,记住所有发生的事情,有一天,你会发
> 觉你一无所有。(第20~21页)
> 我的一生便定了,再不可以是别的样子。(第38页)
> 过去我们忘记,亦不会有将来。(第47页)
> 一世人流流长,日子怎样过。(第49页)②

阿难也相信了这些就是属于他的"宿命",人生没有未来,只有慢慢
"捱"(熬)。第四句也是"此处"部分的最后一句,为第二部分"那处"埋下伏
笔。"那处"的阿难更是以"监狱"为家,出入于香港各大监狱。出狱后就去
修顿看看有没有相识的人,但每次湾仔都变成一个他不认识的世界。不多
久后又再重新入狱,日子过得平淡,直到60岁后才不再入狱。香港几十年
的风雨给他留下记忆的不是历史大事,而是琐琐碎碎的监狱见闻。该部分
的最后,烈佬从回忆断续的监狱日子回到以前的上海生活,想起随父母来
香港的原因,以后也没有再回过家乡。"家"对于烈佬来说是一个遥远的梦,
缥缈而无根。

"彼处"部分的叙事重新接续阿难从赤柱监狱出来后的生活,从与一群
精神病人住在中途宿舍到最后与病人阿启搬进公屋。相较于以前的监狱
生涯,阿难现在的生活变得清闲,慢慢戒了毒,加入社工组织做善事。此时
的阿难"实在不想再坐监,也不想回湾仔"③,于是他有了更多的时间回望过
去。以前还在湾仔"混"时,酒吧大佬曾跟他说了一番语重心长的话:"如果
你一生人是一盘棋,你可以想几多步,你可不可以看通自己全盘棋,你几时

---

① 黄碧云:《烈佬传》,台湾大田出版有限公司2012年版,第7页。
② 黄碧云:《烈佬传》,台湾大田出版有限公司2012年版。
③ 黄碧云:《烈佬传》,台湾大田出版有限公司2012年版,第119页。

先知道是赢是输？这盘棋有没有人赢过？"①阿难也试过反问自己："再行一次，我会不会行这条路？"结果他很清楚："但不可以再行一次。"②可有一个疑问是他永远都解答不了的，那就是：如果他（按：指父亲）找到我，我人生后来的道路，会怎样。③这个疑问，实际上也是黄碧云的不解之问：为什么这个群体的人会选择走这条路？一条没有自由的路，为什么他们还是会如此热衷，甚至愿意为此付出生命的代价？面对无法解答的问题，阿难只是投以释怀之心："都过去了，无所谓了。"④这份感慨源自阿难最后的觉悟：一个人与另一个人，可以有几大差别。我们不过以为自己，与其他人不同。⑤他认识到自己终究是这个平凡世界中的一员，平常心才能让他直面真实人生。于是，原来不想再直面的湾仔，现在却想重新认识它。虽然它已经不是他眼中的"湾仔"的湾仔，或者说，不是他眼中的"香港"的香港，但毕竟曾经存在过。这与黄碧云的人生观是一致的，她曾说："无法回避的事情，面对它。"⑥

　　阿难眼中的湾仔和如此酷烈的一生在《烈佬传》中只是被平淡地"说"，每一个细节均以平常的方式展现出来。整部小说的叙述异常平静，即使不少与毒瘾相关的故事能制造出惊险与猎奇的电影效果，也被处理得极其自然。小说陈述的细节琐碎，属于"一个人喃喃自语的随便，以及透过时间回望的距离"⑦，此时我们能做的就是安静做不反驳的聆听者。阿难和他同伴挣扎求存之时正与20世纪五六十年代的香港共荣辱。那时的香港故事难以讲好，因为香港正处于贪污泛滥、殖民统治霸道、黑白混乱的炼狱时期，⑧所以一直以来都在当代文学书写上处于缺席的状态。在如此炼狱中成长且在半个多世纪的香港历史上承受最多的卑微群体，反而是"最被香港历

---

　　①　黄碧云：《烈佬传》，台湾大田出版有限公司2012年版，第138页。

　　②　黄碧云：《烈佬传》，台湾大田出版有限公司2012年版，第151页。

　　③　黄碧云：《烈佬传》，台湾大田出版有限公司2012年版，第179页。

　　④　黄碧云：《烈佬传》，台湾大田出版有限公司2012年版，第179页。

　　⑤　黄碧云：《烈佬传》，台湾大田出版有限公司2012年版，第178页。

　　⑥　黄碧云：《颁奖礼致辞：文学的权力与自由精灵的怀疑与否定》，见香港浸会大学文学院主编：《第五届红楼梦奖评论集　黄碧云〈烈佬传〉》，香港天地图书有限公司2016年版，第257页。

　　⑦　邓小桦：《不为什么，不是别的——读黄碧云〈烈佬传〉》，《文讯》2012年11月号。

　　⑧　廖伟棠：《南音时代的烈佬》，《百家文学杂志》2014年总第34期。

史忽视、遗忘"①的。在黄碧云的笔下,这种"不能承受的历史之重"已悄然转化为一种"无火之烈"的姿态,具体表现为"以轻取难,以微容大,至烈而无烈"②。阿难这种卑微而顽强的生命力打动了黄碧云,她曾言,"我的烈佬,以一己必坏之身,不说难,也不说意志,但坦然面对命运,我摄于其无火之烈,所以只能写《烈佬传》,正如《烈女图》,写的不是我,而是那个活着又会死去,说到有趣时不时会笑起来,口中无牙,心中无怨,微小而又与物同生,因此是一个又是人类所有:烈佬如果听到,烈佬不读书不写字,他会说:你说什么呀,说得那么复杂,做人哪有那么复杂,很快就过"③。这就是黄碧云将不断沉沦的阿难称作"烈佬"的原因。

阿难其实也是经历着时代巨变的人,新中国成立前就从老上海来到香港。或许刚来还是会留下在"老上海"生活的温暖记忆,而在香港也一时无法融入正常的生活,被双重时代抛弃的阿难以厌学的姿态逃离了家庭,从此沉沦毒品和赌博,花了将近半个世纪才成功戒掉。自从阿难告别"道友"生涯后,看似"安度"晚年,实则在他的内心深处,湾仔是他一直难以回去的"痛",因为他在那里被"青春"残忍地触摸过。

> 在漆咸道公园如果没认识到阿生,没和阿生去踩单车,我没去到湾仔,我留在尖沙嘴,不知我会不会和阿爸一样,做裁缝,上海师傅。④

相较于此前喜爱书写异乡漂泊经历的黄碧云而言,在《烈女图》和《烈佬传》中我们可以看到她的主体审美经验正在不断往下沉。面对一群普通的女子,黄碧云并没有对她们施以一种道德层面上的"嘲讽"和"鄙夷"的姿态,而是在极其平凡、琐碎而又坎坷的生活中挖掘她们犹如"烈女"般坚韧不屈的意志力和生存力。《烈佬传》同样如此,黄碧云曾将这部小说称为《黑暗的孩子》,"如果有一个全知并且慈悲的,微物之神,他所见的这一群人,

---

① 黄万华:《百年香港文学史》,花城出版社2017年版,第159页。

② 黄碧云:《烈佬传》,台湾大田出版有限公司2012年版,封底。

③ 黄碧云:《烈佬传》,台湾大田出版有限公司2012年版,封底。

④ 黄碧云:《烈佬传》,台湾大田出版有限公司2012年版,第7页。

都是黑暗中的孩子"①。选择在湾仔这个黑暗空间生活的孩子都是被历史和社会放逐的一代,黄碧云希望用她平静的叙述之光来照亮这个空间,以更为平等的姿态来感受被放逐群体的绝望与悲哀。这会使人想起同样以第一人称作为叙述视角的白先勇的小说《孽子》,"写给那一群,在最深最深的黑夜里,犹自彷徨街头,无所依归的孩子们"②。白先勇给予笔下的孩子人道主义式的温暖与悲悯,只是这种悲悯带有更多的社会意图。相反,在《烈佬传》中,黄碧云没有赋予太多救赎的意图,只想直陈描写烈佬的生活,把这段属于某一群体的小历史忠诚地记录下来,在平淡的叙述中带出烈佬不平凡的一生。

《烈佬传》成功塑造了一个目不识丁的湾仔"烈佬"形象,"不但洗尽了文艺美学上的铅华,在伦理道德方面也不轻易为读者留下一个欣赏的立足点"③。黄碧云真正从叙述层面为这群底层男性重构了历史身份和主体尊严。同时,她通过书写半个世纪以来湾仔的变迁来试图从一个特定的层面重构香港历史的主体身份。这些,与她后期形成有关历史书写的两大理念密不可分,那就是:自由的本质、小写的可能。④

在"历史之中寻求重量"才能对英国殖民统治留下的历史问题作出有效反思,而不是把"历史事件"写进小说就会产生历史感。它不需要宏大叙事体系的支撑,而是通过一步步落实到具体的微观事物,以诚实之心去面对甚至承受,展示人在历史洪流面前的无力与脆弱,才能得以有效建构。这正符合她对自己人生的重新思考和定位:我想我的人生也从此进入省减时期:真的不需要那么多。我甚至不再需要一个姿势。⑤这个"姿势",在她的小说世界里,可以理解为去除"历史癖"。

① 黄碧云:《烈佬传》,台湾大田出版有限公司2012年版,封底。

② 白先勇:《孽子》,上海文艺出版社1999年版,扉页。

③ 黄念欣:《或此或彼——读黄碧云的〈烈佬传〉〈烈女图〉或个人的选择》,《字花》2012年总第39期。

④ 黄念欣:《或此或彼——读黄碧云的〈烈佬传〉〈烈女图〉或个人的选择》,《字花》2012年总第39期。

⑤ 黄碧云:《沉默·暗哑·微小》,台湾大田出版有限公司2004年版,第206页。

20世纪80年代以来香港小说中的「香港书写」研究

第三节 充满象征意味的家族书写

在香港百年史的文学书写里，有一类小说涉及家族书写。作为具有血缘关系的社会群体，每一个家族的"小历史"，都是构成香港历史不可或缺的重要组成部分，进而呈现出香港历史的多元面貌，弥补西方殖民统治者的香港史书写中无法涵盖的领域。

对于家族书写，目前学界有"家族小说"和"家族叙事"两种称谓，而界定两者的区别主要集中于文学体裁和小说类型。[①]在"家族"内涵的理解上，学者普遍持有较为相似的意见。这既体现在对家族文化的理解上，也展现在对各自的概念界定上。就家族文化的理解而言，他们大致从血缘亲情、伦理秩序和价值理想三个层面来认识家族文化；而从概念界定上，他们对家族和家庭都做了不同程度的实质性区分，认识到家族小说（作为家族叙事中的一个具有代表性的类别）具有特指性和历史性两个特征：特指性是指小说的描写对象应是一个家族或几个家族的生活及家庭成员关系，而历史性是指小说的取材往往具有至少三代人的时间跨度和"历史"的背景，即使是以家族的"当下"为中心描写家族生活，也往往通过追溯家族的历史，将现实与历史结合起来，让现实的生活在历史的基础上展开，具有浓郁的历史文化氛围。[②]

我们所探讨的香港"家族书写"集中在小说这一文学体裁，也与其他类型的小说有所区分。然而，在"家族书写"体现出来的特征方面，除了具有特指性和历史性之外，还具备象征性。如果就文学种类这一意义进行区分的话，那么小说类型属于"第一级别分类"，文学体裁属于"第二级别分类"，

---

① 有学者界定的"家族小说"是与侦探小说、历史小说、流浪汉小说等相互区分的一种特定的小说类型（梁晓萍：《明清家族小说的文化与叙事》，南开大学出版社2008年版；曹书文：《中国当代家族小说研究》，中国社会科学出版社2010年版等。）；"家族叙事"指的是以家族为各自体裁的包括小说、戏剧、影视等叙事性文学作品（叶永胜：《家族叙事流变研究——中国文学古今演变个案考察》，安徽人民出版社2009年版；王建科：《元明家庭家族叙事文学研究》，中国社会科学出版社2004年版等。）。

② 池雷鸣：《加拿大新移民华文小说的历史书写研究》，暨南大学2013届博士学位论文，第35页。

文本间内部（局部）联系与区别的类型属于"第三级别分类"。[①]中国文学的家族书写具有悠久的历史传统，可以上溯至"神话与史传叙事"。香港小说在这一文学传统的传承上有着新的创造，与香港的社会发展和文学先锋试验探索有着极大关联。突出的"象征性"内涵，与"物"这一符号联系在一起，分别指代作为实存意义空间和构想意义空间的香港，进而钩沉由港人挥洒热血奋斗出来的百年香港史。有学者曾经将作家聚焦"时代与物"之间的关系所创设出来的符码称为"物符号学"[②]。董启章也认为："世界建构的关键其实就在于'人'与'物'的关系。"[③]与此同时，他对二者关系的探索也深感兴趣："我更感兴趣的是人与物的关系。事物同时是人的延伸：今天各种电子产品，就像自己身体的一部分，用以感知世界；缺了这些东西，就仿佛与世界断绝了联系。我爸爸一代也同样，他通过缝纫机零件的工具、机器，实现了自我的一部分。我很感兴趣：人通过与事物的关系，如何去建造和参与了这个世界。"[④]其中，《飞毡》（西西，1996）、《拾香纪》（陈慧，1998）和《天工开物·栩栩如真》（董启章，2005），可以作为具有"象征性"的家族书写范本探究"人与物（家族/城市）"的互动关系，在与家族史/城市史的对话中回归精神原乡并安顿自己的灵魂。

---

① 这里参考了陈平原和池雷鸣对文学种类区分的方法。陈平原在《小说类型研究概论》一文中指出："就区分文学种类这一意义而言，大致可分为两种：一是指小说、诗歌、戏剧这么一种最大范畴的终极分类；一是指历史小说、流浪汉小说、武侠小说这么一种第二等级的分类。"因此，体裁对应的是第一级别文类，而类型对应的是第二级别分类。池雷鸣在研究加拿大华文小说的家族书写时发现，"除了体裁上的唯一性、类型的微观化等形式差异之外，它在内涵上还存在一定的变异"。由此，他在陈平原研究的基础上将"文本间内部（局部）联系与区别的类型"称为"第三级别文类"。笔者在考察香港小说的"家族书写"时发现除了具备陈平原所说的两种类型外，"象征性"这一内涵的拓展也符合池雷鸣所说的"第三级别文类"，从而拓宽家族小说的外延。陈平原：《小说史：理论与实践》，北京大学出版社2010年版，第130~131页；池雷鸣：《加拿大新移民华文小说的历史书写研究》，暨南大学2013届博士学位论文，第35~36页。

② 凌逾认为，能创造出"物符号学"，是因为作家们敏锐把握到物欲、恋物癖、消费文化给香港社会带来的冲击。凌逾：《跨媒介香港》，社会科学文献出版社2015年版，第188页。

③ 董启章：《从天工到开物——一座城市的建成》，见《在世界中写作，为世界而写》，台湾联经出版事业股份有限公司2011年版，第346页。

④ 张璐诗：《董启章 "写本土是为了写世界"》，《新京报》2010年3月27日。

20世纪80年代以来香港小说中的「香港书写」研究

一

　　《飞毡》创作于1995年11月，初版本由台北洪范书店于1996年出版，可以说是西西在香港"九七"回归前书写"肥土镇系列"①的集大成者，吹响百年香港史书写的一次"集结号"，"似乎意味着西西香港身份关注和书写的暂时收结"②。

　　小说里，西西依旧将香港称为她心中的"肥土镇"，一个实存的异托邦。福柯把"异托邦"看作在一切文化或文明中，有一些真实而有效的场所却是非场所（contre-emplacements）的，或者说，是在真实场所中被有效实现了的乌托邦。③有学者曾将"肥土镇"视为西西达至无何有之乡的"乌托邦"境界，认为："《飞毡》的历史构想，便是这种以'地域'作为伸展的本土意识，说得实在一点，西西在《飞毡》里力图建构的，是一个'地方'或一个'城市'的从无到有——从历史的'无'到'有'、从文化身份的'无'到'有'，以达至无何有之乡的'乌托邦'（Utopia）的境界。"④对此，该书更倾向于将"肥土镇"看作异托邦，因"异托邦"虽然创造出一个虚幻的空间，但在这个虚幻的空间里实则蕴含着真实的空间。在小说序言里，西西就明确指出："打开世界地图，真要找肥土镇的话，注定徒劳"，因为它"在巨龙国南方的边陲，几乎看也看不见，一粒比芝麻还小的针点子地"。可与此同时，它又是实实在在的，因为"如果把范围集中放大，只看巨龙国的地图，肥土镇就像堂堂大国大门口的一幅蹭鞋毡"，而"长期以来，它保护了许多人的脚，保护了这片土地"。⑤由此，西西创设的"肥土镇"与"香港"就有了象征层面上的对应关系。然而，这个"香港"并不完全是作为现实世界的香港，里面还寄托着西

---

　　①　西西的"肥土镇系列"包括作品《我城》《美丽大厦》《肥土镇的故事》《镇咒》《浮城志异》《肥土镇灰阑记》。

　　②　王艳芳：《异度时空下的身份书写——香港女性小说研究》，中国社会科学出版社2015年版，第99页。

　　③　尚杰：《空间的哲学：福柯的"异托邦"概念》，《同济大学学报（社会科学版）》2005年第3期。

　　④　洛枫：《历史想象与文化身份的建构——论西西的〈飞毡〉与董启章的〈地图集〉》，《中外文学》2000年第10期。

　　⑤　西西：《说毡（代序）》，见《飞毡》，广西师范大学出版社2016年版，第5页。

西对未来乌托邦实现的想象和期盼。

　　小说主要以花氏家族三代人的兴衰作为线性叙事主轴展开,周围还穿插叙述叶荣华家族三代、胡瑞祥一家、开莲心茶铺的陈老先生一家及突厥父子的故事,用童话写实以及魔幻现实主义的陌生化叙述手法,讲述了“肥土镇”百年的世俗生活史,呈现出寓言的格局。既然“肥土镇”是西西心中的异托邦,那么浓缩了她想象后的城市历史便带有象征的特性。其中,能让生活在“肥土镇”的人对这个城市发展寄予美好想象的物品就是飞毡,也是贯穿这条主线的“物符”。这种美好想象,是肥土镇人所做的一次“梦”,以此希望能走向“无何有之乡”的“乌托邦”。于是,“飞毡”与“乌托邦”也有了象征层面上的对应关系。一百多年来,肥土镇人没有放弃对飞毡的寻找,也就是说他们正努力实现“乌托邦”的梦想。小说以法国领事夫人在20世纪上半叶的肥土镇发现飞毡始,到最后“九七”前重回肥土镇又发现飞毡终。在这个过程中,不少人其实都想发现飞毡,也尝试去寻找、研究甚至制造飞毡,可都以失败告终。实际上,飞毡就在花里巴巴的手上。也就是说,飞毡原来就在肥土镇。在寻找“乌托邦”的征程里,肥土镇的人都有想“飞”的不安之心,尤其进入“回归过渡期”,移民潮涌现的情形便是很好的证明。寻寻觅觅后,大家才终于彻悟:乌托邦原来就在肥土镇。①可见,香港在西西心中具有不可替代的重要地位,一种寻找理想精神家园的本土情怀在此充分彰显。

　　在另一个象征层面上,“飞毡”与“肥土镇(香港)”存在着对应的关系。前面已提及,肥土镇就像堂堂大国大门口的一幅蹭鞋毡,“那些商旅、行客,从外方来,要上巨龙国去,就在这毡垫上踩踏,抖落鞋上的灰土和沙尘”②。这种“过渡”“流徙”的不稳定性在“九七”回归来临前更显突出,使得这座城市就像“浮城”一样浮在大海里,在受殖民统治时期无法安顿港人的灵魂。小说里,当胡嘉坐着飞毡俯瞰肥土镇时,她“只见肥土镇在海上徐徐漂移,一切安静,曙光初照,这座小岛,传说是飞来的土地,水中浮出来的土地,龟背上的土地。将来,会回到水中淹没,还是默默地继续悠游地浮游,安定而

---

① 西西:《飞毡》,广西师范大学出版社2016年版,第309页。
② 西西:《说毡(代序)》,见《飞毡》,广西师范大学出版社2016年版,第5页。

20世纪80年代以来香港小说中的“香港书写”研究

繁荣?"这个问题也成为西西心里的隐忧。也就是说，异托邦虽然在肥土镇，但终究会面临消失的结局，殖民统治者无法给这座城市一个确定的乌托邦未来。西西心里非常清楚，她编织的飞毡很可能最后还是会变成蹭鞋毡。在小说序言里，西西就提道："蹭鞋毡会变成飞毡，岂知飞毡不会变回蹭鞋毡?"①到最后，肥土镇的人和物都逐渐消失在叙述者的笔下。叙述者奔跑、追逐、记录、拍摄、描绘、捕捉，都无法把一切掌握。②整个城市因融汇了自障叶的花粉而变得透明起来，直至消失殆尽。肥土镇的地图变成白纸，记录故事的书页也变成空白。一切回归为时间零和空间零的"无"。小说到此为止，肥土镇的前景被悬置起来，呈现出开放性的格局。内地学者凌逾将飞毡在故事中循环往复出现的叙述模式称为"蝉联网结体"，认为："《飞毡》故事往前追溯，缘于寓言故事；往后追溯，结局开放，如'其卒无尾，其始无首''流之于无止'的'天乐'。"③

　　西西通过书写百年世俗生活史来弥补西方殖民统治史叙事的"缺失"，建构更为日常地道的港人生活史。她展开香港的历史想象，是建基于对这片土地的归属感和认同感，具体表现在以下两个方面："一方面从神话出发，在'虚空''虚妄'之中，建立'真实'和'实在'的存有；一方面从地域观念延伸，'肥土镇'既是香港的寓言，也是作者历史的缩写，演至后来，甚至成为西西个人乌托邦的寄托。"④然而，香港的历史已不能完全复原，香港的现实没有给予乌托邦实现的机会。西西明白她只是那个将肥土镇故事讲给花阿眉听的"说故事的人"，而所书写的历史只是"纸上的产物"。令人钦佩的是，面对不可预测的未来，西西并没有放弃书写和"逐梦"，而是把这个百年来港人追逐乌托邦的梦想寄托在花家和叶家两个家族，进而扩大变成"我城"的理想蓝图。同时，她将这种"吾乡吾土"的地方情怀传递给周围的人，让大家共同努力，赓续历史，沿着前辈踏过的足迹，在这片"异托邦"的

---

①　西西:《说毡(代序)》，见《飞毡》，广西师范大学出版社2016年版，第5页。

②　西西:《飞毡》，广西师范大学出版社2016年版，第489页。

③　凌逾:《反线性的性别叙述与文体创意——以西西编织文字飞毡的网结体为例》，《文学评论》2006年第6期。

④　洛枫:《历史想象与文化身份的建构——论西西的〈飞毡〉与董启章的〈地图集〉》，《中外文学》2000年第10期。

土地上重返精神原乡，寻找理想家园，实现最后乌托邦的梦想。王安忆曾高度评价西西的这种"逐梦"精神："香港是一个充满行动的世界，顾不上理想。如西西这样，沉溺在醒着的梦里，无功无用，实在是这世界分出的一点心、走开的一点神。所以，西西其实是替香港做梦，给这个太过结实的地方添一些虚无的魅影。西西，她是香港的说梦人。"①

二

如果说《飞毡》里香港是承载港人梦想的"异托邦"，那么到了陈慧的《拾香纪》，一切回归现实，香港及其相关符号可以在现实世界中找到对应的实物。相较于西西、李碧华、施叔青的香港历史书写，陈慧的《拾香纪》是相对特殊的一篇。它以逝者连十香为叙述视角，回忆家族在香港受殖民统治史下悲欢离合的故事。其中，串联起连家故事的是与这个家族发生关系的"物事"。这些"物事"，无不与香港的工商业发展和港式消费生活密切相关，创造了黄金时代下的种种物符。

在连十香看来，"物符"并不指向纯商业性，因为它们与家里的成员有着莫大关联。首先，连十香的父亲连城的生意，是从卖橄榄起步。从四海开始，孩子的名字就与连城的生意紧密相连，比如：四海办馆、五美时装、六合百货、七喜士多、八宝制衣、九杰运输，而十香，是一间酒家。②由此可见，人名与物符相互对应，比如：六合与六合彩，七喜与七喜饮料，八宝与八宝粥等。此外，连城的生意与市民需求息息相关，像"时装、百货、士多、制衣、酒家"等都是属于香港的生产和消费性服务行业。其次，孩子的出生和家族命运与香港的重大历史事件或媒体事件同步进行，成为香港受殖民统治史的见证人和象征体，如：大有的出生是《新晚报》的首发之日；相逢出生之日正值内地与香港在边界设立边检站，两边的人从此要经历长时间的限制来往；三多出生的前一天是英国女王加冕之日，到了她出生的那天，弥敦道举行会景巡游；四海是在石硖尾大火的那晚被连城捡回来的，来年3月，"四海办馆"开业；同年9月，五美出世，紧接圣诞节那天，由美国人入货的

---

① 陈智德：《西西：香港说梦人》，《南风窗》2006年第5期。

② 陈慧：《拾香纪》，香港七字头出版社2008年版，第9页。

"五美时装"开张；1957年12月31日，港督葛量洪任职期满离港，恰好也是连城、宋云结婚十周年纪念日；到了1963年夏天，六合出世的日子恰逢香港旱灾，每隔四天才供水一次，到了10月17日，"六合百货"开张，刚好碰上香港中文大学开幕的日子；七喜是早产儿，因母亲宋云一直喜欢的女影星林黛自杀而动了胎气。刚好那段时期香港兴起一种饮品叫"七喜"，所以连城开的士多与女儿的名字也取此意；在八宝出生以前，连城一家经历了"银行挤提"风波、"大马票"中彩、反天星小轮加价示威、"六七暴动"等事件，到了1970年5月，八宝出世，同年8月大有考入香港大学，10月"八宝制衣厂"开业；一年后，大有、相逢同时迎娶马家姊妹；"九杰"在1972年6月18日出世，"六一八"正是香港经历有史以来死亡人数最多的水灾，接着"九杰运输"也顺利开业。

当第二代的故事还处于"叙述进行时"，第三代的故事已悄然上演。九杰出生后不到两个月，相逢的女儿曼容出世，那天刚好是香港海底隧道开放通车；一年后，大有的儿子可升出世，"据说可升一出世，股市就不停地跌"[1]；同年7月21日三多出嫁，所嫁对象是刚好在前一天暴毙的李小龙的影迷；相逢的二女儿上姿刚好出生在撒切尔夫人于人民大会堂外摔了一跤的当晚；连城62岁生辰前夕，恒生指数直线上升，创下历史新高峰，而三个月后，却遭遇狂跌的重创。连家第二代的最后一个孩子连十香生于1974年，卒于1996年，刚好成长于香港发展的黄金岁月，属于命好的人，小说也提道："连城一直都说我的命好。十个孩子里我的命最好。他们出生的年月里，有些极旱，有些大风大雨，四海甚至是火里出来的，只有我，在风和日丽的日子里出世，出世的时候，应该有的都有了，小学教育是免费的，黄金进口的限制也撤销了，就连'廉政公署'都已经在办公……"[2]同时，一家比她年长的人都容让着她，连最讲规矩的母亲宋云也由着她，使得她有一个自由的环境成长。

时间推移到1990年1月1日，连城发出了"日光之下，再无新事"的感慨。然而，原本以为会安享晚年的他，却发现宋云患了部分失忆症，记住的

---

① 陈慧：《拾香纪》，香港七字头出版社2008年版，第23页。

② 陈慧：《拾香纪》，香港七字头出版社2008年版，第34页。

都是一些"最痛最苦的时候",以及所有的哀愁与嗔怨。连城只能执着宋云的手重游故地,希望能让宋云回忆以前快乐的点滴。宋云选择性失忆的现象,其实也是在建构她心目中连家和香港历史之间的关联。其中,过去的痛苦与哀愁如影随形,暗示了她心里的无助与绝望。王艳芳也认为此处的"象征意味非常明显,不仅传递了香港民众对香港前途的担忧和恐慌,而且成为铭刻地方记忆和建构香港历史的开始"①。

实际上,连家的家族史就是自1949年到回归前香港受殖民统治史的微缩版。小说出现了诸如"电影、电视、流行歌曲、录影机、收音机、书店(局)、公共屋邨、地铁、传呼机、会展中心"等与香港历史发展息息相关的"物符",让这些与港人日常生活发生关系的场景和文化大事展现在小说里,最后以全知叙述者连十香的逝去来结束这段家族史的叙述。连十香逝于1996年11月,刚好是香港回归前夕,可以看出作者有意安排这个时间的象征寓意,那就是香港的光辉岁月随着回归的到来而逐渐消逝。陈慧在后记里提到构思《拾香纪》的缘由:

> 《拾香纪》的构思来自一九九七年六月。一九九七年六月,我在香港,城市的躁动沿着地表传了给我,我坐立不安,张口却无言。
>
> 二十九日,我的"母难日",(受)殖民(统治)地上的最后一个晴天。
>
> 三十日,天开始下雨,我动笔写"事"。
>
> 后来发现,《拾香纪》是我生命中的一桩大事。②

这里的"事",对应在小说里就是连十香的"回忆"。虽然连家的故事充满悲喜浮沉,但在连十香的叙述里整个家庭满载爱与温馨。到了小说最后,她道出了一句精辟而深情的话:"原来,回忆,就是,爱。"③作者借连十香的回忆赓续历史,蕴含着作者对香港深沉的爱。无论笔下的人物选择定居或往返于世界各地,连家或者说香港都是他们永恒的精神原乡,一条"剪不

---

① 王艳芳:《异度时空下的身份书写——香港女性小说研究》,中国社会科学出版社2015年版,第108页。

② 陈慧:《拾香纪·后记》,香港七字头出版社2008年版。

③ 陈慧:《拾香纪》,香港七字头出版社2008年版,第184页。

断"的血缘纽带始终让他们心连着心。

三

作为家族小说的《天工开物·栩栩如真》，在探索"人与物"的互动关系中弥补"正史"书写之阙，实现了对家族史的想象与创造。相较于《飞毡》和《拾香纪》展现的单一世界(想象世界/现实世界)，董启章笔下的香港及其相关物符同时指涉两个世界，具有两层含义：一是虚拟之物(虚拟空间/可能世界)，二是真实之物(真实空间/真实世界)。二者齐头并进，形成"真实和虚拟(实然和或然)"两个声部(世界)的交错叙述(各十二章)，充满象征色彩，从而"隐喻香港的百年社会发展史，建构出物化时代的现代性、后现代性"[①]。

对于真实世界(实然)和虚拟世界(或然)，小说聚焦更多的是前者。它以13种日常物件(收音机、电报、电话、车床、衣车、电视机、汽车、游戏机、表、打字机、相机、卡式录音机、书)作为叙述中心，展现V城物系的发展，虚构V城近百年的历史。对此，王德威作出如下评价："董启章介绍了十三种器物，来展现人与物共相始终的历程。这些器物如此平常，早已成为日常'生''活'的有机部分，而叙事者要提醒我们的，恰恰是这人和物两者之间相互发明、习惯成'自然'、虚构成历史的过程。"[②]

小说名叫《天工开物·栩栩如真》，实际上与明代宋应星的《天工开物》遥相呼应。董启章曾言："根据潘吉星的论述，书名当中的'天工'，指的是自然界造成的工巧，反映着自然力的作用，但并不包含天命或神力之类的超自然含义。至于与之相对的'开物'，是指通过工艺技巧开发自然界，造成有用的万物。以惯用的概念陈述，就是'自然'与'人为'两端。可是，在宋应星的思想中，这两端不但并非对立，反而是互相结合"[③]，"还存在着一种延伸性的关系"[④]。小说首先是"我"个人的物史，主要是通过文字工场的

---

① 凌逾：《跨媒介香港》，社会科学文献出版社2015年版，第196页。

② 王德威：《香港另类奇迹——董启章的书写/行动和〈学习年代〉》，见董启章：《物种源始·贝贝重生之学习年代》，台湾麦田出版·城邦文化事业股份有限公司2010年版，第3~20页。

③ 董启章：《天工开物·栩栩如真》，上海人民出版社2010年版，第427页。

④ 董启章：《天工开物·栩栩如真》，上海人民出版社2010年版，第428页。

想象模式呈现"我"的爷爷和爸爸开办经营的"董富记"机械零件制作工厂的发展史。小说里有两处提到这个工厂与V城历史发展的关系：

> （1）从六七十年代间经济起飞，到九十年代末泡沫经济爆破，董富记见证了V城制衣业以至于整体工业本身的兴起和没落。
>
> （2）董富记结业，是在V城结束被殖民（统治）历史之后第二年。随着V城制衣业的没落，针车零件的生意也一沉不起。①

小说里，V城历史是作者文字工场想象模式下的产物。在香港作家廖伟棠看来，董启章正努力建构一个完整的象征体系：这部小说里他采取的基本手法就是像制造零件一样制造出组成故事的物的意象，再制造出物的隐喻以及隐喻的延伸，再由这些意象群编织出一个完整的象征体系。②如同王德威所言，这个象征体系"赫然就是对香港城市'物理'——从恋物到造物，从物化到物种——的庞大见证"③。可见，它通过"物"的隐喻及隐喻的延伸，编织出董启章心中更为多样丰富的香港历史。

要建构这个象征体系，董启章通过小说的二声部叙事结构开拓可能世界，而现实世界也只是众多可能世界中的其中一个。④董启章笔下的"文字工厂想象模式"大致具备以下两层含义：其一，是对西西"造门"说的延续，

---

① 董启章：《天工开物·栩栩如真》，上海人民出版社2010年版，第69、87页。

② 廖伟棠：《波希米亚香港》，北京大学出版社2011年版，第153页。

③ 王德威：《城市的物理、病理与伦理——香港小说的世纪因缘》，《香港文学》2007年7月号。

④ 关于"可能世界"的理解，2011年内地学者张新军出版了我国第一部探究"可能世界叙事学"的专著《可能世界叙事学》，书中谈到，可能世界理论模型可以用最简约的方式描述为一个世界系统，其中，作为系统中心的现实世界（the actual world）为众多的可能世界所包围，而且，现实世界只是众多可能世界中的一个而已。可能世界是世界的各种可能的存在方式，而现实世界则是世界的实际的存在方式。为此，布赖德雷（Raymond Bradley）和施瓦尔茨（Norman Swartz）认为可能世界思想中有三重区分：现实世界、非现实（non-actual）但可能的世界、既非现实又非可能的世界。按照他们的看法，现实世界并不仅仅是宇宙目前的样子，是囊括所有现在存在的、过去曾经存在的及未来必将存在的一切事物。其他可能世界并非某些遥远的星球，否则的话它们仍将是现实世界的一个部分。非现实可能世界并不存在于任何的物理空间，而是存在于概念空间或者说逻辑空间里。（张新军：《可能世界叙事学》，苏州大学出版社2011年版，第18页。）由此，我们可得知董启章的文字工厂想象模式属于"非现实可能世界"，即"存在于概念空间或者说逻辑空间里"。

即相信文学创作并非天才的一挥而就，而是可以不断学习和打磨的技艺；其二，文学作为语言制造物，通过文字工厂的生产建构想象性世界，从而与由人类制造活动所生产的使用物构成的现实世界形成一种对位。[①]由此，董启章把这个相对于现实世界的可能世界称为"或然"，认为："所谓'所有的可能世界'，不就是相对于'实然'和'应然'的一种未完成的展望吗？而在'文字工场的想象模式'里，这些可能的展望不也同时是已经实现的吗？所以，据我理解，小说的'可能世界'是既未成形但又已经确立的，是既存在于想象但又实践于体验的。作者试图通过'可能'，来联系现实和想象。"[②]由此可知，董启章笔下的可能世界包括了实然、或然、应然三个领域，而且或然处于实然和应然之间的过渡地带，从而实现三个领域的跨界打通。在小说里，这种跨界呈现如下：叙事内层，小冬创造了或然世界的栩栩，以及理想的应然世界；叙事中层，叙述者"我"创造了小冬式或然世界、物件式实然世界；叙事外层，真实作者和隐含作者创造出叙述者"我"世界及其他多重世界。[③]这种实然、或然和应然，可以对应于弗洛伊德心理动力论所划分的意识三大层面：本我、自我和超我。如果把这看作百年香港史的三大论述模式，那么"本我"对应"被遮蔽压抑的香港史"，"自我"对应"每个人心中描述的香港史"，"超我"对应"完美无缺的香港史"。

由于这三者具有互动性和一体性，所以小说里面的两个声部并不是截然对立的，而是互相渗透、对位共生的。即使带有不少客观叙述成分的"真实世界"，背后也是有着"或然"和"应然"的支撑，比如"我"经常在叙述中带着罪疚向栩栩忏悔，因为栩栩只是"我"在另一个可能世界创造的已失去的爱人"如真"，小说提道："我用取巧的方法，曲折的方法，创造了栩栩，妄图通过栩栩去重拾拥有如真的可能世界。"[④]也就是说，栩栩是董富记文字工

---

① 陈思：《论二十世纪七十年代以来香港现代主义文学中的物质书写》，南京大学2012届硕士学位论文，第34页。

② 独裁者：《完整与分裂·真实与想像》，见董启章：《天工开物·栩栩如真》，上海人民出版社2010年版，序第5页。廖伟棠认为，署名"独裁者"的序很可能是董启章自己写的，很不留情地自我批评。（廖伟棠：《波希米亚香港》，北京大学出版社2011年版，第161页。）本书认同廖伟棠的说法，因为董启章在其他小说或评论里也喜欢用"独裁者"这一称呼来对问题做深层次的反思。

③ 凌逾：《跨媒介香港》，社会科学文献出版社2015年版，第213页。

④ 董启章：《天工开物·栩栩如真》，上海人民出版社2010年版，第336页。

场想象模式下的产物；又比如关于袋表的出现和丢失，作者在同一时间维度上提出了几个并行不悖的可能世界（注：下划线为笔者所添加）：

（1）作为正直人遗传者的我，在多年后第四次遇上练仙并且和她结为夫妇的时候，她送给我的礼物。

（2）作为扭曲人遗传者的我，和哑瓷所生的孪生儿中的弟弟——也即是称为果的孩子——高价收购的古董表……称为果的孩子把这只古董袋表送给父亲作为生日礼物，而扭曲人遗传者在后来的一次意外中，坐着哑瓷开的小车子，抱着小说定稿和怀着袋表沉进水潭深处。

（3）在和开头所叙述的同一个夏天，二十二岁刚大学毕业的我来到沙头角之初，站在海边的沙洲上以造作的姿态把身上唯一的时针大力抛掷到水里去，幻想着这样的幼稚举动能把时间停住，以致消灭。①

由此可见，同一个时空可以存在无数的可能世界。在这些可能世界里，袋表作为一个物体，也随着人的选择面临存在或毁灭的结局。董启章将"可能"作为时间、作为体验的本质来看待："这本书稍为显出新意的，在于它把创作者的自我置放于多重的'可能'的中心，造成自我膨胀，也同时难免于自我分裂。'可能'于是就成了时间，成了体验的本质。"②

同样地，在虚拟世界里，"或然"背后也有着"实然"和"应然"的成分。在这个世界里生活的人称为"人物"③（人+物），因为在他们身上天生就带有一件物体。即使外表看起来与真人无异的栩栩，心里也装有一个八音盒。即便如此，人物世界的运行规则、人物的思考方式等与真人世界相类似，虽然他们不愿意与真人世界混淆。这种人物合体的想象模式，源自董

---

① 董启章：《天工开物·栩栩如真》，上海人民出版社2010年版，第261~262页。

② 独裁者：《完整与分裂·真实与想像》，见董启章：《天工开物·栩栩如真》，上海人民出版社2010年版，序第5页。

③ 这里的"人物"既指小说里的人物，也指这些人物由"人体和对象组合而成"的特殊形态。董启章：《答同代人》，作家出版社2012年版，第263页。

启章在《博物志》里所塑造的"怪物"形象：

> 我心目中的"怪物"，永远是异质事物的混合体。人本身的状态其实也不是单一的，而是异质的，所以，人本身便已经是我想象中的典型"怪物"了。故事中的"人物"，往往是人和物的结合，又或者物在人中、人在物里，人和物互为表里、互即互入。人永远不是纯粹的主体，而物亦不可能是单纯的客体。①

可以这么说，在真实世界（实然）里，人与物的互动在历时性的维度共同虚构着V城历史；在虚拟世界（或然）里，作者凭借这种想象在共时性的维度将喻体具象化，尝试寻找两个世界的对接点，让两个世界复合互渗，从而赓续历史，重返精神原乡。董启章曾言："在上面说的历史性叙事线外，再配对一条想象性叙事线，构成类似双螺旋的模式。这第二个声部，是用一个'二度虚拟'（原本的物件—家族故事其实已经是小说，是虚拟）的对应链，把人与物的关系用另一种更具想象色彩的方式呈现。又因为后者（称为'想象世界'）是前者（称为'真实世界'）内部衍生出来的，当中的'人物'栩栩是'真实世界'中的'作者—我'创造出来的，所以两个声部又构成了由一生二，由一套二的关系。"②因此，这是一本"'自我'探寻、确立之书，细剖物件和工艺，探讨人物世界与可能世界"③。小说所要讲的就是"如何以想象力在不可能的极限里体现一切可能的故事"④。正是想象力使得人物能够在人物世界中不断延续下去。

那么小说最后是否实现了实然世界和或然世界的对接呢？答案是否定的。作者把自己喻为"独裁者"，如同前面所提的，将自己置放于多重的"可能"的中心，导致出现"自我膨胀"与"自我分裂"的结局。由始至终，这

---

① 董启章：《后记 梦乡中的怪物》，见《博物志》，台湾联经出版事业股份有限公司2012年版，第183页。

② 骆荡志整理：《我们能不能为未来忏悔？》，见董启章：《在世界中写作，为世界而写》，台湾联经出版事业股份有限公司2011年版，第499页。

③ 凌逾：《跨媒介香港》，社会科学文献出版社2015年版，第211页。

④ 邹文律：《在不可能的极限里体现想象力的一切可能——读董启章〈天工开物·栩栩如真〉》，《城市文艺》2008年总第31期。

都是作为董家第三代的"我"的自我叙述与自我想象,并没有与虚拟世界（或然)达成完整的统一。董启章也提道:"我们在彼此的自我的喻象里,找到虚幻的,暂时的一致性。至于真正的完整,也许,还要期望于自我的崩解,和对他人的回应。"[1]叙述者"我"本来想通过创造或然人物栩栩来代替如真,但越到后来越发现,栩栩不只是如真的替身。栩栩反过来到真实世界(实然)来寻找叙述者"我",让"我"更坚定了上述的看法。只是,"我根本就没有放弃过主导她的命运。但是,我又能真的放弃主导她的命运吗？这可能吗?"[2]在真人世界(实然)里,栩栩不能代替如真。在人物世界(或然)里,"想象可以创造真实"[3]。到了最后,"我"终于彻悟,知道"我"不可能与栩栩一同生活。虽然"我"创设了小冬这个人物与栩栩相会,可小冬毕竟有了自己的个性,就如同栩栩不能代替如真。于是,虽然作为"独裁者"的作者希望能追求实然与或然的统一,但结果失败了,留下的只是失落和空虚。在此情况下,他只能寄希望于自己的"独裁者"角色,凭借坚强的想象力和意志在可能世界里实现所有的可能。然而,当栩栩得知自己是小冬创造出来的人物时,随着"胸口像被重击。螺丝和螺丝帽断开"[4]而逐渐消失了,因为她知道"人物怎可以和创造者永结同心,白头偕老?"[5]也就是说,两个世界一旦成功对接,栩栩的想象力也会随着得知全部真相而消解殆尽。董启章后设书写的意图在此得以彰显,所以这也是一部"后设小说"[6]。

　　凌逾在探讨潘国灵的长篇小说《写托邦与消失咒》时也提到这两个

---

　　① 独裁者:《完整与分裂·真实与想像》,见董启章:《天工开物·栩栩如真》,上海人民出版社2010年版,序第7页。

　　② 董启章:《天工开物·栩栩如真》,上海人民出版社2010年版,第328页。

　　③ 董启章:《天工开物·栩栩如真》,上海人民出版社2010年版,第379页。

　　④ 董启章:《天工开物·栩栩如真》,上海人民出版社2010年版,第389页。

　　⑤ 董启章:《天工开物·栩栩如真》,上海人民出版社2010年版,第389页。

　　⑥ 后设小说可以说是"用小说来写小说"(fiction about fiction),但不是框架小说。后设小说带有点疏离效果,让读者不断警觉作者参与、存在,以及其他虚构故事的后设叙述(meta-narrative),因而故事里随时包括不同的小故事,颠覆了传统叙事手法的真实可信性(传统小说常让读者信以为真、情感投入而受其情节摆布感动),而带浓厚说话人的"话本"(tale telling)味道。张错:《西洋文学术语手册——文学诠释举隅》,上海译文出版社2012年版,第192页。

世界的"难以打通"与"难以通约"。①如同香港史的书写,发生的事已成事实,主流叙事似已为"香港"的诞生与成长史"一锤定音"。于是,董启章只能通过小说(虚拟世界)的历史想象追忆百年"香港"。结果使他失望了,因为已消逝的东西不可能重现,如同香港历史不可能得以完整复原一样。然而,他愿意做一名悲剧英雄,用责任的统一性来保证小说与历史的内在联系。同时,他也希望自己能逐步卸下"独裁者"的面具,对他人的诉求作出回应。这"回应"与前面的"责任"同义,即英文的"an-swerability"。②故事实际上还没有终结,因为这只是"自然史三部曲"中的第一部。小冬和栩栩虽然消失了,但仍会在其他故事里复现,会出现在其他的可能世界里,如同小说最后所言:"我合上双手。像复合的贝。就像我。栩栩。和你。小冬。或者你。栩栩。和我。小冬。在故事终结的时候。真正相遇。"③

可见,香港小说的"家族书写"常与物符联系在一起,并尝试通过实存空间与想象空间的相互渗透探索人与物的互动关系,进而弥补以往西方殖民统治者在描画物化时代日常生活史时缺失的维度,对这个城市的"物理"展开"象征性"的想象,在赓续历史中重返精神的原乡。

第四节 多声部交错的空间叙述

纵观香港百年史的叙事,大多是采用线性叙事结构,表现出相当浓重的"历史癖"。这是有原因的,"历史学带有的时间序列形成话语轴心,在能够汇编的线性关系中,存在成为一种毋庸置疑的话语特权"④。尼采在《历史学对于生活的利与弊》里就明确指出"过于饱和的历史学对于生活是敌

---

① 此意具体阐释为:"现实与虚构双声道的难以打通,或然与实然世界的难以通约。"凌逾:《开拓写托邦与消失美学——论潘国灵首部长篇〈写托邦与消失咒〉》,见潘国灵:《写托邦与消失咒》,台湾联经出版事业股份有限公司2016年版,第20页。

② 独裁者:《完整与分裂·真实与想像》,见董启章:《天工开物·栩栩如真》,上海人民出版社2010年版,序第7页。

③ 董启章:《天工开物·栩栩如真》,上海人民出版社2010年版,第421页。

④ 傅元峰:《新诗地理学:一种诗学启示》,《文艺争鸣》2017年第9期。

对的、危险的"①。本雅明在《历史哲学论纲》里则提出"弥赛亚时间"②概念来反对历史的延续性，希望能够以此消灭"时间性"，进而走向"空间性"。这种"空间转向"缘起于20世纪的末叶，"被认为是二十世纪后半叶知识和政治发展最举足轻重的事件之一。学者们开始刮目相看人文生活中的'空间性'，把以前给予时间和历史，给予社会关系和社会的青睐，纷纷转移到空间上来"③。福柯也对这种"空间转向"予以肯定，并提出："当今的时代或许应是空间的纪元。我们身处同时性的时代中，处在一个并置的年代，这是远近的年代、比肩的年代、星罗散布的年代。我确信，我们处在这么一刻，其中由时间发展出来的世界经验，远少于联系着不同点与点之间的混乱网络所形成的世界经验。"④

受此"空间转向"的文化背景影响，历史叙事学研究也有新的进展。首倡"空间叙事学"构想的内地学者龙迪勇将空间放进历史叙事的维度进行考察，他认为："长期以来，历史仅仅被看成是一种时间维度上的叙事文本，似乎历史是与空间并不相涉的一种抽象性、孤立性存在。可事实上，空间

---

① 尼采认为这种损害表现为以下五个方面：由于这样一种过量，就产生出迄今所说的内与外的对照，从而人格被削弱；由于这种过量，一个时代陷入自负，认为它在比其他任何时代都更高的程度上拥有极罕见的德性、正义；由于这种过量，民族的本能遭到破坏，个人在变得成熟上受到阻碍并不亚于整体；由于这种过量，就培植出任何时候都有害的对人类年龄的信仰，即自己是后来者和模仿者的信仰；由于这种过量，一个时代就陷入讥讽自己本身的危险情调中，并由此情调出发陷入更危险的犬儒主义情调；但在这种情调中，这个时代越来越向着一种聪明的自私自利的实践成熟，生命力由于这种实践而瘫痪，最终被毁掉。[德]尼采：《不合时宜的沉思》，李秋零译，华东师范大学出版社2007年版，第174~175页。

② 本雅明在《历史哲学论纲》中认为："历史主义为在不同时刻之间建立起了因果联系而自得。然而，没有哪个具有因果关系的事件是因此而具有历史意义的。它后来之所以成为历史事件，恰恰是因为它在以后的千百年间，经历了诸多和它毫不相干的事件。一个以此为出发点的历史学家绝不会像摆弄一串念珠那样再去谈论什么事件之间的连续性。他要把捉的是他所身处其中的时代和此前一个特定的年代所共同形成的星丛。这样，他便建立了一个当下的概念，在这个作为'现在'的当下概念中，充满了弥赛亚时间的碎片。"这里的"现在"，本书将其理解为是过去与未来共同处于"现在"这一层面，形成共时性。[德]瓦尔特·本雅明：《写作与救赎——本雅明文选》，李茂增、苏仲乐译，东方出版中心2009年版，第50页。

③ 参见陆扬为美国学者爱德华·W.索亚的《第三空间——去往洛杉矶和其他真实和想象地方的旅程》所撰写的"译序"，上海教育出版社2005年版。

④ [法]米歇尔·福柯：《不同空间的正文与上下文》，陈志梧译，见包亚明主编：《后现代性与地理学的政治》，上海教育出版社2001年版，第18页。

不是历史的可有可无的要素，而是构成整个历史叙事的必不可少的基础。"①这其实与福柯的"非连续性"史观有着一脉相承的关系。福柯指出，历史充满了激烈的断裂，而且在任何一个形似处于某个统一意识形态统治下的历史时期中，也都充满了被压制的他异因素。历史家的批判性任务就是对历史进行"谱系研究"，让历史中那些被压制的他异因素诉说它们自己的历史。研究断裂就是研究特定的话语、社会形态的形成条件，并由此对它进行批判，而不是认可；昭彰他异不仅是否定统一意识的神话，而且还要从它对他异因素的压制过程和方式中透视出社会、政治、文化的复杂机制运作情况。②

受到福柯"非连续性"史观的影响，董启章对香港历史的理解同样如此。曾有学者认为，香港的历史可以追溯到六千年前，属于中华民族文化在五岭之南的分支——岭南文化的一翼。③可董启章不太赞同延续性史观支配下的香港历史，并认为："香港的历史是断裂的，在一八四一年突然从中国历史分歧出来的，缺乏直接可溯性的。这并不是说香港史跟中国近代史没有关系，也不是说香港文化能完全脱离中华文化成为一个纯粹的原创独立个体，而是说，香港地区还有待于历史论述中跟中国建构更曲折复杂的关系，而不是让大延续史观中的单向递属关系抹去其主体面貌。我们必须批判地辨识往大叙述寻根的虚幻，转而在历史的断层上书写我们的过去。"④于是，他赞同香港学者冼玉仪提出的"香港岛中心论"："我们谈论的一八四一年以后的香港史，事实上很大程度是香港城市史，而这个以英国殖民(统治)政治和商贸经济为骨干的香港城市史，跟一八四一年前的新界乡村文明基本上是没有直接传承关系的。"⑤

---

① 龙迪勇：《空间叙事学》，生活·读书·新知三联书店2015年版，第58页。

② 徐贲：《走向后现代与后殖民》，中国社会科学出版社1996年版，第49页。

③ 由刘登翰主编的《香港文学史》指出："远在六千年前，现在的香港地区(含本岛、九龙和新界)就有先民活动。这样的时空环境，决定古代香港的发展，不可能是孤立的。它是中国南部省份广东的一部分，纳入在中国历史发展的框架之中；也说明古代的香港文化，不可能是一种独立的文化，而只能是中华民族文化在五岭之南的分支——岭南文化的一翼。"刘登翰主编：《香港文学史》，人民文学出版社1999年版，第5页。

④ 董启章：《答同代人》，作家出版社2012年版，第22页。

⑤ 董启章：《答同代人》，作家出版社2012年版，第21页。

由此可见,他反对的是"大历史观"。在他看来,大历史观使人类社会走向必然且唯一的运行模式。于是,他看重的是充满空间维度和个体经验的历史叙事文本,从而突破大历史观的局限并探索一种或多种历史观。具体而言,就是"从独特的个体出发,通过具体的经验建构的历史,而不是所谓的大历史"①,从中得出的在地化历史观便称作"香港式的历史观"。在接受《新民周刊》的采访时,他对这种香港式历史观的探索与实践做过如下阐释:"香港一向被视为没有历史,或者没有大历史经验。香港的任何事情也让人觉得微不足道,缺乏大时代气魄。或称之曰'历史经验的匮乏'。我不同意这样的观点。我不认为历史是一种先设的趋势或发展,而是透过个人的参与而建成的共同体验,而体验过后,亦会通过忆述和书写重塑";"我们还是必须相信并且追求,个人生命的独特性和价值,以及个人参与历史建造的可能性。香港没有经历过巨大的人为或天然的灾难,这正好告诉我们,实现一种非宿命历史观的可能性"。②

因此,在书写百年香港时,如果说大多数作家选择"向后看"的线性叙述模式,那么董启章的视野则受球状史观影响,并不仅仅局限在一城一时一地,而是放眼寰宇,将香港放置在更大的宇宙空间进行多维度思考。更为特别的是,他还把视野推向未来百年的香港,回顾并反思过去的历史,实现了过去、现在和未来的跨界打通,从而开辟出实然、或然和应然的多声部交错空间叙事。这样一条错综复杂的叙述脉络暗示着董启章不断思考如何才能更好地找到赓续历史、重返原乡的路。其中,《地图集》(1997)、《繁胜录》(1998)与《时间繁史·哑瓷之光》(2007)就是其中的代表作。由于历史是"事实的虚构、过去实在的虚构或者言辞的虚构(fiction)"③(海登·怀特语),所以董启章将笔下的"香港"称为"V城"(维多利亚城),包含作者对香港过去的历史和未来的重新想象和指认,④并认为:"以V代之,正是建构一

---

① 何映宇:《香港异数董启章:文学必须拒绝大众拒绝消费》,《新民周刊》2011年5月2日。

② 何映宇:《香港异数董启章:文学必须拒绝大众拒绝消费》,《新民周刊》2011年5月2日。

③ 彭刚:《叙事的转向:当代西方史学理论的考察》,北京大学出版社2009年版,第21、28页。

④ 许维贤:《从"荒域"到"V城"——王韬和董启章的香港故事与男性建构》,(新加坡)《南大语言文化学报》2008年第1期。

层虚构的距离，由此可远可近，可显可隐，可真可假，可虚可实"①和"V城，历来就是以'城'的方式存在。此'城'实是中西两种城市观的合体显像"②，是作者中西文化融合视角下想象的产物。

一

董启章的《地图集》写于1997年，是V城系列第一部。小说没有再现某个时期的风物人情，而是通过似是而非的地图学理论对V城历史展开另一向度的虚构。地图作为一种符号系统，其运作当然与文字大为不同，但也不是没有可以互涉互用的地方。③凌逾将这种写法称为"地图空间叙事学"。她认为《地图集》对后现代香港空间叙事的突破体现在四个方面：后现代地理志的空间意象、后现代建筑空间的拓扑结构、空间考古学的时间零叙述与历史故事、空间权力学的第三空间与异托邦空间。④

董启章如同卡尔维诺《看不见的城市》里面的马可·波罗，将城市看作一个虚构的产物来想象，"把城市视为观看的方法"⑤。卡尔维诺宣称："在《看不见的城市》里人们找不到能认得出的城市。所有的城市都是虚构的。"⑥面对书中涉及许多关于似是而非的地图学理论，又假借学者的语气写出不少历史和考古的知识，董启章只是一笑置之，并坦白地说："书中的构想尽皆荒唐，没有一篇是正经的。当中使用的误读法，已经到了匪夷所思的地步。虽然表面伪装成议论，它应该以读小说的方法去读，也即是享受当中虚构的乐趣。也可以说，这是一部一本正经地肆意狂想的书。"⑦因此，他认为V城实际是一个"无中生有"的城市。"城市篇"里有《维多利亚之

① 安维真（董启章）：《V城系列总序——为未来而做的考古学》，见董启章：《繁胜录》，台湾联经出版事业股份有限公司2012年版，第5页。

② 安维真（董启章）：《V城系列总序——为未来而做的考古学》，见董启章：《繁胜录》，台湾联经出版事业股份有限公司2012年版，第6页。

③ 安维真（董启章）：《V城系列总序——为未来而做的考古学》，见董启章：《繁胜录》，台湾联经出版事业股份有限公司2012年版，第5~6页。

④ 凌逾：《跨媒介香港》，社会科学文献出版社2015年版，第107页。

⑤ 安维真（董启章）：《V城系列总序——为未来而做的考古学》，见董启章：《繁胜录》，台湾联经出版事业股份有限公司2012年版，第6页。

⑥ [意]伊塔洛·卡尔维诺：《看不见的城市》，张密译，译林出版社2012年版，前言第2页。

⑦ 董启章：《地图集》，台湾联经出版事业股份有限公司2011年版，第161页。

虚构一八八九》一文,就明确指出:"维多利亚城也可以说是一个被虚构出来的城市。它是不断地于地图上用虚线勾画出来的,永远结合着现在时式、未来时式和过去时间的城市。如果你拿一八四〇年代和一九九六年的维多利亚地图做比较,你必然会惊讶地发现,这个城市的虚构程度,可以媲美最天马行空的小说。而且,虚线还一直在发展,像个永远写不完的故事";"虚构(fiction),是维多利亚城,乃至所有城市的本质;而城市的地图,亦必然是一部自我扩充、修改、掩饰和推翻的小说"。①

同样地,V城历史也是被建构出来,并且对应着"城市"这个空间的特质。初版的《地图集》还有一个副标题,叫《一个想象的城市的考古学》,在叙事时间上采用"当代的考古学"的方法。它的初衷是想让过去的时间投影于当下,让时间在虚实里交相辉映,在各种空间形态中对比再生,具有非连续性、多向度、开放性特点,在历史叙事里添加空间的维度进行考察。小说分为4个板块叙述:理论篇、城市篇、街道篇、符号篇,分别由15、14、12、10个小板块组成,"采取地图拼贴蒙太奇的方式,将同时或异时发生在不同处境的空间并列,文本片段位置可以自由置换"②。因此,小说便可以利用共时性的特点来虚构具有多重可能性的当下。这个"当下",直指"一九九七"。《时间之轨迹》一文里便提到:"在地图的阅读中,我们坐上了驶往过去的列车,在犹如巨浪掩至的将来面前,朝反方向与时间竞赛,力求延迟现在的来临。"③这里的"巨浪"隐喻的正是"一九九七"。此外,董启章在《后记 真诚的游戏》里谈过这点:"在九七年,我选择不去写它的当下,而写它的过去,但也同时写它的未来。从未来的角度,重塑过去;从过去的角度,投射未来。在过去与未来的任意编织中,我期待,一个更富可能性的现在,会慢慢浮现。只有一个富有可能性的当下,才是人能够真正存活的当下。"④作者深知历史的"必然",小说在这种必然性面前"无所作为"。即便如此,它也不应该放弃"想象"的空间。王德威曾经提出"小说中国"的构想,其中就涉及小

---

① 董启章:《地图集》,台湾联经出版事业股份有限公司2011年版,第75页。
② 凌逾:《跨媒介香港》,社会科学文献出版社2015年版,第97页。
③ 董启章:《地图集》,台湾联经出版事业股份有限公司2011年版,第159页。
④ 董启章:《地图集》,台湾联经出版事业股份有限公司2011年版,第162页。

说在历史书写层面上所扮演的重要作用。他认为："我们如果不能正视包含于国与史内的想象层面，缺乏以虚击实的雅量，我们依然难以跳出传统文学或政治史观的局限。一反以往中国小说的主从关系，我因此要说小说中国是我们未来思考文学与国家、神话与史话互动的起点之一。"①

小说钩沉1841年至1997年各种版本的地图，试图从香港受殖民统治空间的变迁读出背后的权力问题，与福柯提出的考古学"要义"是相关的。福柯曾说："在每个社会中，话语的产生都是同时由某些过程来控制、选择、组织和分配的，这些过程的作用就在于挡避针对于它的权力和危险，控制偶然事件并掩饰话语巨大而乏味的物质性。"②因此，《地图集》里的地图"既是实用的地图，也是权力的地图"③。这些权力的地图揭示出一个考古学的问题：如何证实一个城市的存在？④这就牵涉到香港在不同历史时空中的存在问题。《东方半人马》一文里提道："地图学者们提出各种数量、位置和密度分析，来说明维多利亚城并无东西两半截然分野的事实，力图把维多利亚城描绘为纠缠不清、难以分解的异类血缘混杂产物，又称杂种（hybrid）。"⑤这种纠缠不清、难以分解的"混杂性"情形实则与地图这种由串谋与驳杂权力支配的空间想象有着极大的关联，也就是能指与所指存在不确定的对应关系。

由此可见，一个城市的历史、空间与殖民统治者的权力便得以关联在一起。董启章用地图空间叙事学来消融宏大历史的叙述话语，从而想象香港受殖民统治史，建构属于自己记忆中的"香港"。他虽然没有像其他作家一样对"香港回归"这个话题直接表现出忧患意识，但其实已从香港立场出发，把香港这一边缘位置放入笔下的"中心"，用更贴近日常生活感

---

① 王德威：《序：小说中国》，见《想像中国的方法：历史·小说·叙事》，生活·读书·新知三联书店1998年版，第2页。

② Michel Foucault. *The Archaeology of Knowledge*, New York：Random House/Pantheon，1972，p.216. 引自徐贲：《走向后现代与后殖民》，中国社会科学出版社1996年版，第130页。

③ 蔡益怀：《想象香港的方法：香港小说（1945~2000）论集》，中国社会科学出版社2005年版，第322页。

④ 董启章：《地图集》，台湾联经出版事业股份有限公司2011年版，第62页。

⑤ 董启章：《地图集》，台湾联经出版事业股份有限公司2011年版，第81页。

受的方式,期待一个能有权利发声的"香港"出现,以求确认香港的文化身份。

二

《繁胜录》的初版名叫《V城繁胜录》。前文已提过,董启章把香港视为"V城",以此探索用多种方式来建构和呈现一座城市。《繁胜录》与《地图集》均属于V城系列,在"观看城市"的方法上可以构成互文性①阅读。除了采用真假难辨的掌故史料及虚实互渗的世情物貌外,二者都采用"考古学"的方法,将空间维度置入历史叙事作深入分析,从而钩沉香港回归前的历史,以此拆解西方殖民统治者有关香港想象的迷思。如果说《地图集》是站在当下的角度重塑历史,那么《繁胜录》则是站在未来的角度想象历史。作者将这种方法称为"未来的考古学"。关于"未来的考古学"的具体含义,作者解释如下:

> "未来的考古学"是一种瞻前顾后的方法。它把未来当成已然的事实,把过去变成未发生的可能。在期待和怀想的双重运动中,时间去除了那单向的、无可逆转的、无法挽回的定局性,成了潜藏着无限可能性的经验世界。"未来的考古学"并非预早宣布结局的宿命论,它是把结局当成新的创造起点的辩证法。由是观之,V城四书是为未来而做的考古学。此"未来"并不是某一个特定的时间,也不会有一天成为"现在"或者"过去",而是一个永远开放的实现的过程。②

由此可见,作者将过去和现在的时间投影于未来,试图模糊三者之间

---

① 对于"互文"及"互文性"的理解,蒂费纳·萨摩瓦约认为,"互文性既是一种广义的理论,也是一种方法";"文学的写作就伴随着对它自己现今和以往的回忆。它摸索并表达这些记忆,通过一系列的复述、追忆和重写将它们记载在文本中,这种工作造就了互文"。[法]蒂费纳·萨莫瓦约:《互文性研究》,邵炜译,天津人民出版社2003年版,第35、135页。

② 安维真(董启章):《V城系列总序——为未来而做的考古学》,见董启章:《繁胜录》,台湾联经出版事业股份有限公司2012年版,第6~7页。

的界限,将小说的叙事时间归于零(简称"时间零"①),从而在渐趋形成的共同面上实现"想象香港"的可能,让有空间元素加入的历史叙事具有"双向度、可逆性和开放性"的特征。《繁胜录》里,"我"和"大回归时期新生代"维多利亚、维真尼亚、维朗尼加、维纳斯、维奥娜、维慧安和维安娜作为"V城风物志修复工作合写者",于"大回归五十年",尝试"于文献堆填区发掘出刘华生的稿件,经过重组和校正"②,整理出"第三代的梦华录",即《V城繁胜录》。③刘华生在"V城大回归时期"编撰"本地城市风物记录"《梦华录》,④而《繁胜录》则为后起之作。此处的"未来"指的是《繁胜录》,"现在"指的是《梦华录》,而"过去"指的是"大回归"前的历史,也就是香港受殖民统治史。因此,《繁胜录》里的每一篇目有三个声部的叙事互相对话,形成对历史的多种看法,共同组成多声部、多维度空间的叙事结构。其中,第一声部是"我们"这群风物志修复者的个人化抒情及论述,第二声部是经过重组和校正的刘华生城市观察及论述,第三声部则是刘华生记录的第一人称生活小故事。这三个声部共同唱响多声部交错的空间叙事结构,形成有别于西方殖民统治者的历史叙述。

　　除了运用"多声部"观看城市以外,《繁胜录》直接采用古代"城市笔记"体,以此建构多层次的城市景观。《繁胜录》与南宋《东京梦华录》有着一脉

---

① "时间零"的概念源自卡尔维诺构建小说新模式的理论,于《你和零》的论文里具体阐释了该理论。卡尔维诺认为,唯有时间零(T_0)才是最重要的,就犹如电影中的定格一样,呈现出一个绝对的时间。这一绝对的时间,打破传统小说依靠情节(线型的因果关系)来吸引和打动读者的发展机制,就其内涵来说,是最富意蕴、最为深刻的。不妨说,它本身就是一个无比丰富的"宇宙"。([意]伊塔洛·卡尔维诺:《你和零》,都灵·埃依纳乌迪出版社1978年版,第105~112页,引自吕同六著,蔡蓉、吕晶编:《吕同六全集·第一卷·文论、评论》,世界知识出版社2015年版,第289~290页。)此处根据论述的需要对原文做了一些调整,特此说明。

② 小说序言提到,据称刘华生的《V城梦华录》从未出版,原稿亦已散佚。安维真(董启章):《V城系列总序——为未来而做的考古学》,见董启章:《繁胜录》,台湾联经出版事业股份有限公司2012年版,第4页。

③ 安维真(董启章):《V城系列总序——为未来而做的考古学》,见董启章:《繁胜录》,台湾联经出版事业股份有限公司2012年版,第4页。此处根据叙述的需要对原文做了一些调整,特此说明。

④ "梦华录"除了在小说里指代的是刘华生散佚的考古文字,也是董启章"V城系列"另外一部作品的名字(初版名 *The Catalog*),比《繁胜录》晚出版一年。至于刘华生的文字如何"失而复得",《梦华录》里并没有作出交代,特此说明。

相承的关系,共同"让一座城市在符号的坚硬光芒中呈现"①。

　　一方面,它借鉴了《东京梦华录》里的"梦华体"叙事结构。"梦华体"这一概念是内地学者伊永文研究《东京梦华录》后提出来的。伊永文认为,"梦华体"是孟元老采取的"不以文饰"以俗为主的手法,具有韵散相间、短小清新、上下通晓、亦庄亦谐的特征,从而形成了有别于传统的习俗史地著作的,以城市市民生活为主流的笔记文学流派。②《繁胜录》分为3卷,每卷由7个小节组成。"卷一"讲述的是城市地理及政治架构,"卷二"讲述的是城市的世俗生活,"卷三"讲述的是城市的节庆风俗。③它仿照《东京梦华录》的实物记录,对各种细节的描述事无巨细,形成百科全书式的城市景观书写,以此追忆香港的百年受殖民统治史。

　　另一方面,《东京梦华录》是孟元老为追述北宋都城汴梁的繁华盛世而作,而《繁胜录》则是董启章为香港的未来所写下的城市考古记录。董启章笔下的V城承接了孟元老笔下汴梁都会的想象。虽然二者就其历史背景和地理位置等各方面而言,相似度不大,但董启章看出了其中微妙的延续性。如果借用王德威的话来说,那就是"从汴梁到香港,由绚烂到寂灭,将近一千年的历史仿佛一场'华胥之梦'"④。孟元老作为前朝遗老,流寓江左,用连锁叙事的方式回忆繁华旧都。董启章身处世纪末的繁盛香港同样如此,而且"九七"大限使得港人对未来深感不安,于是《繁盛录》所虚构的"香港"无不与一千年前的《东京梦华录》遥相呼应。不过《繁胜录》的叙述时间和叙述方式与《东京梦华录》有不一致之处。《东京梦华录》与《地图集》相似,作者是站在当下回忆过往,充满黍离之悲;而《繁胜录》则是将时间放在"大回归五十年"的香港(2047),预先为五十年后七月第一天的香港做出预测,并将这一天的到来,称为"解咒之日的降临"⑤。所谓"解咒",是因为

---

① 李敬泽:《盛大、永恒的城——〈东京梦华录〉》,《散文》2002年第3期。

② 伊永文:《以〈东京梦华录〉为中心的"梦华体"文学》,《求是学刊》2009年第1期。

③ "卷一"包括:城墙之城、城中之城、通道之城、桥之城市、街之城市、政府之城、督府之城;"卷二"包括:酒楼之城、小食之城、傀儡之城、娼妓之城、店铺之城、时装之城、妓艺之城;"卷三"包括:正月、清明、复活、端午、七夕、盂兰、中秋。

④ 王德威:《千年华胥之梦——董启章,孟元老,"梦华体"叙事》,见董启章:《繁胜录》,台湾联经出版事业股份有限公司2012年版,第174页。

⑤ 董启章:《繁胜录》,台湾联经出版事业股份有限公司2012年版,第141页。

此前的V城经历了五十年的"衰亡期"，有着"影子之城""傀儡之城""丧葬之城""死亡之城"等的隐喻，人们自此进入"假死"的休眠状态，经历着消逝与重生。可遗憾的是，在复活节当天，"V城居民也会梦到自己的前生，幻见前代的物貌，但一醒来又印象全消"①。难道香港真的要走向"陆沉"②的结局？于是，"我"和另外一群V城风物志修复工作者才迫切希望"孜孜探寻前代梦华之记录，谛听前人叙述中隐隐浮沉的自语"③，就如同孟元老因对行将失去的汴梁记忆充满焦虑而转向记忆书写。董启章借助"梦华体"，"把未来当成已然的事实，把过去变成未发生的可能"，重组过去，想象未来，让时间"脱离单一的时空，成为无限衍生和延伸的世界"。④时间与空间在此有着多重互动的可能，以此还原更为曲折复杂的香港历史。究其极，董启章要说香港就是这样一个搬演梦华的舞台。从香港到汴梁，千年华胥之梦有忧伤、有期待。时间"惘惘的威胁"如影随形，但是因为有了梦的可能，城市因此出现，历史继续发生。⑤这正契合着香港流徙的空间特性，一个"无所谓航向过去或回归未来的、永恒现在的、永远过渡的通道之城"⑥。

三

在历史书写的领域，董启章的小说成就实在令人惊叹。十年磨一剑，他所缔造的宏大工程"自然史三部曲"，不仅使他荣获2014年"香港年度作家"称号，而且毫不夸张地说，也为他戴上"杰出华文作家"的皇冠奠定了非常重要的基础。在三部曲中积极探索"实然、或然和应然"的三重世界，让我们看到潜藏在现实世界背后更多的未知与可能，在历史叙事上迈向一个

---

① 董启章：《繁胜录》，台湾联经出版事业股份有限公司2012年版，第142页。
② 《城中之城》一文里提到："作为一个自海中冒出的城市，V城在到达顶点之后，终必回归海底。大回归时期，V城经历了连续五十年的下沉。"董启章：《繁胜录》，台湾联经出版事业股份有限公司2012年版，第27页。
③ 董启章：《繁胜录》，台湾联经出版事业股份有限公司2012年版，第142页。
④ 安维真（董启章）：《V城系列总序——为未来而做的考古学》，见董启章：《繁胜录》，台湾联经出版事业股份有限公司2012年版，第7页。
⑤ 王德威：《千年华胥之梦——董启章，孟元老，"梦华体"叙事》，见董启章：《繁胜录》，台湾联经出版事业股份有限公司2012年版，第197页。
⑥ 董启章：《繁胜录》，台湾联经出版事业股份有限公司2012年版，第36页。

新阶段。

　　要紧随董启章的步伐前行，并不是一件容易的事情，这形成了阅读的"陌生感"。这种"陌生感"来源于小说既有反映自然与科学的一面，又渗透着浓厚的哲思意识；既表达个人与香港的历史，也直指宇宙的历史。"自然史三部曲"意在向四部自然科学巨著致敬：一是《天工开物》，明代宋应星著，中国第一部综合性科学技术著作；二是《时间简史》，英国霍金的宇宙学经典，提出黑洞和辐射（霍金辐射）理论，探索宇宙的起源和归宿；三是《物种起源》，达尔文自然科学著作，论证"遗传、变异、物竞天择适者生存"等观点；四是《自然史》，布封撰36册博物志，包括地球史、动物史和矿物史等，认为物种因环境、气候、营养影响而变异。[①]其中，第二部《时间繁史·哑瓷之光》分上下册，886页，共60多万字，展示了多重时态的可能世界，是一部充满可能性的小说。同时，它被看作"是一部未来史，也即是把未来当作可能的事件去体验，去想象的一种方式"[②]。对于"未来史"一词是否成立的问题，董启章曾分析道："过去"和"未来"并不是以一个（纵使是变动不居的）"现在"分隔开来的，两者是互为表里的。只有这样，"未来史"一词才说得过去。[③]因此，如果说"自然史三部曲"的第一部《天工开物·栩栩如真》偏重于讲述过去百年的香港，那么到了后两部曲则把时间推向未来百年的香港。

　　小说以"婴儿宇宙"作为核心来探寻多重历史的可能性，尤其关注"未来、救赎、小宇宙"[④]的形成与影响。贯穿在这条主线之中，是以下影响着小说时空结构的12个"动力学"概念：光年\Light-year；大爆炸\The Big Bang；$E=mc^2$；万有引力\Gravity；不确定原理\Uncertainty Principle；婴儿宇宙\Baby Universes；偏心圆\Eccentric Circles——溜冰场壁画（此为下册开头的总括部分）；广义相对论\General Theory of Relativity；大一统理论\GUT

---

　　① 凌逾：《跨媒介香港》，社会科学文献出版社2015年版，第211页。

　　② 维真尼亚·安德逊（董启章）：《能量的膨胀·可能性的诞生》，见董启章：《时间繁史·哑瓷之光（上）》，台湾麦田出版·城邦文化事业股份有限公司2007年版，第6页。

　　③ 骆荡志整理：《我们能不能为未来忏悔？》，见董启章：《在世界中写作，为世界而写》，台湾联经出版事业股份有限公司2011年版，第502页。

　　④ 凌逾：《跨媒介香港》，社会科学文献出版社2015年版，第211页。

——Grand Unification Theory；超新星\Sum over histories；Supernova；黑洞\Black Hole；时间简史\A Brief History of Time。从哑瓷的科学热情，转化为独裁者的文学隐喻，种种物理学原理也成为文学借鉴的方法，构成了不同的动力学联想。量子力学、相对论、黑洞理论等，影响着小说的时空结构，而婴儿宇宙和 sum over histories 的观念，为小说打开了可能性的通道。[1]历史(时间史)"本身不单由物质，也是由动力构成。而在种种动力当中，人类行为又为其兼具生物渊源和文化塑成的'性动力学'所左右。这自然也就成了小说的一个主要推进元素"[2]。随着未来史将小说的时间无限延伸至整个21世纪，创设"婴儿宇宙"的空间想象将超越V城时空的局限，直面人类生存本身，乃至整个宇宙。因此，该小说"不只是一部V城史，也不只是一部城市史，而同时是人类文明史，宇宙史，自然史"[3]。

　　小说采取音乐对位法叙事，以溜冰的动力学作为"小说动力学"之一种。中心人物是作家独裁者，在每个"动力学"概念下围绕"独裁者"这个中心人物衍生出三个声部的平行世界，分别是：实然世界("哑瓷之光")、或然世界("恩恩与婴儿宇宙")和未来世界("维真尼亚的心跳")。在其中两个声部里，叙事者或叙述意识分别落在哑瓷和恩恩身上。而在第三个声部里，维真尼亚和独裁者互相唱和，或互相抗衡，形成了意识的对位和变奏。所以，无论是就真实的作者还是作品内部的叙事角度而言，这部小说也是在"自我"和"他人"之间不断转移或碰撞的。[4]

　　第一个声部的世界为"实然世界"，"借用了现代理论物理学的诸种学说为题，把科学概念化为人际情事的隐喻"[5]。回来V城寻根的英籍混血女孩维真尼亚(同时拥有香港血统)通过与独裁者的对话及合写小说，并在与

---

①　维真尼亚·安德逊(董启章)：《能量的膨胀·可能性的诞生》，见董启章：《时间繁史·哑瓷之光(上)》，台湾麦田出版·城邦文化事业股份有限公司2007年版，第7页。

②　维真尼亚·安德逊(董启章)：《能量的膨胀·可能性的诞生》，见董启章：《时间繁史·哑瓷之光(上)》，台湾麦田出版·城邦文化事业股份有限公司2007年版，第7页。

③　维真尼亚·安德逊(董启章)：《能量的膨胀·可能性的诞生》，见董启章：《时间繁史·哑瓷之光(上)》，台湾麦田出版·城邦文化事业股份有限公司2007年版，第6页。

④　维真尼亚·安德逊(董启章)：《能量的膨胀·可能性的诞生》，见董启章：《时间繁史·哑瓷之光(上)》，台湾麦田出版·城邦文化事业股份有限公司2007年版，第5页。

⑤　董启章：《答同代人》，作家出版社2012年版，第264页。

同学和独裁者看护卉茵的共同努力下,让17年没有说过话的独裁者和他的妻子哑瓷破冰,重新思考了"婴儿宇宙"并走向一个完美的终结。在回英国奔丧时,维真尼亚在家附近的湖底中心发现了黑洞,也就是婴儿宇宙的入口。第二个声部是"或然世界"。独裁者给少女恩恩写了24封信,希望从恩恩身上发现"婴儿宇宙"。到了最后,独裁者并没有从信中诉诸"婴儿宇宙"是否会真正出现,只是想象20年后,如果依旧能看到恩恩未变的光亮脸容,那么"这应该是婴儿宇宙最美丽的结局,或者开端"①。到了最后,沐浴中的恩恩从水在身体中的流动感受到"婴儿宇宙"的存在,这个瞬间"仿佛置身于那想象的潭底,体验到了那无穷无尽的,丰盈着她的人生的,原来早就在那里的,婴儿宇宙"②。第三个声部指向"未来世界"。2037年,果之女维真尼亚(不是第一个声部出现的维真尼亚)7岁,在溜冰场遇到意外导致失聪。2047年,维真尼亚17岁,由果把她的心脏改造成机械钟,住进图书馆,此后永远保持17岁。50年后(即2097年),花穿越时空来到图书馆,陪伴在维真尼亚身边,最后一起在溜冰场见证了婴儿宇宙的诞生,此刻机械钟心脏竟然有血迸发出来,这意味着新的世界将要出现在他们面前。当溜冰场破冰,并且像船一样即将乘风破浪时,花问维真尼亚"你准备好了吗?"维真尼亚按住左胸上方流血的洞孔,说了声"起程吧"。③

从以上三个声部可以看出,"婴儿宇宙"以不同的形式诞生了。那么到底什么是"婴儿宇宙"呢? 这是一个难以言诠的问题。简而言之,它就是在一瞬间重现人生新的可能性。能与"婴儿宇宙"相遇,甚至是创造属于自己的"婴儿宇宙",实为奇妙体验,只可意会而不可言传。问题是我们能否抓住这一瞬间,并且全身心去实践它,让它圆满和实在,这就要看各人的造化了。如果从更全面的角度来看,凌逾的结论是较为全面的:婴儿宇宙既指纯真如婴儿的童心状态,也指永不衰竭的青春状态;既指古今中外著作和

---

① 董启章:《时间繁史·哑瓷之光(下)》,台湾麦田出版·城邦文化事业股份有限公司2007年版,第401页。

② 董启章:《时间繁史·哑瓷之光(下)》,台湾麦田出版·城邦文化事业股份有限公司2007年版,第426页。

③ 董启章:《时间繁史·哑瓷之光(下)》,台湾麦田出版·城邦文化事业股份有限公司2007年版,第424页。

文论整合，开列出包罗万象的书目，为续集《学习年代》做铺垫，也指文学与其他学科艺术的跨界整合，如以物理学和生物学术语，解释文学现象、生命现象；既指独裁者与大观园女性的理想化整合，也指个体的雌雄同体整合、自我与非自我的整合；既指众数的历史、包罗万象的自然史，而非单一的历史，充斥政治的霸权，也指过去、现在、未来的整合。[①]

　　小说之所以给人一种全新的体验，是因为它将"婴儿宇宙"呈现在溜冰场壁画这一超时空体想象中（即宇宙论的具体显像[②]），包含了一切在进行中的事件和将要发生的事件的可能性，属于共时性与对位式的时间观。溜冰场壁画是卉茵绘制的，其超时空体的设计受到文艺复兴时期historia[③]的时间性观念启发，而historia最重要的元素是"系一个一刻嘅场面里面同时呈现时间嘅流动性"[④]。这一观念来自画家阿尔贝蒂（Alberti）的《论绘画》（On Painting）一书。溜冰场本身就是一个剧场，既有叙事的时间性，又有戏剧性。壁画既融合了博斯（Bosch）接近中世纪末期的悲观同阴暗感觉，又运用了波提切利（Botticelli）代表文艺复兴时期的乐观同光明风格。这看似相反的画风如何呈现于同一幅画面？实际上，波提切利（Botticelli）到了后期也产生了一种悲观的末日感与危机感，同属画作的一体两面。相应的，博斯（Bosch）的画里也有天真、解放、欢乐甚至是黑色幽默的一面。卉茵并不想将这两种对立的元素简单视作画家思想的历时转变，而是把它们当作共时的元素摆放在一起，产生一种更为强大的想象力度。这种对立元素的并存实际上形成了抵消的力量。两股正反力量相互抵消后，并不是什么都没有，而是会变成无法代表任何一方的新的东西，这种东西可称为"第三观点/第三体验"，即一种超越观念的、真实的存在感。[⑤]其实，波提切利

---

①　凌逾：《跨媒介香港》，社会科学文献出版社2015年版，第210页。

②　维真尼亚·安德逊（董启章）：《能量的膨胀·可能性的诞生》，见董启章：《时间繁史·哑瓷之光（上）》，台湾麦田出版·城邦文化事业股份有限公司2007年版，第7页。

③　编者按：historia为美术学学术专有名词，为拉丁文词汇，至今学界没有对应的中文词汇，也没有一个明确的定义，因此文中均保留原貌。

④　董启章：《时间繁史·哑瓷之光（下）》，台湾麦田出版·城邦文化事业股份有限公司2007年版，第211页。此句为粤语表述，大意为：在一个一刻的场面里面同时呈现时间的流动性。

⑤　董启章：《时间繁史·哑瓷之光（下）》，台湾麦田出版·城邦文化事业股份有限公司2007年版，第215页。

(Botticelli)的天堂里有地狱,博斯(Bosch)的地狱里有天堂。天堂与地狱抵消后,剩下来的就是人间。当然,卉茵在绘画过程中也未能对这种抵消的结果有十足的把握,但无论如何,她还是完成了,较好展现了蕴藏在独裁者心中多年的"婴儿宇宙"图像。

无可否认,要找出"婴儿宇宙"的确不是一件容易的事情。独裁者寻找"婴儿宇宙"的过程是坎坷的,但依旧没有放弃,对此充满愿景,并以能在哑瓷散发出来的纯洁光亮(婴儿宇宙)包围下离开而感到人生终结的圆满。年轻时,他在有志于文学创作的青年中组成了名叫"文学小宇宙"的团体,只是当他感到自己作为权威、偶像、导师和神的角色对徒弟们影响甚多时,他感到一种幻灭,经历了从"自我确立,到自我膨胀,最后自我崩塌"的过程。与此同时,他与哑瓷也走向了人生可能性缩减的阶段。当然,在这种自我意识崩塌的过程中,"他人"的意识开始浮现和成形,最终和前者构成共生的对位。而这所谓"他人",并非指抽象的、一般化的社会群体或阶级,而是指众数的个体,和各别不同的"他人的自我",必然发始于一个具体明确的个人的立场。在独裁者看来,"自我"与"他人"处于相对的关系,而非从属的关系。独裁者深知"超越自我,及于他人"是个不可能实现的任务,但他渴望在小说里让它成为可能。[1]这个"他人",在第二个声部里指的就是恩恩。虽不确定是否成功,但恩恩成为他最后的寄望,也是最后的挣扎,希望能从恩恩身上找到生命的扩展和膨胀感。[2]与此同时,"自我"里也包含着"反自我"。独裁者将写给恩恩的24封信整理后变成小说《恩恩与婴儿宇宙》,把这个"反自我"的角色集中在他的"假面"(Mask)对象,即徒弟喽啰身上,而用"不是苹果"(恩恩的朋友Apple)作为恩恩的假面,来把自己的欲求投射其中,从而保持他和恩恩之间婴儿宇宙的纯粹。

为什么婴儿宇宙要达到如此纯粹的程度才能出现?独裁者认为,真正的婴儿宇宙,是去除所有身份之后才能实现的。这只能够发生在自我和他人的交接间,在那既联系也分隔双方的门槛上。它理应是人和人之

---

[1] 维真尼亚·安德逊(董启章):《能量的膨胀·可能性的诞生》,见董启章:《时间繁史·哑瓷之光(上)》,台湾麦田出版·城邦文化事业股份有限公司2007年版,第6页。

[2] 董启章:《时间繁史·哑瓷之光(上)》,台湾麦田出版·城邦文化事业股份有限公司2007年版,第408页。

间全无隔阂的，最纯粹和本真的相交。夹杂了身份、角色和类型性的预期，它就会失真，崩塌。纯粹的婴儿宇宙是不应包含交易的关系。①然而，这种想象的模式本身就蕴含着它的失败。喽啰圈强大的自我引力又渐渐排斥了婴儿宇宙的可能性。于是独裁者唯有一手摧毁自己亲手建立的想象世界，期望在最后的爆发中释放足够的能量，一举实现婴儿宇宙的创生。②这种方式可谓决绝，但也是彻底的，因为一切都存在逃逸的可能、突破的可能。

除了发生在人与人之间的交接处，婴儿宇宙也存在于自身。出现在第一个声部的维真尼亚之所以回到Ⅴ城寻根，是由于从出生开始，无论是在现实世界还是想象世界中，她都活在别人的影子里。这个"别人"，在自己家庭指的是已死去的姐姐维真尼亚，而在独裁者家庭则指向哑瓷。因此，在她的意识中，她总是无法找回自己，成为自己。在第三个声部的最后，花告诉维真尼亚："你自己就是溜冰场。在你里面，你可以找回自我，也找回他人。"③婴儿宇宙早已存在于她自己的体内，在她的肚脐处。④在第二个声部里，恩恩最后在沐浴时也同样感受到婴儿宇宙的存在。这里的婴儿宇宙，难道不就是指向本我的存在吗？

由此可知，"婴儿宇宙"就是在"自我"与"他者"的不断转移和碰撞中诞生的。

董启章在这部小说里创设核心词"婴儿宇宙"，把未来作为一种历史的可能性来想象、体验、珍重乃至反思。这似乎是一种悖论：既然是未来，又何来有记忆？⑤实际上，如果我们不把时间当作线性和因果性来看待，而是

---

① 董启章：《时间繁史·哑瓷之光（下）》，台湾麦田出版·城邦文化事业股份有限公司2007年版，第166页。

② 董启章：《时间繁史·哑瓷之光（下）》，台湾麦田出版·城邦文化事业股份有限公司2007年版，第374页。

③ 董启章：《时间繁史·哑瓷之光（下）》，台湾麦田出版·城邦文化事业股份有限公司2007年版，第424页。

④ 董启章：《时间繁史·哑瓷之光（下）》，台湾麦田出版·城邦文化事业股份有限公司2007年版，第424页。

⑤ 董启章：《时间繁史·哑瓷之光（下）》，台湾麦田出版·城邦文化事业股份有限公司2007年版，第320页。

一个环状球形,也就是大多数物理学家所认可霍金提出的"宇宙有限而没有边际"的球体时空观,那么宇宙就是既没有开始也没有终结、无边无际的宇宙,而历史同样如此。它"并未被否定,只是,那不再是单一的历史,而是众多的,繁复的,交错的,分叉的,重叠的,对位的种种历史"①。于是,在众多作家纷纷把目光聚焦于叙述过去百年的香港时,董启章将视野推向未来,试图将香港史的叙事纳入球状史观,打破西方殖民统治者叙述香港历史的定论,让多种历史同时并存,在无边无际的球体时空里运行,从而实践小说发出的疑问:为什么不能有一种共时的历史,空间化的历史,并行的相悖或不相悖的多种历史?②这是否也属于普鲁斯特克服时间、超越时间、复得时间的"隐喻"范畴?

过多时间意义的加持让不少作家的历史叙事显得确定与唯一,以至于无法看清多重历史的真相,实现精神的返乡。毫无疑问,董启章成了他所命名的"婴儿宇宙"的秘语者,从"自我"的崩塌走向"无我"的大爱。那是任何事物的"道"之根源,诗之诞生地。若要听清这位秘语者的声音,我们需和他一样,逃离以自我为中心的狂妄,放下以现实作为唯一性的信仰。空间不是历史的可有可无的要素,而是构成整个历史叙事的必不可少的基础。③于是,董启章让时间与空间在历史叙事的维度展开多种互动的可能,用更贴近日常生活感受的方式,构筑立体分层的历史叙事空间。

从当下香港的发展进程看,以审思受殖民统治经验而实现去殖民统治化仍任重而道远。这不得不令人慨叹港人在受殖民统治时期留下的对地方历史经验一知半解的态度,使得不少有担当和情怀的作家拾笔思考如何赓续历史并重返精神原乡的问题。于是,"赓续历史"与"精神寻根"之间便存在复杂而微妙的对话关系。要想真正在小说中做到"赓续历史、重返原乡",需要聚焦具体事物在不同时期的变迁,展示人在历史洪流面前的各种

---

① 董启章:《时间繁史·哑瓷之光(下)》,台湾麦田出版·城邦文化事业股份有限公司2007年版,第420页。

② 董启章:《时间繁史·哑瓷之光(下)》,台湾麦田出版·城邦文化事业股份有限公司2007年版,第175页。

③ 龙迪勇:《历史叙事的空间基础》,《思想战线》2009年第5期。

姿态。也就是说，这一切需要放置在"历史叙事与精神寻根"的互动关系中展开并做出阐释。追溯作家重建历史向度的努力，既为中国当代文学的"历史叙事"提供新的视野和经验，也有利于巩固地方性精神凝聚力和历史文化认同感，具有重要的现实价值。

第四章 失"物"志:为"消逝"的香港形塑与作注

　　对一个城市及城市文化身份来源的认知不仅与"历史/时间"相关,还指向"地理/空间"。生活在一个城市,必然会与其中的某些街角、地标、建筑等地景发生关系。这些街角、地标、建筑等地景,默默诉说着城市的历史,并透过日常生活渗透进人们的意识,从而形成某种私人或公共记忆。柏格森对物质形象与知觉之间的互动关系做过如下阐释:"每个物质形象都有各自的性质和确定性,简而言之,每个物质形象都具有自身的存在。因此,我的知觉就只能是这些对象本身的某些部分,它存在于这些对象之中,而不是在它们之外。"①城市构成人们生活体验的空间坐标,里面的地景会唤醒人们曾经历过的体验。同时,这种体验"深藏在记忆之中,通过各种具代表性的人或事物(Representation)重现,影响我们现在和未来的行为和决定"②。因此,城市空间的呈现是实体地景与人类意识相互作用的结果。

　　街角、地标、建筑等地景,并非都是纯消费性场所,也镌刻并承载了某时期人们生活的体验。当一个人在这些地景里生活了一段时期后,个人的历史就会与这些地景的历史发生勾连,共同构成城市历史的一部分。然而,因城市发展的需要,不少地景面临拆迁重建的命运。这不仅彻底改写了人们对此地的记忆,也斩断了个人与此地历史的纽带。假如以后没有其他东西可以唤醒人们对此地的记忆,那么这些地景就会遭遇被放逐的命运,直至彻底消失在历史的长河里。城市历史的重现往往建基于人们的回忆,如果地景消失成为常态的话,那么这座城市的历史也会面临被悬置甚至遗忘的命运。

　　无疑,地景消失的命运已成为今日城市发展的常态,以至于很多时候我们对此表现出无力感,甚至是冷漠感。然而,地景的"消失"还是给不少

---

① [法]昂利·柏格森:《材料与记忆》,肖聿译,华夏出版社1999年版,第207页。

② 韩丽珠:《重建的市区——被规划的城市生活记忆》,《文化研究@岭南》2007年第4期。

20世纪80年代以来香港小说中的「香港书写」研究

港人带来相当大的感触。多年来，"怀旧"之风不减，很多时候还会上升到集体记忆的层面，如同葛亮所言："一座钟楼都成了一代人的想象凭借。"①自1998年起，市区重建局开始提出多个旧区重建计划，②希望能为城市发展带来新的面貌。当某些著名地景面临被拆迁的命运时，港人会不惜代价去保护它们，③以此为"我城"的历史留下记忆的载体。这源自香港"变动不居"的特性，造就了港人独特的历史敏感。④保护地景的意识实则是一种历史危机感的寄托，以此看出港人对一段城市历史的珍视。虽然最后的结果还是失败了，但足以可见这些地景已经盛载并沉淀着一代代港人的历史与生活经验。香港作家马国明曾说："只有物件存在，记忆才有意义。"⑤由此可知，这些拆迁与重建的过程，正不断抹除人们对地景乃至一段段城市历史的记忆。

香港节奏快，拆迁也快，港人恐惧于码头、渡轮、骑楼、木屋、小店、街招吊牌、二楼书店等的消失，消失美学兴起。⑥综观并考察20世纪80年代以来香港小说中的"香港书写"，可以发现"消失"成为不少作家笔下的主题。面对"九七"回归造成历史书写的断裂，以及后"九七"时代官方一系列"去本土化"的举措，作家笔下的"消失"除了弥漫着浓厚的历史感以外，还与港人的身份及香港的文化身份认同紧密联系在一起。斯图亚特·霍尔曾在论文"Cultural Identity and Diaspora"里对"身份"做过如下定义：身份即人们在

① 葛亮：《摄光》，《香港文学》2017年10月号。

② 实施这些旧区重建计划是以"透过适当的途径，改善不同地区的经济和环境状况，为地区带来新气象"，及以"全面规划方式，与合作伙伴及有关人士同心协力，利用重建发展、楼宇复修及保育文物的工作，改善市区的生活质素，为旧区注入新的色彩"为理念的。香港市区重建局网页：https://www.ura.org.hk/sc。

③ 在香港，某些著名景观在面临消失的危机时，会引起港人的静坐与抗议，包括发动一系列文化/文物保育运动，严重者还会引起示威冲突事件，以此希望政府能考虑将它们保留下来，著名的事件有：中环旧天星码头的拆迁、皇后码头的拆迁、中环旧天星码头钟楼的大钟拆卸、利东街（也叫喜帖街）的拆迁与重建等。

④ 葛亮曾在一次访谈里提道："香港有一个特征是我喜欢的，就是'变动不居'。它的历史也充满了变数。这种变数造就了香港人一种独特的历史敏感。这是我所珍视的部分。"这给笔者思考"港人如此重视地景保护"这一问题带来启发。葛亮、刘涛：《小说应当关乎当下、关照历史——与香港青年作家葛亮对谈》，《朔方》2014年第4期。

⑤ 保路：《香港空间 文学建筑》，《文汇报》2008年7月28日。

⑥ 凌逾：《香港文坛：共同记忆与共生时空》，《华文文学》2018年第1期。

不同层面上所处的位置,以及如何述说过去。①也就是说,港人对地景的消失与重建产生如此深的感触,实际上也与其如何看待与定位文化身份有着极大的关联。地景的消失与重建,正反映出香港文化身份的混杂性和不确定性,使得港人无法在现实社会中找到相应的认同感与归属感。于是,他们选择重塑过去,试图建立一种与过去相延续的关系,在召唤过去记忆的过程中找回一种与"根"相连的认同感。这如同法国学者莫里斯·哈布瓦赫所言:"我们保存着对自己生活的各个时期的记忆,这些记忆不停地再现;通过它们,就像是通过一种连续的关系,我们的认同感得以终身长存。"②在这种情况下,"地志书写"成为该时期"香港书写"中一个非常重要的文学现象,大量关乎"消失"主题的创作应运而生。除了地景的消失以外,文化经典意象的消失也成为一些作家笔下钩沉的对象。其中,最经典的莫过于对已流逝的"塘西风月"意象的追忆和重构,包括经典小说《胭脂扣》《塘西三代名花》《永盛街兴衰史》等。

第一节　重塑"香港"的记忆与形象

香港回归后的逾25年间,"香港社会似乎弥漫着一种愈来愈重的,对'消逝'的焦虑,大众对于香港本土文化的兴趣与关注有增无减,保育、寻索本土文化的声音不断"③。伴随于此的是香港本土意识的再度兴起,成为香港社会及香港文学界的热点话题,"香港文学中的本土性必然继续会是文学评论中重要的议题"④。其中,大量聚焦"消逝"地景的"地志书写"和"文学地景"应运而生,成为"本土"思潮下的重要产物。

"地志书写"(topographical writing)和"文学地景"(literary landscape)分别衍生自人文学科研究常用术语"地志学"(topography,或作"地志")和"地景"(landscape,或作"景观")。"地志学"为测量、描绘地形的技术,而"地景"

---

① Stuart Hall. "Cultural Identity and Diaspora" in *Identity: Community, Culture, Difference*. Ed. Jonathan Rutherford. London: Lawrence and Wishart, 1990, p.222.

② [法]莫里斯·哈布瓦赫:《论集体记忆》,毕然、郭金华译,上海人民出版社2002年版,第82页。

③ 唐睿:《再版及简体版后记》,见《脚注》,花城出版社2017年版,第205页。

④ 谭以诺:《本土意识高涨之时——试论香港近年小说创作》,《香港文学》2013年11月号。

本专指特定的绘画艺术里以地理风景为题材的作品。其中，米勒在代表性著作《地志学》中将"地志学"界定为以下三种含义：第一种先从最字面、词典式的意义说起，地志是对特定地方的描写。这种巨细靡遗的白描不单只是刻画地形的配置形构，如地表起伏、河湖山川、道路聚落的样貌，也牵涉对隐含其间的区域历史的了解。第二种指称根据某些惯常符号图志系统运作下的景观再现。第三种则是关于地名学这种图志体系的指涉。任何地图都包括一般字汇（山河及正式地名），而命名的影响深远甚至已预设了我们对地方及其地理特征的观看位置。地方名称因而已是一系列的实际写作。那么地景或景观对文学产生什么影响？米勒认为，地志设置能让作品逼真，联系上特定时代与地理，提供文化和历史条件让故事发生意义。①

台湾学者吴潜诚对"地志"的特征也归纳出三点：①描述对象以某个地方或区域为主，如特定的乡村、城镇、溪流、山岭、名胜、古迹，范畴大抵以叙述者放眼所及的领域为准，想象的奔驰则不在此限；②须包含若干具体事实的描绘，点染地方的特征，而非书写综合性的一般印象；③不必纯粹为写景而写景，可加入诗人的沉思默想，包括对风土民情和人文历史的回顾、展望和批判。②吴潜诚比米勒的思考更进一步的地方在于他关注到地志与抒情主体位格之间的关系，"地志诗篇具体地描写地方景观，它帮助我们认识、爱护、标榜、建构一个地方的特殊风土景观及其历史，产生地域情感和认同，增进社区以至于族群的共同意识。而在地志诗篇中，风景的每一条轮廓都隐含着社会及其文学"③。也就是说，他希望从地景书写中建构族群的身份认同，从人和土地的互动及历时性演变中，形构出地方的命运共同体。

实际上，香港文学从来不缺地志书写。蔡益怀注意到这种地志书写形

---

①　关于米勒对"地志学"和"地景"含义的界定，参见 J. Hillis Miller. *Topogtaphies*. Stanford, California：Standford University Press，1995；Denis E. Cosgrove，*Social Formation and Symbolic Landscape*. London：Croom Helm，1984；范铭如：《当代台湾小说的"南部"书写》，见《文学地理：台湾小说的空间阅读》，台湾麦田出版·城邦文化事业股份有限公司 2008 年版，第 220 页。

②　吴潜诚：《岛屿巡航：黑倪和台湾作家的介入诗学》，台湾立绪文化事业有限公司 1999 年版，第 83~84 页。

③　吴潜诚：《岛屿巡航：黑倪和台湾作家的介入诗学》，台湾立绪文化事业有限公司 1999 年版，第 83 页。

成了"在地抒情"的传统,而且这种传统可上溯至20世纪二三十年代,并认为:"生于斯长于斯的地方就是一个作家的应许之地,就是他创作的根源所在";"香港文学中这种对故土的爱,对家园的追寻、反思和认同的意识,是一脉相承的,一直延续了下来。在地抒情,从香港的生活出发,用香港人的眼睛去审视香港人的世相,用香港的话语书写香港的社会人生,这个传统在香港一直存在,一直延续,而且还会继续延续下去"。①这种对地方的记忆、想象、认同、依恋与归属感,可视为"恋地情结"②,并蕴藏在"地志文学"这种在地抒情的传统之中。

时至今日,我们仍然能透过不同年代的地志文学感受作家的在地情怀,并通过具体的地景描写认识香港的过去与当下,以此重建"香港"真实而全面的形象。舒巷城笔下发生在西湾河筲箕湾、香港仔、鲤鱼门海峡,以及黄仁逵笔下的柴湾、南华泳场和阿公岩等的人情物事,均流露出一股股温暖而纯美的乡土人情(《太阳下山了》《鲤鱼门的雾》《网中人50's》);辛其氏笔下的"我"回到原来生活的钻石山木屋区,发现一切已难以辨识(《索骥》);马国明笔下的"我"回忆起童年生活在荃湾的点滴,南华铁工厂、中国染厂和大窝山寮屋区历历在目(《荃湾的童年》);唐睿描写已消逝的安置区,为香港这本书做"脚注"(《脚注》);潘国灵笔下的一对父女在九龙寨城公园怀古,回忆已消逝的九龙寨城(《游园惊梦》);潘国灵聚焦生活在旺角及油麻地一带的江湖术士和妓女等(《突然失明》《莫名其妙的失明故事》《麦田捕手》);潘国灵、谢晓虹、林超荣、王良和、许荣辉、陈宝珍、麦树坚笔下的徙置区、公共屋邨和唐楼,如Y形屋邨(潘国灵《合法偷窥》)、H形公寓(谢晓虹《哑门》)、徙置区

---

① 蔡益怀:《在地抒情》,《香港文学》2016年4月号。

② 恋地情结(Topophilia:love of place,又译为"在地关爱""场所依恋")是著名华人地理学家段义孚在人文地理学领域提出的重要术语,也成为该领域的核心词汇,具体定义如下:"恋地情结"是一个新词,可被宽广定义为包含了所有人类与物质环境的情感纽带。这些情感纽带从强度、微妙性和表达方式上看彼此都有很大的区别。对环境的反应也许主要是审美的:这种反应会在从风景中感到的短暂愉悦到突然显现出的美所给予的同样短暂却更加强烈的愉悦之间变化。这反应也许是触觉上的,感觉到空气、流水、土地时的乐趣。更持久却不容易表达的感情是一个人对某地的感情,因为这里是家乡,是记忆中的场所,是谋生方式的所在。Yi-fu Tuan. *Topophilia: A Study of environmental perception, attitudes, and values.* New Jersey:Prentice-Hall Inc., Englewood Cliffs,1974,p.93.译文参见陈望衡:《环境美学》,武汉大学出版社2007年版,第25页。

（林超荣《蔷薇谢后的八十年代》）、华富邨（王良和《华富邨的日子》）、唐楼（许荣辉《鼠》、陈宝珍《望海》、麦树坚《千年兽与千年词》、李维怡《平常的一天》）；也斯笔下的爱美丽重游童年生活之地元朗、屯门，发现"她的心永远属于屯门的"[①]（《爱美丽在屯门》）；李碧华、海辛重现石塘咀的"塘西风月"（李碧华《胭脂扣》、海辛《塘西三代名花》）；海辛、施叔青、黄碧云、马家辉笔下的江湖之地、风月场所，包括庙街（海辛《庙街两妙族》）、中环、上环（施叔青《香港三部曲》）、湾仔（黄碧云《烈佬传》、马家辉《龙头凤尾》）等。

　　这些描写地方的文学作品，如明显以某地方为文本题材或主题，皆可称为"地志文学"（topographical literature）。文学研究中的"地志"借用地理学绘制地图的地名（toponym）命名意义，把作品指涉的地名看成作者与读者约定的符号，并以"文学地景"（literary landscape）指认文学作品内关于已命名之地的文字。因此，在华文文学研究里，"地志""地景""地理"三个词汇大致通用。[②]虽然"地志文学"这个文类（genre）名称应衍生自西方文学研究，[③]但以描写地方为题材或主题的作品，并非专属西方文学的一时之物。[④]相较于"地志文学"，"地志书写"和"文学地景"所涵盖的意义更为广泛。"地志书写"所指甚广，可纳入不一定属于"文学"的文字，如地理文献、航海日记或旅游指南等；而"文学地景"可专指文学文本（无论是否以某地方为主要题材）中的地方书写。在文字、图画和影像——尤其是经典或畅销作品出现的地景，都极具吸引观看者"重返现场"的魔力。[⑤]相较于旅游

---

①　也斯：《后殖民食物与爱情》，作家出版社2013年版，第107页。

②　关于文学与地景之间的关系阐述，可参见以下三篇文章：林淑贞：《地景临现——六朝志怪"地志书写"范式与文化意蕴》，《政大中文学报》2009年第12期；钟怡雯：《从理论到实践——论马华文学的地志书写》，《成功大学中文学报》2010年总第29期；邹芷茵：《文学地景的趣味与价值》，香港中文大学香港文学研究中心编：《叠印——漫步香港文学地景一》，商务印书馆（香港）有限公司2016年版，第xviii页。

③　Robert Arnold Aubin. *Topographical Poetry in XVIII-century England*. New York：The Modern Language Association of America，1980；John Beckett. *Writing Local History*. Manchester：Manchester University Press，c2007.

④　邹芷茵：《文学地景的趣味与价值》，见香港中文大学香港文学研究中心编：《叠印——漫步香港文学地景一》，商务印书馆（香港）有限公司2016年版，第xvii页。

⑤　邹芷茵：《文学地景的趣味与价值》，见香港中文大学香港文学研究中心编：《叠印——漫步香港文学地景一》，商务印书馆（香港）有限公司2016年版，第xviii页。

指南等实用类文体,"地志文学"则蕴含更为丰富的内涵,因为它不是仅仅追求纯客观的地志书写,而是蕴含书写者对地志的主观情感。吴潜诚曾指出:"书写地志的作品不是综合的印象,而可予作者想象沉思。"①钟怡雯也提出,如果地志只是"偏向史料式的地理学观察报告",便不能构成"建构地方意义的地志书写"。②蔡益怀也说过:"在我看来,在地书写并非简单地等于地方志,风物考证、风情描绘,而是一种饱蕴关切之情、深刻体验、独到发现的情感记录,心灵史。"③

由此可见,"地方"意义的生成与完足都离不开"人"。具体到"香港"这一语境,香港学者陈国球曾指出,"香港人"是"香港"地方意义生成的关键:"'香港'由无名,到'香港村''香港岛',到'香港岛、九龙半岛、新界和离岛'合称,经历了地理上和政治上的不同界划,经历了一个自无而有,而变形放大的过程。更重要的是,'香港'这个名称底下要有'人';有人在这个地理空间起居作息,有人在此地有种种喜乐与忧愁,言谈与咏歌。有人,有生活,有恩怨爱恨,有器用文化,'地方'的意义才能完足。"④"人"对地志产生的情感就是我们常常提到的"地方感"⑤(或称"在地感""地方精神"),"颇能呈现对'本土'的关怀"⑥。历史有情,人间有意,"地方感"承载着浓厚的人地情缘,加强并巩固着人们与所在地的关系,并通过一代代人的传承来保存城市的记忆及建构城市的形象。这如同台湾学者范铭如所言:"地方感的产生或再现往往跟回忆纠缠在一起,记忆容或是片段性、私密性或随机

---

① 吴潜诚:《岛屿巡航:黑倪和台湾作家的介入诗学》,台湾立绪文化事业有限公司1999年版,第83~84页。

② 钟怡雯:《从理论到实践——论马华文学的地志书写》,《成功大学中文学报》2010年总第29期。

③ 蔡益怀:《"倾城之恋"——香港文学的在地书写谱系》,(香港)《文学评论》2017年总第48期。

④ 陈国球:《香港文学大系(1919—1949)·总序》,《香港文学》2014年11月号。

⑤ 地志书写中的"地方感"(sense of place),是能从"地方"(place)的角度去考虑人与所在地空间的关系,而呈现"人类与世界连结的先天能力",包括"对地方位置的准确认识"。J. Hillis Miller. *Topographies*. Stanford, California: Stanford University Press, 1995. 此注释引自邹芷茵:《文学地景的趣味与价值》,见香港中文大学香港文学研究中心编:《叠印——漫步香港文学地景一》,商务印书馆(香港)有限公司2016年版,第xix页。

⑥ 小思:《一本瞻前顾后的书》,见香港中文大学香港文学研究中心编:《叠印——漫步香港文学地景一》,商务印书馆(香港)有限公司2016年版,第i页。

性的，但也可能是集体性的。当作家凭借自己的经验或印象形塑地志时，有时不免透过其他表征性的文物，例如照片、音乐、文献、碑志、古迹、博物馆，等等，激发出地方想象。"①葛亮也说过："发觉有关这座城市的记忆，都是来自于人。气息，声音，影像，喜乐，都负荷着人的温度。记忆或许可以作为对抗的武器，在格式化的生活里，渗透，建构，强大，最终破茧而出。"②因此，"记忆"在其中便起着十分关键的作用。麦树坚对此提道："如果是关乎一个城市的记忆，它更必然是靠几代作家、成千上万的作品去建成的。"③可见，这种"地方感"及"记忆"的呈现，正需要文学来予以记录与保存，对于香港而言同样如此。唐睿认为："香港是个历史不长的城市，但这一百多年来，这片土地上还是有不少人生活过，他们未必就是历史伟人或者时代弄潮儿，但他们却都很实在，满有感情地在这土地上活动过，而他们的'记忆'正须我们借着文学去记住。"④麦树坚更提到文学在城市"记忆"保存与传承中所发挥的巨大作用，"许多怡人的自然风景如今名存实亡、名不符实，如果我这一代人没有记忆，又不留记录，莫说缅怀，年轻人连判断的根基都没有"⑤。

综观20世纪80年代以来香港小说中的"地志书写"，"地方感"在已消逝的地景书写中体现得尤为明显，而且其来有自。洛枫在分析香港的怀旧电影时曾得出如下结论："倍受不明朗前景困扰的港人，在无法将理想投向未来的前提下，只好移情过去，回首往昔的岁月；或通过美化昔日，寻求心灵的慰藉，或借着今昔的联系，追认地方的历史与自己的身份，以期重新出发，面对不可知的未来。"⑥这个观点同样适用于此类"地志书写"。正因为

---

① 范铭如：《文学地理：台湾小说的空间阅读》，台湾麦田出版·城邦文化事业股份有限公司2008年版，第242页。

② 葛亮：《文学是时代的救赎，塑造"想象的共同体"》，http://www.chinawriter.com.cn/n1/2017/0821/c404032-29483784.html（中国作家网）。

③ 引自麦树坚接受中国内地某报刊采访的稿件。由于此稿并未发表，所以经采访者同意，笔者得以获得一手材料并予以引用，特此说明。

④ 袁欢、金莹：《"香港文学新动力"丛书出版 万花筒式的香港记忆新书写》，《文学报》2017年8月31日。

⑤ 引自麦树坚接受中国内地某报刊采访的稿件。由于此稿并未发表，所以经采访者同意，笔者得以获得一手材料并予以引用，特此说明。

⑥ 洛枫：《香港怀旧电影的内容与形式》，《今天》1995年总第28期。

面对地景的消逝和不可知的未来,作家便会渐渐回忆起以前在其中发生的点滴人事,把它们视为人生的"原初",从而试图追溯人生的来处、反思城市的历史和定位自我的身份。此外,"在资金、资讯快速交换流动的全球化趋势中,地方书写不仅保留本土记忆、建构文化身份及原乡与外地的时空差异,同时可能将此种差异转变为同质化全球语境里的地域显著标地"①。

恋地情结往往产生于家乡、"故土"的自然和人文地理景观,是具有特征性的场所。这些地理景观是被我们灌注了情感,只要看到甚至回忆起它们,我们的心弦就会情不自禁地被拨动。②因此,"物非人非"是他们睹物(已变形的城市)思人(旧人)后的最大感慨。也斯的《点心回环转》里,面对旧区重建,食神老薛无限感慨:"这不光是拆了几条街的旧区重建,可惜的是原来建立起来的社区关系,种种生活累积的经验,也一下拆掉了。"③唐睿《红白蓝的故事》里在巴黎留学的皑返港奔丧,顺便重走曾与初恋情人天蔚约会的熟悉的路,遗憾地发现:除了分科诊所门前那株刚好开满花的木棉树能给他一点安慰之外,他所感受到的,就只有怅惘。④实际上,该小说延续了唐睿长篇小说《脚注》聚焦"人与土地的互动关系"与"被忽视的社区变迁"等话题。⑤《照相馆》里,西西通过照相馆的结业来隐喻一段边缘旧区历史的结束。面对放在饰橱里的自己和别人的照片,白发阿娥感到自己与如此多假的人生活在一起,甚至产生"不知道自己是真还是假,活在一个真的还是假的世界里"⑥。同时,这些人于她而言既熟悉又陌生,种种眼光让她

---

① 范铭如:《文学地理:台湾小说的空间阅读》,台湾麦田出版·城邦文化事业股份有限公司2008年版,第213页。

② 周伟林:《企业选址智慧——地理·文化·经济维度》,东南大学出版社2008年版,第163页。

③ 也斯:《后殖民食物与爱情》,作家出版社2013年版,第229页。

④ 唐睿:《红白蓝的故事》,见陶然、蔡益怀主编:《香港文学》(增刊),香港文学出版社有限公司2017年版,第92页。

⑤ 笔者曾就此话题与唐睿做过交流,他提到目前发表的这篇小说只是《红白蓝的故事》系列的第一篇,计划共写三篇。故事的写作初衷是"想以香港的2000年及之后的几年为背景,并以几个年轻人(特别是三个主角)作为地域象征,思考一下人与土地的关系,写出香港几个地区的社区,如何建构出几个人物的成长、性格、精神和价值观。小说亦希望能梳理好香港某几个甚少被写进文学作品的社区的变迁"。交流时间:2017年11月6日。

⑥ 西西:《照相馆》,见陶然、蔡益怀主编:《香港文学》(增刊),香港文学出版社有限公司2017年版,第38页。

感到有点战栗不安。然而，随着照相馆的结业，这些人的"历史"也会随之一同被埋葬。小说的结尾以婉拒小女孩照相的请求结束，暗示了"社区重建所引致的人文经验断裂，既使城市记忆失去载体，复使下一代失去文化传承之所由"①。"红格子酒铺"承载了四位女伴立梅、叶萍、但英和醒亚青年时代的各种记忆，包括眼泪和欢笑，乃至"因愉和失落而时轻时重的躯壳和灵魂"。在酒铺即将拆除的日子里，她们才发现它作为历史见证者的身份是如此的重要，"红格子酒铺，在她们的生命里，只存在过不到三年的光阴，却注定是她们必去的所在，那点点滴滴生活的印痕，终其一生，亦无法淡忘"②。童年的小青有幸与小伙伴们一起在蔡大婶的花园里度过，并成为他们记忆中美好的精神家园。在蔡大婶的引导下，他们学会关爱植物，也从中体会到生命自然成长的欢乐。可后来政府大量收地修建公路，蔡大婶的花园变成荒地，他们一众人的精神家园也随之被摧毁。到了最后，小青提出了让父亲也觉得应该要好好反省的问题："干嘛我们不造座花园呢？干嘛这城市不能是座蔡大婶的花园啊？"③

　　还有作品，会借地景的变迁来反思城市的历史，以及定位自我身份。当面对童年生活的地景逐渐消失在荃湾地图时，"我"深深察觉到历史的胜利者将香港历史书写得越来越枯燥单调，让人不知道自己身在何方，"如果你不以为香港的历史就只是由渔港变商港，由（受）殖民（统治）地回归祖国怀抱的单向发展，你仍不禁要问：'我在何方？'当身边周围熟悉的景物都改变了，你不得不问：'我在何方？'"④《心情》里，母亲属于20世纪60年代见证香港经济起飞的廉价劳动力一辈，她们"合力把这座都市建设神话"⑤。然而，从矮矮的楼房到高楼大厦，母亲一辈都只是被社会放逐的群体。地景

①　陈智德：《解体我城：香港文学1950—2005》，香港花千树出版有限公司2009年版，第267页。

②　辛其氏：《红格子酒铺》，见黎海华编：《香港短篇小说选（1990—1993）》，三联书店（香港）有限公司1994年版，第177页。

③　松木：《蔡大婶的花园》，见黎海华编：《香港短篇小说选（1990—1993）》，三联书店（香港）有限公司1994年版，第82页。

④　马国明：《荃湾的童年》，见许子东编：《香港短篇小说选（1994—1995）》，三联书店（香港）有限公司2000年版，第78页。

⑤　许荣辉：《心情》，见许子东编：《香港短篇小说选（1996—1997）》，三联书店（香港）有限公司2000年版，第21页。

的变化使她们想得更多的是如何在这个神话里知足并平和地生活,而不会考虑自己在这个城市的身份与价值所在。对于母亲的儿子而言,他想的是如何为自己的人生留下更多的记忆,而不是让个人的历史随着地景的消失一同被掩埋。小说写道:"但他真的多么希望能为自己写个剧本,一个真实的故事,一段小小的成长故事,小人物的有血有泪的琐事。最重要的是留下一点记忆。"①

在借消逝的地景回忆点滴人事之时,人们也会自然而然思考"原初"问题,也就是追溯人生的来处。简而言之,就是无论周围的景观如何变迁,那里都有着我们无法遗弃的"根"。《索骥》里的"我"重回旧地,可地景的变迁使"我"感受到"这城区已然舍弃了我"②,而且每一次对故地的追寻,"都只教我堕入想象的虚幻里去,几乎疑心自己走错了路,摸错了方向"③。所有的回忆都变得毫无头绪,更无奈的是这一寻根的行为无法得到儿孙的理解,他们"几乎都认为这是一件徒劳而虚渺的事情"④。然而,"我"并不甘心成为一个无根之人,"三十年岁月悠悠,眨眼就过去,这些年来守着这间老铺,你看,实在破得不成样子,儿子都守不住,老叫我把店铺结束,儿孙不懂得珍惜,他们对过去一无所知,也无意了解老人的心事,我倒是要常思来处的啊"⑤。《望海》里,面对旧楼要在钻土机的力量下夷为平地,她回忆起离婚后与爷爷在旧楼相处的点滴。爷爷虽然行动不方便,但依然极其平静愉快地谈起过去和自己的健康。每当此时,他就会"怡然地摇着比较活动自如的一条腿,在回忆中徜徉"⑥,给单调冷清的生活涂抹了一层亮色。此时,感情受挫的她感觉又回到了"家",找到了寄托精神的"根",并为自己曾因简

① 许荣辉:《心情》,见许子东编:《香港短篇小说选(1996—1997)》,三联书店(香港)有限公司2000年版,第23~24页。

② 辛其氏:《索骥》,见刘以鬯主编:《香港短篇小说百年精华(下)》,三联书店(香港)有限公司2006年版,第131页。

③ 辛其氏:《索骥》,见刘以鬯主编:《香港短篇小说百年精华(下)》,三联书店(香港)有限公司2006年版,第132页。

④ 辛其氏:《索骥》,见刘以鬯主编:《香港短篇小说百年精华(下)》,三联书店(香港)有限公司2006年版,第144页。

⑤ 辛其氏:《索骥》,见刘以鬯主编:《香港短篇小说百年精华(下)》,三联书店(香港)有限公司2006年版,第135页。

⑥ 陈宝珍:《梦创世》,香港文学出版社有限公司2015年版,第16页。

单地意气用事而忽视了爷爷的存在感到惭愧。后来，爷爷病逝，一切的回忆将随着旧楼的拆除远去，她的"根"也被强行拔起。伴随于此，是对未来之路的茫然，"再结婚？也许。但这不是唯一的路"①。

从以上三种情况可知，作家在追忆消逝的地景时不会停留在书写城市记忆的表层（地理意义上的消失），而会深入挖掘城市记忆的底层（人文历史底蕴的流失）。如果仅仅满足于描述表层，那么小说流露出的"地方感"便会显得表面化和不真实，未必能够全面认识一座城市的历史，更不能重塑城市的"记忆"。这种认识延续至今，并在近年发展成一系列丰富的"文学散步"实践活动，如同也斯所言："创作就像散步，散步才能更好地认识一个城市。"②

为了更好地在"地志书写"中重塑"香港"记忆、重述香港历史，并形成真实而丰厚的"在地感"，近年来不少香港作家不再满足于书斋写作，而是自发"走出去"，与一众同仁或自己的学生开展"文学散步"活动。据麦树坚介绍，近几年香港兴起地区、地景、街道的写作和研究，举办了不少讲座、研讨会、文学散步活动、工作坊等，成果令人雀跃，整理出香港地区的小历史和民间记忆。③作家的责任不应只停留于描述城市记忆的表层，而是尽可能深入城市记忆的底层。这实践着米歇尔·德·赛托所界定关于"步行者"的阅读和观看城市的方式。这类人生活在城市的"下面"，是城市平凡生活的实践者，在每条街道的包围中穿梭，用身体来书写文本。唐睿也常常与学生一起进行"文学散步"活动，做城市的"步行者"，④以此积累知识和资料，并加强对城市生活理解的质感（在地感）。经过多次"文学散步"的实践和反思，他后来将此称为"城市记忆的考古学"⑤，以此深入认识一个城市

---

① 陈宝珍：《梦创世》，香港文学出版社有限公司2015年版，第18页。

② 也斯、陈智德：《文学对谈：如何书写一个城市?》，《文学世纪》2003年1月号。

③ 引自麦树坚接受中国内地某报刊采访的稿件。由于此稿并未发表，所以经采访者同意，笔者得以获得一手材料并予以引用，特此说明。

④ 还有另外一种是观察者。这类人站在世贸大厦顶楼俯瞰城市，以获得对曼哈顿全景式的印象，属于上帝式的全知全能视角。[法]米歇尔·德·塞托：《日常生活实践·1.实践的艺术》，方琳琳、黄春柳译，南京大学出版社2009年版，第139~142页。

⑤ 凌逾（采访）、罗浩（整理）：《Footnotes：写画感觉的大书——唐睿访谈》，《苏州教育学院学报》2017年第5期。

的历史与现状。同时,他反思道:"年轻的朋友对我们走访的社区欠缺认识,很难想象平白无端走过一个隧道、天桥或是很漂亮的花园,其实背后可能包含了很多温馨或是不堪的过去。"①这对于认识已消逝的地景便显得尤为重要,因为它们已经被埋藏在城市记忆的深处。因此,他产生了一种宝贵的创作体会,那就是:文学可贵的地方,就在于它能传递这种稀罕、间或微弱的声音。②蔡益怀对文学作品能够触摸到"香港"的实体也颇有同感:香港固然是一座难以言说的城市,但透过具体的阅读,我们却不难重组出一幅拼图,认清这座城市的具体形貌,透过这些具象的画面,可以加深我们对香港文化及港人生存状况的认识与理解。这种认识是感性的,也是理性的。通过文学阅读,香港,就不会只是一座华厦云集的海市蜃楼,不会只是繁华的市井,不会只是一张亮丽的明信片,而是可以触摸得到的,有肌理、有细节、具体可感的生命体。③

第二节　为香港这本书下"脚注"

要说起最能代表香港的地标,中环必定是首选之地。在不少人眼里,"中环价值"代表了香港价值。"中环"代表香港资本主义运作的核心,展现了现代化想象中所具有的高大、文明、发达、整齐、摩登的"香港"形象。然而,这是否就能够代表香港的"全部"？蔡益怀曾说:"每一个城市都有她的表情和肌理,而文学作品就是我们认识其面相与内涵的极佳路径。香港从来不是一句话可以形容的城市,'东方之珠'不代表她的全部内涵,明信片上的灿烂景观也不是她的全部面相。"④如果把香港比喻为一本书,那么哪些地景属于"正文",哪些地景被标示为"脚注"？我们知道,脚注作为正文的注解,起着解释和补充说明的作用。相对于正文,脚注则处于边缘所在。

①　袁欢、金莹:《为"香港"这部书做"脚注"》,《文学报》2017年9月26日。
②　袁欢、金莹:《"香港文学新动力"丛书出版　万花筒式的香港记忆新书写》,《文学报》2017年8月31日。
③　蔡益怀:《"倾城之恋"——香港文学的在地书写谱系》,(香港)《文学评论》2017年总第48期。
④　蔡益怀:《文学新世代·"我城"新风貌》,见唐睿:《脚注》,花城出版社2017年版,总序第1页。

在阅读的过程中，我们是否常常只是把目光放在"正文"部分而忽视了"脚注"，甚至对"脚注"不感兴趣？更何况，"正文"和"脚注"之间到底谁主谁从，"正文"是否一定比"脚注"重要，也难以道明。在某个机缘的促发下，"正文"和"脚注"也会发生互相转化、不断游移的情况，这时就更难划清"正文"和"脚注"的界限了。因此，"中环"并不能代表香港的"全部"，也不能固定成为香港这本大书的"正文"。

事实上，在香港，除了拥有中环这些现代化景观外，还有许多底层和外来移民居住的社区，比如，已消逝的安置区，一个常常被人忽略的边缘地带。随着清拆的完成，安置区也逐渐淡出港人的视野，成为被遗忘的角落。然而，香港还是有作家希望能够留住这份记忆，将这个内涵丰富的社区重新展现在读者面前，以此为香港这本书做"脚注"。同时，以"安置区"作为题材在香港小说史上是独特的现象。到目前为止，香港已出现一本名叫《脚注》的小说，描写的对象就是曾在安置区生活的港人，而这本小说的作者是出生于20世纪80年代的唐睿。

一

《脚注》的港版名叫 Footnotes，初版于2007年，曾获第十届香港中文文学双年奖（小说奖），十年后由花城出版社发行简体版。据唐睿介绍，《脚注》（繁体版）的出版与香港三联书店曾举办的一个写作比赛有关，而比赛的主题为"如果香港是一本书"。当时香港正处于回归十周年之际，"天星码头"和"皇后码头"这两座香港老地标在争议声中面临清拆，于是民间兴起了一股"集体回忆"的风潮，坊间出现大量涉及怀旧和"集体回忆"的书籍，媒体也在纷纷讨论这一话题。唐睿此时发现了许多相似且单一的现象，比如谈到住房，大家就想到公共房屋；谈到日常食品，大家就会想到港式奶茶、菠萝油包……①似乎香港已经被"定性"了，一种"想象的共同体"由此形成，而其他没有被谈论的现象则只能遭到被埋没的命运。看到这些现象，唐睿不无惋惜，觉得"这些声音似乎掩盖了港人生活的许多微细记忆，

---

① 袁欢、金莹：《为"香港"这部书做"脚注"》，《文学报》2017年9月26日。

也抹杀了香港社会的多元特质"①,因为"香港不是单一文化的城市,而是多元、多族群的社会,每一个人都应该有不同的历史背景"②。

在唐睿看来,如果香港是一本书,这部承载着港人丰厚记忆的大书,应该在记录一项项"大多数"人的故事之余,配上一些生活在"大多数"边缘,甚至以外的人物与事件交织而成的"脚注",这本书才称得上完备。③他希望所写的故事能够为这个城市做"脚注",以此弥补"主流"声音的不足。唐睿的成长记忆和经历与主流的"集体回忆"不尽相同。他并没有住过公共屋邨,只住过长期被视为"边缘"甚至毫无价值的木屋区和安置区,而这些地方均已在香港销声匿迹。为此,他发出了一个疑问:"在我们谈论着'大多数'人的公屋集体记忆时,我们会不会遗忘,一批为数不少,居住在唐楼、安置区或是木屋区的'少数人'的集体经验?"④如同香港所具有的混杂性文化身份,安置区的文化身份同样非常丰富,里面住了不少外来移民,携带着背景迥异的各地文化。因此,他决定选择熟悉的"安置区"作为写作的舞台,以此展现香港社会、文化与历史的多元性和复杂性,深入认识香港文化的底蕴和价值。由此可见,这部小说不仅仅是回应这股"集体回忆"的热潮,更是一种文化记忆的觉醒。

二

《脚注》以少年黎军的故事为主轴,贯穿他的家人和其他安置区居民的日常生活。小说描写居住在安置区的人属于20世纪80年代香港的边缘群体,是外来移民来港的草根阶层,且以老人和小孩为主。这里住着各式各样的人物,有国民党老兵、"冒牌"医师、印尼归侨、印尼人、内地移民、孤寡老人、无牌小贩、精神病患者及土生土长的"新一代"等。他们中的不少人都有着难以言说的苦楚或一段不为人知的身世。在外人看来,安置区是一个鱼龙混杂之地;对唐睿而言,这正是"脚注"的本意。因为活在身份暧昧

---

① 袁欢、金莹:《为"香港"这部书做"脚注"》,《文学报》2017年9月26日。
② 凌逾(采访)、罗浩(整理):《Footnotes:写画感觉的大书——唐睿访谈》,《苏州教育学院学报》2017年第5期。
③ 唐睿:《初版后记》,见《脚注》,花城出版社2017年版,第197页。
④ 唐睿:《初版后记》,见《脚注》,花城出版社2017年版,第197页。

的边缘地带，"他们是香港的财产，他们的存在令我们的故事更加精彩"①。因此，在他的笔下，这群异乡人反而处在"正文"的中心位置，而本地人变成异乡人的"脚注"。到底谁是中心，谁是边缘，已难以说清，正如凌逾所言："就整个人类史而言，所谓异乡客和本土人，不过都是历史的脚注。"②

唐睿所做的"脚注"，为香港社会、历史与文化提供了新的内容，对历史主流叙事进行了颠覆。小说展现给我们的是安置区的居民虽然都很贫穷，也过得很艰苦，但能够互相包容、守望相助，成为平民化香港的缩影。这多少让人想起已故作家舒巷城的名作《太阳下山了》。两部作品的出版时间相差近五十年，可在地标式写作及反映互助互济的平民精神上遥相呼应。《太阳下山了》主要描写了20世纪50年代生活在香港西湾河筲箕湾的底层人民。西湾河位于港岛东部，远离港岛中心中环，附近有著名的鲤鱼门海峡。小说主要围绕孤儿林江的命运展开，着力展现的是这个群体"即使如何艰难困顿也不曾失落的纯美"，一股"温暖而坚强的人性力量"油然升起。③与此同时，伴随着这些下层社会"浮世绘"俱来的，是小说浓郁的带有乡土气息的世俗味，展示了20世纪50年代香港特有的本土形象。袁良骏对此曾作过一番评价：

> 鲤鱼门、大贵里、西湾河、筲箕湾、秦南街……这些香港的穷街陋巷，作家如数家珍地信笔写来，而它们却深深地印入了读者的心目中。作者无比热爱他笔下的故乡故土，在他的笔下，这些故乡故土往往不是肮脏龌龊，而是洋溢着诗情画意，散发着泥土的芳香。④

由此可见，"穷巷"不仅仅是一个专有名词，也不只指向鲤鱼门、西湾河、筲箕湾等地理位置，而已经成为这群底层民众的精神家园，鲜活的乡土

---

① 彭国裕：《唐睿访谈——艺术创作、〈脚注〉及其他》，见唐睿：《脚注》，花城出版社2017年版，第240页。
② 凌逾：《脚注空间与脚注时间叙事》，见唐睿：《脚注》，花城出版社2017年版，第225页。
③ 袁勇麟：《那人·那巷·那城——重读舒巷城〈太阳下山了〉》，《城市文艺》2008年4月号。
④ 袁良骏：《舒巷城对香港小说的贡献》，《当代文艺》1999年6月号。

气息也随之传递给每一位读者。到了21世纪的香港,我们似乎已经读不到多少充满鲜活乡土气息的作品了,而《脚注》的诞生改变了这一现状。内地学者刘志荣更直接将此作品视为香港的"乡土文学"①。我们平常阅读香港小说往往更关注其都市性的一面,实际上不少小说的都市性也夹杂着乡土性(或者说是前面所提及的"在地抒情"传统),而且从香港新文学的萌芽期就已经开始了。袁良骏曾在《香港小说史》里分析过刘志荣所看到的这种"乡土性"实则为都市中的"下层性"或"市井性","在香港小说的都市性中,紧紧纠结着它的'乡土性',香港小说既是都市文学,又是乡土文学。这一点,在中外文学中都是极为罕见的。香港小说的乡土性,也是从它的萌芽期就开始了的。这种乡土性,也可说是一种'下层性'或曰'市井性'"。②纵观香港现当代小说史,在小说创作中能体现出这种"乡土性"的代表作家有侣伦、黄谷柳、舒巷城、夏易、海辛、金依、艺莎等。到了21世纪,唐睿笔下的乡土性同样是继承自这条线索,对香港这块土地有着一份赤诚之爱。他曾言,随着时代与城市的发展,乡土的认同感被弱化,故乡的定义也似乎被模糊化。虽然香港是国际大都市,日新月异,但是香港这片土地,从来没有变过。这就是他的故乡,他爱他的故乡。③这就是他能将真挚的感情投入对过往时空怀念、回忆与书写的重要原因。

《脚注》场景的原型在香港九龙钻石山寮屋区及观塘康宁道一带的安置区。然而,如同小说里面所提的:林立在安置区周遭的屋邨大厦就像一个个崖岸,每当一幢新的大厦在安置区附近落成,安置区就往下沉一寸,④直到最后,这两个社区就完全沉在地底下,并消失在人们的视野

---

① 刘志荣教授在读完《脚注》后,发现香港也有自己的"乡土文学"。他将此当作阅读中的小小兴奋点,并说:"我当然知道,现在通用的说法是'本土',但我更偏嗜'乡土'这个词一些,因为可以联系到特殊的声音、气味、光景,不是学术气颇重的'本土'一词能够取代的。后者更让我联想到世界各地的现代建筑,那种死板板、毫无特色的中性气味,缺乏泥土和生活的味道。其实,若把'乡土'界定为'本乡本土',香港这样的大城市也正可以有自己的'乡土味',一如上海、广州、北京、台北,等等,各有自己的乡土味——不必让各地的乡村独擅胜场呢。"刘志荣:《推荐序一》,见唐睿:《脚注》,花城出版社2017年版,推荐序一第4页。

② 袁良骏:《香港小说史》(第一卷),海天出版社1999年版,第5页。

③ 杨堤波:《唐睿印象/人物散文》,见"跨界经纬"(微信公众号)。

④ 唐睿:《脚注》,花城出版社2017年版,第43页。

里。唐睿深感"事物在我们的生命里逐渐消逝和变质，如果一个时代的人不将这些东西刻画，这个时代就会慢慢被时间漂成一张空白的纸张"①。如果说舒巷城是"通过黑白照片式的写真"②记录下香港20世纪50年代底层社会的世俗风情和人情世态，那么唐睿就用"文字的纪录片"③形式留住这些珍贵的人情冷暖，用心回放20世纪80年代底层社会一隅。唐睿心里有一个梦想，就是"希望许多年之后仍能缅怀一些尘封的记忆，犹如翻阅一本黑白的照相本子"④，让时光永驻在黑白照片中。同时，他也希望《脚注》能成为一部分人的"黑白照相本子"，希望"他们都能借着《脚注》，在文字的世界里，觅得一处永恒的休憩或踱步的空间，好让以后那些想认真细读这部大书的人，能借着《脚注》找到他们"⑤。当我们凝望这些黑白照片时，就如同穿越时光隧道，回到那遥远的过去。由此可见，相较于当年"集体记忆"热及历史的宏大叙事而言，唐睿在捕捉生活实感方面更显得真挚和诚恳。

三

唐睿为香港这部大书所作的脚注，除了题材上关注已消逝的香港边缘地带安置区及生活在其中的边缘群体外，在叙事技巧和策略上也实践并发展"脚注叙事法"。这是《脚注》在叙事艺术及反思层面比《太阳下山了》走得更远的地方。对此，谭以诺曾有精辟的分析："由于《太》在叙事的时间和所叙述的时间没有很远的距离，所以《太》没有如《脚注》般对回忆有所思考，没有'自我指涉'（self-reflexive），是一单纯的写实主义小说。反之，虽然《脚注》同样以写实的手法描写黎军在安置区的生活，但在第三章中，作者转换叙事者以小说反涉小说自身，从而反思回忆的本质和文学的功能。"⑥

---

① 唐睿：《初版后记》，见《脚注》，花城出版社2017年版，第199页。
② 袁勇麟：《那人·那巷·那城——重读舒巷城〈太阳下山了〉》，《城市文艺》2008年4月号。
③ 蔡益怀：《小说我城·魅影处处——香港小说二十年（1997—2017）批与评》，《香港文学》2017年7月号。
④ 唐睿：《初版后记》，见《脚注》，花城出版社2017年版，第199~200页。
⑤ 唐睿：《初版后记》，见《脚注》，花城出版社2017年版，第200页。
⑥ 谭以诺：《香港文学和城市书写的〈脚注〉》，《文化现场》2010年3月号。

实际上，"脚注叙事法"在唐睿前辈西西的短篇小说《玛丽个案》上早有尝试。《玛丽个案》正文只有七句话，呈现出来的是一则语焉不详的报道。同时，在每句话的后面，她用括弧为正文作注，由此形成的阅读效果就是脚注比正文重要。用"文学"给"新闻"作注，成为小说的"正文"部分，二者在微妙复杂的互文关系中"消解了'虚构'与'纪实'之间的界限"①，"形成了显文本与潜文本张力，隐喻一个看似简单的事件背后，有着错综复杂的政治和历史背景，戳破正史的幻象"②。在西西小说实验的基础上，唐睿丰富并发展了"脚注叙事法"。

虽然唐睿只是将第三部分定位为该小说的"脚注"，但从初版名 *Foot-notes* 中可以窥测出小说设置了多重脚注，而且各个部分互为脚注，共同组成《脚注》（简体版）的文本。这些部分包括：总序、推荐序一、推荐序二、故事、初版后记、再版及简体版后记、附录一和附录二。故事分为四个部分：楔子、第一部分、第二部分和第三部分。其中，楔子的第一段就可以作为整部小说的"正文"：

> 名字是一样奇怪的东西，你就是把它改了，换成另一个，原来的那个，还是会默默地跟着你，像影子，又像是那些逐渐，或经已消逝的物事与人物，偶尔借着街上的一点痕迹，借着你的梦，悄然返回你的生命，仿佛它们忽然重生，又仿佛他们一直都存活在另一个人间世，只是你离开了它们的梦。③

后面的三个部分就是针对"名字"的虚与实作出"脚注"，这个"名字"可以指代两个方面：一方面指代人的名字，比如说假冒医师"李寿林"的人原名叫"李立群"。虽然"李立群"这个名字"大部分时间都掩埋在沙土里"，但偶尔也会"像鬼魅一样回到我身边缠绕"。④又比如说，"黎军"后来改名叫

---

① 黄子平：《"灰阑"中的叙述》，上海文艺出版社2001年版，第197页。
② 凌逾：《脚注空间与脚注时间叙事》，见唐睿：《脚注》，花城出版社2017年版，第221页。
③ 唐睿：《脚注》，花城出版社2017年版，第3页。
④ 唐睿：《脚注》，花城出版社2017年版，第157页。

"黎港生"①，一改别人视他为"大圈仔"②的印象。另一方面，"名字"也可以指代事物的名字，比如说"香港"，又或者"记忆""集体回忆"等。整部小说以"名字"开始，以"名字"结束。如果把第一部分、第二部分视为正文的话，那么第三部分就通过"做注"的形式让名字的"虚"一举颠覆前面名字的"实"。

实际上，第三部分不是小说的结束，恰是开始。它需要读者们将此前的情节故事完全颠覆，而这"颠覆"是就记忆本身的真实性而言的，或者说是对记忆的定义本身而言的。③原来第一、第二部分是需要接受恢复记忆治疗的黎军向精神科医生讲述的美好温馨的安置区生活故事。第一、第二部分里被困在家里的小孩不是"肥文"，反而是"黎军"。黎军父亲离家出走，母亲言行举止异常，自己长期失学且遭到禁锢，出现了语障和幻觉等问题，思维和记忆力处于极度衰退的状态。他平时"借着一面镜子，一碗倒在门前逐渐流淌的水的倒影，还有每天黄昏跟一个叫'肥文'的朋友的一点对话，把一个微小的世界折好，放进了自己的口袋，并随时可以将它再次掏出，摊在地上细细地端详"④。第三部分的"脚注"虽然只占整部小说的6页，但有着异常关键的作用。对前两部分的颠覆实际上暗示了记忆的不可靠性。前两部分，我们都会沉浸于黎军所描述美好的安置区生活，以为这就是"现实"中的图景。可到了第三部分，才得知原来这一切都是黎军虚构的产物，让人不得不提出一个问题：何为记忆？同时，第三部分出现了多个叙述者：黎军、肥文、姑妈及治疗师。到底谁是治疗者？谁是被治疗者？谁是可靠的叙述者？在这多重关系的互动纠缠中，实际上是难以捋清的。

按常理，黎军是"被治疗者"，治疗师是"治疗者"，姑妈是黎军记忆的"主导者"。姑妈希望医院能替黎军重新整理记忆，使黎军忘记以前遭受禁

---

① 粤语中姓氏"黎"与"嚟"同音。粤语"嚟"即"来"的意思。所以黎军改名"黎港生"，就带有"来香港出生"的意思，与带着内地色彩的"黎军"完全不同。此外，20世纪80年代，香港人的名字一般为三个字，所以名字为两个字的人，很容易被区别或标签为内地移民。唐睿：《脚注》，花城出版社2017年版，推荐序二第13页注释②。

② "大圈仔"泛指从内地到港澳或海外从事黑社会活动的人，这里是歧视性的贬称。唐睿：《脚注》，花城出版社2017年版，推荐序二第13页注释③。

③ 池雷鸣：《〈脚注〉：记忆、边缘香港与城市思索》，《香港文学》2018年7月号。

④ 唐睿：《脚注》，花城出版社2017年版，第196页。

锢的惨痛经历及有关父母的记忆,并设法让黎军相信,她才是黎军的母亲。治疗师也尽力完成工作,设法让黎军相信自己"从没有蹲闸内听肥文讲故事,而是一直在闸外讲故事的那个"①。可最后,连我们认为处于旁观者角色并尽可能带有客观立场的治疗师也陷入黎军所讲述的故事里。治疗师愈来愈觉得黎军"本来就是在闸外讲故事的那个,而闸门背后,我正凝视着一碗凉水在水泥地上缓缓扩散,逐步拉出了一片,辽阔天空"②。这已是整部小说的最后一句话。回顾整部小说,我们难免会产生疑惑:到底哪个叙述者讲述的才是故事的真相? 由此,叙述者对个人记忆以及集体记忆提出疑问:我们会不会如小说中的姑妈一样成为"记忆"的主导者? 小说里,姑妈试图重构黎军的记忆,希望留在黎军脑海里的是面向未来的新生,而不是伤心的过去。那么"记忆"到底是实的还是虚的? 唐睿在一次访谈里做过一番思考:"小说的创作缘起,其实是来自我对'名''实'关系的反思。'香港'这个'名'的'实'是什么?'集体回忆'这个词所包含的又是什么? 这其实就是一个'名''实'的问题,换成语言学的说法,就是'能指'和'所指'的关系。'名'跟'实'其实并没有必然的关联,我们之所以觉得它们有关系,乃是因为人去赋予,每个'名'所承载的内涵,实际都极不稳定。有些'名'跟'实'的关系看似理所当然,却并不尽然,而这就是最初我对坊间论述'香港'和'集体回忆'的方式不以为然的原因。而我的小说,就是对这些词汇补充或者建议另一种'实'。"③

于是,"记忆"和"名字"在这部小说里就产生了极大的关联。黎军记忆的重构及他的改名,说明了原来记忆"可以由语言、名字构筑,不一定是真实的"④。小说中的"名字、记忆、影子、梦,恍恍惚惚,带点水漓漓的诗意;可是不久,'名字'已引向社会、政治、文化意识的深挖"⑤。莫里斯·哈布瓦赫曾指出:集体记忆不是一个既定的概念,而是一个社会建构的概念。⑥因

---

①　唐睿:《脚注》,花城出版社2017年版,第196页。

②　唐睿:《脚注》,花城出版社2017年版,第196页。

③　袁欢、金莹:《为"香港"这部书做"脚注"》,《文学报》2017年9月26日。

④　王良和:《推荐序二》,见唐睿:《脚注》,花城出版社2017年版,推荐序二第18页。

⑤　王良和:《推荐序二》,见唐睿:《脚注》,花城出版社2017年版,推荐序二第12页。

⑥　[美]刘易斯·科瑟:《导论　莫里斯·哈布瓦赫》,见[法]莫里斯·哈布瓦赫:《论集体记忆》,毕然、郭金华译,上海人民出版社2002年版,第39页。

此,对"名字""记忆"及"集体回忆"的探讨,已经引向了对香港文化身份建构的省思。唐睿通过小说第三部分"脚注"对前两部分处于"正文"位置中的记忆的颠覆,来提醒我们,港人常提到的"集体回忆"也是建构出来的,并不能代表所有港人的"回忆"。尤其处在"怀旧"风潮盛行的当下,我们很容易就会陷入美化/丑化记忆的幻象。当有了反思的觉悟时,我们可能才会如治疗师般发出质疑的声音:"我开始怀疑这种杂乱的社区会不会真的是个很有趣的地方。"①如果延伸到身份探索的层面,那么我们也可以提出如下疑问:香港的文化身份是否理所当然就是如此? 谁在建构这种身份? 它有所谓的"真实性"吗? 若有,表现在哪些方面?

既然"名字"与"记忆"都是建构出来的,那么它们能与"真实"联系在一起吗? 在唐睿看来,"名""实"的关系并不完全靠随机建立的,它们"能够被扣连在一起,应该存在着某种奇妙乃至神秘的牵连,有时我甚至觉得'名'似乎是有自己的意志,去寻找并依附它所觉得对应的'实'"②。谢晓虹也在小说《咒》里谈到"名"与"实"的问题:究竟现在闻到的牛排味与原先吃过的牛排有没有直接关系? 小说的"我"确信,曾经尝过的牛排味找到它另一种依附的存在体,"潜伏在我意识里的某处,伺机折磨我,而原先存在过的那所食店,连同牛排的真正味道,却彻底地消失了"③。然而,她的看法与唐睿有异,"记忆与现实是那样被动地等待着它们的重叠"④。唐睿则认为这种"重叠"是自然而然的,并不需要刻意造就。在小说里,唐睿将这种"名"与"实"建构在安置区与少数人的"集体记忆"关系之中。唐睿为香港所作的"脚注"就如同小说所言的"梦",让已消逝的安置区借着这个"梦",悄然返回人间,为香港的"少数人"留住了一段宝贵的"集体记忆"。巧合的是,唐睿本人也与"做梦的人"的气质很契合。刘志荣曾评价唐睿有"做梦一样的眼神"⑤,唐睿本人也提过:"在这颠簸的年代,我们所欠缺的或许正正就是

---

① 唐睿:《脚注》,花城出版社2017年版,第195页。

② 袁欢、金莹:《为"香港"这部书做"脚注"》,《文学报》2017年9月26日。

③ 谢晓虹:《咒》,见刘以鬯主编:《香港短篇小说百年精华(下)》,三联书店(香港)有限公司2006年版,第401页。

④ 谢晓虹:《咒》,见刘以鬯主编:《香港短篇小说百年精华(下)》,三联书店(香港)有限公司2006年版,第405页。

⑤ 刘志荣:《推荐序一》,见唐睿:《脚注》,花城出版社2017年版,推荐序一第1页。

逐梦的勇气。"①

　　唐睿努力为香港这部大书作注,是希望当下的港人能够带着"有情"的眼光来发现更多香港的美。实际上,治疗师之所以后来也陷入黎军叙述的故事中,是因为他自己也被这种边缘的诗意感动了,而且也为自己的"眼疾"做了反省。他有一次特意往已变成公园的安置区参观,从公园入门的牌子发现,竣工日期是在3年之前,而他竟然从来都没有留意过有这个地方的存在,尽管他"每天都坐巴士从不远的天桥上经过……"②小说还有另外一处提醒港人要留意边缘事物的"美"。超记在巷内"晒车"时,常常喜欢播放张国荣的歌曲《侧面》。《侧面》的歌词暗示着小说的主题,呼应着小说的结局:"犹如巡行和汇演,你眼光只接触我侧面,沉迷深情乱闪,你所知的我其实是哪面? 你清楚我吗? 你懂得我吗? 你有否窥看思想的背面? ……"③这难道不是已消逝的"安置区"和小说里的黎军向港人诉说的心声吗?

第三节　钩沉已消逝的文化经典意象

　　对于以"消失"为主题的"香港书写",除了聚焦地景的消失以外,香港作家还会关注一些文化经典意象的消失。这恰好与20世纪80年代初怀旧和复古的世界性潮流涌入香港的背景有关。怀旧热的出现其实是"作为对于失去我们的历史性,以及我们活过正在经验的历史的可能性,积极营造出来的一个症状"④。后现代文化的一个主要表现就是怀旧,所谓怀旧并不是真的对过去有兴趣,而是想模拟表现现代人的某种心态,因而采用了怀旧的方式来满足这种心态。⑤实际上,它指向的是人们塑造当前经验的无力感。放在香港这个语境来说,随着"九七"回归的到来,"香港意识"的构建也面临新一轮的考验。钩沉文化经典意象正契合了对于即将丧失原有

　　① 唐睿:《再版及简体版后记》,见《脚注》,花城出版社2017年版,第203页。
　　② 唐睿:《脚注》,花城出版社2017年版,第195页。
　　③ 唐睿:《脚注》,花城出版社2017年版,第44页。
　　④ [美]詹明信:《后现代主义或晚期资本主义的文化逻辑》,吴美真译,台湾时报文化出版企业股份有限公司1998年版,第335~354页。
　　⑤ 王艳芳:《异度时空下的身份书写——香港女性小说研究》,中国社会科学出版社2015年版,第80页。

身份的港人期待溯源寻根的心态。香港和内地学者曾对此现象的具体内涵做过分析："这种集体的怀旧意向，表现出两个层面：一是透过美化和肯定过去的记忆和生活内容，或逃避，或反省，或攻击现实处境的种种缺失，由此，过去的生活片段，无论怎样艰苦，都变成了黄金岁月。其次，是透过对自身历史与身份的追索和寻认，冀求能对混乱的现实理出头绪，并能有所了解，'九七'问题，为香港带来了强烈的自我意识。"①"对于香港社会来说，这一百多年来，最大的变化就是'九七'回归了。从1984年中英协定达成开始，香港骤然面临的不仅是政治意义上的主权回归，更面临着文化意义上的'回归'——与当代内地文化的磨合。香港本土文化与中国内地当代文化之间存在的裂隙与隔膜并未被'血浓于水'的传统观念和经济合作的前景所遮蔽，这个裂隙从1982年中英谈判开始延伸到平稳过渡和回归之后，一直困扰着香港，并影响着未来香港文化身份的自我重设。在这一历史的转折点上许多香港人都心存茫然，上一世纪末文化上的怀旧浪潮便是其中的一个佐证。"②

　　事实上，这些文化经典意象并不是单独出现的，而是往往与已消逝的地景有所关联才能显示出怀旧和寻根的意义。其中，最典型的例子莫过于出现在石塘咀的"塘西风月"文化。香港的塘西（今石塘咀③）曾是20世纪上半叶的有名欢场，引来不少本地和海外的文人雅士、官绅富商聚居此地，夜夜笙歌，醉生梦死。到了20世纪七八十年代，随着城市的发展，这里已建成密集住宅区，昔日的塘西烟消云散。《塘西三代名花》里的女主角幸霞在80年代的石塘咀发现一些历史痕迹后，有了"往事如烟"的感慨："一些楼房露台，绿色的半月形铁窗花，仍透露风月楼台的架构。如今想来，倒有几分欢场的遗迹。谁会料到，三十年代，这里是一片买欢购乐，出租爱欲的

---

① 洛枫：《世纪末城市：香港的流行文化》，香港牛津大学出版社1995年版，第65~66页。
② 钟晓毅：《诉说就是一切——论陶然小说的叙述基调》，《香港文学》2006年6月号。
③ 石塘咀位于港岛西区，即从屈地街至坚尼地城一带。该处原是遍布花岗岩的石山，后被凿空下陷，形成大池塘，近海处狭而酷似鸟嘴。清乾隆三十六年(1771)，广东长乐人朱居元在此地建村，后遭野兽及海盗侵袭，遂迁徙九龙。香港开埠时，此地仅为一条25人的小村。20世纪初这一带发展成为商业繁盛区域，亦成为香港著名寻花问柳的秦楼楚馆区。《港澳大百科全书》编委会编：《港澳大百科全书》，花城出版社1993年版，第46页。

地方!"①于是,塘西便成为不少作家向往历史怀旧和寻根之地。钩沉曾出现在塘西的文化经典意象(如:胭脂扣、粤曲、南音、女伶、妓女、旗袍、鸦片烟、罗汉床、手拉车等)就成为作家进入这块烟花之地的有效路径。②由此,塘西的繁华盛景便成为人们怀旧梦中的黄金时光,"塘西文类"③应运而生。同时,追根溯源的意识使得该类作品不会陷入单纯的描写欢场"烟花金粉梦、青楼小妓泪"或者是"富豪公子一掷千金寻欢乐"的风流韵事,也不会变成写掌故式的研究类小说,而是设法将古今联系在一起,试图对历史和身份进行追寻和确认。

那么钩沉这些消逝之物的怀旧行为能否顺利让港人对历史和身份进行有效确认呢? 通过对其中三篇代表作《胭脂扣》(1985)、《塘西三代名花》(1988)及《永盛街兴衰史》(1995)进行考察,我们发现它们走过由"失落"到"确认"、再走向"绝望"的历时性行程。

一

"被评论家形容为掀起香港整个怀旧潮的作家李碧华"④的《胭脂扣》是"塘西文类"的滥觞。它发表于1985年,描述了香港塘西红牌阿姑如花在阴间苦等五十年后未能等到当年与她一起殉情的旧情人陈振邦,而愿意折寿十年来到阳间寻找旧情人的故事。内地学者钟晓毅曾指出《胭脂扣》"在香港刮起了一股'怀旧'风潮,与世纪末世界性的'怀旧'潮流契合,并使香港的'怀旧'由当初的'西洋风'转入'中国式'"⑤。从如花对20世纪30年代香港历史的追寻中,可以看出李碧华"以一个妓女为线索,构造出了一部充

① 海辛:《塘西三代名花》,香港天地图书有限公司1990年版,第271页。

② 本书将这些意象归属于文化经典范畴,主要是把它们放在"塘西风月"这个历史背景下进行考察,而不是将它们单独列出。否则,像粤曲、妓女、旗袍等就不能算作已消逝的意象,特此说明。

③ 蔡益怀将"塘西文类"归为港式新历史小说。蔡益怀:《想象香港的方法:香港小说(1945~2000)论集》,中国社会科学出版社2005年版,第237页。

④ 梁秉均:《香港电影〈阿飞正传〉和〈胭脂扣〉座谈》,见周蕾:《写在家国以外》,香港牛津大学出版社1995年版,第60页。

⑤ 刘登翰主编:《香港文学史》,人民文学出版社1999年版,第497页。

满'情义'的民间的香港历史"①。如花对爱情的坚贞不渝，让袁永定和凌楚娟在这个高度商业化的社会里重拾了港人有情有义的一面。而这种"坚贞不渝"的品格，可以通过戴在如花脖子的胭脂匣子体现出来。小说是这样写如花对胭脂匣子的"不离不弃"（下划线为笔者所添加）：

> 审视之下，见上面镂了一朵牡丹，微微地绯红着脸，旁边有只蝴蝶。蓝黑的底色，捆了金边。那么小巧，真像一颗少女的心。按一按，匣子的盖弹开了，有一面小镜，因为周遭黝黯，照不出我的样子，也因为周遭黝黯，我不知道那是什么。
>
> 如花用她的小指头，在那团东西上点了一下，然后轻轻地在掌心化开，再轻轻地在她脸上化开。
>
> 这是一个胭脂匣子。
>
> "我一生中，他给我最好的礼物！"如花珍惜地把它关上，细碎的一声。就像一座冷宫的大门。
>
> "即使死了，也<u>不离不弃</u>。"②

李碧华之所以选择如花红极一时的20世纪30年代作为《胭脂扣》的写作背景是有原因的。在与张曦娜的访谈里，她谈道："如果你问我，最喜欢的年代是哪一个年代，那我会告诉你，是30年代。对我来说，30年代是一个充满魅力的时代。那时候西方的文化艺术正和中国沟通，那时候的中国人较悠雅，社会较富裕，那时候的生活也较有情趣，是个值得向往的时代。"③而30年代正是"透过这个时代的习俗、礼仪、言语、服饰、建筑，以至以卖淫为基础的畸形人际关系"④来重现。这个胭脂匣子正是如花做红牌阿姑时十二少送给她的爱情信物，也是作为30年代特定历史的见证者，迎合了人们的怀旧心态。如花带着胭脂匣子自杀，也带着它上阳间苦苦找寻十二少，最终发现十二少苟活于人世，当年所有的海誓山盟已随着五十年

---

① 赵稀方：《小说香港》，生活·读书·新知三联书店2003年版，第156页。
② 李碧华：《胭脂扣》，人民文学出版社1993年版，第97页。
③ 《个体户李碧华》，见李碧华：《胭脂扣》，人民文学出版社1993年版，第135~136页。
④ 周蕾：《写在家国以外》，香港牛津大学出版社1995年版，第50~51页。

的光阴流逝而消磨殆尽，整个塘西乃至香港已不是她所熟知的30年代的情形了，小说有两处描绘了这种情形：

（1）她开始认路："水坑呢？我附近的大寨呢？怎么不见了欢得、咏乐？还有，富丽堂皇的金陵酒家？广州酒家呢？……连陶园打八音的锣鼓乐声也听不到了——"

（2）如花对她（注：楚娟）说："我今天漫无目的到处走，环境一点也不熟，马路上很热闹。我们那时根本没什么车，都是走路，或者坐手拉车。我在来来回回时被车撞到五六次，真恐慌。"①

可见，现代香港因此成功地反讽了五十年前的塘西情怀。②这种反讽，在小说中是通过胭脂匣子来解构如花"坚贞不渝"的爱情信念，斩断了20世纪30年代"香港"与20世纪80年代"香港"的联系，让她对现实陷入了极度迷惘与恐慌之中。该小说恰好出现在香港进入回归过渡期的第一年，所以小说对胭脂匣子的钩沉"正迎合了港人对于香港历史的重新想象、对于香港文化身份重新定位的需求"③。因此，《胭脂扣》的怀旧可以说是"对现在的怀旧"④，因为"在这个'过去'是暧昧隐晦，'未来'是扑朔迷离的年代里，至少看来可以掌握的是眼前看得见、摸得着的物质世界"⑤。实际上，这种怀旧是对当下的香港市民面对"九七"回归的集体意识的想象与回应。小说反映人物所表现出来的焦虑与恐慌的感受是非常明显的，不但使用类似"（一九九七年是）我们的大限"这样的句子，而且在话语表达上刻意强调五十年。比如："嘿，五十多年？若有变，早早就变。若不变，多少年也不会

① 李碧华：《胭脂扣》，人民文学出版社1993年版，第17页，第50页。
② 毛尖：《香港时态——也谈〈胭脂扣〉》，见陈国球编：《文学香港与李碧华》，台湾麦田出版·城邦文化事业股份有限公司2000年版，第199~200页。
③ 赵稀方：《小说香港》，生活·读书·新知三联书店2003年版，第158页。
④ Fredric Jameson. "Nostalgia for the Present" in *Postmodernism, or, the Cultural Logic of Late Capitalism*. Durham：Duke UP，1991，pp.279~96.
⑤ 陈丽芬：《普及文化与历史想象——李碧华的联想》，见陈国球编：《文学香港与李碧华》，台湾麦田出版·城邦文化事业股份有限公司2000年版，第136页。

变。"①对此情况,赵稀方在《小说香港》里作了解释:"小说专门强调五十年,其实是对于'一国两制'中的'维持五十年不变'的一个注脚。"②面对五十年不变的承诺,事实上不少港人是持不信任的态度。同时,对这种不信任的态度也只能表示无奈,因为香港一直以来就处于夹缝和边缘的位置,如同小说里面所提到的:"如花,一切都有安排,不是人力能够控制。不如意事,岂止八九?"③"这便是人生:即便使出浑身解数,结果也由天定"④等都是对不少港人态度的最好诠释了。

小说里,如花作为鬼魂,不仅使得今昔联系呈现不稳定状态,而且也将"过去"渲染得不真实,所以最后都没办法在城市中找到历史主体身份的定位。从某种意义上来说,香港意识也正是像如花般处于如此尴尬的境地:它悬置在历史和文化中,悬置在历史传统与当下经验中,携带着破碎的历史经验在两极或多极文化之间摇摆不定。香港在历史文化身份上的悬置及由此而起的焦虑,正是《胭脂扣》所包含的内在阴影。⑤即便如此,这种阴影也促使了港人在面对时代巨变中的思索与持守,其展现出来的"深沉的香港情怀、香港意识,香港的价值观",成为该小说最值得称道的地方。⑥

二

如果说李碧华《胭脂扣》里的如花无法追寻历史和确认人物身份的话,那么到了海辛的《塘西三代名花》就试图通过家族后人的寻根来对此进行定位,以此将海市蜃楼般的塘西世界和现实中苍白荒凉的香港城做出新的对接。香港意识在这篇写实小说里重新浮现出来。

小说能够将20世纪30年代的塘西(香港)与80年代的塘西(香港)衔接起来,主要是借蕴藏在一对孪生姊妹身上的文化意象展现出来。这对孪

① 李碧华:《胭脂扣》,人民文学出版社1993年版,第125页。

② 赵稀方:《小说香港》,生活·读书·新知三联书店2003年版,第160页。

③ 李碧华:《胭脂扣》,人民文学出版社1993年版,第101页。

④ 李碧华:《胭脂扣》,人民文学出版社1993年版,第102页。

⑤ 毛尖:《香港时态——也谈〈胭脂扣〉》,见陈国球编:《文学香港与李碧华》,台湾麦田出版·城邦文化事业股份有限公司2000年版,第201页。

⑥ 蔡益怀:《"我城"——香港文学在地书写六座标》,《粤海风》2017年第1期。

生姊妹原为20世纪60年代当红歌伶白洁瑛所生,但后来白洁瑛听信了"乱伦"一说而选择了自杀。在绝笔信里,她将所生的两个女儿分别交托给母亲生前最信任的仆人辛国兴一家和她自己的歌坛姊妹刘翠养育,于是姊妹俩从此分隔天涯。后来,作为姊姊的女编剧家幸霞将自己从爷爷幸国兴和奶奶邓清敏处听来的塘西故事写成剧本《塘西艳迹》。因缘际会,该片由活跃于香港现代艺坛的歌影视红星钟月湘主演,收获了好评并一致称赞为"奇迹",主要原因是从演员、编剧、导演、拍摄到制片等都是由几个年轻人主导。更能够成为"奇迹"的还有两点:其一,幸霞是一个在美国居住很久且读书逾十多年的人,竟然会写出一个契合20世纪30年代香港欢场充满烟花风情的剧本;其二,扮演"交际花"花如锦的女主角钟月湘在没学过弹扬琴的情况下竟然能将琴曲完整弹奏出来。更让人称奇的是,在录制电影《塘西艳迹》主题曲时,钟月湘竟然唱不出填词家古家立为她谱曲填词的歌,而是唱了一首与后来同样做了交际花的花如锦女儿花影湘当年所唱的一模一样的粤曲。往后制片人唐旅乘势而上,希望幸霞能够再写一部关于塘西的剧本。因此,幸霞决定留在香港搜集资料写剧本,而且钟月湘也愿意提供客房让她居住。于是,在搜集资料的过程中,幸霞逐渐与30年代塘西有关联的人物接触,慢慢揭开了自己是"名交际花"花如锦与花影湘的后代,而且与钟月湘是孪生姊妹的谜底。为了更好地梳理花氏家族内部的关系,笔者制作了一张表,具体呈现如下:

表4-1　花氏家族代际

代际	母亲	父亲	女儿
第一代	花如锦	缺席	黄珍凰(花影湘)
第二代	花影湘	高文	黄英(白洁瑛)
第三代	黄英	邹瑞祥	幸霞、钟月湘

　　家族的三代女主人都是属于欢场里曲艺一流的交际花,而且粤曲是她们擅长演唱的曲艺。当时流连于塘西风月之人都是必听她们唱的,也从中捧红了她们。无论中途发生什么意外,上一代多么不希望下一代重走旧路,花家女子似乎已被这条命运之绳捆绑着,最后还是义无反顾地选择投身欢场,以此展现她们的风尘韵味。在花如锦被杀后,花影湘遵从母亲死前交代要好好掌管红楼别墅的嘱咐,并决定"以从妈妈学得的琴棋书画、歌

喉、手腕、风韵，走去石塘咀干一番事业！"①当义父劝她卖掉红楼，不要进行
这种色笑生涯时，花影湘非常清楚自从成为花如锦的女儿后，已经受到母
亲耳濡目染的熏陶，非走这条路不可了。自从有了女儿黄英，已经在欢场
如鱼得水的花影湘却不希望女儿重走她的路，除了不想让女儿知道母亲是
著名交际花外，也期盼她长大后归乡，重新接续与祖先的根脉而斩断与欢
场的关联。花影湘为国难自杀后，黄英确实在抗战时回过中山老家，但一
直以来都敏感于自己不明的身份，不愿就此甘休，悄悄出走，重回香港，而
命运之神也引导她走向曲艺歌坛，重走花影湘的交际花旧路。不过，黄英
并不想认祖归宗，要"跟那些什么亲属亲情割断关系，就要走自己的路！"②
结局也是以悲剧告终。如果她可以给予生父高文机会解释一切，那么她就
不会听信"兄妹乱伦"之说而选择自杀。到了幸霞和钟月湘两位花家的第
四代，其实也是与粤曲有着一份情缘。幸霞的爷爷奶奶都是粤曲迷，即使
随儿子移居三藩市，也不忘带一些旧粤曲唱片收藏和聆听。奇怪的是，他
们的儿子、儿媳和孙子都不喜欢这些旧物，幸霞却反其道而行之，不仅喜欢
听粤曲，还喜欢听爷爷讲塘西旧闻。钟月湘更是幸运，从小被寄养在粤剧
老倌养父和曲艺女伶养母结合的家庭，感染甚深，而且自身蕴含着花家遗
传下来的艺术基因。在十多岁时，风尘味十足的她已经隐隐知道自己要往
歌影艺坛发展，所以才如此狠心地砍断与王大旗的初恋情谊。于是，粤曲
成为贯穿一个四代之家的重要文化意象，也成为作家钩沉一段塘西风月历
史的主要文化载体。更为关键的是，它协助了幸霞和钟月湘顺利寻根，明
确了自己真正的根源身份，最后也收获了大团圆的结局。

　　由此可见，"寻根"成为这部长篇小说的主题，为"塘西文类"增添了新
的历史维度。同时，小说展现出来的"香港意识"也是与寻根关联在一起
的。蔡益怀曾说："海辛在怀旧的旋律中，又加入了寻根访祖的意识，令这
股怀旧潮进入文化身份追寻的主流之中，有了切实的意义。"③由于从小沐
浴在浓厚的亲情氛围里，幸霞和钟月湘在得知自己身份的暧昧时，不但没

---

　　① 海辛：《塘西三代名花》，香港天地图书有限公司1990年版，第193页。

　　② 海辛：《塘西三代名花》，香港天地图书有限公司1990年版，第410页。

　　③ 蔡益怀：《想象香港的方法：香港小说(1945~2000)论集》，中国社会科学出版社2005年
版，第237页。

有怨恨命运的不公，反而以感激的心面对周围人，勇于正视自己是名花后代的事实。[①]尤其是幸霞，从看见月湘与自己面貌相似的一刻起，以至后来与其"交心"中，就已决心要寻根，找到"她们是孪生姊妹"的身份事实。

香港学者危令敦在分析《胭脂扣》时曾指出："胭脂匣子虽然丢了，可是胭脂还在。尽管小说里的两种编码方式并不相同，但营造的香港形象，从三〇年代的塘西花国到八〇年代的'六宫粉黛'，却一脉相承。"[②]20世纪30年代到80年代的香港形象变化能否仅仅用如花手持的胭脂匣子作为例证，就可以得出"从'塘西花国'到'六宫粉黛'一脉相承"的结论？本书对危令敦用《胭脂扣》作为文本来印证予以质疑，因为如花已经是鬼魂，她不变的美更多呈现出来的是虚无缥缈的朦胧美，其实也是指向"塘西花国"的美已消失殆尽的事实。既然历史已断裂，那么如何将这种美延续下来？然而，如果换作是《塘西三代名花》，那么这个结论的说服力反而大大增强。如司前文所述，作家是用粤曲作为钩沉的文化经典意象来贯穿花家后代追根溯源的始终。粤曲作为广东最大的地方戏曲剧种，流行于两广粤语地区、港澳及海外粤籍华侨聚居之地。无论是粤曲还是粤剧，它们曾有一段时期在广东遭遇停滞发展的困境，但在香港并没有中断，而是得以传承与发展，使得这颗"南国红豆"能顺利保存下来。因此，小说不仅是追寻一段已逝去的香港历史，还希望能立于当下的香港来接续中华文脉。这样的接续，才能让香港形象"从'塘西花国'到'六宫粉黛'一脉相承"有了坚实的文化底蕴作为根基。同时，小说写于1988年，在"九七"来临之际，通过这样的粤曲寻根以及花家第四代的认祖归宗，实则还有一层更深的寓意，那就

---

① 在小说里，钟月湘是较早知道自己的身份是暧昧的，因为她小时候曾潜入房偷看了养母刘翠的首饰箱，"赫然发现一张白洁瑛要托她养育不幸女儿的委托信"。（海辛：《塘西三代名花》，香港天地图书有限公司1990年版，第401页。）但是早熟的她并没有拆穿这一事实，而是继续装作若无其事，不让养母难堪，而养母确实给予了她充足的母爱。幸霞同样如此，她说："感激也来不及，是你们（按：指养祖父、养祖母）让我有幸福快乐的童年！是你们，让我的少年青年求学、就业时期健康多姿！我从没有遗憾过！厚爱与欢笑伴我成长。"（海辛：《塘西三代名花》，香港天地图书有限公司1990年版，第386页。）

② 危令敦：《不记来时路——论李碧华的〈胭脂扣〉》，见陈国球编：《文学香港与李碧华》，台湾麦田出版·城邦文化事业股份有限公司2000年版，第183页。

20世纪80年代以来香港小说中的「香港书写」研究

是希望港人能勇于正视自己为中国人的身份，对自己之前的暧昧身份能做到不自卑也不怨恨。

三

如果说《塘西三代名花》为一对孪生姊妹的"寻根"安排了充满希望和大团圆的结局，那么到了董启章在"九七"回归前所创作的短篇小说《永盛街兴衰史》(1995)，却道出了这样的寻根已经失效的困境，而且是"越采取主动寻根的姿态，得到的结果反而会越令人失望"。藤井省三认为，《永盛街兴衰史》延续了李碧华《胭脂扣》的"身份意识"建构理念。①难道这真的印证了香港是"借来的地方，借来的时间"？是否意味着作家试图为香港的文化身份做出建构的努力已变成徒劳？

《永盛街兴衰史》凭借钩沉"地水南音"《客途秋恨》②这个文化经典意象和"永盛街"这一地名之义，暗示了小说主人公"我"寻根的失败。"我"的嫲嫲③杏儿因在20世纪30年代的永盛街望江楼演唱地水南音《客途秋恨》而红极一时。小说一开头就从抱残百谬生所写的《永盛奇葩》中摘录(注：此为作者虚构)了一段关于杏儿唱《客途秋恨》引起共鸣的话：

> 近闻一歌姬杏儿，瞽师盲辉之独女，年方十六、七，得其父真传，善平喉，有小白珊瑚之美誉。杏儿于望江楼唱《客途秋恨》，技惊四座，及至宛转悲恻，沉郁惆怅之处，座上过客游子无不怆然泪下，张司理尝谓，假以时日，杏儿必不让歌坛名伶月儿、琼仙、飞

---

① 陈国球：《可记来时路？——文学香港与李碧华》，见《情迷家国》，上海书店出版社2007年版，第210~211页。

② 《客途秋恨》：南音传统曲目。中篇。20世纪30年代叶瑞伯创作。全曲一千五百余字。朱顶鹤演唱。叙缪莲仙与歌女麦秋娟相好，相处两月后分别。不久，麦秋娟所在的地方发生了战乱，音书难通。缪莲仙作客他乡，在一个秋天的黄昏，孤舟吟寂，独倚篷窗，思念起与麦秋娟的一段情，深夜不寐。作品文辞优美，情景交融。该曲出现于清代后期，一百多年来传唱不绝。20世纪30年代到60年代初，白驹荣演唱的是经过整理的压缩版本。香港新马师曾唱的是全本，并有录音。中国曲艺志全国编辑委员会、《中国曲艺志·广东卷》编辑委员会编：《中国曲艺志·广东卷》，中国ISBN中心2008年版，第105页。

③ 此为粤语词汇，意思为"祖母"。

影、佩珊、白珊瑚等专美。①

　　小说主人公"我"已于多年前移民国外,于前两年带着回流专业人士的身份和工商管理硕士学位回来。除了为了找工作,还为了寻回另一点什么。②可最后发现"我"想找寻的东西已消失殆尽,包括魂牵梦绕的根源之地永盛街。现在"我"所住的祖屋竟已成为永盛街最后一个标志,而这幢祖屋也将要在数日后化为瓦砾,"无能苟延至一九九七年了"③。既然如此,"我觉得它不能这样寂寂地逝去,得在这个世界上留下一点痕迹。它毕竟曾经盛载这个地方的记忆。走过它,我或许可以走回过去,走到过去的尽头,走到这里诞生的一刻,我们诞生的一刻"④。于是,寻根的念头便在"我"的头脑里逐渐形成,而连通这一血缘根脉的正是曾经在这间祖屋居住过的嫲嫲及其家人。

　　然而,嫲嫲留下往事的痕迹实在有限。唯一能协助孙辈进入嫲嫲的过去,也即走进这幢祖屋及这条永盛街历史的通道,就是嫲嫲擅唱的南音。小说提道:"我怎样也不会忘记她如何唱《客途秋恨》的开首两句:'凉风有信,秋月无边。'我的名字'有信'就是她起的。"⑤因此,《客途秋恨》为在怀旧氛围下的港人提供了一种文化想象共同体的媒介,⑥并带有"记忆枢纽"⑦的

　　① 许子东编:《香港短篇小说选(1994—1995)》,三联书店(香港)有限公司2000年版,第85页。
　　② 许子东编:《香港短篇小说选(1994—1995)》,三联书店(香港)有限公司2000年版,第88页。
　　③ 许子东编:《香港短篇小说选(1994—1995)》,三联书店(香港)有限公司2000年版,第106页。
　　④ 许子东编:《香港短篇小说选(1994—1995)》,三联书店(香港)有限公司2000年版,第89页。
　　⑤ 许子东编:《香港短篇小说选(1994—1995)》,三联书店(香港)有限公司2000年版,第97页。
　　⑥ 本尼迪克特·安德森认为,在民族主义早期,处于相同或相近文化浸染下的民众通过印刷媒介产生想象的共时性,而逐渐与未曾谋面的人们形成一种跨越现实生活圈的亲近感。([美]本尼迪克特·安德森:《想象的共同体:民族主义的起源与散布》,吴叡人译,上海人民出版社2003年版,第7页。)《客途秋恨》虽然逐渐淡出港人的集体记忆,但已经成为香港乃至岭南民间文化的代表作,所以充当了在怀旧氛围浓厚的日子里港人文化想象的共同体媒介。
　　⑦ 按照历史学者诺哈的观点,"记忆枢纽"指某种特殊的事物,例如经典著作、英雄人物或历史地点等,由于人为或时间的因素使然,成为某个社群某一传统的象征;记忆枢纽的浮现,意味着此物所代表的传统已然消失,并演变成缺乏生气的历史文本。参见 Pierre Nora. "From Lieux de memoire to Realms of Memory", in *Realms of Memory: Rethinking the French Past*. Ed. Lawrence D. Kritzman. Trans. Arthur Goldhammer. New York: Columbia University Press, 1996, Vol.1: Conflicts and Divisions, xvii。

功能。此外,当同居女伴阿娟把一件超过半世纪的靛青暗花单旗袍穿在身上,且分毫不差地紧贴身段时,"我"仿佛看见了年轻时候无邪而有性魅力的杏儿,产生了想"占有杏儿"的想象。在这里,旗袍不仅是一种饱含情欲色彩的年代记忆标签,而且还意味着香港这个游离在中国大陆以外的受殖民统治地所具有的独特的现代身份。从这个角度来考虑,刘有信本土寻根的欲望被性冲动置换的描写,展现的未尝不是一种对本土独特的历史与身份的无意识"执迷",即希望杏儿能够将无根的"我"拯救出来。①然而,无论是杏儿演唱的《客途秋恨》,还是穿在阿娟身上的旗袍,在永盛街里均不能长存。小说里提到永盛街也叫"客栈街","除了是指此处为旅客栈居之地,更特指杏儿于望江楼唱《客途秋恨》的美谈佳话"②。这里点出了永盛街实为一处流动之地,居住在里面的人只是"过客"而已,连地水南音在当下的社会也几乎绝迹。以小喻大,"永盛街"其实是香港的一处缩影,影射了香港只是一块流徙之地,港人只是"客人"而已,并且这种流变不居的身份已成为一种常态。

进一步导致"我"寻根梦破灭的是周围人的不理解与不支持。阿娟"把我的书本推到地上,狠狠地踩踏我的文字,无情地嘲笑我的虚妄和徒劳"③;爸爸得知"我"收藏了珍贵的家族史料,并就此想写一篇关于永盛街兴衰史的文章时,他只是淡淡地说:"都烧掉吧!"④;"永盛街根本就不曾存在,它只是你嫲嫲的梦"⑤。可见,爸爸确实没有寻根的想法,也不想与"过去"产生联系,如祖母所担忧的只是选择逃避。最明显的例子就是一个自称为爸爸堂侄的青年"偷渡"来港,得知青年领不到身份证后,爸爸二话不说赶走这位来到祖屋门前的内地亲人。于是,随着"我"将所有家族史料付诸一炬,永盛街的历史痕迹也一并烟消云散。"我"原来对历史寻根如此执着的态度瞬间瓦解,也使得《永盛街兴衰史》成为对历史书写的后设叩问。

---

① 危令敦:《客途秋恨凭谁说? ——论〈永盛街兴衰史〉的香港历史、记忆与身份书写》,见香港中文大学中国语言及文学系、香港教育学院中国文学文化研究中心合编:《都市蜃楼:香港文学论集》,香港牛津大学出版社2010年版,第375页。

② 许子东编:《香港短篇小说选(1994—1995)》,三联书店(香港)有限公司2000年版,第103页。

③ 许子东编:《香港短篇小说选(1994—1995)》,三联书店(香港)有限公司2000年版,第105页。

④ 许子东编:《香港短篇小说选(1994—1995)》,三联书店(香港)有限公司2000年版,第101页。

⑤ 许子东编:《香港短篇小说选(1994—1995)》,三联书店(香港)有限公司2000年版,第106页。

这一切,使得"我"的寻根行动彻底走向失败。到了小说最后,"我"完全沉浸在非理性的乱伦幻想之中,而对祖母歌声的幻想成为"我"快乐的根源。①这个根源,指向的就是港人的文化原乡,一种介乎岭南文化乃至中华文化与香港文化和现代文化之间的归属。寻根的大梦,在小说里并没有发展为一种稳定的身份论述,反成了对怀旧潮流之下本土身份建构的批判,为理解港人的离散经验提供了新的出发点。②可惜的是,"我"依旧没能找到自己与原乡之间身份归属的连接点。到了最后,小说制造了一种迷幻的氛围,"我"听到"银丝一样的歌声仿佛从远处的望江楼传来","躺在那里,紧紧抱着被子里的她,在教人微颤的凉风中等待那阴影的覆盖",③期待嫲嫲杏儿能够用南音带他回归另一个虚幻的文化原乡。而真正的事实是,一代人对本土历史认知的空白,正使怀旧失去真正的指向,变成虚幻。④

---

① Kaja Silverman. *The Acoustic Mirror: The Female Voice in Psychoanalysis and Cinema*, Bloomington and Indianapolis: Indiana University Press, 1988, p.74.

② 危令敦:《客途秋恨凭谁说? ——论〈永盛街兴衰史〉的香港历史、记忆与身份书写》,见香港中文大学中国语言及文学系、香港教育学院中国文学文化研究中心合编:《都市蜃楼:香港文学论集》,香港牛津大学出版社2010年版,第367页。

③ 许子东编:《香港短篇小说选(1994—1995)》,三联书店(香港)有限公司2000年版,第101页,第107页。

④ 陈智德:《解体我城:香港文学1950—2005》,香港花千树出版有限公司2009年版,第263页。

第五章 "我"与城：新时空下的出走与困境

　　在20世纪80年代以来香港小说中的"香港书写"里，"香港意识"是贯穿于书写的整个过程，而身份认同是"香港意识"的核心要素。我们知道，身份认同至少包括两个方面：个人的认同（personal identity）和社会的认同（social identity）。其中，"个人的认同指的是自我的建构，即我们如何认知我们自己与我们认为别人如何看我们自身。社会的认同则涉及作为个体的我们如何将我们自己放置在我们所生存于其中的社会的方式，以及我们认知他者如何摆置我们的方式：它衍生自个人所参与其中的各类不同的生活关系"①。可见，"身份认同"的发生需要"人"的作用，而"人"的活动离不开这片土地。因此，港人在这四十多年来如何理解"自我"及其与他人和社会的关系就成为认同形成的基础，拓展并丰富着"香港意识"的内涵。作家在这个过程中敏锐捕捉"人与城"的关系，感受从"香港意识"里流露出来的"香港味"与"市民性"，②并将它们用心记录下来，呈现出一幅幅关于过去与当下的"香港"图景。

---

　　① 孟樊：《后现代的认同政治》，台湾扬智文化事业股份有限公司2001年版，第17页。

　　② 关于"市民性"的定义，本书采纳日本学者矶村英一主编的《城市问题百科全书》一说。它是指特定的城市地区居民，所共同具有的性格特征、思想方式和行动方式的总称。同时，该书对"市民性"也提出两个标准：一方面，即使是现代的大城市，也在大的潮流里潜藏着底流，乡土意识或乡土爱，正是这种市民性。同时，市民性也存在对某种社会潮流的抵触感，会遗留下来特权思想，属于进行自卫的一种机械主义。另一方面，不是潜在意识，而是大潮流本身，称为"城市的空气，使人们呼吸自由"，人们感到真正开放的、活动激烈的现代大城市的空气，有一种新的气息，这是以市民感觉，或市民感情为内容的归属意识。本书采用的"市民性"标准，与该书提出的两大标准相契合，故说明之。[日]矶村英一主编：《城市问题百科全书》，黑龙江人民出版社1988年版，第90~92页。

第一节 本土转向:"香港意识"与"失城小说"

　　香港意识,一种对香港的归属感。因此,港人也常常将"香港意识"称为"本土意识"。关于"本土意识"的具体含义,有香港学者曾指出,它是"'本地人'对自己所身处的一片土地赋予深厚的感情,而愿意为这片土地以及其他活在这片土地上的人负起责任"①。回顾香港意识的演变,它经历了20世纪五六十年代的萌芽,70年代的确立,到回归过渡期乃至回归后二十余年的迅猛发展历程。随着"香港意识"的演变,文学同样产生"本土"的转向。尤其自20世纪80年代以来香港小说中的"香港书写",我们可以看到"香港意识"与城市的命运紧密相连,具体表现为:因"九七"回归的到来,大量"失城小说"②应运而生。其中,"失城"的内涵也伴随着"九七"回归而有所变化,至此可分为两个阶段:第一阶段为在回归过渡期,"失城"集中表现为"流离异乡",由英国统治的香港即将消逝,对未来持不明朗态度的港人纷纷选择移民,可在异国他乡的生活并没有使其心灵安顿下来,反而面临困顿与分裂。同时,也有一部分港人选择回到香港,但回来后更不适应新的生活,在原有精神创伤还未完全复原的情况下遭受新一轮的折磨与分裂。于是,移民异国和回流香港的生活往往成为作家笔下书写的对象。第二阶段为在后"九七"时代,新的特区已然成形,此时的"失城"内涵不再表现为失去具体的"城",而是变成"此地他乡"。即使没有选择移民,异化的都市生态也使不少港人对这个城市感到陌生与疏离。在不少作家的笔下,尤其是新一代的作家,我们可以感受到他们存在的迷茫困境,即,"城市"本来就不是"我们的"? 或者"城市"本来就是"他乡"? ③

---

　　① 周丽娟:《论香港"本土意识"的萌芽》,《香港文学》2001年11月号。
　　② "失城小说"的概念是受到许子东在《论"失城文学"》一文提出"失城文学"概念的启发。他以黄碧云代表作《失城》来形容20世纪90年代的香港文学所集中聚焦的主流话题,理由"不仅仅因为小说题目契合一个时代的政治文化焦点(就像用卢新华短篇小说《伤痕》来概括'文革'后中国文学潮流一样),而且也因为《失城》的本身的故事结构概括着所谓'失城文学'四个类型的至少前两条线索:'漂流异国'与'此地他乡'"。许子东:《香港短篇小说初探》,香港天地图书有限公司2005年版,第8页。
　　③ 许子东:《香港短篇小说初探》,香港天地图书有限公司2005年版,第25页。

在回归过渡期,面对"九七"回归这一历史性巨变,不少小说中的"香港书写"反映出港人身处其中的无力与恐慌感,以及对前途表现出担忧的态度。港人在70年代快速培养起来的"家在香港"的意识,到了80年代"不但没有在新的政治环境里结合其他诉求而内容有所丰富,反而是全面退却"①。"大难临头各自飞"成为当时"市民性"的重要面向,"失城"意识像阴霾般笼罩在不少港人的心中。因此,"购买政治保险"(移民)成为不少港人的首选,即使留在香港发展的港人,很多都已成功申请外国居留权,可以视局势变化随时弃城而逃。这再次印证了香港在不少港人心中只是一处供暂时栖息的中转站。由此可见,一个主要由移民聚居而成的城市,如果受到时代等不可抗力因素的影响,即使香港意识初步建立起来,也会面临随时崩塌的危险。这如同潘国灵笔下的"沙城":这里偶有海浪淹至,遇到大浪冲上滩头,你的城堡可以毁于一旦。②"借来的地方,借来的时间"似乎已成为香港这座城市的宿命。因此,关于描写"失城"意识的小说成为回归前"香港书写"不容忽视的文学现象,"流离异乡"是其中一个非常重要的主题。它主要反映了在"文化移位"的语境下港人经历着自我精神的困顿与分裂,包括从故乡及往事的回忆中透露对所处城市的陌生感。关于"流离异乡"的代表作有《失城》(黄碧云)、《玛莉木旋》(辛其氏)、《烦恼娃娃的旅程》(也斯)等。

在后"九七"时代,"混杂性"依然是这个流徙空间的重要文化身份特征。在全球化的进程里,现代性危机同样侵袭着这座国际化大都市的发展,城市的悲情宿命依旧。关于"现代性"的含义,澳门大学的林少阳曾将它分为三个层面来界定:第一个层面指的是经验的事实。换个表述来说,也可以指历史的层面,即以经济上的资本主义和思想上的进步主义为代表的这种西化的现代化的过程;第二个层面是价值的层面,代表的是我们看这种历史的经验属性是肯定还是否定的态度;第三个层面是现实的层面,也就是它会带来各种制度,这种制度并不是指政治制度,而是指向理论上的广义制度,也就是福柯所说的知识生产和各种意识形态、权力意志之间的关系,比如说:中国的学科专业设置,我们往往只是把它看成专业,而实

---

① 吕大乐:《唔该,埋单———一个社会学家的香港笔记》,香港牛津大学出版社2007年版,第21页。

② 潘国灵:《写托邦与消失咒》,台湾联经出版事业股份有限公司2016年版,第334页。

际上它也是现代化带来的一种制度。以中国文学专业为例,它是建构在以西方为准绳的"literature"翻译的概念之上。这些学科专业的设置背后是由多种制度交织在一起的。①另一位内地学者王祥则谈道:"发轫于文艺复兴时期经由启蒙运动进入到现代社会的现代化过程,具有将人类从传统中解放出来并创造了辉煌工业文明的积极作用,同时又在世界祛魅的过程中引发了工具理性与价值理性、理性现代性与审美现代性的分裂和尖锐对立,造成了在物质财富不断增长的条件下人与自然、人与人关系的异化和对立、自由的丧失、生活世界殖民化(哈贝马斯语)以及人类精神家园风雨飘零等现代性危机。"②于是,"此地他乡"成为港人面对香港前途及异化都市生态(噪声、建筑、生活方式等)下分裂与绝望的精神状态。

在纪念西西《我城》诞生30周年之际,谢晓虹以当下的"我城"作为书写对象,用"分裂人"来形容精神处于分裂状态的港人,据此创作了《我城05之版本零二》。在后"九七"时代,整座城市已经陷入了严重的人文精神危机。所谓人文精神,是指"人类在处理人与自身、人与人、人与自然及人与社会的各种关系中所体现出来的旨在维护人类尊严、追求人生价值、关怀人类命运,以及向善、求真、求美的意志与气概,其内化为积极向上的世界观、人生观、价值观,外显为弘扬人的主体性、价值性的各类行为"③。实际上,许多社群文化在全球化的市场暴力下正面临着原有文化遗产消亡的危机。不少港人因对城市现代化的高速发展感到陌生与疏离而不能找到作为主体存在的价值。基于此,作家将目光聚焦于港人与都市现代化发展之间的互动关系,大致可分为三种类型:第一,对已消逝的城(景观)与物(文化经典意象)的追忆和怀念,这在本书第四章已做了详尽的探讨;第二,无法直面现实,并产生对往事的追溯与眷念,这主要体现为南来作家具体感性的笔法,比如王璞、陶然和葛亮笔下的"香港书写";第三,用荒诞抽象

---

① 林少阳教授于2018年3月26日在南京大学文学院做了题为"章太炎鲁迅合论:晚清革命的语境"的讲座。当时笔者在提问环节请教了林教授如何定义"现代性"这一问题,讲座结束后继续就此话题请教林教授。林教授并没有在论文和专著里讨论有关"现代性"定义及其相关问题,所以这三个层面的内容经林教授同意后成为本书注释,特此说明。

② 王祥:《试论现代性危机与马克思现代性批判理论的"在场"》,《国外理论动态》2009年第7期。

③ 宁业勤:《教育评价实践研究》,浙江工商大学出版社2016年版,第167页。

的笔法来描写人与人之间的隔膜，以及人与社会的疏离关系。荒诞抽象的书写多属于现代主义式反现代化的小说，"把城市高度符号化，其中探讨现代性的问题，例如私人与公共的分界，例如自由、压迫与反抗"①。关于这方面的书写，韩丽珠、谢晓虹和潘国灵笔下的"香港书写"值得关注。与此同时，纵观这三种类型，前两种类型的背后都带有清晰的历史政治文化社会痕迹，更多属于现实主义的创作，而第三种则属于抽象的现代主义创作。值得注意的是，上述三种类型的区分，只是相对的区分，属于小说局部书写对象间的区分，为的是使研究更具有针对性和现实性。这种分类的结果难免会出现遗珠之憾，香港小说的魅力，正如许子东所言："就像这个城市一样，很难用一两个所谓'主流现象'来加以概括。"②

从"香港意识"与"失城小说"在这30多年的互动中，我们可以看到作家不再只是通过文学来建构"香港意识"，而且也反省"香港意识"（主要集中在与主流意识形态相关的部分）的构成基础及演变中的种种问题，从而为重构具有人文关怀的"香港意识"打下坚实根基。香港小说在后"九七"时代已进入众声喧哗的场域，"人们不再只是宣示'我们的城市''我们的故事''我们的小说'并呼喊'我们不是天使'"③，在继续深入探索"香港的故事为什么这么难说"的同时，还在"思考我们究竟生活在什么样的城市？我们已经说了哪些故事和小说？我们不是天使，我们是什么？"④等种种问题。

第二节　流离异乡：自我精神的困顿与分裂

"香港人的海外故事"是20世纪80年代以来（尤其在"回归过渡期"）"香港书写"相当重要的组成部分。⑤

---

①　谭以诺：《本土意识高涨之时——试论香港近年小说创作》，《香港文学》2013年11月号。

②　许子东：《香港短篇小说初探》，香港天地图书有限公司2005年版，第27~28页。

③　许子东：《香港短篇小说初探》，香港天地图书有限公司2005年版，第59页。

④　许子东：《香港短篇小说初探》，香港天地图书有限公司2005年版，第59页。

⑤　在考察20世纪90年代的香港短篇小说创作后，许子东在编选本时曾得出如下结论：从我们的选本来看，"香港人的海外故事"也正是近年来香港短篇小说创作的一个相当重要的组成部分。（许子东：《香港短篇小说初探》，香港天地图书有限公司2005年版，第5页。）笔者在考察20世纪80年代以来的"香港书写"时，同样发现了与许子东结论相似的诸多作品，而且这些作品集中发表于回归过渡期。受其启发，笔者将其结论做进一步的延伸，成为本节的重要论点，特此说明。

既然港人前途命运如"浮城"一样充满未知数,那么在他们看来"失城"的日子也为时不远了。于是,"失城"意识蔓延着整个城市,港人的身份认同陷入危机之中,而无法承受焦虑与恐慌双重威胁下的港人则选择像候鸟一样迁徙他方。此时,继"浮城"以后,作家对整个城市空间的想象呈现"往下沉"的态势,似乎整个城市到了"无家可归"的危急时刻。黄碧云的《失城》刊于1994年,冷笔书写一个家庭死亡的悲剧来渲染弥漫在整个城市的末日情绪,成为最能典型代表当时香港政治潜意识的一则寓言。小说谈到了移民发生的背景:中英谈判触礁,港元急剧下泄,市民到超级市场抢购粮食,[①]也反映了在香港回归命运尘埃落定时移民后的港人内心恐慌和无助的真实写照。主人公陈路远和赵眉就在这个动乱的时机慌忙移民国外,以为能从此过上安稳自由的生活。可事与愿违,到了加拿大后,孤独与恐惧感不停地包围着两位主人公,让他们深切感受到"从油锅跳入火堆,又从火堆再跳入油锅"[②]的痛苦,不由得怀念起在香港的日子。后来全家决定搬回香港居住,"跟每一个香港家庭一样,在暂时的恐怖的平静里生活"[③]。这种生活给了陈路远非常不真实的感受,反而怀念起在美加真实的孤独与恐惧感。最后,他们才发现"移民不过是一个虚假的希望,而希望从来无所谓有,无所谓无的"[④]。小说里陈路远对家人充满着爱与恨,一直都想为他们做出结束生命的决定,好得以解脱。同样,赵眉也迷茫着,不知道自己未来的命运如何。在一个城市即将面临易主的命运时,黄碧云通过展现一对小人物无法掌控自己命运的悲剧,以小见大,来暗示港人对自己未来的命运只能表现出听天由命的无奈。董启章在《说书人——阅读与评论合集》里分析:"《失城》的都市末世景象,与爱情之幻灭互为隐喻,以爱情的失落表征人生的失落,复以人生的失落投映历史的失落。"[⑤]而这种人生的失落,在她的文本里是以血腥和暴力的方式体现出来的,死亡的阴霾笼罩着小说的每一个主人公,而黄碧云从来都不回避这些要素。刘绍铭称《失城》里的世

---

① 黄碧云:《温柔与暴烈》,香港天地图书有限公司1994年版,第119页。

② 据笔者统计,此句在小说里反复出现了四次。

③ 黄碧云:《温柔与暴烈》,香港天地图书有限公司1994年版,第205页。

④ 黄碧云:《温柔与暴烈》,香港天地图书有限公司1994年版,第205页。

⑤ 董启章编:《说书人——阅读与评论合集》,香港香江出版有限公司1996年版,第198页。

界是"丧心病狂"的。①王德威对此现象做出更进一步的阐释："黄碧云这样的书写暴虐,应不只是为嗜血而嗜血。评者可以说她有意以身体最狂乱的变奏,投射她对生命的批判"②;"而我要说痛的感觉来自对世界仍然有情,仍有'温柔'的寄托,哪怕那寄托是如何的徒然愚昧"③。这种对人性的批判,最后复归于黄碧云内心对生存在荒诞世界中的人类施以最温柔的怜悯与同情。面对"失城"的大限,黄碧云给笔下的人物投以温柔的一瞥,其实还是希望他们不要一直担忧和恐惧下去,由于"事情原来不得不如此",港人的命运已经被安排了,再多的消极情绪也是无济于事,所以目前最合适的办法应是更好地回归自我。《失城》里最后写道:"我们总不得不生活下去,而且充满希望、关怀、温柔、爱。因为希望原来无所谓有,无所谓无的。犹如上帝之于空气与光,说有,便有了。"④《失城》被编排在她的小说集《温柔与暴烈》,寄托着黄碧云虽然对笔下的人物"这样的暴烈。然而我们追求的,不过是温柔的生"⑤。香港在世纪末即将面临巨变,黄碧云在《失城》里能把笔下的人物写得如此决绝,把人心的幽微晦暗照亮,实属不易。

面对"九七"回归,港人如何面对这一巨大的变化,以及如何在这个城市定位自我身份的问题就显得尤为重要。如果不能找到回归自我的道路,那么人心还是会处于"无根"的状态,人与人的关系也会渐趋疏远,香港依旧是一座悬空的"浮城"。对此,本书将这种情形称为"寻找归途"。在辛其氏的名作《玛莉木旋》里,其中一位女主角醒亚要斩断与过去的联系,所以移居夏威夷并过着幽怨独居的生活。然而,事实证明:她刻意忘掉过去,并没有成功,但却还有些微进步,就是懂得把碰得和碰不得的思想暗角泾渭分开,她收藏该收藏的,摒弃该摒弃的。譬如说,最近在她脑海里不时盘绕的玛莉木旋。⑥"玛莉木旋"是小说四位女伴立梅、叶萍、但英和醒亚青年时

①　刘绍铭:《写作以疗伤的"小女子"——读黄碧云小说〈失城〉》,见黄碧云:《十二女色》,台湾麦田出版·城邦文化事业股份有限公司2000年版,第257页。

②　王德威:《当代小说二十家》,生活·读书·新知三联书店2006年版,第289页。

③　王德威:《当代小说二十家》,生活·读书·新知三联书店2006年版,第290页。

④　黄碧云:《温柔与暴烈》,香港天地图书有限公司1994年版,第216页。

⑤　黄碧云:《温柔与暴烈》,香港天地图书有限公司1994年版,第3页。

⑥　辛其氏:《玛莉木旋》,见许子东编:《香港短篇小说选(1994—1995)》,三联书店(香港)有限公司2000年版,第59页。

代的美好记忆,见证并承载着她们在亲情、爱情、友情和事业上的喜怒哀乐。然而,二十多年后,醒亚已移民夏威夷,但英也忙着收拾准备移民,剩下只有立梅和叶萍两人留在香港。实际上,但英和醒亚一样内心对过去还是存有依恋之情,也经历着一系列的困顿与分裂。她虽然对前景并不乐观,但仍然"舍不得离弃中国,离弃香港,离弃朋友","害怕的是地域的相距,会疏淡了友情",就算有相聚的日子,"会否没有共同的感受,共通的语言,只剩下国籍的鸿沟?"①可见,"玛莉木旋"不仅属于她们共同的"精神家园",也成为"香港"的缩影。可这个构成她们共同记忆的"精神家园"已经显现破败的迹象,青春岁月的痕迹也逐渐为外面的风沙所磨灭。有一次,立梅和叶萍重游此地,可立梅发现:阳光兴许仍是二十多年前的阳光,可这小园和这园子外的世界已变得太多,今天只剩下她和叶萍坐在园子里面对破败的玛莉木旋。②"玛莉木旋"未来的命运如何,无人知晓,暗喻了她们四个未知的前途,友谊能否维持更不得而知。辛其氏虽然没有如黄碧云般直接把小说与20世纪末的巨变联系在一起,但从朴素平实的文字里还是暗藏着她内心焦灼的情绪。选择移民的移民,选择留下的留下,但无论她们置身何种环境,都无法忘怀过去,自觉或不自觉地通过寻根来缓解对未知前途的不安。小说以在加拿大生活的但英常常无法忘记饯别宴那天"湿漉漉"的感觉结束,颇有耐人寻味之感。

被视为在作品中体现香港意识的突出代表也斯,从定位香港的文化身份出发,来审视香港与投影在它身上的各种力量之间的关系。《烦恼娃娃的旅程》探寻回归过渡期香港知识分子流离异乡后的精神旅程。在也斯看来,它"是一部小说,也可以说是一部自传体的游记回忆录,一个充满自省和比较的旅程"③。对于写作此书的意图,也斯提道:"一直想写香港,写香港成长的一代,到外面去,又再回来。写他们与其他文化的接触,反省其成长的背景,面对现实的剧变。九七将近,许多人想写大时代,戏剧性的传

① 辛其氏:《玛莉木旋》,见许子东编:《香港短篇小说选(1994—1995)》,三联书店(香港)有限公司2000年版,第62页。

② 辛其氏:《玛莉木旋》,见许子东编:《香港短篇小说选(1994—1995)》,三联书店(香港)有限公司2000年版,第59页。

③ 也斯:《记忆的城市,虚构的城市》,香港牛津大学出版社1993年版,封面。

奇,本书没有这样的野心。在这里,只是想从一些比较熟悉的普通人物身上,看他们如何承受挫折、化解烦恼,在倾侧的时代自己探索标准,在混乱里凝聚素质。"①也斯在小说第11章里"以许多沉思和抒情的片段把各种不同的人物和零碎的片段串联起来,并混合抒情和议论、叙事与反思等手法"②,站在"第三空间"的立场,写出了回归过渡期居住在海外的那一代港人在中西文化碰撞交融之下的精神历程,从而对香港及港人的文化身份做出反省。

这一代在海外的港人其实也处于"第三空间"的位置,本身有着中国文化的背景,但又必须去适应现居住国的主流文化,形成了一个具有"杂交性"的文化游牧主体。③香港文化同样如此,既有着中华民族传统文化的背景,又受英国殖民主义文化浸润一百多年,所以如何在二者碰撞交融之下形成自己独特的文化景观,便成为也斯一直以来思考的问题所在。在《烦恼娃娃的旅程》里,也斯通过与海外几位从事艺术的朋友的交流和相处中回望和反思香港文化。小说主人公和他的妻子带着三盒据说可以替人排除烦恼的危地马拉民间工艺品"烦恼娃娃"来拜访朋友,希望能替他们排除烦恼。更重要的是,他们希望通过越界来找到归途,寻回属于自己的文化身份。小说对此提到了海外港人的态度:我们这一代的许多朋友,在受殖民统治地长大,但也尝试不自卑亦不自傲地去认识其他文化。也不是没有心理错综,也不是没有遭受歧视,但在外面生活,亦愿意在接触中消除先入为主的误解,真正面对偏见。④不断转换观察的角度,能使人重新审视当下所身处的文化语境,而不是对另外一种文化做出抗拒或屈服的姿态。小说

---

① 也斯:《记忆的城市,虚构的城市》,香港牛津大学出版社1993年版,封面。

② 也斯:《烦恼娃娃的旅程》,漓江出版社1996年版,封底。

③ "游牧主体"(nomadic subject)一词是由罗西·布莱陶蒂(Rosi Braidotti)创设的,指"并非无家可归或强制性移置,而是比喻某个主体不再把观念、欲望与认同固定;它是一种在转移、连续且综合性地变动,缺乏并反对一个本质性的群体,顶多只有特定的、季节性的运动模式而无僵固路线。游牧风格是转运和行路而没有预设的目标或失土;游牧者可以创造必需性的稳定和安心的基地发挥社区功能,但不视任何身份为永恒,他/她只做关于谋生的必需联盟,不限定在单一国籍及既定身份。'游牧者没有护照,或者有很多护照'"。范铭如:《文学地理:台湾小说的空间阅读》,台湾麦田出版·城邦文化事业股份有限公司2008年版,第139页。

④ 也斯:《烦恼娃娃的旅程》,漓江出版社1996年版,第206页。

的主人公很怀念与朋友Y相处的日子。在他眼里,Y是"一个饱读古诗的现代女子,却对西方文化有孩童一样无餍足的兴趣","永远不自卑、永远不排他,是一个能用生命去感受种种不同文化的诗作的人"。①

然而,这种寻找的过程依旧是徒劳的,因为在这次旅途中,主人公发现"香港是没有什么记忆的。香港是一个失忆的城市"②。而"你执着记忆,它们又好似逐渐变成虚构"③。不仅是主人公,连他的不少朋友都有这种感受。他们渴望回去,但回去后发现心中的香港及香港文化总是不合乎他们理想的图景,"外面有许多人问起香港,我尝试去回答,才发觉,真奇怪,在外面我总是为香港解释,为它分辨,回到香港我又仿佛老是在批评它。这种暧昧的感觉,也许正来自我们游移的视点,搬动的住址……我是渴望回到一个'家乡'那样的地方,慢着,我知我回到香港也不会找到的"④,"我们回到出生的地方、长居的城市,结果也未必找到"⑤。因此,不少人宁愿选择离开或回到香港的漂泊之旅,也没有办法长期留在香港从事他们喜欢的艺术工作,像W、D、Y、T等艺术家,其中最主要的原因是"我们很容易被权力排挤,被密封的圈子推到外缘,被人家代表了、歪曲了。总是听见人家代你发言,在各种冗长的报告和计划中变成不存在的事物了"⑥,而"我们其实更想停下来,找到熟悉而善意的人们在他们中间住下来,为自己找到一个生活和工作的空间"⑦。

也斯在回归过渡期尝试通过几位港人的"越界"来寻找香港文化身份的努力是应受到重视的。在这个重大的历史转折期,如何避免让香港再次被外部力量本质化和定型化确实值得学者和作家深思。在混杂了各种文化、标准及其误解的情况下,如何才能做到真正的对话? 小说里也提道:"真正的问题复杂点,不仅是文化问题,还有利益问题。还有,谁和谁在谈呢? 那不是我的声音。我在夹缝里,没有了声音。我看着到处泛滥的一堆

---

① 也斯:《烦恼娃娃的旅程》,漓江出版社1996年版,第206页。
② 也斯:《烦恼娃娃的旅程》,漓江出版社1996年版,第26页。
③ 也斯:《烦恼娃娃的旅程》,漓江出版社1996年版,第94页。
④ 也斯:《烦恼娃娃的旅程》,漓江出版社1996年版,第192页。
⑤ 也斯:《烦恼娃娃的旅程》,漓江出版社1996年版,第193页。
⑥ 也斯:《烦恼娃娃的旅程》,漓江出版社1996年版,第193页。
⑦ 也斯:《烦恼娃娃的旅程》,漓江出版社1996年版,第193页。

堆没有意义的信息。我兜着圈子说话。"①在无法发表意见的情况下，小说主人公选择到海外探访一些朋友，"走入这个陌生的圈子，本来是想去了解不同背景的人，以为可以互相对话。走入别的圈子，走入别的媒介，就像旅行去一个新的地方，旅程令我们观看各种新的事物，回头来反省自己"②。

可到了最后，使主人公忧患的事情是无论置身何种环境，都面临寻"家"而不得的困境，烦恼娃娃也不能解决这些问题，小说是这样写的："一盒烦恼娃娃。我在外面曾带去给朋友，希望替他们解决问题。回来遇到的旧朋友同样各有烦恼：工作生活的辛劳波折，亲友的生老病死，人际关系的亲切与痛楚，外在社会政治的变动。烦恼娃娃能化身三千，解决一切吗？"③主人公的朋友在香港无法落地生根，在国外又对香港文化持有复杂的心态，没办法做到完全认同，也无法接受别人对自己习惯接受的说法，于是只能继续过着精神漂泊的日子，"偏偏是不属于这儿也不属于那儿，还要骄傲自己喜欢越界的品性，结果就总是落了单，变成没有归属的孤魂"④；"这种总是无法自我感觉良好地站在正义一边发言，总是自信不足、总是无法把自己解释清楚的态度，又会不会与我们在香港成长的背景有关呢？"⑤然而，他最后也感悟到执着于文化身份的建构是徒劳的，因为"我们不管多愿意永远向前走，遇见不同的事物，永远置身在旅途中"⑥；"我一次又一次踏上旅途，或长或短地离开，然后又一次又一次踏上回程。离开总是怀念，回去又充满挫折"⑦。然而，即使寻找与失望相互并行，主人公也绝不放弃寻找"精神原乡"。他希望继续通过文字，与种种不同的人沟通，"去描述，去反省，把中国的情况、西方的情况、香港的情况观察、刻画，希望带来新的沟通，消除偏见和误解"⑧，从而承认"彼此的不同，超越欲念，真正交谈"⑨。这

---

① 也斯：《烦恼娃娃的旅程》，漓江出版社1996年版，第169页。
② 也斯：《烦恼娃娃的旅程》，漓江出版社1996年版，第108页。
③ 也斯：《烦恼娃娃的旅程》，漓江出版社1996年版，第173页。
④ 也斯：《烦恼娃娃的旅程》，漓江出版社1996年版，第180页。
⑤ 也斯：《烦恼娃娃的旅程》，漓江出版社1996年版，第113页。
⑥ 也斯：《烦恼娃娃的旅程》，漓江出版社1996年版，第192页。
⑦ 也斯：《烦恼娃娃的旅程》，漓江出版社1996年版，第200~201页。
⑧ 也斯、陈智德：《文学对谈：如何书写一个城市？》，《文学世纪》2003年1月号。
⑨ 也斯：《烦恼娃娃的旅程》，漓江出版社1996年版，第209页。

是也斯在港人普遍对前途持"宿命论"看法下用客观冷静的思考所做出的一次有意义的突破。

第三节　此地他乡:异化都市生态下的陌生与疏离

"香港人的海外故事"(流离异乡)主要聚焦一群由于各种原因移居海外的港人在"文化移位"语境下所经历的精神困顿与分裂。与此同时,选择留在"此地"的港人也没有获得心灵上的安顿,异化的都市生态同样使得他们对这个城市感到陌生与疏离,常常需要面对虚假的都市景观和不合理的生存秩序。如果无法完全适应,就会心生恐惧乃至排斥的情绪,从而加剧他们的困惑:是否这个城市从来就不属于他们? 面对此问题,有的作家用具体感性的笔触来回望和追寻已消逝的人、物和时间,以此缓解不安与恐惧,比如王璞、陶然和葛亮笔下的香港。还有一些作家则透过黑色叙事的现代派创作手法为都市的病症把脉,"香港"在他们的笔下成为"鬼魅之城",正如黎翠华在《异化的城市拼图》一文中所说:"香港作家对寻常事物或偶发事件陌生化的本领驾轻就熟,别有意图,形成另类看事物的角度。"①此类创作,近年来最为人关注的作家有韩丽珠、谢晓虹和潘国灵等。如果说集中在回归过渡期涉及"流离异乡"主题的创作处于建构"香港意识"的阶段,那么"此地他乡"的主题则倾向于对已形成的"香港意识"进行反省,乃至重构。

一

如果对现实生活感到无奈,对人与人之间疏离的关系感到不满意,人们常常会选择逃避现实,把目光转向对故园的依恋,从而寻找理想的"精神家园"。当寻而不得时,他们只能永远处于精神漂泊的旅程。王璞的短篇小说《红梅谷》就是其中的代表作。

主人公小岛如王璞一样,都是从内地南下香港。他常常坐巴士经过新

---

① 援引自蔡益怀:《小说我城·魅影处处——香港小说二十年(1997—2017)批与评》,《香港文学》2017年7月号。

界某条道路的时候,在转角处总能看见竖着一块白底黑字写着"红梅谷"的路牌。这块路牌让他想起红河村这首老歌,"很久以前在内地的老家,当他还是一名中学生的时候,常常用手风琴奏出这首歌"①。于是,有一个念头慢慢浮现在他的脑海里,那就是:一定要去红梅谷看看。②可接下来,他遇到了一个很棘手的问题:与谁同行才是最合适的。为了寻到一个有条件前行且志同道合的游伴,他竟然考虑了差不多有一两个月。到了最后,他联系了阿绿和阿木。阿绿其实是小岛的首选,因为他们之间有一个关于"外币炒买"的永不枯竭的共同话题。同时,阿绿依靠老公养活,时间可以说是在可考虑人选中最自由的。然而,阿绿一开始便表现出犹豫不决的态度,后致电到小岛家时又引起小岛妻子的"醋意"。当小岛准备回电把阿绿痛骂一顿时,接电话的却是阿绿的老公。经过这番折腾,阿绿已经被小岛排除在游伴行列之外了。紧接着,小岛联系另外一位可考虑人选阿木。阿木其实还是对此次行程充满兴趣的,可由于老板临时派他公干而无法推卸,所以只能遗憾失约。电话最后,阿木还说了一句泼小岛冷水的话:"我已打听到了,那红梅谷不过是一个屋村,许多屋村之中的一个而已,而且环境不好,连超级市场都没有,我看你也不要去了吧,另找一个有酒店有咖啡室的,我们约两个女朋友一道去……"③小岛当场感到异常失落,因为阿木并不清楚"红梅谷"之于小岛的重要意义,它不仅仅是一处平常之地,更是小岛回望过去的"精神原乡"。阿木的这番话无形中摧毁了小岛的"精神家园"。小岛虽然按期出发了,但终究没有下车步行前往。小说是这样书写小岛当时的心情:"路牌只是那么一闪,就消失在车后了。小岛却纹风不动地在座位上坐着,丝毫没有去按停车掣的意思。红梅谷,他在心里想,就跟想到一个往日的恋人似的。不动声色。"④近乡情更怯,回不去的故乡就真

① 王璞:《红梅谷》,见许子东编:《香港短篇小说选(1994—1995)》,三联书店(香港)有限公司2000年版,第129页。

② 王璞:《红梅谷》,见许子东编:《香港短篇小说选(1994—1995)》,三联书店(香港)有限公司2000年版,第129页。

③ 王璞:《红梅谷》,见许子东编:《香港短篇小说选(1994—1995)》,三联书店(香港)有限公司2000年版,第134页。

④ 王璞:《红梅谷》,见许子东编:《香港短篇小说选(1994—1995)》,三联书店(香港)有限公司2000年版,第134页。

的是无法回去了。在整篇小说里,红梅谷给人一种想象中的缥缈不定之感。既然看到的红梅谷会让人失望,还不如将最美好的记忆留存心底。可见,小岛与香港的距离不只停留于现实中的相隔,更重要的是无法找到志同道合的精神伴侣,无论是妻子还是朋友。于是,小岛只能在现实的迷宫里不停地迷失与寻觅,执着于对过去时间的叩问,以及对"精神原乡"的重构,可结局是伴有质疑与失落之感。王璞曾被黎海华称为"回不了家的旅人",四十多年内地的生活记忆才是她精神的皈依之处,并曾言:"我不会长期在香港的,我将回到那边,在这里我什么都欠缺。"①于是,她笔下的主人公大多是从内地"来港后感到失落和迷惘,精神上总有些牵连着过去生活的时光,对于往事、故地以及昔日的爱情、友谊怀有深深的留恋"②。

　　相较于王璞执着于回望故园的依恋之情,与其年龄和生活背景相差不远的同代南来作家③陶然则从对社会持抗拒批判的意识转向具包容情怀的平常之心。对此心态的转变,他曾谈道:"时至今日,我在香港生活了这么多年之后,如果我再写同类的题材,或许会更加宽容,更加多角度。"④赵稀方对此评价道:"陶然这时候敢于坦然面对香港了,不再追求一种想当然的补偿。"⑤他的不少"香港书写"聚焦透视商业社会下的人性演变及内蕴,尤其集中于物质层面对人性造成的压制和异化。《一万元》里银行职员简慕贞为了凑齐还差一万元的结婚礼金,给肚里的宝宝安顿一个"家",便心生贪念,偷偷将客户多出来的一万元存款据为己有,而她不知道的是这其实是

　　①　转引自[法]菲利浦·拉宋:《香港,浮动的小岛》,《香港文学》2004年9月号。

　　②　金宏达:《从"遗民"到"移民"——以徐訏、颜纯钩与王璞的小说为例》,见黄维樑主编:《活泼纷繁的香港文学:一九九九年香港文学国际研讨会论文集(上、下册)》,中文大学出版社、香港中文大学新亚书院2000年版,第439页。

　　③　香港当代文学时期的第二代南来作家是属于"文革"后期从内地移居香港的新移民,一般界将他们称为"新移民作家",包括:陶然、巴桐、梅子、王璞、白洛、东瑞、陈娟、吴正、颜纯钩、温绍贤、林湄、夏婕、陈浩泉等。他们移居的目标不是作为匆匆过客,而是成为香港社会的一分子。因此,他们的到来为推动香港当代文艺事业的发展作极大的贡献,如同袁良骏所言:"他们的创作优势,就在于既有内地生活经验,又有香港生活经验,他们善于把内地文学的深沉厚重和香港文学的细腻清婉巧妙结合,从而开拓出新的文学天地。"孙郁:《关于香港文学与祖国内地文学——袁良骏答〈北京日报〉记者问》,《北京日报》1997年7月8日。

　　④　陶然:《写作中的香港身份疑惑》,《香港文学》2004年3月号。

　　⑤　赵稀方:《香港有陶然》,(香港)《文学评论》2011年总第15期。

好色的洋总经理给她设下的圈套。当洋总经理向她提出可以凭借"陪睡一晚"来消灾时,简慕贞宁死不屈,并将这种受辱之感上升为狂乱的叫喊:"不干不干不干不干!"①于是,等待她的只能是牢狱苦海的生涯。同样是为了偿还结婚时的欠债,《蜜月》里的田宝杰竟然想到从香港跑去澳门赌博来碰碰发小财的运气,谁知道越赌越输,沦落到无钱还债,解决的办法就是必须在公众的目光下与妻子汪燕玲进行真人"春宫"表演。如果二人不就范,就另外派人代替田宝杰"上场"与汪燕玲"表演"。这让田宝杰感到极度羞耻,可他们夫妻俩实在走投无路。更让人感到揪心的是,澳门之行还是他们的蜜月之旅,可"蜜月"两个甜蜜的字却变得"又苦又辣",使他"有一种不知道何处是终点的绝望"。②更为严重者就如《视角》里在澳门赌场做护卫的钟必盛,不仅因炒金而把所有积蓄都花光了,还误会为他倾尽全力借钱的老婆和为其提供金钱帮助的多年好友护卫队小头目林璋志之间存有不正当的关系。无法遏制的怒气使他不顾一切地杀了林璋志。即便要面对死亡的判决,他也不后悔自己杀人,还始终认为是林璋志"欺骗了我,出卖了友情,即使法官要判我死刑,我也是这么说的了"③。在这个过程中,三人其实均有过失:钟必盛发财心切;冯玉珍为了维护钟必盛的自尊心而瞒着钟必盛向林璋志借钱,导致钟必盛误会的产生;林璋志受不了钟必盛当众兴师问罪,用挑衅的语气与钟必盛说话,导致钟必盛起了杀心而自己也惨遭冤死。然而,如同袁良骏所分析的:"这个血淋淋的悲剧,似乎是由误会造成;但是,偶然的误会中实在反映了深刻的必然。"④以上这三篇小说都是聚焦于小人物因"金钱"而滋生的各种罪,书写了他们的悲剧人生。

此外,偷渡客也是陶然关注的群体。这座以移民为主的城市在不同时期都会迎来不少希望过上更好生活的偷渡人员。可这个群体在香港的生活并不顺畅,无法自食其力而只能依赖家人维生,最重要的原因是他们不能拥有合法居留的身份。香港对于他们而言只是一座"监狱",一个不能随

---

① 陶然:《没有帆的船》,香港文学出版社有限公司2015年版,第17页。

② 陶然:《没有帆的船》,香港文学出版社有限公司2015年版,第31页。

③ 陶然:《没有帆的船》,香港文学出版社有限公司2015年版,第21页。

④ 袁良骏:《陶然小说二十年》,见蔡益怀编:《陶然作品评论集》,香港文学评论出版社有限公司2011年版,第36页。

便走动的地方。像小说《身份确认》里,女主人公是一名耐不住寂寞的偷渡客,因没有听取丈夫厉生的劝告而执意一个人上街,想真正感受香港的热闹,无奈被警员发现并跟踪回家,要求出示身份证。当警员觉察到她是偷渡客时,便提出用"献身"作为交易的筹码,否则她将面临被遣返的结局。无可奈何之下,虽然"她在心里剧烈地说不,但却抵挡不住那即时被遣返的震慑力"①,后悔已经无济于事,只能屈从警员的要求,完事后还被狠狠地警告不要再随便出门,否则有可能会惹上更大的麻烦。面对这种尴尬的情形,女主人公只能忍气吞声,并对未来的日子担惊受怕。假如那警员趁机要挟,天天上门,她应该怎么办? ②可见,偷渡客不仅仅在物质和自由层面受到诸多限制,连精神也会常常处于高度紧绷的状态。如果外界对他们施以巨大的刺激,他们有可能会因承受不了压力而酿成大祸。在另一篇《窥》里,女主人公骆明仪因为是一名偷渡客,无法出去工作,所以只能委身于张慎鸿,安心做一名家庭主妇。可当租客赵长贵搬进来以后,"每当慎鸿与她欢好,她的心弦都紧紧绷着"③,因为她"觉得有偷窥的眼睛在闪烁"④。可是实在没办法,他们夫妻俩住的房子需要支付大量租金,家里只有慎鸿一人出外赚钱。如果能多招一个房客,就可以帮忙分担房租,于是她只能继续冒着"被偷窥"的风险过夫妻生活。然而,当赵长贵发现了她是偷渡客的秘密后,便对她得寸进尺,还威胁道:"今天,你不给我,你就得遣返! 你以为你是什么,你是偷渡的! 你要留在香港,你就得乖乖的,听我的话。"⑤可是骆明仪不愿意屈从,便趁赵长贵张手扑过来之际,将炒菜的锅铲用力一挥,击打在赵长贵的头上。此时,她仿佛听到"警车'呜哇呜哇'地乱叫,凄厉而孤独地回荡在这夏日中午的天空中"⑥。陶然通过描写偷渡客在港生活的困窘和无助,来揭示物质层面对这一群体的人身自由和精神的压制。

陶然还有一类创作是关注商业社会对男女爱情的影响,尤其可窥视出

---

① 陶然:《没有帆的船》,香港文学出版社有限公司2015年版,第80页。
② 陶然:《没有帆的船》,香港文学出版社有限公司2015年版,第81页。
③ 陶然:《没有帆的船》,香港文学出版社有限公司2015年版,第60页。
④ 陶然:《没有帆的船》,香港文学出版社有限公司2015年版,第61页。
⑤ 陶然:《没有帆的船》,香港文学出版社有限公司2015年版,第66页。
⑥ 陶然:《没有帆的船》,香港文学出版社有限公司2015年版,第66页。

人性所遭受的扭曲和异化，如同短篇小说《主权转移》提到的：人心脆弱，没有什么永远不变的事情。①在该小说里，男主人公智源与女上司赵玉如在非上班时间情投意合，缱绻缠绵。可在上班时间，赵玉如非常投入演绎老板的角色，对任何人均公事公办。这给智源带来了极大的困惑："眼前是活色生香的赵玉如，转眼便是不苟言笑的赵老板，甚至连他也常常分不清，到底是床上缠绵的玉如真实一些，还是办公室威严的赵老板真实一些？"②后来在一次会议上，当看到办公室新贵主任阿力士用的瓷杯正是他送给玉如的那只时，智源的心彻底沉下去了。这也暗示了智源在赵老板面前的大势已去，赵老板已经不需要他"爱"的关怀，并把这份"爱"转投给阿力士。看来，赵老板的身份比情人赵玉如的身份对于智源来说更为真实。中篇小说《走出迷墙》是对《主权转移》话题的延伸与拓展。已婚妇女白玲莹刚开始与赵承天是同事，两人如胶似漆，但玲莹认为丈夫待她确实好，"如果我不要他，我就不是人了"③。然而，人事的变化出乎赵承天的意料，转眼间白莹玲变成了老板，地位的改变使其人性也彻底大变。在人事的安排上，她极为赏识擅于阿谀奉承的雷贝嘉，一个几乎把全部人都得罪的同性恋者，可白莹玲不管，还为此对好心提醒的赵承天发怒："我不管，反正谁给我卖命，我就用谁。不用她用你呀！"④面对别人评价她性情变化甚大的反馈，她反驳道："人家说我变了，废话！人哪能不变？"⑤不少人都觉得白玲莹越来越像前任的邹老板，让人不得不感慨：看来，权力真的可以把一个人慢慢腐蚀掉。⑥一开始赵承天还有念旧之心，尤其是在玲莹刚当上老板最需要他的时候，他是不能离开的。然而，低调且不擅于出位的个性使得艺术家赵承天在这个公司备受冷落，因为"商业社会不需要艺术，只需要商品"⑦。其实，赵承天的内心最受不了的就是玲莹身份的转变，可他不愿意采取任何行动伤害她，宁愿守护这份最美好的记忆。结局依旧没有转机的可能，玲

---

① 陶然：《没有帆的船》，香港文学出版社有限公司2015年版，第74页。
② 陶然：《没有帆的船》，香港文学出版社有限公司2015年版，第75页。
③ 陶然：《没有帆的船》，香港文学出版社有限公司2015年版，第272页。
④ 陶然：《没有帆的船》，香港文学出版社有限公司2015年版，第280页。
⑤ 陶然：《没有帆的船》，香港文学出版社有限公司2015年版，第280页。
⑥ 陶然：《没有帆的船》，香港文学出版社有限公司2015年版，第292页。
⑦ 陶然：《没有帆的船》，香港文学出版社有限公司2015年版，第307页。

莹对他不再热情,而是付诸冷冰冰的面孔结束。在存有公然翻脸危机爆发之前,赵承天选择悄然隐退,独自咀嚼风云变幻留下来的酸楚味,而同事为了自保也不敢流露出任何送别之意。办公室的人就如同“商业大厦没有生命,更没有感情,它冷冰冰地站在那里,根本没什么表情”①。人性在商业社会规则的操纵下变得异常冰冷,乃至扭曲,人与人之间的温情荡然无存,剩下的只有陌生和疏离感。还有一类爱情是需要接受移民考验的。陶然的《天平》就揭示了利益的现实考量高于爱情的理想甜蜜。杨竹英不是对黄裕思没有感觉,只是迫于“九七”回归的现实压力,不得不考虑各种利害关系,只能选择父母在美国做生意且自己也有居留证的连福全。对于连福全,她是这样考虑的:

> 我已经二十七岁了,都说女人三十烂茶渣,我除非不想找个归宿,不然总要抓紧进行。嫁给谁呢?表哥、黄裕思和连福全,他们都是现成的人选。看来,连福全最理想,我已经超越了梦幻的年龄,要嫁,就嫁到美国去,这个时候不走,更待何时?到时,想走也走不成了,移民美国,连福全就是最佳选择。②

可黄裕思不是这样想,他想的是:美国就算再好,也是别人的国家。何况,到了美国,也未必如意。许多人去了,还不是那样潦倒,那样无奈?他还是愿意留在香港,留在中国人居住的地方。③黄裕思的想法其实也是不少移民后的港人的真实感受。在陶然另一个中篇小说《天外歌声哼出的泪滴》里,萧宏盛同样对他的妻子绮琴说出类似的话:“外国地方再好,也始终是外国人的。你以为西方就没有种族歧视呀?我看多多少少也会有。总之,有钱就能买自由,没钱那就不要妄想。”④而他们的邻居、移民外国报到后又跑回香港打算捞一把的林先生更是道出了心底最真实的声音:“走遍

① 陶然:《没有帆的船》,香港文学出版社有限公司2015年版,第313页。
② 陶然:《没有帆的船》,香港文学出版社有限公司2015年版,第374页。
③ 陶然:《没有帆的船》,香港文学出版社有限公司2015年版,第378页。
④ 陶然:《没有帆的船》,香港文学出版社有限公司2015年版,第256页。

20世纪80年代以来香港小说中的「香港书写」研究

天下，还是香港最好！"①二者由于价值观如此不一，所以最终只能面临分手的结局。不过黄裕思还是舍不得杨竹英，不仅将他们的初吻永存于心，还冒着台风天到飞机场送行，并忍痛为连福全和杨竹英送上祝福。在以"利益至上"的社会里，再美好的爱情也会不堪一击，双方分手后只能成为陌路人。内地学者方忠对陶然小说的评价切中肯綮：陶然的理想是美好的，但在高度发达的商业社会中又是"不合时宜"的，因此其小说主人公往往历经坎坷，具有悲剧性的命运，作品弥漫着忧郁的情调。②钟晓毅也看到陶然笔下的男性带有一点定数和宿命，即人们在现实面前无可奈何，但在内心深处又不愿意低头，人与生活、现实与内心之间很难达到完全的和谐。对于这种不和谐，陶然采取抚慰的方式，让他的男主角跟着欲望的感觉走。③黄裕思对爱情的执着与追求，让我们看到了人性"真"的一面，也同时将陶然对人生理想的追求包蕴其中，因为"对于爱情的追求，其实是对于人生的底蕴探求，对于生命的留恋"④。

葛亮与王璞、陶然一样都是从内地来香港的作家，但两者来港时间已相距二十多年。作为香港当代文学时期的第三代南来作家，"葛亮与前两代南来作家在对香港的疏离感、优越感、批判性诸方面有明显的区别，不再以外来者的眼光，从普遍的社会批判、文化批判出发，而是将香港作为文学地理与文化意义上的对象，既拓展了写作的疆域，又联结了港台文学与大陆文学"⑤。

葛亮产生书写"香港"的想法是源自一次台风的过境。这次台风以动物"浣熊"为名，而且"行动迅捷，且路径奇诡"，"为岛城带来了强风与丰沛的雨，也带来了不期而遇"。⑥由此可见，葛亮眼中的"香港"不缺乏相遇的故事：

①　陶然：《没有帆的船》，香港文学出版社有限公司 2015 年版，第 255 页。

②　方忠：《陶然小说论》，《西北师范大学学报（社会科学版）》2000 年第 6 期。

③　钟晓毅：《诉说就是一切——论陶然小说的叙述基调》，《香港文学》2006 年 6 月号。

④　赵稀方：《香港有陶然》，（香港）《文学评论》2011 年总第 15 期。

⑤　陈庆妃：《葛亮：在"三城"与"双统"之间》，《当代作家评论》2017 年第 6 期。

⑥　葛亮：《自序：浣城记》，见葛亮：《浣熊》，南京大学出版社 2013 年版，自序第 1~2 页。

说起来,这城市并不缺乏相遇,大约由于地缘的汇集拥促,或者源生流徙的传统。相遇而有了故事,有了关于时间的见证。见证别人,也见证自己。在每一个时代的关隘,彼此相照,不再惴惴惶惶。因此,历史的因缘,几乎成为人与城市遇见的轨迹。

　　小说香港,为这些年的遇见。①

　　在这些关于"遇见"的故事里,有"观望中触到的冷暖",也有"许多的怅然",只因"物非人是"。②"物非"主要指异化的都市生态,而"人是"则指小说里的人物在这种环境下生存所表现出来的反应。然而,"人心"尚在,葛亮希望挖掘更多的是他们"人性向善"的一面。这些年的遇见,就让葛亮有了"小说香港"的念头。

　　短篇《浣熊》里,专门为广告公司招聘模特的Vivian Chan在地铁站外偶遇印度人辛赫,看中他的外形并且想办法慢慢引诱他加入公司的广告拍摄计划。幸运的是,一切进展顺利,似乎辛赫是一个很容易被骗的对象。可万万没想到辛赫竟然是警察卧底,潜进来是为了收集广告公司欺骗客户的罪证。如果是在陶然写作的年代,不少南来作家更倾向于批判商业社会下人与人之间的尔虞我诈,此地仍是他乡。可葛亮并没有表现出泾渭分明的批判姿态,反而将这种关系处理得非常暧昧。辛赫在这个过程中竟也爱上了Vivian,但工作职责使得他不得不秉公办事。只是到了最后,他还是如愿与Vivian走在一起,全因一场名叫"浣熊"的热带风暴的成全,"因为那个夏天,他可以与她走过出狱后的三十年"③。本来两人只是各怀目的相处,仅仅处于工作上来往的关系,而且还带有互相欺骗的成分。可慢慢地,这种互相试探竟变成了浓浓的爱意,使两人被遮蔽的真诚之心复苏,21世纪的"倾城之恋"在葛亮笔下缓缓上演。

　　另一篇小说《德律风》对人性的探索更为深入。娱乐城保安丁小满和满丽热线的接线生阿琼通过打电话偶遇。小满和阿琼都是从乡村到城里打工的底层人员。小满在一次收拾东西时发现了一则广告,便尝试打过

①　葛亮:《自序:浣城记》,见葛亮:《浣熊》,南京大学出版社2013年版,自序第2~3页。
②　葛亮:《自序:浣城记》,见葛亮:《浣熊》,南京大学出版社2013年版,自序第2~3页。
③　葛亮:《浣熊》,南京大学出版社2013年版,第29页。

去,谁知道一发不可收拾,将与他对话的阿琼当作在这个城市里可以交心的"姐姐"。虽然故事发生的地点并不在香港,而在与香港一河之隔的对岸。小说唯一直接写到"香港"的就是观看"九七"回归仪式。男主人公丁小满问女主人公阿琼对香港的印象时,阿琼也只是略知一二:

> 我能想起来的,可能只是一两出电视剧。《射雕英雄传》《上海滩》《霍元甲》。小时候,觉得它就像外国一样。我穿的第一条牛仔裤,说是港版的。戴的第一个太阳镜,是在镇上买的,说是香港过来的走私货,被海关罚没的。中学的时候,班上男生有一阵神神花花地传一本杂志,后来给老师没收了。说是黄色刊物,是香港的《龙虎豹》。①

紧接着,丁小满又兴高采烈地问阿琼为什么香港被割让,香港人讲什么语言等。边看电视,边把自己看到的影像和疑问与阿琼分享。从这些对话里,我们可以看出他们关于香港的文化想象,实际上是显得极其陌生与疏离。这仿佛就像城市里人与人之间的关系,而打破这种人与人之间关系的隔阂就只能是付出真诚的信任。小满性格单纯,善恶分明,也常常想念老家,可为了能赚更多的钱,便来到城里工作,吃再多的苦也在所不惜。然而,物质层面解决了,精神交流却异常匮乏,工作上因正义使然常常惹祸,苦水只能自己吞下。阿琼恰好在此时给了他心灵上的慰藉,使他有了精神上的寄托。其实阿琼只是接线生,按理说她只能与电话上的客户"逢场作戏",不太可能产生特殊的感情。然而,她"对小满的声音产生了一种奇怪的依赖。是类似对亲人的"②。在这种相互信任的氛围里,即便失手杀人,小满也要想办法把这个信息告诉阿琼,并且在电话里痛哭流涕,希望能见阿琼一面,可因职业规定阿琼只能当场拒绝。最后小满被警察逮捕后仍不死心,想打电话告诉阿琼,可已经没有任何可能了。此事过后,阿琼的心情也经历了一番起伏,对电话铃声的反应从精神恍惚转变为全然麻木。葛亮

---

① 葛亮:《浣熊》,南京大学出版社 2013 年版,第 216 页。
② 葛亮:《浣熊》,南京大学出版社 2013 年版,第 217 页。

曾对这种"依赖"解析道："这依赖是潜移默化的,时而还有着坚硬的质地。关于对时代的质疑与不甘、关于人生的颓唐,关于性与爱,他们都有着自己的见解。而因此和对方作着制衡。然而到了最后,我们看到,终于都暴露出了人性的脆弱。"①一切恢复原状,人与人之间陌生和疏离的关系依旧。即使有产生信任和真诚的感情,也只能在这个城市泛起些许涟漪。这是否也是作者借此故事对在异化都市生态下港人之间隔阂与疏离关系想象的一种反拨?②即便这种美好的想象在这个城市没有得以实现的根基,但葛亮并没有放弃这种努力,"这脆弱因为以良善作底。并不是消沉的结果,而是势必走向强大的涅槃"③。

人与人之间隔阂与疏离的关系似乎一时半刻难以破除,而借助一些外力或许能让人得以醒悟。小说《猴子》正是表达此意。作者借西港动物园黑猿杜林的"睿智"出逃,让与它相遇的都市人重新反省人生的来处及社会的世相。对于杜林的专职饲养员李启林而言,他在杜林身上看到了自身匮乏的无拘奔放的生命力;艺人谢嘉颖虽然被出逃的杜林惊吓且被公司定性为精神病,但其实并没有疯,反而借杜林那如人一样的眼神重新发现平常视而不见的"生活";杜林的出逃给偷渡小孩童童一家带来了短暂的欢乐与幸福,生性安静的童童也因为这只黑猿露出了难得的笑容。只可惜,已出逃的黑猿被兽医打了麻醉枪从高楼坠落,恰好被不知情的童童看见,遂奋力跑过去接,可刚好一辆货柜车呼啸而过,结束了童童的生命。母亲在童童幼小时已改嫁,现在童童也死了,只剩下孤苦伶仃的父亲。短暂的欢乐瞬间变成无尽的绝望。此时,父亲从童童最后一天的日记里发现了女儿大爱之心,便回想起当初来西港时的点滴,只可惜一切已无法从头再来;黑猿的出逃与回归动物园成为整个城市媒体聚焦的热点,并且长篇累牍地跟踪报道了三天。这让传媒人袁午清十分不解:这世道,真是畜生比人金贵

---

① 葛亮:《文学是时代的救赎,塑造"想象的共同体"》,http://culture.ifeng.com/a/20170818/51678334_0.shtml(凤凰文化网)。

② 笔者曾与葛亮就此话题做了一些交流,他是这样回应的:"我想,这篇小说,代表着对香港的一种文化想象,也是对人性的想象。"交流时间:2018年2月18日。

③ 葛亮:《文学是时代的救赎,塑造"想象的共同体"》,http://culture.ifeng.com/a/20170818/51678334_0.shtml(凤凰文化网)。

了。①人类遇到的问题已经不少，但新闻无论在时间还是内容上追求的都是新鲜性，而且还"过犹不及"。这让袁午清极度感慨。下班后他来到一家从未帮衬过的街角小餐厅，不仅品尝到美味的食品，而且还见识了结账时传统的派头：老伯慢悠悠地收钱，找钱，拿出簿子记下账数，合上簿子，见面上贴了张白纸，上面写了四个字：死亡笔记。②老人几个慢悠悠的动作，外加一本带有自嘲性的"死亡笔记"，让袁午清感受到传统文化"慢"的魅力，与工作上追求的"快"形成强烈反差。当他有所彻悟后，看到的景色都是美好的：抬起头，一天灿烂的好星。③在这个城市，能找到一处让人慢下来的地方，享受片刻慢下来的时间，是非常奢侈的。

二

在经历平稳"回归"后，港人的生活并没有如回归前揣测般出现大的动荡，而是趋于稳定。后"九七"时代的香港小说也慢慢从"后殖民"和"后设"的讨论中走出来，把目光重新聚焦于"人与城"的关系，尤其集中于发掘城市的"病"。这些"病"具体表现为城市阴暗、受伤及被遮蔽的一面，使居住在里面的人对这个城市感到陌生与疏离。潘国灵将这种写作称为"疾病书写"，也就是"不一定是直接处理疾病，而是一种'疾病的眼光'，牵涉你如何观照这个世界"；"当你看到城市阴暗的一面时，不是说你真的有疾病，而是用一种较悲痛的、阴郁的眼光去看城市的症候"。④而这些疾病，大多潜藏在集体的危机感中，"在相对安稳的日子，往往以'卧虎藏龙'的方式隐遁于市"⑤。为了将城市魔幻且阴郁的一面表现出来，有的作家会采用黑色叙事的现代派创作手法。韩丽珠和谢晓虹合写的《双城辞典》就是其中的重要代表作，并荣获"第六届香港书奖"。韩丽珠在写给谢晓虹的信里提道："我读着我和你的小说，感到《双城辞典》和我们另外的小说之间的差异。如果

---

① 葛亮：《浣熊》，南京大学出版社2013年版，第55页。
② 葛亮：《浣熊》，南京大学出版社2013年版，第56页。
③ 葛亮：《浣熊》，南京大学出版社2013年版，第56页。
④ 凌逾：《与潘国灵先生对谈录（上）——关于长篇小说〈写托邦与消失咒〉及其他》，《城市文艺》2017年总第87期。
⑤ 智海：《序言》，见韩丽珠：《双城辞典I》，台湾联经出版事业股份有限公司2012年版，第9页。

别的小说企图靠向更严谨和更完整,《双城辞典》就显出了生活中碎裂的、不稳定的、倾侧和不一致的那一面。"①

据香港文学期刊《字花》编辑陈志华介绍,《双城辞典》本是《字花》的常设栏目,始于2006年秋天(第四期),到2011年秋天(第三十三期)为止,偶有间断,一共出现了十八期。这栏目的设计有点像一题两写,起初配合该期杂志的专题,比如特集题目是"木",她们就分别写了《木马》和《木偶》;特集题目是"非我族类",她们就写了《畸零夜市》和《隔离》。后来杂志的专题变得愈来愈具体,像足球、语文教育,她们于是另定主题,像《哑穴》和《哑门》、《意外》与《折叠》。②韩丽珠与谢晓虹都是香港知名的"70后"作家,用"双城辞典"之名将这些文章结集成书,有向狄更斯《双城记》致敬的意图。然而,她们大部分的时间均在同一个城市生活,所以"笔下的双城,从来不是两个具体的城,更可能是一城两面,一地双城"③。她们通过互写、对写的方式营造了两个想象之城,"正好把构成城市机器的条件一一串通、交织成不可分割的时空,犹如字典里的每个字,都以字典里其他字词来解释彼此"④。其中,韩丽珠笔下的辞典有字词"木偶、字母、拾遗、咬群、哑穴、假象、乐土、隔离、褶皱、热身、劏房、结发",而谢晓虹笔下的辞典有"吞吐、咬字、苦瓜、假期、哑门、开头、意外、溺爱、畸零夜市、烂漫、鱼缸生物"这些字词。这些词条互相之间看似没有什么关联性,表达的只是一个个具体的时空,但其实它们有一条线串联其中,那就是为抒情主体所灌注的对这个城市最真挚的情感。如果将这些情感聚集起来,就会拼合成一个常常以"都""城"自称的"看不见的城市"。这个城市,在已感受到危机感的韩丽珠和谢晓虹看来,"正好在隐匿与爆发之间,蠢蠢欲动"⑤。其中产生的欲动,更多

---

① 摘自韩丽珠致谢晓虹的信件(落款时间:2012年5月28日)。韩丽珠、谢晓虹:《双城辞典Ⅰ Ⅱ》,台湾联经出版事业股份有限公司2012年版。(注:四封韩丽珠与谢晓虹的来往信件均附在两本书内。)

② 陈志华:《序言 城与辞典》,见谢晓虹:《双城辞典Ⅱ》,台湾联经出版事业股份有限公司2012年版,第9页。

③ 陈志华:《序言 城与辞典》,见谢晓虹:《双城辞典Ⅱ》,台湾联经出版事业股份有限公司2012年版,第9页。

④ 智海:《序言》,见韩丽珠:《双城辞典Ⅰ》,台湾联经出版事业股份有限公司2012年版,第7页。

⑤ 智海:《序言》,见韩丽珠:《双城辞典Ⅰ》,台湾联经出版事业股份有限公司2012年版,第9页。

来源于城市机器无所不在的威力,使得人们自觉或不自觉地卷入其中。两位作家以辞典之名,让每个字词都有互相解释的功能,共同书写了城市这本"大书",暗中颠覆了某些注解城市的权威,并衍生出更多的歧义,具体表现为:在精确的定义里混入流动的意思,给习以为常的索引遗下荒诞的脚印,时而幽默,时而忧伤。①

在这两部辞典里,虽然两位作家书写的城市实指一城两面和一地双城,但呈现出来的城市千差万别。这些城市均有自己的编号和特征,并蕴含着相应的含义。有的会让人想起相应的年份及其事件,如《咬字》里的一九九七城,《结发》和《吞吐》里的第六十四城,《意外》里的城市曾发生过由鸡引发的伟大瘟疫等。其他更多的是用魔幻或寓言的手法来描写她们眼中的城市,呈现出一种源自生命内部散发的光芒。

在书写城市人的表情冷漠麻木时,《木偶》写到第八城的居民"把脸关起来"②。《字母》里第三十三城的居民逐渐将丢失作为无法避免的生活习惯。"我"不幸丢失了"妻子",后来在地铁车厢上看到一个与妻子长得很像的女人,可这个女人最后还是出走了,并且在跳蚤市场上发现了一个待出售的与她人生均相似的会计员。这种没有独特性的生存方式,让她们互相憎恨对方,因为能活下去的唯一途径就是"创造一个全新而独特的自己,不入侵别人的范围,也不被入侵"③。或许这个问题也正影射一个没有个性与发言权的城市。《哑穴》里作者把这个没有发言权的城市称为"无号码之城"。生活在里面的居民主动或被动地陷入失语的状态。只有这样,"城市里各个角落滔滔的雄辩以及猫高亢的喊叫才有安放的位置","无号码之城的噪声污染指数才能维持在标准的水平"。④关于外界力量入侵的问题,《隔离》里有相对辩证的看法。一方面,作者用"乌鸦大举入侵,差不多把天空都密封起来,导致居民无精打采,城市活力锐减"的现象作为城市经历"黑夜和严冬"的隐喻;另一方面,当乌鸦消失以后,城市的生活秩序恢复正

---

① 陈志华:《序言　城与辞典》,见谢晓虹:《双城辞典Ⅱ》,台湾联经出版事业股份有限公司2012年版,第10页。

② 韩丽珠:《双城辞典Ⅰ》,台湾联经出版事业股份有限公司2012年版,第13页。

③ 韩丽珠:《双城辞典Ⅰ》,台湾联经出版事业股份有限公司2012年版,第36页。

④ 韩丽珠:《双城辞典Ⅰ》,台湾联经出版事业股份有限公司2012年版,第84页。

常,可都市人再次陷入失眠的困境:

> 我尝试把头探出秘密通道的窗外,外面有凹凸不平的柏油路地面、斑马线、远处传来孩子嬉闹和汽车引擎的声音。或许是睡眠不足的影响,这一切看来虚假而不真实。我忽然发现,猛烈而刺目的阳光,使我们从不曾看清楚,天空的上方是什么。①

于是,"我"怀念起那段乌鸦袭城的日子。尤其是乌鸦嗜吃人类的眼球,让被袭者在化脓的伤口处"清楚地看见了自己软弱的部分"②,甚至产生希望乌鸦再次袭城的想法:离开博物馆之后,我开始强烈地怀念乌鸦,并且等待它们突破紧锁的门,用硕大的翅膀覆盖天空。只有黑夜再次来临,我们失眠的状况才有好转的希望。③这个城市似乎需要借助外力才能得以更大的发展,才能在自我反省中呈现出真实的一面。然而令人担忧的是,有异见分子始终认为,"隔离"政策无法在第二十二城顺利推行。他们积极推动,排除"同类"与"异类",希望能在城市真正立足。可这种自我封闭的城市能得到长足发展和获得外界的支持吗?长期下去,就很有可能出现如《假象》里让象感到绝望的事情:城外几乎没有任何人能理解他们的生活方向。④与《哑穴》处于同一期发表的《哑门》,谈到在二十四城具有历史特色的H形流离公寓实则是一座迷宫。里面的居民只要外出回来就很难找回自己住处的房门。此时,"迷路者最希望遇见的或者是另一个迷路者。一个回家途中的人、一个倒霉访客,一个传递挂号信的邮差、一个全然陌生的人……只有他们能够互相明白,都不确切知道自己应该向哪一个方向行走的心情"⑤。小说的楔子部分曾提到:"门的建造只是为了掩饰门并不存在的事实。恰恰是因为进入与离开都了无痕迹,暗示才成为必需的仪式。"⑥

---

① 韩丽珠:《双城辞典Ⅰ》,台湾联经出版事业股份有限公司2012年版,第124页。
② 韩丽珠:《双城辞典Ⅰ》,台湾联经出版事业股份有限公司2012年版,第119页。
③ 韩丽珠:《双城辞典Ⅰ》,台湾联经出版事业股份有限公司2012年版,第125页。
④ 韩丽珠:《双城辞典Ⅰ》,台湾联经出版事业股份有限公司2012年版,第102页。
⑤ 谢晓虹:《双城辞典Ⅱ》,台湾联经出版事业股份有限公司2012年版,第72页。
⑥ 谢晓虹:《双城辞典Ⅱ》,台湾联经出版事业股份有限公司2012年版,第66页。

这是否说明了人在城市迷失的困境只有在感同身受的前提下才有走出来的可能?《拾遗》里第九城在20世纪80年代中期已面临生养孩子数目逐年递减的情况,使得十先生售卖孩子的生意兴旺。而"我"作为《第九城口述历史》的编撰工作者,在梦里竟然见到街上满满的都是初老的男女,"身上发出衰老的酸气,但光滑红润的皮肤比我们的更富弹性"[1]。这不仅描述了这个城市的年轻人有"未老先衰"的迹象,还暗示一个城市活力的衰减。《咬群》里的第七十二城是一个已消逝的城市,而白先生是这个城市的遗民,后来迁移至第九城生活。可是,在第九城里,漆黑与自由的空间都没有了。属于"咬群"一族的白先生在第九城里"如幽灵般过着与流浪无异的生活"[2]。后来当放映室的东西不翼而飞时,他尝试通过咬手臂来印证真实与否,可现实告诉他不见了的东西终究是无法回来的,已逝去的生活是无法找回的。这暗喻了在新时代生活的港人还未能适应城市新的变化,导致"怀旧"之风盛行不衰,"咬群"的成员实际上就属于此类人群。相较于"怀旧"之风的盛行,《乐土》里第四城曾一度刮起抑郁症风潮,当时提炼出一种叫"乐土"的药物来对抗这种疾病。可是数年过后,第四城的居民已经把这次风潮遗忘了,暗示了城市人在这片"乐土"上的历史冷感。在城市中生活的居民到底是否应该拥有自己的私人空间? 二○九九城曾是一个以偷窥文化和欲望闻名于世的地方,可现在已经变得死气沉沉。面对无所不在的偷拍行为,当地政府的发言人曾表示:"现在,唯一能对抗这种不当行为的做法,就是不再隐藏自己的身体,如果身体不再是秘密,那么偷拍的行为就再也没有任何实际意义。"[3]后来,该城商业区挤满了赤裸的人群,并不是为了展示自己的胴体,而是"无法找到潜进了不知名所在的自己"[4]。这成了城市居民突然大量移居外地的原因。除了失去私人空间(包括物理和心理空间),在城市倍受压抑的生活也是促发居民产生"此地是他乡"的原因。《折叠》里讲到据七八九城口述历史撰述者陈如滑回忆,"怪物节是唯一一扇容许人们产生遐想的窗子","只有在那一天,他们才可以随意舒展自己

---

① 韩丽珠:《双城辞典I》,台湾联经出版事业股份有限公司2012年版,第49页。

② 韩丽珠:《双城辞典I》,台湾联经出版事业股份有限公司2012年版,第53页。

③ 韩丽珠:《双城辞典I》,台湾联经出版事业股份有限公司2012年版,第151页。

④ 韩丽珠:《双城辞典I》,台湾联经出版事业股份有限公司2012年版,第153页。

的四肢,宣泄积压已久的情绪,狂喊属于他们心里的声音"。①同时,通过怪物节的身体动作练习,他们发现"日常生活中种种切实的人和事,或许只是来自幻想。他们怀疑的并不是自己的存在,而是四周事物以及所有发生过的事情的真确性,当他们挣脱了真实的捆绑,便有了容纳怪物的余裕"②。又或者如二二六七城的特色建筑"劏房"。人们通过"把躯体分解成不同的碎片,那是困局的唯一出路,在每一块碎片之间的空隙,人们才找到呼吸的余裕"③,乃至洞悉自我的本相或底蕴。

　　谢晓虹在"人与城"关系的探讨上与韩丽珠有异曲同工之妙,同样都是"把人与人的亲切关系推至互相残害的地步"④,但她的写作风格更趋暴力与血腥,并与城市的冷酷形成相应的对照。同样谈到城市无所不在的监控及其对人性的压制,谢晓虹笔下的第六十四城是会吃人的,而且不留下任何痕迹,"明天到来以前,天空伸出的舌头便会把它舔去"⑤。更有甚者,不仅仅是对人性的压制,更是对人性的改造。《开头》讲到C地对人的改造相当可怕。每年从世界各地运往C地的幼儿会被送去检验以便选拔精英。如果被确定为精英,那么就要接受"开头"手术,从而"在国家教育所里被培养成'人',其他的婴孩则会被当作宠物贩卖,或被转卖到其他地方"⑥。同样谈到都市居民失语的状态,《咬字》里更涉及方言"失守"的危机,里面谈到"一九九七之城也仿佛驶进了这个语言的黑洞"⑦。当地居民纷纷选择沉默,并形成一种共识:他们失去的并不是声音,而是关于语言的记忆。⑧对此,专家提出的办法就是忘记过去的方言,重新学习新的语言。这些死去的文字在遗民的口中已经无法传递给其他人,只能注定被历史遗忘。这犹如一九九七城的分裂,新兴城市已经无法留下旧城的遗迹,只能通过口耳相传来想象已逝去的城市,并同样面临传承的困境,历史在这座新兴城市

---

① 韩丽珠:《双城辞典I》,台湾联经出版事业股份有限公司2012年版,第131页。
② 韩丽珠:《双城辞典I》,台湾联经出版事业股份有限公司2012年版,第132页。
③ 韩丽珠:《双城辞典I》,台湾联经出版事业股份有限公司2012年版,第159页。
④ 谭以诺:《本土意识高涨之时——试论香港近年小说创作》,《香港文学》2013年11月号。
⑤ 谢晓虹:《双城辞典II》,台湾联经出版事业股份有限公司2012年版,第21页。
⑥ 谢晓虹:《双城辞典II》,台湾联经出版事业股份有限公司2012年版,第95页。
⑦ 谢晓虹:《双城辞典II》,台湾联经出版事业股份有限公司2012年版,第27页。
⑧ 谢晓虹:《双城辞典II》,台湾联经出版事业股份有限公司2012年版,第28页。

如同一片空白。与历史记载相关的还有城市景观的消逝。《苦瓜》里，为了寻回已消逝的爱情记忆，少女们选择自愿埋葬在新的建筑物里，"通过这样方式，她们才能与死去的少年们相遇，并且在狭窄的墙壁之间，建立更为幸福的生活"①。原来工地曾为一群被学校驱赶出来的健壮少年提供工作与居住的场地，而少女K此时也认识了其中一名少年K，少年K往后随工厂的转移离去。工地曾经发生过一场大火，似乎把这些恋爱史也一并烧毁殆尽。事实不然，少女们仿佛听见了从工地方向传来的少年的幽灵召唤，所以愿意与这些声音一同伴随大火消失。因此，小说以带有寓言性的现象结束："我"发现少女K的衣橱着火瞬间变成"我"站在工地大火后的废墟。城市的历史也随着这场大火下景观的消失而埋葬，由此暗示城市的高速发展给不少地景造成消极破坏的影响。《畸零夜市》同样直面这一问题。O城有一个没有人能够找到的畸零夜市，是一个专门汇聚城市剩余之物的漂流卖物场。这些剩余之物就是城市已消逝的一切。不过，据说"畸零夜市最常出现于这些被铁丝网围堵起来的地方"②，比如：大大小小的地盘，这里是"城市里少有的宽广空间，因为仍然空白而有了生机勃勃的可能"③，所以这里有猫和流浪汉，也有因街道规划而被迫拆迁的奥古的唱片店。在这个寸土寸金的O城，已消逝的物品在"发展至上"的今天只能速朽，更不用奢想能被回忆起来。于是，它们唯有像亡灵一样存在于这些黑暗的空间，才能得以重生。然而，令人担忧的是，它们最终是否会像《苦瓜》一样随着一场大火（或者其他外力的入侵）而成为废墟呢？不仅仅是物的消逝，实际上连人的欲望之河也为外力所填平，但人的爱欲真的能被完全消灭吗？如同《溺爱》里的诗人所说的："我相信爱河还在城市的地下流动，我常常能够听见它的声音。"④既然生活已经如此沉重，这个城市也不是我们熟悉的I城，那么作家笔下的人物只能通过遗忘现实，甚至是逃离现实才能获得片刻的放松，可这种放松反而让人在虚幻中迷失自我。因此，都市人在"真实"与

---

① 《苦瓜》一文源自《双城辞典II》。此处笔者参考版本为谢晓虹在内地出版的简体版《雪与影》，花城出版社2017年版，第170页。（按：简体版的内容与繁体版一致。）

② 谢晓虹：《双城辞典II》，台湾联经出版事业股份有限公司2012年版，第142页。

③ 谢晓虹：《双城辞典II》，台湾联经出版事业股份有限公司2012年版，第142页。

④ 谢晓虹：《双城辞典II》，台湾联经出版事业股份有限公司2012年版，第131页。

"虚幻"的矛盾生活中踽踽独行。《烂漫》里八八八城的居民曾经流行玩一种空心娃娃,整个城市的居民都脱离现实,陷入这种疯狂的游戏中。在K看来,"像儿童乐园一样的城市却变得那么遥远而虚幻"①。《假期》里生活在火城里的人如果将世界视为"现实",那么他们的人体便会不自觉地进行抵抗,"皮肤与外在世界在强力的摩擦之间,渐渐便会被磨成一层薄膜"②。因此,他们只能通过"假期"这段虚拟的时间来遗忘现实。然而,过度沉迷假期也是有危险的,就在于"虚幻的感觉在年月里渐渐变质,假期亦可以变成'真期',过去的现实反而一如假期那样被遗忘,于是,进入假期状态的人将永不回来"③。因此,一旦离开必须迅速将之遗忘,否则将永远不能回到现实的"家"并找到理想的心灵栖居之所。

面对城市的缥缈与虚幻,另一位作家潘国灵笔下的人物NANA也深有同感:生活荒诞得那么近乎超现实画作。④同样是直面都市疾病,韩丽珠和谢晓虹笔下的人物更多表现为顺从或无力反抗的被动,于陌生与疏离感中徘徊游移。相反,潘国灵笔下的人物则多为"分裂人",尤其到了小说集《静人活物》,"主体分裂"已经是他关注的重点,并一直延伸至长篇小说《写托邦与消失咒》。潘国灵曾自称为"分裂的人",受到"重象、分身、分裂"等现象吸引。⑤这种分裂的思绪主要通过写作的症候来表现,"写托邦"一词由此诞生。

"写作"是潘国灵近几年尤为关注的命题。他曾说:"这几年我特别执迷于写作的本质、写作的行为与艺术(act/art of writing)关切,作为一个'每天也要服用一定写作剂量作毒/解药的人',这构成了我大量的阅读、创作、生活,以致成为一个重大的'存在的母题'。"⑥于是,他会思考在香港,"写作

---

① 谢晓虹:《双城辞典II》,台湾联经出版事业股份有限公司2012年版,第151页。
② 谢晓虹:《双城辞典II》,台湾联经出版事业股份有限公司2012年版,第59页。
③ 谢晓虹:《双城辞典II》,台湾联经出版事业股份有限公司2012年版,第61页。
④ 潘国灵:《静人活物》,台湾联经出版事业股份有限公司2013年版,第61页。
⑤ 凌逾:《与潘国灵先生对谈录(上)——关于长篇小说〈写托邦与消失咒〉及其他》,《城市文艺》2017年总第87期。
⑥ 潘国灵:《后记/静人活物,虚无湖镜》,见《静人活物》,台湾联经出版事业股份有限公司2013年版,第201页。

的族群是怎样的？写作的本相是怎样的？或者说是写作的命运……"①在关注写作本位问题的同时，他认为，透过写作可以看出一个地方或整个世界如何对待写作这一问题，从而反观这个地方或世界自身。因此，写作只是作为一种症候。在潘国灵的笔下，这些分裂的人大多是"作家"或"书写的人"，且共同组成一个"写托邦"。《写托邦与消失咒》除了聚焦个人写作之于生命的意义（即小说中几个角色的成长）外，还剖析他们共同经历"文学病变"的处境。这些"文学病变"与"城市病变"也是存有千丝万缕的关系。分裂人的产生主要源于对这些"病变"的不满与不适。他们长期无法融入社会，对"虚伪"的城市（如：人造光明、喧哗聒噪、口头的美好、广告式的快乐②）有着诸多排斥，以至于患上各种各样的"写作病"。《密封·缺口》里作家NANA听到音乐喷泉不分四季地奏出韦瓦第的《四季》时，便喃喃自语地表达不满："从没见过这么光亮的黑暗世纪。乍看还以为自己处身天堂。"③《写托邦与消失咒》里的作家游幽是一个持续对生命抱疑的疑问者。对于书写族群来说，"他们各自在存在的荒漠上行走，孤独是他们与生俱来的命运，但在冥冥中他们亦感到一种共生的联系，有一把时强时弱的声音把他们召唤到一处不知实存还是虚构的'写托邦'（Writopia）国度，这把声音可能来自外在、高于他们的，也可能来自内在、不过是自我分裂的唇语和幻听"④。可见，作品就是他们生命的全部，"作家之为'作家'是把文字置于首位"⑤；"如果作品完成不了，他们一生都带着一份亏欠的感觉，尽管他其实不欠任何人东西，也从来没人宣称是他们的债主。他们其实自身就是债主与债仔，另一种的自我分裂和自我循环"⑥。《我城05之版本零一》里的悠悠是一个文艺少女。在谈到"口罩之城"的部分，虽然表面看起来是"阿果"的叙述，但也可以看作是悠悠的精神轨迹，从中可知她将自己视为"游离分子"：

---

① 凌逾：《与潘国灵先生对谈录（上）——关于长篇小说〈写托邦与消失咒〉及其他》，《城市文艺》2017年总第87期。

② 潘国灵：《静人活物》，台湾联经出版事业股份有限公司2013年版，第79页。

③ 潘国灵：《静人活物》，台湾联经出版事业股份有限公司2013年版，第61页。

④ 潘国灵：《写托邦与消失咒》，台湾联经出版事业股份有限公司2016年版，第33页。

⑤ 潘国灵：《静人活物》，台湾联经出版事业股份有限公司2013年版，第79页。

⑥ 潘国灵：《写托邦与消失咒》，台湾联经出版事业股份有限公司2016年版，第32页。

我低头不语

游离分子(独个儿,在街道上)

呼吸着

游离分子(千万粒,在空气中)①

　　"游离分子"可视为现代社会"分裂人"的主要特征。当阿果评价悠悠
小说不连贯且全部呈碎片状时,悠悠坦率地说:"也许因为我的心已裂成碎
片。"②她不喜欢小说风格的统一,因为深知"精神分裂是这个时代的
精神"③。

　　　这些分裂人通过一系列写作的症候来反观自己写作的意义与价值。
在观照的过程里,他们实际上也在省思自己与城市的关系。这种观照与省
思,实际上是源于对现实感到陌生与不满。鉴于此,他们主动与城市制造
距离,出走是他们常常选择的路。"消失"便成为潘国灵小说中一个非常重
要的关键词,也是逾二十年来潘国灵小说念念不忘的重要母题。在平常的
日子里,他致力于观察在城市中或显或隐的消失之物,并付诸文字,目前已
结集的成果有:自2006年9月始在《明报·世纪版》开辟专栏以图文并茂的
方式记录香港的消失物事,到2016年7月出版长篇小说《写托邦与消失
咒》,并于2017年7月出版图文集《消失物志》。《写托邦与消失咒》将写作消
失的本质与爱情、城市消失的本质结合在一起思考,从而将个体化书写直
接推向以整个"香港"作为喻体的书写。也就是说,"消失"的不再是某个景
观,而是整个"香港"。在图文集《消失物志》里,他希望从诗化的细腻之笔
中"捕捉消失灵光闪现的刹那,铺成一幅失落拼图,记那已逝、淡出与将去

---

① 潘国灵:《我城05之版本零一》,见香港艺术中心及Kubrick编:《i-城志——我城05跨界
创作》,香港艺术中心出版社2005年版,第54页。

② 潘国灵:《我城05之版本零一》,见香港艺术中心及Kubrick编:《i-城志——我城05跨界
创作》,香港艺术中心出版社2005年版,第55页。

③ 潘国灵:《我城05之版本零一》,见香港艺术中心及Kubrick编:《i-城志——我城05跨界
创作》,香港艺术中心出版社2005年版,第55页。

的"①，以"记城中消失物事一百件,给一个城市的死与生"②,由此可感受到"这终究是一本描绘之书"③,就像米兰·昆德拉为描绘(description)所下的扼要定义:对昙花一现的悲悯,努力保存终会消失灭绝的东西。④于是,从"消失"的现象到"消失"的本质,潘国灵在小说和图文集里均做了探讨,由此创设了"写托邦"的消失美学。

致力于与城市制造距离的写作者,他们都或多或少看出生活的破绽,并且希望能"在这世界撕出一个缺口"⑤,从现实中消失并钻进一个幽暗无光的写作洞穴,进而安心写作,如《密封·缺口》里的NANA,《一个作家消失了》的NANA,《我城05之版本零一》里的悠悠以及《写托邦与消失咒》里的游幽。与此同时,他们在现实中并不是孤身一人,而是均有一位生活伴侣。面对他们的消失,这些生活伴侣刚开始还是有所不适,会睹物思人而导致精神失常,可他们都会不约而同地选择写作来克服这种状态。到了最后,NANA等人彻底消失在现实生活中,但又复现在纸上,使得与现实伴侣能在纸上重逢。二者由之前的分裂走向重合,形成二位一体,互为镜像。《一个作家消失了》的NADA是NANA的伴侣,也是文字编辑。她最初动笔写NANA更多出于惦记,可到了后来,NANA由NADA笔下的消失之物变成写作恩物。NADA"在写的过程中重新将被书写的对象拥有,同时也将之'谋杀'"⑥。《写托邦与消失咒》里的悠悠比NADA思考得更深。当在键盘上不停地把所思所想记下来时,她心里也叩问着已消失的游幽:"莫非你的消失就是要逐渐把我变成另一个你,不然我怎么会执笔写起你来?而更准确地说,其实我写的不是你,而是我反借你来写出一个小说?"⑦虽然两人处于分离状态,但现实中的伴侣仍感觉与消失伴侣"系着一条风筝之

---

①　潘国灵:《消失物志》,中华书局(香港)有限公司2017年版,封底。

②　潘国灵:《消失物志》,中华书局(香港)有限公司2017年版,封底。

③　潘国灵:《自序》,见《消失物志》,中华书局(香港)有限公司2017年版,第11页。

④　潘国灵:《自序》,见《消失物志》,中华书局(香港)有限公司2017年版,第11页。

⑤　潘国灵:《静人活物》,台湾联经出版事业股份有限公司2013年版,第63页。

⑥　潘国灵:《静人活物》,台湾联经出版事业股份有限公司2013年版,第83页。

⑦　潘国灵:《写托邦与消失咒》,台湾联经出版事业股份有限公司2016年版,第72页。

线"①,二者"可以分离但不可以割舍"②。于是,《一个作家消失了》的NA-
DA感觉自己正与NANA进行着一场合写,最终两人在自编自写中合体,
"此岸的书房、睡房、客厅与彼岸的图书馆、失落园、游乐场压缩在同一维度
的文字城堡,重叠在《一个作家消失了》的最后一个句号之上,是为两人合
奏最可能接近完美的一个休止符"③。《写托邦与消失咒》里的悠悠在游幽消
失第一千零一夜后也执笔写起游幽。当初游幽希望悠悠为他写传记,但悠
悠深知游幽并没有被写成传记的野心,最适合的反而是将游幽写成小说。
在小说世界中,真实与虚构的距离进一步为自传式事物设下安全的屏障,
建构它同时消解它,让它不再以自身展现为目的,而必须服膺于艺术创作
中,至此它方才找到暂且存在的理由。④也就是说,只有在小说里悠悠才能
重新拥有他,游幽才会真正属于她,也"暂且找回忧郁地栖居的方寸"⑤。
NADA极力希望与NANA重逢,而悠悠也想办法重新拥有游幽,暗示了他
们形成互为存在的分裂幻觉,共同组成作家的化身。洛枫曾对此做出恰当
的评价:"《写托邦与消失咒》其实是作者本人一次自我迷失与寻找的启蒙
旅程!"⑥NADA与NANA、悠悠和游幽有着近音/同音之名,也有着相同/
不同的性别身份,分裂为两半,互相寻找。NADA与NANA通过"对位法"
的合写重新找回自我,而悠悠和游幽通过余心的帮助重新联结彼此的心
魂。余心最后通过撕破书页来创设缺口,让悠悠重遇彻底消失在这个城市
的游幽。在《密封·缺口》里,NANA同样做过此事,并扬言:"对于一个作
家来说,唯一的缺口在书页上。"⑦而到了余心口中,她把这种撕书页的行为
与对城市的失望之情联结在一起,"你说在城市撕出一道缺口,你最后可以
撕的不过是自己的书页"⑧。

---

① 潘国灵:《静人活物》,台湾联经出版事业股份有限公司2013年版,第83页。
② 潘国灵:《写托邦与消失咒》,台湾联经出版事业股份有限公司2016年版,第79页。
③ 潘国灵:《静人活物》,台湾联经出版事业股份有限公司2013年版,第85页。
④ 潘国灵:《写托邦与消失咒》,台湾联经出版事业股份有限公司2016年版,第288页。
⑤ 潘国灵:《写托邦与消失咒》,台湾联经出版事业股份有限公司2016年版,第288页。
⑥ 洛枫:《极端生命的残酷阅读——潘国灵和他的消失角色》,见潘国灵:《写托邦与消失
咒》,台湾联经出版事业股份有限公司2016年版,第5页。
⑦ 潘国灵:《静人活物》,台湾联经出版事业股份有限公司2013年版,第69页。
⑧ 潘国灵:《写托邦与消失咒》,台湾联经出版事业股份有限公司2016年版,第327页。

潘国灵曾将这些各行其是或隐隐然互有关联的人物,视为世上"隐修群体"的一员。①这些人"在各自的写作回廊中绕圈沉思打转,将眼目所及之物——一块石头、一张面孔、一块橱窗、一面墙等等都变成照见出自我或世界的一面虚无湖镜,穿过黑暗的玻璃,而犹在镜中。一时以为瞥见真相,却是看进空无(void)"②。他不否认作家有一双观照现世的"阴阳眼",能够看见这块"虚无湖镜",并与镜中的影子"共存、共舞,内化同时外化,碎裂成双重、三重以致多重的倒影、分身、重象、他我与反自我"③。实际上,对异化城市产生陌生、疏离乃至分裂感,主要源于自己的心灵无法得以安顿。因此,若想实现隐修,那么就要与现世生活乃至于这个熟悉的城市自制距离。然而,"自制距离"并不是一种刻意的逃避现实,而是为了更好地弥合分裂的内心以回归最强大的自我。在这方面,也斯通过旅行来"自制距离",从观看各种新事物中反省自身及这座城市,而潘国灵笔下的人物在这座城市无所依归,便选择通过"出走和消失"(不一定离开这座城市)这种"自制距离"的方式渴求回归。通常,他们都会选择潜进写作的洞穴(写托邦),在灵魂的居所里获得"原初"的救赎。"原初"也是潘国灵探究生命存在之始的重要母题。

"消失—复现"的无休止循环模式在潘国灵笔下常常出现,这源自弗洛伊德著名的"Fort, Da"线轴游戏。④"Fort, Da"最早为潘国灵2010年出版的小说集《亲密距离》的英文名,寄寓着"离开—再现"等相关话题。这其实是

---

①　潘国灵:《后记　静人活物,虚无湖镜》,见《静人活物》,台湾联经出版事业股份有限公司2013年版,第202页。

②　潘国灵:《后记　静人活物,虚无湖镜》,见《静人活物》,台湾联经出版事业股份有限公司2013年版,第202页。

③　潘国灵:《后记　静人活物,虚无湖镜》,见《静人活物》,台湾联经出版事业股份有限公司2013年版,第202页。

④　弗洛伊德用几个星期的时间持续观察一个一岁半的小男孩自我发明的"不见了——在这儿"(丢失和寻回)的游戏。其中,为表达"不见了",小孩口中说出"噢—噢—噢—噢",而表达"在这儿"就用"嗒!"。这个游戏隐喻着母亲的离开和复现,寄托着对母亲的依恋和占有。整个过程是将母亲离去的行为作为一种被动压制的体验(丢失),转化为一种主动控制的本能(寻回)。这种本能虽然在实际生活中受压制,但也暗含挑战意味,即对母亲离他而去的行为进行报复的冲动。[奥]西格蒙德·弗洛伊德:《弗洛伊德后期著作选》,林尘等译,上海译文出版社1986年版,第11~16页。

一种充满悖论的吊诡主义思考,潘国灵也不否认自己着迷与推崇"吊诡"。它"是对立的并存、是可以同时用悖论、paradox来形容的"①。这种吊诡性与潘国灵小说"边界涂抹"的特色有着极大的关联,共同揭示了人类存在状况的悖论。邓文娟曾分析道:"'边界涂抹'精神其实可谓潘国灵重要的小说理念,是由疾病、身体、创作上的个人经验,达至对文学、生命本体上的深层思索,影响着潘氏的所有创作。"②无论是患了"疾病"(《鸦咒》等),还是选择"自我消失"(《写托邦与消失咒》等),小说中的人物都要通过"写作"实现救赎。可见,身体和精神的边界已被涂抹,并处于永恒"来与去"(Fort-Da)的循环之中。如何才能真正走向回归"原初"的路?"身体"恰好能作为连接生命与"原初"的桥梁,即用身体写作(或"疾病书写")的方式思考存在的荒谬与绝望,从"负面之物"(黑暗、阴性、病态等)的书写中探究人类"生存的位置和力量"③,并寻找救赎之路。与此同时,潘国灵也深知探究存在问题不能流于幻想,而是需要落实于在世场所。这对他来说,这个在世场所"很大程度就是城市的环境"④。城市、存在、哲思这些于他从来都是难分难解的。可贵的是,他常常对城市书写做自我反省,"香港文学不应只限于写城市,评论者也不应单以城市滤镜来接收文学。文学不仅只有社会性,应也可包容一些存在或哲学的层次"⑤。从身体的沉沦到精神的升华(Fort-Da),"写作的笔可以由身体走向形而上的广阔世界,也可以由形而上进入身体的角角落落,身体与精神世界相融相交于文字世界"⑥,从而实现对自我及这个城市发展终极出路的救赎。在创作中同样贯彻哲思理念的董启章认为文学是能在很大程度上介入社会的,"但基础是有作者有作品,并改

---

① 邓文娟:《城市、身体、fort da隐喻——潘国灵中短篇小说系统研究》,华南师范大学2013届硕士学位论文,第53页。

② 邓文娟:《城市、身体、fort da隐喻——潘国灵中短篇小说系统研究》,华南师范大学2013届硕士学位论文,第42页。

③ 潘国灵:《创作之路,几个关键词》,《香港作家》2010年第6期。

④ 凌逾:《与潘国灵先生对谈录(上)——关于长篇小说〈写托邦与消失咒〉及其他》,《城市文艺》2017年总第87期。

⑤ 凌逾:《与潘国灵先生对谈录(上)——关于长篇小说〈写托邦与消失咒〉及其他》,《城市文艺》2017年总第87期。

⑥ 邓文娟:《城市、身体、fort da隐喻——潘国灵中短篇小说系统研究》,华南师范大学2013届硕士学位论文,第49页。

善周边的条件,将作者意图、作品的意义放大,才可能提升文学在社会上的角色。文学馆就是一个创造文学阅读条件的具体机构。人不是孤立的,是要参与到这个世界的。写作也是在构造一些世界"[1]。因此,他的写作是面向世界的。然而,这种面向"并不是指在行为上很活跃于公共空间,而是指一种意义的指向"[2]。

借余心的话来表达潘国灵探讨人类生存本相的决心,那就是:一天写托邦尚在,一天余心不灭。[3]

①　张璐诗:《董启章 "写本土是为了写世界"》,《新京报》2010年3月27日。
②　何映宇:《香港异数董启章:文学必须拒绝大众拒绝消费》,《新民周刊》2011年5月2日。
③　潘国灵:《写托邦与消失咒》,台湾联经出版事业股份有限公司2016年版,第331页。

第六章　省思:重返与书写的限度与可能

　　发展到今日的"香港书写",在建构文化身份这一层面聚焦大量有关"我是谁""我从哪里来"的问题,并说出了各种版本的"香港故事",让人不得不感慨香港的确是一个"身世十分朦胧"且"充满历史悲情"的城市(小思语)。与此同时,主轴上的"我要到哪里去?"(即"香港及香港文化何去何从")这一问题却始终成为不少"香港书写"解不开的心结。如果说回归过渡期作家担忧的是会面临20世纪末的"失城",那么到了后"九七"时代,虽然香港没有出现想象中的巨变,但作为赖以生存的环境,"香港及香港文化何去何从"则成为港人念兹在兹的议题。尤其在全球化的危机下,"有机社群"面临解体的困境,人文精神的传承遭遇断裂,"寻根"重新成为香港社会热议的话题。①文学界同样如此,"家园"变成作家不约而同聚焦香港文化现状与未来的重要书写对象。然而,从香港近些年所患的"症候"可知,不少港人对于"本土"的理解有走向日益狭隘、封闭乃至自我膨胀的危险。反映在文学上,"香港书写"表现出来的"内在化"趋势也使香港文学乃至香港文化的发展面临自我设限的障碍。鬼魅阴森、病气恹恹、脆弱无力等人事现象在不少"香港书写"中随处可见,对未来香港乃至香港文化发展到底"路在何方"依旧表现出迷茫无助的态度。因此,"我要到哪里去?"自然而然成为不少"香港书写"念兹在兹的话题,指向的是人文香港的重塑。让香

---

　　① 需要强调的是,关于发生在香港"人文精神断裂"的问题并不是属于"九七"回归以来的特有现象,而是英国殖民统治时期就存在的。香港作家黄傲云曾指出:"殖民地主义的影响所及,连香港社会本身亦染上现实主义的色彩。所谓现实主义,是非精神性的,是物质的,是唯利的。长久以来,香港人在香港只自居为过客,物质满足了,利益达到了,便另谋出路。他们不想回乡,便思远走,所以移民潮永远没有停止过。这是一个无根的社会。"(黄傲云:《微弱的脉搏》,《香港文学》1985年第1期。)此处提到发生在"九七"回归以来的"人文精神断裂"现象主要由全球化危机的爆发所导致,与"九七"回归没有直接联系。若将此现象的发生仅仅归咎于"九七"回归,那么就有污名"九七"回归之嫌,这是需要引起我们警惕的。笔者关于此问题所提出的补充说明受益于陆士清教授的点拨。

港重返人文家园，建立充满文化自信的"人文主体"，便成为不少作家的愿景。

第一节 如何重返，怎样书写？

香港是一个"变动不居"的城市，在每一段时间序列里都充满着各式各样的"断裂"。这源自"它在每个时代的变动、气性缺乏自然的过渡，不断被外力左右"①。

20世纪80年代以来，香港历史、文化的建构同样发生着不同程度的裂变。面对这些变化，不少作家的内心无所适从，产生"失根感"。具体到"香港书写"的层面，这种"失根感"主要表现在两个方面：其一，对香港文化身份的探寻与定位，尤其是如何看待"香港文化与中国文化"之间的关系没有形成清晰的认识；其二，地方文化精神的传承在全球化语境下面临断裂的危机，作家未能找到重返人文"我城"的书写路径。在香港面临世纪末巨变的大背景下，"重返"与"书写"之间存在复杂而微妙的对话关系，"如何重返"成为不少作家"重塑人文香港"的课题，而"怎样书写"被视为寻找重返之路的主要方法之一。②

在走向寻根的路上，当下有一种现象值得审视，那就是不少"香港书写"呈现出过度内在化的倾向，缺少带有温度的人文关怀气息。目前不少"香港书写"（尤其在疾病与情色书写里）呈现出一种令人疑惑的常态。有香港学者在考察"九七"回归以来香港小说的"香港书写"后便一针见血指出："不少写作者似乎都在'我'身上做文章，敢问：人在何方？ 固然，'我'也

---

① 卢欢：《葛亮：尊重一个时代，让它自己说话》，《长江文艺》2016年第12期。

② 本书提出"如何重返，怎样书写"的观点是受益于王德威教授在考察19、20世纪中文小说后，试图为现代文学研究的理论与实践探索提出"如何现代，怎样文学"这一理念。他在该书序言里开宗明义地道出："十九世纪中叶以来，中国历史、文化的建构发生空前裂变。因应这一'千年未有'的变局，'如何现代'成为学者文人念兹在兹的课题，而'怎样文学'往往被视为通往现代的主要门径之一。现代与文学间微妙而复杂的对话关系，大自国家神话的形成与意识形态图腾的描摹，小至文类秩序的重组与象征体系的搬演，在在可见端倪。时序到了另一个世纪初，由文学所铭刻、体现的各种现代及后现代经验，依然值得我们仔细思考。"王德威：《如何现代，怎样文学？十九、二十世纪中文小说新论》，台湾麦田出版·城邦文化事业股份有限公司2008年版，第11页。

是人,但这种目光只盯着自己,只在私我处挖掘的写作,与人何干? 不错,乔伊斯、卡夫卡、卡缪,都是孤独的写作者,都是这样写,但我要指出一点,他们是我们的代言人,在他们笔下看到了我们的处境,人类普遍的精神危机。如果没有同样的心智和思想高度,同样的写作只会画虎不成反类犬";"正是'不成魔不成活',香港小说二十年来可谓鬼气森森、魅影处处,缺少的正是人间气息,以及小说应有的人情世态、市井风情"。①关于这点,王德威也深有同感,他在阅读刘以鬯主编的《香港短篇小说百年精华》一书后感慨道:"从忧郁症(melancholia)到妄想症(paranoia),从都会奇观(spectacle)到海市蜃楼(simulacrum),从毛骨悚然的怪魅(gothic)到似曾相识的诡谲(uncanny),用在香港叙事上俨然都顺理成章。"②由此可见,"疾病化""妖魔化"和"鬼魅化"的写作风格当道。为了配合这些写作风格,"香港创作人在叙述方式上大都擅长陌生化技法,以'鬼眼'看世界,以梦幻为法宝,或以时空转换为能事"③。从写作风格及创作技法上的选择可知,这实际上暗示了不少作家对香港文化的现状及异化的人性深感困惑与失望。据此,他们不得不选择避世的梦境、"反求诸己"的形式、"下沉"的写作姿态,以及黑暗的审美趣味。对这一问题有深层探讨的代表性作家非董启章莫属。从"自然史三部曲"到2017年出版的长篇小说《神》,他通过完全沉浸于个人世界或者尝试联系社会问题来持续思考"文学与个人、社会和政治"的三重辩证关系。在《神》里,他"重拾文学与社会公共性的话题,着意探讨文学写/不写政治的问题,或曰,借思辨式写作寻找'写不写之写'的可能"④。"如何文学"成为董启章思考这三重辩证关系问题的核心所在,"启蒙"与"革命"这组辩证话题再次重现在读者面前。在全球化危机的侵袭下,作家选择这些写作方式来表达内心诉求本无可厚非,但过于沉浸形而上的哲思世界,甚至无法从中走出来,表现出拒绝现世的态度,那么写作就会有"失重"的危险。

---

① 蔡益怀:《小说我城·魅影处处——香港小说二十年(1997—2017)批与评》,《香港文学》2017年7月号。

② 王德威:《城市的物理、病理与伦理——香港小说的世纪因缘》,《香港文学》2007年7月号。

③ 蔡益怀:《小说我城·魅影处处——香港小说二十年(1997—2017)批与评》,《香港文学》2017年7月号。

④ 丘庭杰:《"写不写之写"的可能——读董启章〈神〉》,《香港文学》2017年10月号。

长期下去,这既会使作品丧失人间气息与生活趣味,也会远离有力的精神向度及美好的审美精神追求。

当从"魅影处处"的小说里感受到作家对人文精神危机表现出失望无力的姿态时,这也暗示了由西西等作家于20世纪70年代建立起的具有地方特色的人文情怀在21世纪面临断裂的困境。如果说《我城》表现出一种地方精神,那么它的价值也在于处理地方题材的态度:本土并不等于加入本土地理名词景观,而是站在对等的角度,关注社区和民众过去和今日的各种情况,也透过文学性的具有想象的语言建立思考和批评的方法和空间,最终要建立的不是排外和自我膨胀,而是人文关怀。① 为走出20世纪70年代的社会危机,西西"寄望于人际的沟通、文化的觉醒和多元开放"②,从而建立互助信任和开放包容的有机社群。在《我城》的结尾处,西西借阿果拨通电话来连通另一个世界,以此展示70年代民间自发的一辈对地方文化认同和自我文化身份探求的信心:人类将透过他们过往沉痛的经验,在新的星球上建立美丽的新世界。③ 同样发表于20世纪70年代的《美丽大厦》,展示的是"我城"世界的另一面——封闭式的世界。在美丽大厦这个近乎封闭的空间里,一个多声部的世界展现在眼前:这里住着来自各地的平民,说着各地的方言,但大家都和睦相处、互相尊重。加深住户彼此之间感情的事件,是美丽大厦的电梯失灵。电梯失灵的日子,住户(尤其是住在高层的住户)取消了不少外出活动,甚至很多时候在大厦内就可以将衣食住行解决了。由此,这幢大厦似乎与外界隔绝,并走进了"时间零"的状态。正如西西在小说《美丽大厦》的后记中所言:"时间也不同了,时间之所以不同,其实是因为空间的变化。我目睹这种种变化,并尝试把它存记下来。"④也斯对城市书写也发表过类似西西的观感:"看城市光看高楼大厦看不到什么,建筑的空间是固定的、外加的,要看城市里的人怎样生活,像地·撒图(Michel de Certeau)所说的那样,要看人们怎样发展日常生活的应变计谋,

---

① 陈智德:《论七十年代的都市文学》,见香港艺术中心及 Kubrick 编:《i-城志——我城05跨界创作》,香港艺术中心出版社 2005 年版,第11页。

② 陈智德:《解体我城:香港文学 1950—2005》,香港花千树出版有限公司 2009 年版,第159页。

③ 西西:《我城》,广西师范大学出版社 2010 年版,第238~239页。

④ 西西:《美丽大厦》,台湾洪范书店有限公司 1990 年版,第212页。

使用那些空间,变成自己活动之处。"①在此期间,大家众志成城、互帮互助,共同走过一段"没有电梯的日子"。与此同时,行走楼梯虽然使不少住户出入不便,但也让他们重新发现日常被乘坐电梯遮蔽的平凡人事和日常经验,感受美好而温暖的生活点滴。此外,住户交流的机会也比往常增多了,比如:参加互助会的人数骤然剧增;平常的日子,"人们在打开的窗前相互交谈"②。到了小说结尾,西西借电梯门的重新敞开来暗喻"封锁"时间的解除,"一个开放的美丽新世界"即将出现。由此可见,西西通过观察和思考"我城"的"一体两面"(《我城》的开放式世界和《美丽大厦》的封闭式世界)来试图在危机重重的"我城"建立具有地方特色的人文精神传统。这也是不少70年代香港文人所致力于追求的创作目标。

然而,到了21世纪,西西等一代文人希冀建立的"有机社群"面临解体的危机。西西在21世纪出版的小说集《白发阿娥及其他》表现出对转折时代香港人文精神危机的失望和反省。从该小说集最后也是最为悲观的一篇《照相馆》可见,香港已不再是《我城》里的香港,人文价值的失落显而易见。照相馆的饰橱里记录着阿娥的过去,是阿娥所珍视的"历史渊源"。然而,这个照相馆"位于廉租屋邨的边缘地带,又是横街的街尾"③。旧区的位置使照相馆随时面临被清拆重建的命运,阿娥眼中的本土情感和人文传统也会随着清拆而消失。香港学者陈智德指出,西西"敏锐地遇见了全球化征象下的市区重建、经济转型所导致的'有机社群解体',在新一波的经验断裂、理念承接的悬空当中,七十年代的本土认同及一代人理念探求上的'有'又还作'无'"④。这个"无"以照相馆的结业和小女孩被婉拒的叩问来隐喻地方文化经验传承的断裂。《我城》是"一本有关年青人在这个城市的故事,二十世纪七十年代本土意识萌芽的香港活现眼前,既描画美好一面,亦带有时代隐忧,整体是一片希望、朝气勃勃,正立于发展起步点的年青城

---

① 也斯、陈智德:《文学对谈:如何书写一个城市?》,《文学世纪》2003年1月号。

② 西西:《美丽大厦》,台湾洪范书店有限公司1990年版,第165页。

③ 西西:《照相馆》,见陶然、蔡益怀主编:《香港文学》(增刊),香港文学出版社有限公司2017年版,第36页。

④ 陈智德:《解体我城:香港文学1950—2005》,香港花千树出版有限公司2009年版,第161页。

市"①；"那一年香港的年青一代就是这么乐观好奇，充满元气"②。在这里，小女孩作为新生的力量接续的是《我城》里的年轻一辈，可是这种被赋予"未来"的意义遭遇悬置的困境。在《我城》诞生30周年之际，新生代作家潘国灵和谢晓虹根据原著理念重写，变成两个不同的《我城05》版本。这两个版本除了是向《我城》致敬外，更为重要的是以《我城》作为当下重塑人文香港的起点，以青年一代的生存现状与理想追求作为书写对象，以此反思地方人文价值的失落和人文精神传承断裂的困境。

潘国灵眼中的"i城"是一个充满轻省气氛的世界，"世界愈来愈轻省了"③。小说读起来与原著一样轻松愉快，而且还有不少自嘲幽默的语气。然而，拨开文字的迷雾，支撑这种轻松氛围的背后其实是沉重的人文精神危机，伴随着作者尖锐的批评与反思。其中，最明显的例子就是批评没有使命感的新闻传播媒体。阿果与一众读新媒体传播学的大学同学去加州橙盒子唱歌，其间希望大家留意一下自己选的这首与"控诉传媒"有关的歌。大多数同学对此表示讶异，觉得唱K本身是放松的行为，没必要在这里思考沉重的话题。庆幸的是，一众同学中还是有阿果的知音——阿游。阿游选择唱著名歌星郑秀文的《插曲》来回应阿果的思考，可到了歌曲高潮部分，这种思考竟然变成一场喜形于色的大合唱"嘉年华"，使"本来的认真化作一支嬉笑的插曲"④。这一切，让阿果终于明白，"像加州橙这样的盒子，是容不下严肃与沉重的"⑤。这个情节在充满矛盾组合的现实情境中流露出作者的批评和反省：理念受到新闻业娱乐化所威胁的新闻系毕业生，在卡拉OK把控诉传媒娱乐化的流行歌原已不太显著的抗争意味进一步

① 《i-城志》编辑小组：《有关〈i-城志〉》，见香港艺术中心及Kubrick编：《i-城志——我城05跨界创作》，香港艺术中心出版社2005年版，第1页。

② 茹中烈：《给自己写信》，见香港艺术中心及Kubrick编：《i-城志——我城05跨界创作》，香港艺术中心出版社2005年版，第6页。

③ 潘国灵：《我城05之版本零一》，见香港艺术中心及Kubrick编：《i-城志——我城05跨界创作》，香港艺术中心出版社2005年版，第59页。

④ 潘国灵：《我城05之版本零一》，见香港艺术中心及Kubrick编：《i-城志——我城05跨界创作》，香港艺术中心出版社2005年版，第39页。

⑤ 潘国灵：《我城05之版本零一》，见香港艺术中心及Kubrick编：《i-城志——我城05跨界创作》，香港艺术中心出版社2005年版，第39页。

"去魅"和再娱乐化,当中的矛盾遥远地回应了小说中段所谈论的新闻软性化问题,作者由此其实提出相当沉重的思考。①这种"沉重的思考",直指21世纪的青年对"主流"的附和,以及改变丑陋现实的无力感。如果说西西的《我城》寻求的是建构青年一代对本土文化创建的理念,并对现实持开放包容和乐观积极的介入姿态,那么到了潘国灵的笔下这一切都已经不能在新生代中得以传承。不过,潘国灵还是没有放弃接续的努力,希望重返这种宝贵的人文精神理念。于是,在小说结尾,他通过"亲自叩门"这个意象来寄托当下的青年要主动去传承和创造本土意识:"我们都太习惯于自动门。芝麻开门终究是一个童话。很多门,还是要我们亲自去叩的。'你们祈求,就给你们;寻找,就寻见;叩门,就给你们开门。'谁知道《圣经》说的是否真实。但肯定的是,麦快乐、悠悠、阿发、阿果,你们打开一道道城市和人生交错的门,迎向你们的,是意想不到的答案。"②

谢晓虹笔下21世纪的"i城"充满着许许多多的"分裂人",并被官方视为"病变的现象"和"社会沉重的负担"。③阿果也成了"分裂人",并朦胧记得"就在那两张旗帜升起的那天,也正是它们分裂的时候④。这里的"分裂",实际上暗指回归后港人的文化身份在现实生活中找不到能形成共识的归属感和认同感,如同小说里所说的:"在我们的城市里,大概仍存在不少分裂人,他们都散失了彼此。"⑤这种分裂的情况在"四月一日"愚人节达到高潮,恰巧在这个时候整个i城进入"沉睡的时刻","一切便都静止了下来"。⑥这里的"四月一日"暗示的日期是2003年4月1日。对于港人来说,这一天非比寻常,使得他们感到生存危机一触即发。一方面,"非典"肆虐,

① 陈智德:《解体我城:香港文学1950—2005》,香港花千树出版有限公司2009年版,第229页。
② 潘国灵:《我城05之版本零一》,见香港艺术中心及Kubrick编:《i-城志——我城05跨界创作》,香港艺术中心出版社2005年版,第63页。
③ 谢晓虹:《我城05之版本零二》,见香港艺术中心及Kubrick编:《i-城志——我城05跨界创作》,香港艺术中心出版社2005年版,第75页。
④ 谢晓虹:《我城05之版本零二》,见香港艺术中心及Kubrick编:《i-城志——我城05跨界创作》,香港艺术中心出版社2005年版,第79页。
⑤ 谢晓虹:《我城05之版本零二》,见香港艺术中心及Kubrick编:《i-城志——我城05跨界创作》,香港艺术中心出版社2005年版,第105页。
⑥ 谢晓虹:《我城05之版本零二》,见香港艺术中心及Kubrick编:《i-城志——我城05跨界创作》,香港艺术中心出版社2005年版,第95页。

20世纪80年代以来香港小说中的「香港书写」研究

死亡的恐慌情绪蔓延整个城市，港人受谣言影响纷纷抢购粮食。另一方面，就在当天下午，著名歌星张国荣跳楼身亡。一刹那，整个城市进入"沉睡"的状态：整个i城，像迅速凝固的冰块那样，一点一滴，只要有生命气息的，都进入了昏睡的状态。①这次危机让港人重新反省"香港"的历史与现状，包括物质生存、身份认同及人文精神的传承等。如何才能走出这场生存危机，重返美好的生存空间和人文家园？谢晓虹借悠悠的口道出"摆脱沉睡状态"的办法，那就是"自救"："如果我们不想与整个城市一起沉睡，我们便得自己拯救自己。"②这种"自救"，在小说里表现为众人于"分裂纪念日"（7月1日）当天走上街头，表达内心诉求，希望重返具有本土意识的人文精神理念。整部小说总体的写作基调是阴沉的，但最后写到的"分裂纪念日"则同样与西西一样运用民间自发力量来克服"分裂感"，改写了港人对人文精神断裂和身份认同危机的"分裂"现象，与潘国灵一样对未来充满积极乐观的愿景。

如果说70年代的"香港意识"更多指向的是找到能够落地生根的"地理家园"，那么"九七"回归以来的"香港意识"针对的则是建立具有地方特色的"人文家园"。因此，两部作品关注如何重塑充满人文关怀的"香港意识"，对《我城》的重写是有着独特而重要的意义。具体而言，就是"以七十年代的文学作为一种文化资源，唤回七十年代创建文化、修补断裂的乐观理念"③，以此回应并反省当下的人文精神危机。同时，它们对青年一代在"重塑人文香港"的路途中所发挥的作用是充满期待的，希望能承接70年代青年群体的人文理想和文化追求，并创造属于新一代人的人文精神理念，为共同体的社群内容注入更多"情与志"的人文想象，从而抗衡"有机社群"的解体。文学"有各种新兴事物，也应包括历史视野与人文关怀"④，所以可作为传承地方文化资源和保存文化记忆的重要载体，创建具有城市文

---

① 谢晓虹：《我城05之版本零二》，见香港艺术中心及Kubrick编：《i-城志——我城05跨界创作》，香港艺术中心出版社2005年版，第98页。

② 谢晓虹：《我城05之版本零二》，见香港艺术中心及Kubrick编：《i-城志——我城05跨界创作》，香港艺术中心出版社2005年版，第98页。

③ 陈智德：《解体我城：香港文学1950—2005》，香港花千树出版有限公司2009年版，第234页。

④ 陈智德：《论七十年代的都市文学》，见香港艺术中心及Kubrick编：《i-城志——我城05跨界创作》，香港艺术中心出版社2005年版，第12页。

化想象的人文远景。这如同李欧梵所言，我城"仍然存在于香港人的内心深处。虽然表面的轮廓早已模糊，但正因为它处于层层'他城'压迫之下，反而显现另一种新的魅力和内涵。而这种魅力和内涵的来源就是文学"①。可见，贯穿在本时期"香港书写"中的香港意识，实际上不应该走向"狭窄或与民族认同对立"的情形，而是应该将其塑造成一个"广阔的概念，包含本土认同、公民意识、社区关怀等等；而建立人文关怀，旧区重建、可持续发展、环境保护等等观念，往往须透过本土关系来建立，并非商业价值可以解决"。也就是说，香港意识的重塑需要正视"土地和人的关系，批判短浅的经济或市场利益，批判无根和无视人文环境的政策"②。在此过程中，香港的"文化主体"身份才能得到有效建构。

由此可见，《我城05》已经意识到需要从20世纪70年代地方文学资源中接续已断裂的人文精神传统。然而，仅仅从本土文学资源中寻找书写的路径，是否能真正实现"重返人文'我城'"的目标？这里就需要对"本土"的意涵做出更进一步的理解和阐释。

在香港文学的语境里，对"本土"的理解其实是与"香港意识"联系在一起的。香港意识，也就是常常提到的"本土意识"，指的是"一种共同社群建立的对土地的归属和自我身份的认同，是共同社群经验及文化累积的结果"③。可它也会有自己的局限性，那就是"容易带来自我膨胀和狭隘和排他性"④，这种狭隘和排他性，是建立在视全球化一体化和国族中心主义为"他者"的基础上产生的。由此可知，"本土性"实际上是由自我想象建构出来的。也就是说，作家和学者"基于特定的历史环境与政治因素，讨论香港文学或文化的论述，都会很有意识地追寻，甚至标榜这个研究对象的独特性、本土性的特殊风格"⑤。"我城"的命运始终牵连着港人敏感的神经。正

---

① 李欧梵：《在"他城"重读"我城"》，见香港艺术中心及Kubrick编：《i-城志——我城05跨界创作》，香港艺术中心出版社2005年版，第8页。

② 陈智德：《解体我城：香港文学1950—2005》，香港花千树出版有限公司2009年版，第30~32页。

③ 陈智德：《解体我城：香港文学1950—2005》，香港花千树出版有限公司2009年版，第164页。

④ 陈智德：《解体我城：香港文学1950—2005》，香港花千树出版有限公司2009年版，第31页。

⑤ 罗贵祥：《经验与概念的矛盾——七十年代香港诗的生活化与本土性问题》，见张美君、朱耀伟主编：《香港文学@文化研究》，香港牛津大学出版社2002年版，第241页。

因为他们"太爱这个城市了"①,所以才会在这片土地上产生"漂流异乡"及
"此地他乡"的想法。在人文精神出现危机的情况下,港人依旧未能找到主
体存在的意义和价值,导致出现了香港意识走向越来越狭隘和自我膨胀的
局面,情况不免令人担忧。

关于这一点,在创作中专注于探索"自我"问题的董启章虽然不否认
"自我"的存在,但也是甚为警惕的,在小说《时间繁史·哑瓷之光》里对"自
我"就做了相当严肃的反思和批判。他认为"虽然在写本土,其实在写世
界"。也就是说,作家要在书写本土的过程中探索人类普遍性的问题。对
此,他具体谈道:"本土是我最直接的写作体验,但我又觉得写本土的题材,
意义不在于只让香港人感受到,而希望从中找到普遍性的东西。在新的社
会中,这些都是颇为世界性的状态。再核心一点,就是'自我'问题。我就
好比一个案例:一个作者的'自我',写'我'同他人的关系。而这是人类的
基本问题:'我'是什么人,'我'与他人的关系是如何建立的。我希望能写
到这个层面。"②本书第二章第一节已经谈到,"香港经验"不再仅仅局限于
地理意义上的理解,而是已超出地域范围且融进了世界各地的元素。也就
是说,作为混杂性空间的"香港"不是"本土"一词能够完全涵盖的。实际
上,对于"香港文学"的理解同样如此。唐睿曾在一次讲座上说过,香港文
学不仅仅是香港的,更应该是中国的,亚洲的,世界的。他热爱香港文学,
他想把香港文学推广到更遥远的地方。③陶然也说过:"香港文学最根本的
根,是中华文学。同时,作为一个中西文化的交汇点,它又能迅速了解各国
信息,吸收世界各地的文化营养。特别是年轻人,中英文都通,信息也灵,
因此既体现出传统的一面,也有现代的一面。"④陈国球更将"香港"看成文
学和文化空间,可以有一种"文学的存在";"香港文学"是一个文化结构的
概念。我们看到"香港文学"是多元的而又多面向的。为此,他提出如下具
体看法:"历史告诉我们,'香港'的属性,从来就是流动不居的。在《大系》

---

① 许子东:《香港短篇小说初探》,香港天地图书有限公司2005年版,第13页。

② 张璐诗:《董启章 "写本土是为了写世界"》,《新京报》2010年3月27日。

③ 杨堤波:《唐睿印象/人物散文》,见"跨界经纬"(微信公众号)。

④ 郑荣健:《"香港文学最根本的根,是中华文学"——独家专访〈香港文学〉杂志总编辑、著
名作家陶然》,《中国艺术报》2013年3月18日。

中，'香港'应该是一个文学和文化空间的概念：'香港文学'应该是与此一文化空间形成共构关系的文学。香港作为文化空间，足以容纳某些可能在别的文化环境不能容许的文学内容（例如政治理念）或形式（例如前卫的试验），或者促进文学观念与文本的流转和传播（影响内地、台湾、南洋、其他华语语系文学，甚至不同语种的文学，同时又接受这些不同领域文学的影响）。"①实际上，已经混杂了多种文化元素的香港文学要找回自己的"根"是不容易的。正因为如此，学者目前对"香港文学"这一概念的解释莫衷一是，无法找寻属于它的本质含义，属于一种"无家"状态的表现，并已然成为一种常态。既然无法对此明确含义，刘俊便提出新的见解以把握"香港文学"的鲜明特征：与其将它"视为是一个静止的、固定的、自足的地理名词"②，还不如把它理解成是一个"动态的、开放的、更具包容性和抽象性的名词"③。于是，"香港文学"就从平时我们所界定的"地区文学"转化为"特征文学"。也就是说，所有与香港相关，且涉及对"香港"理解和认识的作品都可以视为"香港文学"，从而超越了地区限制而把所有与"香港"有关的各地区作品都容纳进来。因此，他认为香港文学是"在香港的世界华文文学"④。此外，对于香港文学思潮的理解，同样也不是"本土"一词所能概括的。内地学者古远清曾对香港当代文学思潮的混合性结构作过如下分析："这时期的当代香港文艺思潮出现了传统与前卫文学思潮不断混合在一起的奇异景观。其中'美元文化'与写实主义文学思潮的混合，现代主义文学思潮与反殖民意识的混合，本土意识与中国意识的混合，后现代与后殖民、分离主义等文学思潮相组合，共同形塑了香港当代文学思潮的混合性结构。"⑤

因此，除了从本土文学中寻找适合"重塑人文香港"的书写资源外，也要对其做出距离性的反思。罗贵祥曾指出："本土性或本土意识是否必然

---

① 陈国球：《香港文学大系（1919—1949）·总序》，《香港文学》2014年11月号。

② 刘俊：《香港文学：从"地区"文学到"特征"文学》，《香港文学》2006年1月号。

③ 刘俊：《香港文学：从"地区"文学到"特征"文学》，《香港文学》2006年1月号。

④ 刘俊：《〈香港文学〉与"香港文学"——以2002年〈香港文学〉为考察对象》，《香港文学》2005年11月号。

⑤ 古远清：《香港当代文艺思潮的混合性结构》，《中国文艺评论》2017年第6期。

是一种对本土的肯定态度？本土意识是否就等同于对本土的认同？本土意识的建立，其实会不会不是一个回归本土并做出认同的过程？相反的，这可能是一个把意识与本土隔离的举动。"①虽然已经意识到要进行文化寻根，但作家因持过度保护地方文化的态度而未能把握其文化多样性存在的意义和价值，在寻根的路上自我设限，致使无法实现终极目标。古远清也曾对本土化的自我设限发表过如下看法："本土化不一定囿于一乡一土。它不是地方主义的产物，更不鼓吹族群的对峙，而是放眼世界，展望明天。"②另一位内地学者龙扬志也做过类似的分析，将本土"作为区分香港意识的标准，内在地形成了一种排斥他者的文化政治。但是何谓'本土'，或者说，在多大程度上才能划定本土的框架？是否构成了对香港这样一座混杂中西文化的单一化想象？或者将城市现代化进程中不断吸收的文化排斥在外，这一问题的思考其实对于重塑香港的文化内涵具有极为重要的意义"③。事实上，在香港文坛，这种排斥的程度已经呈现出一种"去中国化"的意识形态倾向，远离了香港文化探求的本义所在。有香港学者曾对此表示担忧："在香港现时社会语境下的'本土'，已经带有一种意识形态色彩，变成了一种分歧对立的姿态，跟国族对立起来的，是排他的。一些人把非本土的视为一个外来者，凡是非本土的就要排斥抵制。香港曾有人在一个研讨会上提出要拒绝中国文学的收编，他们不是把香港文学当作中国文学的一个部分，已经带上意识形态的对立色彩，存在一种唯我独尊的姿态。现在，'本土'似乎变成了一种政治论述，在这样的语境下谈论本土，很容易堕入他们的话语逻辑里面去。"④不可否认的是，香港文学与内地文学的联系是非常紧密的，并贯穿在每一个阶段香港文学的发展历程之中。

由此可见，要想真正突破本土书写的限制，并且在重返之路上走得更远，有两个方面是需要关注的：

---

① 罗贵祥：《经验与概念的矛盾——七十年代香港诗的生活化与本土性问题》，见张美君、朱耀伟主编：《香港文学@文化研究》，香港牛津大学出版社 2002 年版，第 246 页。

② 古远清：《香港当代文艺思潮的混合性结构》，《中国文艺评论》2017 年第 6 期。

③ 龙扬志：《香港回归二十年的文学"本土"伦理》，见暨南大学中国文艺评论基地编：《粤港澳青年文学研讨会论文集》（未出版），第 72 页，会议时间：2017 年 5 月 20—21 日。

④ 蔡益怀：《在地抒情》，《香港文学》2016 年 4 月号。

一方面,香港的半唐番文化自成系统,让运行其中的多种文化并行不悖,而地方文化的多样性是由"混杂性"的文化身份决定的。对于"混杂性"的文化身份建构,"除了华商/非华商、华人文化/非华人文化,以及新/旧历史认知的问题外",还受到"阶级、性别、性取向、原居民/土生代/新移民等等的异质紧张关系"所影响。[①]因此,香港的本土性是"复数"的,表现在以中国民族认同和西方文化作为参照系,"具有本土具体特性与它相对抽离的形而上概念两者的组合"[②]。关于如何理解本土语境下所具有的"复数"内涵,范铭如曾指出:"地方是个变动性的相对范域,当与之对应的板块——地方、国家或全球——产生位移就可能会带动原始板块的重组;反过来推论,为了因应调整后者,地方是一个不可或缺的立足点,它的功能不仅是本土化与全球化的对立掣肘,也能确保本土化的复数性。"[③]

另一方面,要考虑到"本土"在香港文化语境下所具有的"复数"内涵及其生发的可能与限制。其中,最主要的是聚焦具有"复数"内涵的本土与"混杂性"文化身份的共谋关系。尤其是要注意"混杂性"概念本身的游移与含混,也会影响对香港"本土性"的准确定义。事实上,"混杂性"内在蕴含明显的"有我"意图,隐含的是希望香港文化能建构突显自身"主体性"的策略。相应地,"本土"虽然有着丰富多义的内涵,但表现出来的"自我膨胀"倾向也是为了强调"主体性"的存在。在现实语境下,对"混杂性"的过分强调实际源自他们期望探寻与定位香港文化,尤其是与中国内地文化的关系未能形成清晰的认识。自"九七"回归以来,"香港书写"所表现出来的过度内在化倾向与这种模糊的认知密不可分。这也成为"香港书写"无法在"重返人文'我城'"的路上走向实质性突破的重要原因。实际上,他们已经意识到过于强调"本土"的纯粹性不利于为香港文化和社会的未来提供更多富有可能性的想象。钟晓毅认为,香港文学所强调的"本土"更多是带有"精神性"的概念,也就是笔者认同的"文化根性","它是作家与脚踏着的土地以及在此凝聚起来的文明和文化生死相依的一种认同感,是根植于母

---

① 罗贵祥:《他地在地——访寻文学的评论》,香港天地图书有限公司2008年版,第266页。

② 罗贵祥:《他地在地——访寻文学的评论》,香港天地图书有限公司2008年版,第264页。

③ 范铭如:《文学地理:台湾小说的空间阅读》,台湾麦田出版·城邦文化事业股份有限公司2008年版,第219页。

语的一种血缘意识在生命中的觉醒"；"'本土性'本身就是现代性的一种觉悟，是民族精神及其话语在全球化大语境下与世界的交流与对话。不是'世界走向我'式的被动选择，也不是'我走向世界'式的单向度认同；而是'我'与世界互相走向、相互进入——是民族精神在与世界潮流的对话与碰撞中的创造性转化"。①刘登翰更指出："本土性其实是中华文化母体和文学传统在这些地区（按：指台港澳地区）的适应性再生长，而且本土性对于抵抗殖民异质文化侵蚀，发展民族文化和民族文学具有积极意义。"②然而，为了强调香港文化的独特性和特殊性，以免被全球化语境下产生的文化强力收编，"本土"一词遭遇狭隘、封闭乃至扭曲的理解，比如以下这位香港学者提出的观点是具有代表性的，认为本土意识应该要补充及缓和国族中心主义或全球化、一体化的声音，"那处于无力抵抗的包容，使本土正在其不可能、没市场时，实现了'具香港特色'的本土性"③。

由以上分析可知，要想真正找到属于香港文化的根，就要在流徙文化空间里重新发现并审视自身的文化根性，即落实对香港文学与中国文学二者关系的合理定位问题。如果不能客观看待二者之间的关系，那么香港文学的"主体性"建构也会面临自我解构的尴尬。香港文学有着半唐番文化的显著特征，但根依旧在中国文化。为此，刘俊的提议是恰切的，他认为："香港文学之所以会具有'中间性''在其间'和'兼间状态'，从根本上讲是由香港文学是中国'特区'文学这一特质决定的——作为中国文学中的'特殊区域'文学，香港文学既在中国文学之中又区别于中国文学中的其他地区文学（大陆文学、台湾文学），这样的一种特殊性就使得其'中间性''在其间'和'兼间状态'，说到底其实是香港文学中的香港特质和中国属性交织重叠的结果。"④香港学者叶辉也将香港文学的特质形容为"中间状态"："在一场辩论中，一名女子谈到爱是什么，便打了个比方，说那是一条'爱的梯

---

① 钟晓毅：《香港文学：身份之中与身份之外》，《香港文学》2006年1月号。

② 龙扬志：《华文文学的文化视野与学科建设——刘登翰研究员访谈录》，《文艺研究》2018年第3期。

③ 陈智德：《解体我城：香港文学1950—2005》，香港花千树出版有限公司2009年版，第32页。

④ 刘俊：《香港小说：中国"特区"文学中的小说形态——以〈香港当代作家作品合集选·小说卷〉为论述对象》，《香港文学》2012年5月号。

子'(ladder of love)，在梯子上攀上攀下的人，就是为了寻索最适合自己生存的位置。我所知道的香港文学，约略也是一条这样的梯子。香港的人和文化的流动性，说来何尝不是这样一条第俄提玛的梯子呢？"①香港作家冯伟才也说过一番客观而中肯的话："无论我承认不承认，香港在地理环境、历史源流、文化根源各方面，都是中国的一支，它不可能脱离中国的母体而单纯地'本土化'。"②由此可见，香港文学与中国文学的关系是密不可分的。香港文学的主体性和独特性是需要依托中国母体才能更好地凸显出来，它应该是以中国文学中的其他地区文学(内地文学、台湾文学)作为参照的语境来谈主体性、独特性和丰富性。其他地区文学无法代表香港文学，香港文学亦然，但它们都是中国文学不可或缺的重要组成部分。

在"重返人文'我城'"的路上，如果说"如何重返"聚焦的是"如何自处的存在之思"，也就是明确香港文学的根在中国文化，那么"怎样书写"就要落实到文学上"词与物"关系的审美之思，即作家如何通过美学趣味的选择来重构人文精神传统，乃至于创造新的人文精神理念。"香港书写"作为对本地"文学记忆"和"文学审美"的记录、保存、传承乃至创造的重要性是不言而喻的。以此作为思考的原点，就可以在"怎样书写"的层面作出相应的反思。

纵观20世纪80年代以来香港小说中的"香港书写"，我们发现其在形式探索的西化方面确实走在中国其他地区文学的前面，不少香港作家更为热衷于如何取法西方现代与后现代的创作技法，比如坚持走欧化路线的董启章曾坦言"阅读受西方的影响较大"，写作继承自刘以鬯、西西、也斯等这一脉现代主义文学传统，而20世纪五六十年代的写实传统则与他本人的写作不太相关。③相较而言，对从中国文化(尤其是传统文化)里获取书写资源的做法则不太热衷，也将它们视为"本土"的对立面予以摒弃，这尤为体现在本地成长的新生代作家身上。可不得不承认的是，"所谓香港本土

---

① 草草：《书介：Metaxy：中间诗学的诞生》，《文汇报》2011年12月19日。
② 冯伟才：《评"香港文学本土化运动"》，引自杨匡汉：《学术语境中的香港文学研究》，见黄维樑主编：《活泼纷繁的香港文学：一九九九年香港文学国际研讨会论文集(上、下册)》，中文大学出版社、香港中文大学新亚书院2000年版，第655页。
③ 张璐诗：《董启章 "写本土是为了写世界"》，《新京报》2010年3月27日。

文化,其实是包括中国文化和西方文化在内的世界经验的聚集,最后形成以岭南语言、文化、民俗为主体,同时混合外来殖民文化及其现代消费文化的地域性文化特征"①。可见,香港的半唐番文化是从中国文化的根性中生发出来的。按理说,中国文化及其书写经验可以为"香港书写"乃至实现"重返"目标提供宝贵的文学支持。吊诡的是,中国文化因素(尤其是传统文化因素)在这些现代性叙事上所发挥的作用并不是很大,更不用谈对其做创造性的转化。

对于"书写"的理解,不少作家在获取与使用创作资源方面走向了往西方"一边倒"的选择。袁良骏曾批评当今年轻一代的香港现代主义作家走入了如下误区和困境:"其一是有些作品单纯玩弄现代主义技巧,甚至故弄玄虚,写来写去,谁也看不懂,只好靠文友之间互相捧场了。其二是他们对历史悠久的现实主义传统采取了十分轻率的一笔抹杀的态度。"为此他下了一个结论:香港的现代主义文艺事实上已经走到了生死存亡的严重关头。②当然,这个结论有点失实了,因为到目前为止香港的现代主义文学依旧是香港文学的活力所在。可是,这个结论也有它的合理之处,那就是过于热衷对"西方"的强调也使得他们的"书写"遇到了无法突破的"瓶颈",失去了对中国传统小说审美趣味和讲故事方法的传承和探索创新的兴趣。如果只迷恋在形式上师法西方现代和后现代派,过于突显形式和语言的独特性,那么就很容易迷失书写的方向。也就是说,"在书写中所经历的不可回转的历史性的破坏,在汉语的母语的意义上,他们成了离家失所的人"③。不少香港作家在"怎样书写"的层面有走向自我封闭的危险。与中国传统文化接续的断裂使得作家作为叙事主体在审美精神位格(person)的追求上显得无力而平庸,并在人文精神和审美话语方面无法回到真正的原乡。这种现象的发生主要源自现代性危机给香港文化所带来的巨大冲击。

无可否认,香港作家创作时所使用的"中文"语言背后就有着一套完备的中华文化思维模式。港人骨子里还是蕴藏着中华民族传统文化的情结,

---

① 龙扬志:《香港回归二十年的文学"本土"伦理》,见暨南大学中国文艺评论基地编:《粤港澳青年文学研讨会论文集》(未出版),第72页,会议时间:2017年5月20—21日。

② 袁良骏:《香港小说史》(第一卷),海天出版社1999年版,第22页。

③ 傅元峰:《新诗地理学:一种诗学启示》,《文艺争鸣》2017年第9期。

尤其是受儒家伦理观念影响较深。也斯在分析香港教育时曾明确指出："英文教育虽然占尽优势，但中文教育未像亚洲其他一些地区那样受到压抑，只不过是更着重传统的古典文学教研、着重儒家思想等比较正统而无颠覆性的思想。"①实际上，在香港新文学萌芽期，文坛对热衷于"西化"的创作观念已经有了反省的迹象。据赵稀方考察，20世纪20年代出版的《小说星期刊》"虽然发表新文学作品，却并不放弃旧文学，并且能够从香港自己的历史语境出发，反省'西化'观念"②。为此，他列举了20年代主持亚新书局的孙受匡写的一篇小说《恨不相逢未嫁时》。小说中的男女主人公英文水平极佳，但他们都没有忘记中国。其中，女主人公痛斥当时的香港学生为赚钱而只重视学英文，中文程度极差，有的还视中文一钱不值，在不知不觉间做了洋奴，而对于中国文化、中国历史乃至于当下内地的政治等却一无所知。与此同时，男主人公则在纪念孔子诞辰会上发表演讲，认为孔子不是一个圣人，而是一个伟大的教育家，进而希望大家为中国富强而努力，效仿孔子"以司寇资格，为鲁定公傧相，会齐侯于夹谷，为父母之邦争面子"。赵稀方通过分析这篇小说，得出如下结论：处于英国殖民统治下较为开放的香港，反倒重视中国传统文化，客观评价孔子，反对崇洋媚外，这与打倒孔家店的"五四"是完全不同的。③由此可见，一百多年前的香港新文学已经注重与中国传统文化之间那割舍不断的关系，而一百多年后的今天却出现了断裂与拒斥的局面，情况不免令人担忧。因此，香港文化要想发出主体性的声音，就得先搁置意识形态的问题，重新把目光聚焦回审视与中国文化之间的关系。

以上就"香港书写"在"重返人文'我城'"的路上表现出来的限度做出反思。然而，这并不是说所有的"香港书写"都忽视与中国传统文化的关系。有一些香港作家，如董桥、钟晓阳、辛其氏、李碧华、葛亮等都选择书写带有古典情愫的文字来使"香港书写"接续和传承中华传统文脉，并在"复古"的创作中求"新变"。其中，作为南来香港的新生代作家，葛亮的创作反拨了不少"香港书写"过于西化的弊病，可以作为典型范例进行考察和研

① 梁秉钧：《嗜同尝异——从食物看香港文化》，《香港文学》2004年3月号。
② 赵稀方：《〈小说星期刊〉与〈伴侣〉——香港早期文学新论》，《文学评论》2016年第4期。
③ 赵稀方：《〈小说星期刊〉与〈伴侣〉——香港早期文学新论》，《文学评论》2016年第4期。

究。无论是"香港书写"还是"中国书写"，葛亮都不忘接续和传承中华优秀传统文化。《浣熊》是葛亮书写香港的小说集，当思考城市的当下与历史关系时，他是这样阐释的："即使表达相关这座极具现代性的城市，我依然倾向于切入其文化传统的部分进行表达。我相信这是这座城市的根基，比如，《浣熊》这部小说集，关注这城市中的节庆，如长洲的太平清醮，大澳的侯王诞。这些节庆关系着城市的渊源与其发展中重要的历史节点。传统凋落的过程中，它们的存在意味着，某种文化精神以仪典化的方式在进行传递。在现代情境里考察传统的去向，主题会更为明晰。"[①]同时，这种接续和传承并不是单纯的"复古"。从近年的创作可知，葛亮追求更多的是在包括人文精神和审美话语领域的"复古"基础上求"新变"。《北鸢》虽然不属于"香港书写"，但在"如何重返、怎样书写"的层面可以给当下的"香港书写"提供不少可资借鉴的经验和方法。

　　现有对"香港书写"的研究，用王德威的说法来总结，就是"往往强调'物理''病理'层面"，而忽视了香港叙事的"伦理"层面，"除非我们对香港叙事的伦理层面多作思考，便不足以更理解香港叙事的物理和病理意涵，也就不足以看出香港文学有别于其他华语文学的特色"。[②]也就是说，要想真正对作家眼中的"香港"做出观察和解读，就要从"伦理"的维度出发来考察叙述主体的写作姿态和审美位格。"如何重返"指向反观自我主体（我是谁？），而"怎样书写"则牵涉到"及物"的问题，也就是为解答"我是谁"而选择使用相匹配的语言、文体和表达风格。具体而言，用"如何重返，怎样书写"的理念来思考叙事主体文化心理在历史和现实错综复杂的互动语境中的演变逻辑，以及如何在汉语母语的表述与更新中重返审美与话语层面的原乡，是当下切入反思研究"重返与书写的限度与可能"这一问题的有效路径。

---

①　摘自笔者对葛亮的访谈《〈北鸢〉的历史书写与叙事营造———葛亮、徐诗颖文学访谈录》。葛亮：《由"饮食"而"历史"——从〈北鸢〉谈起》，《暨南学报（哲学社会科学版）》2019年第1期。

②　王德威：《城市的物理、病理与伦理——香港小说的世纪因缘》，《香港文学》2007年7月号。

第二节 重返的限度：身份建构中的游移与含混

在本书第二章已讨论过，"混杂性"成了"香港"这个流徙空间下非常重要的文化身份特征，也得到了华文学界的首肯，以下的论述是形容这种特征的代表性观点：香港在飘散西方现代文化的空气中，也袅绕着阵阵中国的线香烛火。它出神入化地把二者融合在一起，使这块既是西方政治、经济、文化侵入古老中国的桥头跳板，也是中国传统文化最先迎受现代冲击的敏锐前沿，典型地体现出两种文化的交会、冲突、融摄和岭南文化的开放性、兼容性和多元性特征。①然而，当重新将"混杂性"放在"香港"场域进行考察时，我们发现它实际上是一个暧昧不清的概念，也造成了在文化身份建构中的游移与含混。它与"混沌"不是同一回事，因为"混沌"是以"无我"的方式来呈现自身，而"混杂"则蕴含明显的"有我"意图。萨义德曾说："自我身份或'他者'身份决非静止的东西，而在很大程度上是一种人为建构的历史、社会、学术和政治过程，就像是一场牵涉到各个社会的不同个体和机构的竞赛。"②也就是说，当使用"混杂性"作为概括自身文化身份的特征时，其实已经巧妙地将其作为保护屏障，内里隐含的却是希望香港文化能建构突显自身"主体性"的策略，让自己成为新的"主导论述"。我们知道，要突出"有我"，就要找到一个"他者"作为对立面才能成立，这并没有真正摆脱二元对立的思考模式。霍米·巴巴对这种由"混杂性衍变成主导论述的权威"表现十分警惕，他极其看重"混杂"③原有表现出来的抗衡特质，即"在支配论述的认同规则中生产出含混效果"，借此质疑主导论述的权威。④

在"九七"回归这个事实前，恐慌、焦虑和无助等种种负面情绪在不少港人身上产生，而且他们害怕回归后继续失去发声的权利。此时，不少作家同样对回归后的香港前景充满迷茫和担忧，到处弥漫着不安全感，而这

---

① 刘登翰主编：《香港文学史》，人民文学出版社 1999 年版，第 7~8 页。

② [美]爱德华·W.萨义德：《东方学》，王宇根译，生活·读书·新知三联书店 1999 年版，第 426~427 页。

③ 与本书第二章第三节提及霍米·巴巴的"杂交性"理论相关。

④ Homi K. Bhabha. *The Location of Culture.* London and New York：Routledge, 1994, pp.110–111.

些感受主要来源于他们看待"香港文化与中国文化"关系的复杂态度。由于"九七"回归已成定局,所以他们更多着眼于香港文化与中国文化之间那种既融合又冲突的关系。简单来说,就是探究"本土性与中国性的内在矛盾"命题。这如同也斯所言:"要讨论香港的文化身份,恐怕正得从它与国家民族文化既有认同又有相异之处开始细探。"①如果这一前提被无视的话,那么"香港意识"的具体所指,便会与被认为是"浮城"的香港一样,显得虚无缥缈。我们可以看到不少作家试图在作品中寻求并建构他们心目中理想的香港,其中最具有代表性的就是在众声喧哗的文化场域里通过"夹缝""边缘""北进想象"三种视角②潜在表达自身主体性的文化诉求,即希望香港回归后将作为一个有别于内地文化的特殊独立文化主体而存在。这曾引起内地和香港学术界的广泛关注和集中讨论。

通过站在"第三空间"立场来思考"混杂性"文化身份的问题,作家和学者希望能重新定位香港文化与中国文化之间的复杂关系。然而,他们虽通过各种类型的作品来寄托这种愿望,但更多表现出来的依旧是迷惘的态度,并不知道未来香港及香港文化的路在何方。从中国立场出发,我们可以看到用"第三空间"理论来定位和建构香港的文化身份还是有它的学术缺陷,以及蕴含着明显抵抗"中国性"的意识形态色彩,以提防来自中国内地方面的文化影响,害怕它会使香港文化逐步失去本土特色。具体来看,一方面,在"如何认识文化身份"这一问题上,"夹缝论"和"北进想象论"容易陷入二元对立的意识形态分析立场,从而把问题总体化和本质化;另一方面,在"如何建构文化身份"的价值立场上,"边缘论"因自处于中英双重视角之外而显示出游移不定的特点。同时,用"第三空间"理论作为根基进行探讨,"即可规避极端主义的政治,而将后殖民世界表现为一个弱势声音的世界"③。事实上,这三种理论的背后还是有意把自己定位成"边缘者"和"弱势者",从而为自己在全球资本主义格局下谋取一席之位做准备。针对

---

① 也斯:《香港文化十论》,浙江大学出版社2012年版,第218页。

② 目前涉及香港文化身份认同问题的讨论已有很多,但普遍处于重复论述的情形,并没有跳出"边缘论""夹缝论"和"北进想象论"这三种有代表性的观点,故本节拟以这三种观点作为分析对象,特此说明。

③ 汪民安主编:《文化研究关键词》,江苏人民出版社2007年版,第50页。

"混杂""边缘""霸权"等观念用于探索与中国文化之间关系的局限，朱耀伟试图把香港的文化身份认同问题转移到"东西方，本土和全球以至东方主义/后殖民性和全球资本主义之间"①的框架进行讨论。然而，这种观点是否存在有意忽略英国殖民侵略所带来的不公平事实，以及无视"大中国"的存在而直接与国际接轨的意识形态立场嫌疑呢？同时，我们知道身份意识包括政治、文化与经济等三种类型，任何一种身份都与其他两者相关。②作家和学者利用或借鉴"第三空间"理论来探讨香港的文化身份认同问题是否存有回避正视与中国文化关系的意图？事实上，我们没有发现上述理论有涉及这一问题的。如果不对此予以正视，那么所有关于此问题的讨论都无法在学理和现实上使人信服。这种"反抗与回避"背后隐藏的政治因素成为制约作家和学者用客观公正的眼光看待香港文化与中国文化之间关系的重要原因。这其实与在香港出现的一种跟"香港意识"相混合的分离主义思潮有关，③需要引起我们的重视和警惕。事实证明，这种"混杂性"的文化身份并未能使香港切实有效地建立起"第三空间"。因此，香港文化的"主体性"身份建构也就面临着自我解构的尴尬。

香港于2024年迎来回归祖国27周年，但到目前为止依旧从不同方面探讨如何能从"混杂性"的文化氛围中找到属于自身的"主体性"。在我们看来，香港文化如果一味想拉开与内地文化的距离，那么它将会永远作为离散的孤岛存在而失去方向感，更遑论突显符合自身特征的"主体性"。也就是说，与其思考如何逃离各种文化中心主义并刻意突显自我主体的声音，还不如将目光聚焦回与中国文化之间的关系，并反省百年以来的受殖民统治历史经验，让香港文化真正成为一种精神力量介入当下的生活。在香港融入粤港澳大湾区发展的今天，香港的文化身份将面临新的构建，"第三空间"理论并未能解决中华文化在香港的赓续和创新问题。鉴于此，接

---

① 朱耀伟：《本土神话：全球化年代的论述生产》，台湾学生书局2002年版，第132页。

② 陈林侠：《香港的焦虑：政治意识、"再殖民"及其身份认同的前瞻——以〈建国大业〉〈风声〉在香港的传播为核心》，《戏剧（中央戏剧学院学报）》2010年第2期。

③ 古远清曾就分离主义思潮与香港意识相混合的情形提出如下看法："分离主义混合着强烈的本土意识，'港独'人士往往是从宣传'本土意识'开始，然后一步步把'本土意识'转化为排中、歧中、抗中意识。"古远清：《香港当代文艺思潮的混合性结构》，《中国文艺评论》2017年第6期。

下来将从"第三空间"理论和立场出发思考香港文化的"主体性"身份建构问题,并针对存在的缺陷进行反思和商榷。

一、"边缘"背后的游移不定

本书第二章第三节已讨论以李欧梵和也斯为代表所倡导的"边缘论"。实际上,作为探究香港文化主体性身份的切入口,"边缘论"的确有助于我们在认识和建构文化身份的问题上避免陷入简单的二元对立分析问题的泥潭,但同时二者也存在着一个共同的缺陷,那就是以"混杂性"作为前提所持有的文化身份建构的价值立场,还是显示了游移不定的特点,尤其表现在没能清楚揭示香港文化与中国文化之间的关系。

李欧梵极力强调自己能身处边缘位置是一种难得的机会,能够避免像有中心心态的人那样犯"唯我独尊"的毛病。相反,也斯对此则较为悲观,认为身处边缘的位置让香港无法找到精神归属,永远只能处于寻找文化身份的归途之中,所以没办法回答"香港以及香港文化的命运该何去何从"等类似问题,只能继续用"第三空间"的视角来反省自身。他笔下的人物从"边缘"视角看香港时总觉得心中的香港早已不存在,内心对香港文化的前景没有表现出足够的信心,实际上也隐含着对中国文化的不信任,于是在束手无策的同时只能选择重新离开。无可否认,也斯通过不断变换观察内地的角度来审视香港的文化身份有其一定的合理性,因为这样可以避免将问题简单化和本质化,如在《古怪的大榕树》一文里,面对香港与内地不同的属性,他用"复杂变幻"来表明他的立场,并谈道:"当我们不断移换观察的角度,我们就会发现:其实有许多许多的岛,也有许多许多的大陆,大陆里面有岛的属性、岛里面也有大陆的属性,也许正是那些复杂变幻的属性,令我们想从更多不同的角度去了解人,令我们继续想通过写小说去了解人的。"①而在另一篇小说《岛和大陆》里,也斯同样希望写的是"由岛看大陆,由大陆看岛,视野是相对的,补充的,由此发展多几重角度看事物"②。

---

① 也斯著,艾晓明编:《寻找空间》,中国人民大学出版社1994年版,第300页。
② 也斯、陈智德:《文学对谈:如何书写一个城市?》,《文学世纪》2003年1月号。

由此可见，上述学者和作家认为香港处于中国和英国双重视角的边缘，所以这种边缘具有双重特性。朱耀伟在分析美籍港裔学者周蕾的"中国图象"和"中国性"论述时也提道：也许周蕾的香港经验使她深切明白"双重他性"的微妙——无论对中对西，香港也是他者。①然而，这些观点极有可能因把香港从中英双重视角下抽离孤立出来看问题而陷入另一种的中心主义。一方面，香港的命运与中国内地息息相关。如果只是一味强调身处边缘而极力回避审视与中国文化的密切关系，那么香港将永远处于漂泊无根的状态，无法找回自己的"精神原乡"。另一方面，身处边缘位置是否就能够完全排除西方殖民主义在殖民统治时期对香港文化造成的消极影响？是否就不会出现被西方殖民主义收编的结局？如同周蕾所说，"后现代混杂派"②欲倾向于轻轻带过殖民主义对被殖民者的后遗恶果，漠视导致的普遍贫穷、依赖性与积弱等现象。③李欧梵以身处西方中心视野下的边缘位置为香港文化所归纳的"杂"性特点仅仅强调了其多元化的一面，就是希望能够糅合并超越中英双重视角下的影响从而突显边缘者声音，可这也很容易落入另一种本质主义的泥潭。更重要的是，过度强调"杂"的因素便失去了自己的价值评判立场，不仅会轻易抹掉西方殖民主义在后殖民时代仍然留下的痕迹，而且不正视香港文化与中国文化之间不可分割的关系，也有可能是为了掩饰香港文化与新殖民主义共谋的意图，企图通过站在边缘位置以便为自己在全球化的论述格局中谋求发声的机会做准备。斯皮瓦克曾对这种共谋关系发出过警告："当一种文化身份是因为中心需要一个可以辨认的边缘而被赋予之时，边缘性的宣称不外重新肯定中心的确认。"④朱耀伟对此也谈到，美国华裔学者的边缘位置，不过是以"自我放逐"为名换取了在西方可以发声的合法边缘位置。需要警惕的，是他们与西方

---

① 朱耀伟：《当代西方批评论述的中国图象》，台湾骆驼出版社1996年版，第143页。

② "后现代混杂派"这个称谓是周蕾概括的，她认为："正如那些鼓吹本土主义的人一样，鼓吹后现代混杂性的人[我就此姑且称他们做'后现代混杂派'(postmodern hybridites)吧]典型地浑忘了被殖民文化中重要的现实部分。"周蕾：《写在家国以外》，香港牛津大学出版社1995年版，第100页。

③ 周蕾：《写在家国以外》，香港牛津大学出版社1995年版，第100页。

④ Gayatri Chakravorty Spivak. *Outside in the Teaching Machine.* New York and London：Routledge，1993，p.55.

"中心/边缘"主导结构的共谋关系。①

二、"夹缝"中的生存与逃离

至于第二种以周蕾为代表的"夹缝论"则是用于概括港人面对"回归"已成事实的情况下所表现出来的集体焦虑症典型。在周蕾看来,香港历来都是被各种话语力量争夺的"公共空间",而"夹缝论"尤其针对的是香港和中英之间的关系。另外,"夹缝论"是基于后现代混杂派观点的不足而提出来的,主要针对的是西方殖民主义给后殖民时期的香港留下的消极影响。周蕾认为:①"后现代混杂派的论述最大的诱惑性是,抹平了过去的不公义现象,只管吸引人去参与这个全球资本主义的权力世界";②"'后现代混杂派'不再谈论'后殖民'中的'殖民',取而代之,他们的重点在于'后'——严格意义上的'以后'和'终结'(over with)";③"像在香港这个空间里,后现代混杂派就会集中批评中国的民族主义(即所谓'民族的保守主义'),而不会批判英国的殖民主义(因为它等同'国际的开放性')"。②

与此同时,"第三空间"的特质使"香港的日常生活与发展一早被看成是'腐朽'的,所以香港对文化纯洁性没有幻想,也不会对可能被'平反'而感到兴奋"③。面对如此进退两难的生存困境,周蕾借用罗大佑的话指出"在夹缝中求生存"是建构香港文化身份的前提,并进一步将这种境况解释为:"这个后殖民的城市知道自己是个杂种和孤儿。"④我们知道,"杂种"和"孤儿"是两个充满浓重贬义色彩的词语。从这些角色中我们可以知道作家和学者都不约而同地把香港及香港文化视为"弱势者"和"受害者",从而以潜在的方式为寻求文化上的"第三空间"做舆论准备。它也和"边缘"立场一样,希望最终能在多元开放的香港文化场域内有效抵抗分别来自中国内地和英国的文化本质主义和中心主义。对此有一点疑问想提出来与之进行商榷,那就是:当真的有机会逃离"夹缝中"的生活时,香港文化是否会陷入另一种的文化中心主义而无法真正建构起自己的文化

---

① 赵稀方:《后殖民理论》,北京大学出版社2009年版,第246页。

② 周蕾:《写在家国以外》,香港牛津大学出版社1995年版,第100~101页。

③ 周蕾:《写在家国以外》,香港牛津大学出版社1995年版,第101页。

④ 周蕾:《写在家国以外》,香港牛津大学出版社1995年版,第101页。

身份?

我们知道"弱势者"和"受害者"与"强势者"和"侵略者"是相互对立的,所以当他们把自己定位成这种角色时,背后已隐含着对抗中英文化的想法。周蕾把"第三空间"理论作为"夹缝论"的理论支撑来概括香港文化身份的背后实际上隐含着强烈的自卑和敌对情绪,主要是害怕将来会遭到来自内地方面的文化"控制",因此,她对回归后的香港前途表示忧虑。[①]因此,当探究"如何才能在中英双重视角的夹缝生存中求得确切身份"出路时,她认为:①"香港第一样要从'本土文化'内部对抗的,是绝对全面化的中国民族主义观点"[②];②"在香港问题上,于拆解'英国'的同时,也要质询'中国'这个概念"[③]。她与一部分香港学者一样,把内地文化视作"他者",害怕香港文化将会失去自我特色,但这并没有缓解她对回归祖国的焦虑情绪,更无益于她客观看待和定位香港的文化身份。

在我们看来,"夹缝论"具有以下三个显著特点:

(1)将香港定位为"杂种"和"孤儿"主要是为了摆脱中英双重文化话语力量对香港的挤压,从而以"受害者"的身份为寻求一个特殊独立的"第三空间"做舆论准备。

(2)"对中国身份无法追寻"的自卑感使香港文化一直以来都无法正视与中国文化之间的关系,话语背后伴随着强烈抵抗"中国性"的意识形态色彩,并没有为有效建构文化身份形成客观冷静的学理性论述。正如内地学者朱立立在《意识形态与文化研究的偏执——评周蕾〈写在家国以外〉》一文所说:"其香港文化想象局限于线性现代化迷思,忽略了对香港文化内部复杂结构的把握,对中华性的分析批判缺乏学理性,主观情绪不时妨碍了理性思考。"[④]为了使抵抗"中国性"的愿望得以实现,周蕾在分析问题时有意突出现代化香港的优越性。余伟君在为周蕾的《写在家国以外》(英文版)撰写书评时就特别指出了这点。周蕾说:"香港不就是中国的未来都市

---

① 周蕾:《写在家国以外》,香港牛津大学出版社1995年版,第94~95页。

② 周蕾:《写在家国以外》,香港牛津大学出版社1995年版,第99页。

③ 周蕾:《写在家国以外》,香港牛津大学出版社1995年版,第98页。

④ 朱立立:《意识形态与文化研究的偏执——评周蕾〈写在家国以外〉》,《文艺研究》2005年第9期。

生活的范例吗？如果我们接受只有在后殖民时代中，中国城市的现代性（正如其他非西方城市的现代性一样）才能最明确地被界定这个说法，那么香港在过去一百五十年间，其实已经走在'中国'意识里的'中国'现代化最前线了。"①可见，这种强烈抵抗"中国性"的色彩已经让周蕾陷入另一种的中心主义而无法真正建构香港的文化身份。鉴于因政治立场不同而带着强烈意识形态色彩的心态，有学者批评为是"自我贱民化"和"全盘反左""对历史的天真"。香港学者陈丽芬对此也提出："周蕾曾经猛烈地抨击'身份''本源'等观念，然而当谈到她自己的文化身份——尤其是专业身份时——她立刻限于一种本质主义与乌托邦的论述模式中。"②鉴于此，她是否想过在质询"中国"这个概念的同时，也应该质询一下"香港"这个概念？当她质疑"后现代混杂派"用"混杂"等典型观念抹平过去西方殖民主义对香港的不公平统治时，是否自己也陷入了同样的泥潭，即把"香港（人/文化）"总体化并忽略了香港内部的复杂性力量（包括分别从殖民统治力量和非殖民统治力量出发论述问题），从而无法真正有效看清问题的本质？

（3）在呼吁建立文化"主体性"时，往往毫无保留地将"中西混杂的资本主义文化"等价值去问题化甚至神圣化，这种对香港特质的表述难免不会成为另一个有关香港的压制性大话（也可以称为"宏大叙事"）。正因为没办法对这点做出合理的回应，所以周蕾在阐释"夹缝论"时针对的对象是香港文化与中国的关系，而对香港文化与英国殖民统治道德关系则回避做出详尽的分析。这种回避属于有意为之，因为从"夹缝论"反映出来的对抗"中国性"的思路上明显可以看出她是以西方中心主义的立场来审视香港的文化身份问题，并没有为"混杂"理论的学术缺陷提出新的解决思路。这不得不让我们有所警惕。无可否认，周蕾当年在反思香港后现代和后殖民话语方面是富有前沿性的，并表现出鲜明的理论锐气，但过于强调用本土的立场来对抗"中国性"的意识形态色彩，以突显自我身份的优越性意图已经把问题引向本质化和总体化，这无助于她看清香港文化与中国文化不可分割的关系，所以在分析"如何建构文化身份"这一问题上也就缺乏足够的说

---

① 周蕾：《写在家国以外》，香港牛津大学出版社1995年版，第102页。
② 赵稀方：《后殖民理论》，北京大学出版社2009年版，第250页。

服力。

　　事实上,香港文化既想在多元复杂的环境里建立起属于自己的"第三空间",也想如何在这个"第三空间"里对抗各种文化中心主义,且带有强烈的意识形态主观色彩。可遗憾的是,香港文化一边在做建构工作的同时无意中也在解构自己,所以直到回归后,它依旧未能在世界华文文化的范畴里明确定位好自己的文化身份。

三、"北进想象"下的殖民霸权意识

　　"北进想象论"①则是针对"夹缝论"的学术缺陷及香港文化的发展现状提出来的。此外,"若撇开经济活动而走进活动背后的文化政治,香港'北望'和'北进'的发展,反映出香港文化政治的转变"②。它同样借鉴了"第三空间"理论,"从探讨香港身份的讨论出发,从政治、经济发展,大众文化的传播,现代商业广告与营销策略等方面阐释'香港资本主义政经文化的地区性霸权',用'北进殖民主义'概念重新审视'边缘香港'与'中国内地'之间的文化政治和权力关系,并对'夹缝想象'的局限性提出批评"③。"北进想象论"者认为,"夹缝论"为突显自身作为"受害者"的清白而将香港与内地之间的关系做了简单化的处理,忽视了香港资本与其他地方联合起来所形成的"北进殖民霸权"的现实。这从改革开放后香港的经济和文化均"向北侵略"的现象就可证实。

　　"北进想象论"的提出并非毫无来由,在此之前陈光兴也提出了台湾"次帝国"④的意识形态正在形成,并在具体表现上与"北进想象论"有契合之处。经济上,港人通过"北进"来向外扩张。香港学者卢思骋在《北进想

---

　　① "北进想象"专题发表于1995年《香港文化研究》第3期,由"北进想象"专题小组署名、卢思骋执笔的《北进想象——香港后殖民论述再定位》,罗永生《后殖民评论与文化政治》,叶荫聪《边缘与混杂的幽灵——谈文化评论中的"香港身份"》,孔诰烽《初探北进殖民主义——从梁凤仪现象看香港夹缝论》,谭万基《没有陌生人的世界——佐丹奴的世界地图》5篇文章组成。

　　② 郭少棠:《无边的论述——从文化中国到后殖民地反思》,见陈清侨编:《文化想象与意识形态:当代香港文化政治论评》,香港牛津大学出版社1997年版,第168页。

　　③ 白杨:《文化想像与身份探寻——近五十年香港文学意识的嬗变》,吉林人民出版社2006年版,第176页。

　　④ "次帝国"是指帝国主义下的依赖性次级帝国。

象——香港后殖民论述再定位》中提到香港对内地所实行的"资本主义霸权行为"已经非常明显,"自八十年代中起,资本家在工业再结构的口号下便开始将工厂和资金大量北移,利用微薄的工资、不人道的工作与居住环境,剥削珠江三角洲(以及北方南来的民工)的廉价劳动力,榨取巨大的剩余价值……此外,香港文化工业不单成了东亚和东南亚地区普及文化的霸权,在北进的洪流下亦乘势攻占内地市场,将港式资本主义意识形态散播到社会主义祖国。……但这些不同层面的北进实践会否意味着一种北进殖民主义正在慢慢形成? 香港会否在去殖民化之前就已经成为一个准殖民者或类殖民者?"①在香港学者叶荫聪看来,香港自成为高度发达的资本主义地区后,与中国的关系依然很难界定。《边缘与混杂的幽灵——谈文化评论中的"香港身份"》一文里强调不应该直接把香港从被殖民统治者转变成"殖民者",因为这样还是会陷入二元对立的思维模式,应该看到香港与内地的差异,以及两者资本权力间的互动所造成的强劲势头,"当中的问题已非香港是否文化'侵略'内地,而是香港与内地中的主导集团如何形成文化霸权,以'新殖民者'的姿态,向某地区人民进行经济文化'殖民'"②。除此之外,港式文化把香港资本主义的生活方式融入社会主义的日常生活,对内地受众形成了强大的影响力,从而潜移默化地改变人们的意识形态构造。因此,他们认为"夹缝论"就不能对以上的现象做出合理而有效的解释。这两个方面共同形成了"北进想象"专题小组讨论思路的来源。

然而这未必能切实缓解香港作家和学者的忧虑情绪。试图反拨香港作为中英双重话语力量争夺下的"受害者"形象,虽然有助于我们反思香港及香港文化当下的发展现状,但也存在矫枉过正的急切意图。同样把香港文化定位为超越中英双重话语力量的"第三空间","北进想象论"更希望改变被歧视的现状,成为有尊严和自主权利的"傲视中英的中心"。③同时,将内地改革开放初期的发展与香港的经济和文化联系起来,在一定程度上体

---

① 陈清侨编:《文化想象与意识形态：当代香港文化政治论评》,香港牛津大学出版社1997年版,第5页。

② 陈清侨编:《文化想象与意识形态：当代香港文化政治论评》,香港牛津大学出版社1997年版,第45页。

③ 赵稀方:《后殖民理论》,北京大学出版社2009年版,第255页。

现出为港人在面对"九七"回归时产生的忧虑和恐慌情绪进行反拨的典型心态,并表现出强烈的自我意识膨胀色彩。由此可见,一方面,"北进想象论"虽然表面上强调香港与内地的主导集团已形成霸权来"殖民"内地这一现象,但众所周知随着改革开放的逐步深入,港资只是占内地引进资金的一部分,并没有形成像"北进想象论"所认为的"港资殖民内地"的局面,所以隐藏在这种自负现象的背后更多是一种无法释怀的自卑感和对抗"中国性"的心理,由此便很容易陷入另一种的本质主义。因此,"北进想象论"也没有办法对香港的文化身份予以正面回应,只能得出像卢思骋那样的观点了。实际上,它反映出20世纪80年代以来香港已形成一种"大香港自我中心主义"或"大香港意识"的思潮。香港学者孔诰烽更把此现象看作"大香港沙文主义与资产阶级大香港沙文主义"及"北进殖民主义"的霸权表现,认为它隐藏在"大中华国族主义"之内,以"爱国——爱港——爱资本"为宣传口号,流露出一种自视为新兴经济霸权、贬低内地为落后蛮荒的心态。[1]这种自恋情结在"北进殖民主义"的示范性代表梁凤仪的财经小说及散文里有具体表现。此外,金庸、梁羽生的武侠小说及亦舒的言情小说在内地"走红"也被他们视为验证"北进想象"可行性的例证。另一方面,当他们把一个整体的香港视作"殖民者"来分析问题时,并没有看到其内部权力机制的复杂性。正如李小良所分析的,"北进想象"专题的诸篇文章实际上对"香港的北进资产阶级"没有界定,这样做不仅不利于揭示"谁是殖民者"的问题,而且对"北进想象"的反思也有把"香港"概念本质化的趋向。[2]对以上两个层面进行分析后,我们发现它与"夹缝论"的设想并没有实质性区别。

事实上,"北进想象论"仅看到香港"北上殖民"的一面,却忽视了内地与香港在经济和文化等各方面相互支持的现实。

在经济方面,两地在经济上各具优势,双方加强合作,互相取长补短,

---

① 详细参见孔诰烽:《初探北进殖民主义——从梁凤仪现象看香港夹缝论》,《香港文化研究》1995年第3期。

② 陈清侨编:《文化想象与意识形态:当代香港文化政治论评》,香港牛津大学出版社1997年版,第104页。

是符合两地经济发展根本利益的。①随着内地改革开放的不断深入,内地利用香港的综合优势从而为其经济建设服务。据经贸部统计,从1979年至1995年,港商回内地投资设立的企业已超过14万家,实际投入金额高达800亿美元,均占全国外商直接投资项目和实际投资总额的60%左右。②同时,内地已经成为香港经济发展的强大支柱。香港利用内地的各类优势进行产业升级,从而发展自身经济,比如说:香港要发展高新技术产业,在拥有充裕资金的同时,必须有庞大的高素质科技人才为依托,要有强大的基础产业和现代原材料工业做后盾,而内地恰恰具备这几方面的特殊优势。③然而,由于亚洲金融危机等对香港经济造成的巨大冲击,近年来香港的经济实力有所下滑,而内地经济正逐步崛起,所以这才使港人的经济优越感逐步丧失,2006年香港特区政务司司长许仕仁也说了"香港会边缘化"这样一句话,害怕"边缘化"成为当时港人讨论的热点。在此情况下,不少港人选择北上与内地合作,希望能寻求进一步发展的机会。

在文化交流上,香港与内地的合作日益加深,不少香港文化工作者北上与内地文化工作者进行全方位合作,在各方面取得了良好的成效。香港学者郭少棠指出,内地与香港在经济日益紧密的合作关系背后存在着一股"文化互动"潮流,并认为:"在大众文化方面,内地和香港的互动关系来得更直接和密切。也是在大众文化和日常生活上,内地和香港正持续着静默的变革。"④由此可见,如果拿前面所列举的通俗文化与文学作为"北进殖民"文化想象的例证,那么结论是不能成立的,主要原因是它的立论前提脱离了对内地文学发展的历史语境进行考察。20世纪80年代以来,香港通俗文化与文学被引进内地确实给曾被极左政治压抑的人民带来精神上的短暂慰藉。基于"'文革'结束以后的政治、经济、文化重建的迫切性,思想解放运动需要一些新的文化因素来冲击、触动旧有的文化格局与观念,港台通俗文化与文学可以说是契合时机地充当了内地文化变革的一个'因

---

① 陈多、蔡赤萌:《香港的经济》(一),新华出版社1996年版,第89页。
② 陈多、蔡赤萌:《香港的经济》(一),新华出版社1996年版,第84~85页。
③ 陈多、蔡赤萌:《香港的经济》(一),新华出版社1996年版,第91页。
④ 郭少棠:《一九七八年以来内地、香港的文化互动》,见台湾"中央大学"主办的"台海两岸文化思想学术研究会"论文集(未出版),第10页,会议时间:1992年2月19—20日。

子',以思想多元化前兆的'身份'进入内地当代文化的视野,在客观效果上,它确实提高了民众的阅读兴趣,扩大了民众的阅读权利"①。然而,如果借此就认定这是"北进殖民"带来的影响,那么就不是基于客观现实与历史语境所做出的判断。

事实证明,内地和香港二者之间的关系并没有产生诸如之前所分析的"北进殖民主义"现象,香港并没有由"边缘者"转变成"被殖民者""准殖民者"或"类殖民者",所以"北进想象论"也就自然而然地不攻自破了。

四、"本土/全球"论:反拨"中国性"研究范式的悖论

从分析并反思以上三种具有典型代表性的理论后可知,作家和学者主要还是把香港的文化身份要不集中在中国内地和西方殖民统治者的双重视角下研究(如边缘论),要不通过分析香港文化与统治文化之间的关系来予以定位和建构(如"夹缝论"和"北进想象论"),从而将"自我他者化"。香港其实是一个"矛盾体",一方面享受全球(西方)资本主义所带来的经济利益,另一方面又抗拒西方殖民统治,所以一方面急切认同自己的中国人身份,另一方面又担心"九七"之后失去自主。②"那所谓香港经验是什么? 向台湾向大陆的缘故,因为在下意识中,作者认定自己是中国人,虽然住在香港,表达的应该是中国文化的一部分;向台湾向大陆虽然有政治文化暂时的偏向,但根向中国是一样的。但香港经验是中国文化经验的一部分吗? 是而又不是。是,因为是中国人的城市;不是,因为文化的方式不尽是,香港人的民族意识、历史参与感不尽是。"③由此可知,港人暧昧而尴尬的反殖民统治态度是非常明显的,从而导致了作家和学者无法在文化身份认同这一问题上取得共识。其实,从20世纪90年代开始,学者将"混杂""边缘""霸权""第三空间"等理论引入探究香港文化身份认同问题的讨论是具有重大意义的,这有助于拓宽学界对香港后殖民文化研究的思考,但最后又

---

① 白杨:《文化想像与身份探寻——近五十年香港文学意识的嬗变》,吉林人民出版社2006年版,第184~185页。

② 朱耀伟:《本土神话:全球化年代的论述生产》,台湾学生书局2002年版,第268页。

③ 叶维廉:《解读现代·后现代:生活空间与文化空间的思索》,台湾东大图书股份有限公司1992年版,第147页。

陷入了多方立场争论的泥潭而无法自拔。

　　针对香港后殖民文化研究陷入困境的情形，朱耀伟提出的观点值得深思，也具有重要的学理价值，就是这些"混杂""边缘""霸权"等观念是在"中国性"的大论述之下谈的。他首先指出，中国学者和西方学者都有阐释"中国"的焦虑，焦虑产生于他们并没有认清如下现状：在日渐全球化的生产中，每个人都有阐释"中国"的权利，而这种阐释的过程也是不同的话语主导力量重新建构"中国"的过程。他得出该看法的来源有：①"从上引九十年代的后殖民研究来看，后殖民研究未能反思自己所处的场域的复杂权力关系，在不自觉或不情愿下将权力关系化约为二元的激进和保守之争，最后无法突破弱势论述的窠臼。易言之，不同论述只争相视自己的身份认同为最有效的'天然资源'"①；②"边陲论述正因合法性条件所限，往往未能洞察戴力克所言第三世界批评与全球资本主义的共谋，而海峡两岸的后殖民研究亦有变成了一种有利全球化的一种以抗衡为姿态，实则倒过来淡化抗衡力量的工具的危险"②。即使是在持看似相反论点的"夹缝论"和"北进想象论"之间，也可能会存有共犯关系。③因此，争论双方对"中国性"的理解就会与自己所处的位置有所关联，并都把与自己合法性条件相关的内容作为其阐释话语背后的立足点。鉴于此，后殖民研究的重点由反霸权转变成以反霸权为工具在全球化的论述格局中为自己重新定位，并最终与新殖民主义形成共谋。回望香港20世纪90年代的后殖民文化研究，他也发现存在着类似阐释"香港"的焦虑，并指出："我们看到的主要是'香港'的阐释问题，可能在以'香港'增补了'中国性'的多元向度之同时已经复制了'中国性'的阐释焦虑所隐含的暴力，即以香港作为批判中国的时候呈现了阐释'香港'的焦虑，当中又因而复制了阐释'中国'的权力关系。"④因此，他期望

---

①　朱耀伟：《本土神话：全球化年代的论述生产》，台湾学生书局2002年版，第277页。

②　朱耀伟：《本土神话：全球化年代的论述生产》，台湾学生书局2002年版，第278页。

③　此观点是孔诰烽在对梁凤仪小说及散文反映出的大中华沙文主义与资产阶级大香港沙文主义进行批判性阅读后得出的，他的目的"除了是揭示这套意识形态在当前香港政治和文化上的逼切和危险外，更想借此映照出本地的中产阶级文化人之'夹缝想象'和北进殖民主义之间的潜在共犯关系"。孔诰烽：《初探北进殖民主义——从梁凤仪现象看香港夹缝论》，《香港文化研究》1995年第3期。

④　朱耀伟：《本土神话：全球化年代的论述生产》，台湾学生书局2002年版，第272页。

在全球化的生产年代里,应把香港的文化身份认同问题转移到"东西方,本土和全球以至东方主义/后殖民性和全球资本主义之间"①的框架来探讨。具体来说,就是:"也许在二十一世纪的后殖民研究中,最急切的是要摆脱第一世界和第三世界的二元框架,不再在第三世界批评的有限场域中争取一己的'中国性'的合法性,而是将战场转到'第四世界'——在包括第一和第三世界在内的不同地方都共有的社会排除机制中的弱势社群。"②

然而,本书认为朱耀伟的理论缺陷恰恰出现在这里,具体表现为如下两点。

首先,为了摆脱阐释"香港"的焦虑和复制"中国性"的阐释焦虑所隐含的暴力等问题,他用"本土/全球"的视角来回避正视香港文化与中国文化之间的关系,这种思路实际上有无视"大中国"的存在而与国际直接接轨的嫌疑。更进一步来说,这也是一种潜在对抗"中国性"的表现。他的理论来源于卡尔斯泰斯关于全球化的"国际分工"论述。基于此,他认为:①"在全球资讯年代(也就是全球化论述生产年代),中心/边缘甚至全球/本土的二分框架再不能解析新的经济格局,'国家'的观念也变得很有问题"③;②"在全球化论述生产年代,文化边陲的抗衡早被纳入全球格局中,'国界'再非划定中心和边缘的良方妙药。本来是边陲论述的'中国性'因此早已跨越边界,变成全球化论述生产的共有课题"④。试想,香港的文化身份难道真能跨越中国的存在而在全世界范围内定位和建构起来吗? ⑤如果一味拉开与中国

---

① 朱耀伟:《本土神话:全球化年代的论述生产》,台湾学生书局2002年版,第132页。

② 朱耀伟:《本土神话:全球化年代的论述生产》,台湾学生书局2002年版,第278页。

③ 朱耀伟:《本土神话:全球化年代的论述生产》,台湾学生书局2002年版,第274页。

④ 朱耀伟:《本土神话:全球化年代的论述生产》,台湾学生书局2002年版,第275页。

⑤ 据叶维廉的分析,仰赖情结是"包括了经济、技术的仰赖和文化的仰赖,亦即是经济和文化的附庸,使殖民地成为殖民者大都会中心的一个边远羽翼。……仰赖情结的构成便专从弱化本土民众的历史、社团、文化意识入手,并整合出一种生产模式,一种阶级结构,一种社会、心理、文化的环境,直接服役于大都会的结构与文化。在这个关节上,西方工业革命资本主义下的文化工业便成为弱化本土民众意识的帮凶"。(叶维廉:《解读现代·后现代:生活空间与文化空间的思索》,台湾东大图书股份有限公司1992年版,第147页。)由此可知,在当下的语境,全球化的征象为仰赖情结的生长提供了肥沃的土壤。

文化之间的距离，那么香港是难以确切定位好自己的文化身份，也必将再次失去发出本土声音的权利。因此，认清和确立身份的第一步就需要正视自身与中国文化之间的关系。

其次，如何理解"本土/全球"里面的"本土"？朱耀伟理解的"本土"是指他最后将目光转移到的"第四世界"，即"在包括第一和第三世界在内的不同地方都共有的社会排除机制中的弱势社群"[①]。然而，这里有两点想与之进行商榷：

其一，我们相信朱耀伟是懂得"普遍性与特殊性"这一基本哲学原理的，但为什么谈到弱势社群时就如此急切地一概而论呢？当最后下结论时，他只是做了一个很简单的小结，并未对"社会排除机制中的弱势社群"这一概念做出具体阐释。事实上，不同时间、不同地点对"弱势社群"的定义都会有所不同。中国法学会教授郭道晖曾对"弱势"概念作出如下分析："'弱势'是一个相对的概念，相对于'强势'（也包括'中势'）。其相对性随时空条件和衡量坐标不同而有差别。在相对性中，又有相对中的绝对弱势和绝对强势的不同。就相对性而言，不只是一般地相对于强势，而是在不同领域中（如政治、经济、法律等领域）各有其弱势和强势。领域转换，其强弱地位也可能变换。"[②]若将此概念运用到分析香港的"弱势社群"同样可以得出如下结论："英国殖民统治时期的弱势社群"和"回归后的弱势社群"的指涉肯定有所不同，而且在香港本土内部也有其分别对应的"弱势社群"和"强势社群"。以英国殖民统治时期为例，从整体层面来看，如果将英国本土殖民统治者看作是强势社群，那么被殖民统治的英籍华人、香港人和内地人就是弱势社群。可如果以除英国本土殖民统治者之外的内部结构作分析，那么处于社会上层的英籍华人就是强势社群，相对应底层的香港原居民和移民来香港的内地难民就是弱势社群。同样，对"回归后的弱势社群"也可以作出类似的分析，比如说，在各领域有实力、有名望的中国人是强势社群，而底层的居民或者未能取得香港永久居留权的打工族就是弱势社群等。遗憾的是，朱耀伟为了实践他

---

① 朱耀伟：《本土神话：全球化年代的论述生产》，台湾学生书局 2002 年版，第 278 页。
② 郭道晖：《关注社会弱势群体——法学视角的几点思考》，《河北法学》2005 年第 7 期。

的"本土/全球"理论,就急于对此下结论而未能做出更有针对性的阐释。如果在朱耀伟看来关于"弱势社群"的含义无论在何时何地都是一样的话,那么这是否有意忽视英国殖民统治侵略给香港带来的不公平现实?比如说,英国殖民统治时期的华人上层精英群体在英国殖民统治者看来也属于弱势社群,那么回归以后这个群体在朱耀伟看来是否还属于弱势社群呢?

其二,由于朱耀伟注意到香港文化正利用自己的特殊位置在全球资本主义格局中谋利,所以他想超越国界而用全球化的眼光来重新审视香港的文化身份,且用"弱势社群"作为香港文化发声的力量来抵抗当地的精英文化权力机制及全球各地的文化霸权机制,并由此得出如下结论:将香港与全球的关系定位为"弱势社群者/全球霸权者",而不限于之前"本土/中国"的论述机制。然而,这是否还是落入了简单的"二元对立"阐释窠臼?"本土/全球"论虽然初衷是想消除不同话语力量对"香港"阐释权的激烈争夺局面,从而把注意力转移至用更平等的眼光来关注全球文化霸权力量给弱势社群文化造成的影响,这是有较为合理的一面,但往更深层次考察的话会发现它实际上有抹平地区性文化身份差异的意图,成为香港后殖民文化研究的学术缺陷。更为严重的是,把研究对象整合成"弱势社群者/全球霸权者"的做法为香港文化独立提供了一个非常有利的理论支撑。可以这样说,回避讨论香港文化与内地文化之间的关系并未使他的初衷得以实现,也未能真正有效缓解回归的焦虑。之所以出现这种现象,与他同意周蕾对后殖民研究的看法有关。周蕾说:"我心中的'后殖民研究'是一种有能力不断质疑体制化知识和随之而来的阶级和不平等的持续情况(面对种族、族群和文化差异)的学问……"①在第二小节里,我们已经知道周蕾提出把"香港"看作"杂种"和"孤儿"并以此对抗"中国性"的观点是建立在香港与内地存有诸多方面的不平等这一前提之上进行讨论的。由于朱耀伟认可周蕾对香港后殖民文化研究的质疑态度,所以他说:"唯有对后殖民研究保持警觉,才能维持这种持续的质疑。"②由此可知,

---

① 朱耀伟:《本土神话:全球化年代的论述生产》,台湾学生书局2002年版,第278页。

② 朱耀伟:《本土神话:全球化年代的论述生产》,台湾学生书局2002年版,第278页。

20世纪80年代以来香港小说中的「香港书写」研究

"本土/全球"论虽然表面上反思和弥补"边缘论""夹缝论"和"北进想象论"的学术缺陷，但实际上与后三者并无本质区别，尤其因越过"中国性"所表现出来的意识形态色彩与后三者相比有过之而无不及。这不能不让我们有所警惕。朱耀伟虽然不愿意成为话语霸权者，但最后还是不自觉地陷入之前反对的试图在阐释"香港文化"中的"香港"时为自己夺取一席之位的泥潭。

　　无论是"边缘论""夹缝论""北进想象论"抑或朱耀伟的"本土/全球"论，他们均从"本土"立场出发来探究香港文化与中国文化之间的关系以求为香港的文化身份进行定位的努力是值得珍视的，这对吸收并挖掘更多香港本土文学资源及制定相应的文化机制产生了重要影响，也具有显著的理论和现实意义。只不过，在引用"第三空间"理论时作家和学者因带有强烈的意识形态色彩而未能客观全面地审视二者之间的关系，并把香港文化一直以来处于弱势地位的原因归结于中国文化这一本质中心的存在。在"香港回归"这一大背景下，这种恐惧感便愈发增强，害怕香港将要接受来自内地方面的文化"殖民"。实际上，政治因素成为长期制约香港作家和学者客观公正讨论二者关系的重要原因。这种思想偏见使得"第三空间"理论并未在香港实现本土化和语境化，也就是说以上所提及的四个理论并未有效缓解香港作家和学者建构香港文化身份的焦虑感。诚然，香港文坛和学术界发表属于他们的区域性观点无可厚非，但一切的讨论（包括理论引进）仍需建立在客观公正看待香港文化与中国文化二者关系的前提之下，也就是要承认"以岭南文化为主要形态的中华民族文化，是香港社会的文化基础"[①]；"香港的独特本土性并不是建立在脱离'中国意识'的基础上，相反，本土性与中国性的混合，'香港意识'与'中国意识'的融合，才是建立香港文学独特本土性的正确方向"[②]，只不过"香港是中国文化发展的一个变化，其中有相同也有不同"[③]，而"传统文化在此的变化移位，当然跟作为南方海港城市香港本身的性质有关，与它的西化背景、商业经营、一代一代移民的

---

①　刘登翰主编：《香港文学史》，人民文学出版社1999年版，第6页。

②　古远清：《香港当代文艺思潮的混合性结构》，《中国文艺评论》2017年第6期。

③　也斯、陈智德：《文学对谈：如何书写一个城市？》，《文学世纪》2003年1月号。

来去也有关"①。因此,对香港文化的讨论,需要将中国文化和西方文化联系起来考虑,才能在学理和现实上令人信服。

代表殖民统治者文化意识而企望主导香港社会发展的西方文化,与构成香港人口主体和社会基础的中华民族文化,二者之间的差异所引起的冲撞、统摄、共处和反弹,便形成了近代以来香港社会独特的文化格局。②既然"混杂性"是香港非常重要的文化身份特征,那么它对香港文学发展会产生什么积极作用呢? 除了要重视中国传统文化,香港一百多年来的受殖民统治历史也值得香港作家去反省并将其写入作品之中,因为这会为建构香港文化的主体性身份提供一笔宝贵的财富。可到目前为止,香港文学对这种厚重的历史书写未能给予足够的重视,只出现了施叔青的《香港三部曲》。关于这一点,叶维廉曾分析道:"香港文学却不是模仿内地,就是模仿台湾,很少有反省香港经验的作品。"③香港还没有发展出属于自己的文学,没有真正触及并反省一些内部本质的问题。因此,与其思考如何逃离各种文化中心主义并刻意突显自我主体的声音,还不如用中华文化价值作为标准重新思考研究香港的文化身份归属问题,真正沉淀下来为香港写史,挖掘港人在如此厚重的受殖民统治历史下的浮沉命运,使港人真正通过作品

---

① 梁秉钧:《嗜同尝异——从食物看香港文化》,《香港文学》2004年3月号。在此文里,梁秉钧罗列了香港文化与岭南文化一脉相承又因地制宜的具体表现:"香港与广东的文化仍然一脉相承,如粤剧仍然深入人心、影响深远,但在香港也出现了唐涤生这样的剧作者、任剑辉白雪仙这样的红伶,为粤剧带入了新的生命。岭南画派后有传人,在香港也产生了新派水墨画。在文学方面,来自广东的我们会想到诗人力匡,离乡后持续抒写怀乡的浪漫诗作;另一位是多产的流行作家三苏,在报刊上既连载经纪日记等市井流行小说,又用粤语正言若反地撰写怪论针砭时弊。他混杂文言、白话与粤语的文字,把'三及第'文体发挥得淋漓尽致。所谓'三及第'文体,跟我们讨论的主旨相关,因为它可以是一个食物的比喻:我们日常生活里若说煮出'三及第'饭,那是指一窝煮熟了的饭里既混和了未煮熟的生米饭,又有煮焦了的饭焦! 不尽同于食物比喻的是:'三及第'饭不对食客的胃口,'三及第'文体却一度颇受读者欢迎。力匡和三苏两位作者若在1949年后留在广东,一定不会写出同样的东西。"此外,关于粤剧、粤曲在地化后深入人心的现象,香港作家葛亮曾将其与香港的流行歌曲作比较,"内地对香港音乐的理解也更多从狭义的层面出发,就是香港当下的流行歌曲。对于香港本土的传统音乐模式,比方'粤曲',了解得应该不算多,恐怕也没几个人会唱《客途秋恨》或者《帝女花》。但在香港当地,白雪仙和任剑辉等粤剧名伶,其知名度不逊于一个香港的当红歌星"。葛亮、张昭兵:《葛亮:创作的可能》,《青春》2009年第11期。

② 刘登翰主编:《香港文学史》,人民文学出版社1999年版,第6页。

③ 赵稀方:《后殖民理论》,北京大学出版社2009年版,第257页。

去反省这段历史，从而思考未来的路该如何走下去，让香港文化真正成为一种精神力量介入当下的生活。

第三节　书写的可能：重撷失落的东方美学

作为中西文化碰撞的交汇点，"香港书写"的先锋形式探索可谓得西化风气之先。本章第一节已提到，香港作家在创作资源和书写技法上更愿意师法西方现代与后现代派，而对从中国文化（尤其是传统文化）里获取书写经验的做法则不大热衷。这属于"香港书写"里突显有别于"大中国"的本土意识的具体表现。然而，这种"唯西方是瞻"的书写态度在全球化的危机下也得到学界一定程度的反思，就是香港文化已经越来越失去自身的主体性和独特性。

全球化以前只是作为交流的概念，但现在已经被作为全球资本主义的逻辑和战略，在它具有决定性的影响下，民族—国家的生产和市场正在被纳入单一的范畴。全球资本主义的欲望对传统的人类交往和再现形式构成了挑战和破坏，跨国资本以其统治的意识形态和技术似乎正在全世界消除差异，把一致性和标准化强加给人们的意识、情感、想象、动机、欲望和兴趣。[1]这种跨国资本试图抹除各地文化差异特征的行为是全球化发展到今天所面临的困境。或者说，这也属于西方启蒙现代性的危机所在。"现代性"（Modernity）是个矛盾概念。说它好，因为它是欧洲启蒙学者有关未来社会的一套哲理设计。在此前提下，现代性就是理性，是黑格尔的时代精神（Zeitgeist），它代表人类历史上空前伟大的变革逻辑。说它不好，是由于它不断给我们带来剧变，并把精神焦虑植入人类生活各个层面，包括文学、艺术和理论。在此背景下，现代性就成了"危机和困惑"的代名词。[2]林少阳也有着与之相类似的看法，现代性是否需要批判取决于人们如何看待这个概念本身。今天我们生活在第三个现实层面所带来的各种制度、框架及

---

① 王逢振：《全球化》，见赵一凡等主编：《西方文论关键词》，外语教学与研究出版社2006年版，第463页。

② 赵一凡：《现代性》，见赵一凡等主编：《西方文论关键词》，外语教学与研究出版社2006年版，第641页。

游戏规则里。如果不怀疑这些制度，那么就代表我们肯定这种现代性；如果我们怀疑，那就代表我们质疑现代性本身。①安东尼·吉登斯从社会学的方法出发将全球化看作是"现代性的全球化"，也就是："现代性指社会生活或组织模式，大约十七世纪出现在欧洲，并且在后来的岁月里，程度不同地在世界范围内产生着影响"②；"在外延方面，它们确立了跨越全球的社会联系方式；在内涵方面，它们正在改变我们日常生活中最熟悉和最带个人色彩的领域"③。因此，现代性的危机也可以纳入全球化危机的范畴里。

现代性的"危机和困惑"，若放到香港"重商轻文"的文化语境里，指涉的则为现代性的"工具理性"大势压倒"价值理性"。对于西方现代性的质疑，既来自后现代主义，也来自后殖民主义。对于中国而言，后殖民视角的批判更有启发。后殖民主义认为，西方现代性最大的问题是忽略了非西方的世界，从而压抑了殖民地第三世界的历史。更大的问题在于，殖民地第三世界自觉将西方现代性视为普遍性，贬斥本地的文化，从而构成自我殖民化。④陈国球在撰写《香港文学大系(1919—1949)·总序》时曾明确指出香港产生"自我殖民化"现象的原因，那就是：香港的文化环境与内地最大分别是香港人要面对一个英语的殖民统治政府。⑤叶维廉也曾对这种"自我殖民化"现象在香港的具体表现做过精辟分析："呈现在社会的内在结构的是香港高度的商业化。商业化游戏的规则是依据西方文化工业的取向；货物交换的价值取代带有灵性考虑的文化价值。货物交换价值之压倒灵性文化价值的考虑正好帮助了殖民主义淡化、弱化民族意识和本源文化意识，使原居民对文化意识、价值的敏感度削减至无。"⑥韦伯曾试图从社会学

---

① 林少阳教授于2018年3月26日在南京大学文学院做了题为"章太炎鲁迅合论：晚清革命的语境"的讲座。当时笔者在提问环节请教了林教授如何认识"现代性"这一问题，讲座结束后继续就此话题请教林教授。林教授并没有在论文和专著里谈过关于"现代性"的相关问题，所以对于"现代性是否需要批判"这一解释经林教授同意后成为本书注释，特此说明。

② [英]安东尼·吉登斯：《现代性的后果》，田禾译，译林出版社2000年版，第1页。

③ [英]安东尼·吉登斯：《现代性的后果》，田禾译，译林出版社2000年版，第4页。

④ 赵稀方：《〈小说星期刊〉与〈伴侣〉——香港早期文学新论》，《文学评论》2016年第4期。

⑤ 陈国球：《香港文学大系(1919—1949)·总序》，《香港文学》2014年11月号。

⑥ 叶维廉：《解读现代·后现代：生活空间与文化空间的思索》，台湾东大图书股份有限公司1992年版，第150页。

20世纪80年代以来香港小说中的「香港书写」研究

的角度将"现代性"描述成"一个理性苏醒、逐步给世界祛昧的过程。就是说，理性引导社会脱离传统束缚，转而依赖它的合理与理智去认识并征服世界。然而，这一历史过程大大伸张了工具理性"[1]，并"丧失了价值或意义的维度"[2]。同时，他将工具和价值同视为互相对立的理性行为，并尖锐指出：工具行为讲究效益，追求利润；而价值行为不计成败，只认道德义务。由于这两大理性行为水火不容，此长彼消，就造成社会价值领域的持续分裂。[3]

在"工具理性"和"价值理性"、"理性现代性"与"审美现代性"的对立分裂中，内地学者叶舒宪认为，现代性危机在21世纪的全球文化格局中"以前所未有的明晰形式爆发出来。从更深广的背景看，现代性的危机之终极根源是文明本身的危机，是人类自5000年前迈入文明门槛以来渐进累积的症结在人口与资源环境的矛盾空前激化情况下的大发作"[4]。与此同时，这种重"工具理性"甚于"价值理性"的观念，实则与现代性具有的"变动不居"特征联系在一起。马克思和恩格斯曾对此发表过一段经典的评价："一切固定的古老关系以及与之相适应的素被尊崇的观念和见解都被消除了，一切新形成的关系等不到固定下来就陈旧了。一切固定的东西都烟消云散了，一切神圣的东西都被亵渎了。人们终于不得不用冷静的眼光来看待他们的生活地位、他们的相互关系。"[5]因此，现代性的"变动不居"特点引发了人们普遍的人文精神危机。实际上，这种人文精神危机来源于现代性将人从现代化的"主体"转变成现代化的"对象"。这里可以借韦伯的一个观点做进一步的理解。他认为，现代化的过程是一个不断合理化的过程，工具理性逐渐取得支配地位。于是，"规章统治人"成为生活的普遍景观。人是现代化的主体，是他们创造了规章；但反过来，他们又是现代化的对象，不

---

① 赵一凡：《现代性》，见赵一凡等主编：《西方文论关键词》，外语教学与研究出版社2006年版，第647页。

② 杜红艳：《多元文化阐释与文化现代性批判——布达佩斯学派文化理论研究》，黑龙江大学出版社2016年版，第174页。

③ 赵一凡：《现代性》，见赵一凡等主编：《西方文论关键词》，外语教学与研究出版社2006年版，第647页。

④ 叶舒宪：《现代性危机与文化寻根》，山东教育出版社2009年版，第1页。

⑤ 《马克思恩格斯选集》（第一卷），人民出版社1972年版，第254页。

可避免地变成规章统治的对象。①因此,当技术(工具理性)成了解决"一系列无法解决的难题"的信仰后,如卡尔·施米特所言,精神中立性随着技术驶进了精神虚无(beim geistigen Nichts)的港湾。②在经历现代性危机(尤其是工具理性为主导)对传统文化生活及其人文精神的侵袭以后,香港许多社群文化面临丧失原有文化遗产的危机,民族精神能量也日渐削弱。与此同时,"语言的衰落对文化传统的侵蚀,不可小觑"③,汉语母语的书写至此失去具有艺术本真的灵晕。在本雅明看来,灵晕的消失"导致了传统的大动荡——作为人性的现代危机和革新对立面的传统大动荡,它们都与现代社会的群众运动密切相连"④。由此可见,对工具理性的膜拜致使"香港书写"乃至香港文化无法真正抵达精神和语言的原乡。

当今不少国家都在不约而同地追逐现代性,所以有走向文化趋同的态势。综观20世纪80年代以来香港小说的"香港书写",我们发现面对全球化危机的爆发,作家们在追忆和重述时空的氛围下已经意识到要"文化寻根",以此拯救因同化而渐趋消亡的地方文化。文化寻根已经"成为二十世纪后期最具有普遍性、世界性的文化运动,像'新时代运动'(New Age Movement),实际上已经波及全球的宗教、政治、经济、文学、艺术,乃至社会生活的各个方面"⑤。这种"寻根",更多的是寻本土文化的根。通过"小说"香港,不少作家发现心中的"香港"早已不存在,"此地他乡"成为形容他们面对香港这座现代都市发展"变动不居"特征的最贴切感受,而"变动不居"已经成为香港这座城市发展的常态。这如同小思(卢玮銮)所感慨的:"香港,没有时间回头关注过去的身世,她只有努力朝向前方,紧紧追随世界大流适应急剧的新陈代谢,这是她的生命节奏。好些老香港,离开这都市一段短时期,再回来,往往会站在原来熟悉的街头无所适从,有时远得像个异乡人一般向人问路,因为还算不上旧的楼房已被拆掉,什么后现代主

① 周宪:《从文学规训到文化批判》,译林出版社2014年版,第404页。

② [德]卡尔·施米特:《政治的概念》,刘宗坤等译,上海人民出版社2003年版,第240页。

③ 葛亮、马季:《一均之中,间有七声——葛亮、马季文学对话录》,《大家》2009年第3期。

④ [德]瓦尔特·本雅明:《机械复制时代的艺术作品》,王才勇译,中国城市出版社2002年版,第10~11页。

⑤ 叶舒宪:《现代性危机与文化寻根》,山东教育出版社2009年版,第2页。

义的建筑及高架天桥呈现在眼前，一切景物变得如此陌生新鲜。"①作家意识到需要文化寻根已经是实现走出危机的第一步，而接下来需要做的"重返与书写"工作就是重新着眼于中国文化与西方现代性如何在这个流徙空间里撞击、融合和砥砺的情形，也就是需要在现代性基础上找到适合中国文学乃至中国文化当代性的生发土壤。简而言之，就是探讨"'香港书写'与传统再造"这一问题。鉴于此，在"如何重返"的层面，需要"重新打量那些生长在传统内部的、被我们慢慢遗忘的文化资源和精神能量"②。在"怎样书写"方面，如何从过于讲究西化的书写形式里回到中国传统文化内部寻求艺术创新和突破，包括讲述香港故事的方法和路径并将独具情怀的语言与文化想象融为一体，从而拓宽文化香港想象的领域，是接下来香港作家需要着重思考的问题。

　　"殖民性"在香港是长期以"现代性"的名义出现，并且在"自我殖民化"的过程中不断弱化中国文化对香港的影响。赵稀方已反驳了一部分人所认为的在香港新文学时期新旧文化处于相互排斥的现象，事实应该是"英文和中文的对立"，孱弱的中国传统文化在香港的作用更多是"成为民族认同和反抗的工具"。③这种看法得到不少香港学者的认可，如陈国球认为："为了帝国利益，港英政府由始至终都奉行重英轻中的政策。这个政策当然会造成社会上普遍以英语为尚的现象，但另一方面中国语言文化又反过来成为一种抗衡的力量，或者成为抵御外族文化压迫的最后堡垒。"④在代表作《小说香港》里，赵稀方对这种新旧文化处于同盟关系的境况做了进一步的阐述："在内地，旧文化象征着千年来封建保守势力，而在香港它却是抗拒殖民文化教化的母土文化的象征，具有民族认同的积极作用。在内地，白话新文学是针对具有千年传统的强大的旧文学的革命；在香港，'旧'文学的力量本来就微乎其微，何来革命？如果说，在内地文言白话之争乃新旧之争，进步与落后之争，那么同为中国文化的文言白话在香港乃是同盟的关系，这里的文化对立是英文与中文。香港新文学之所以不能建立，

① 小思：《香港故事》，山东友谊出版社1998年版，序第1页。
② 张莉：《〈北鸢〉与想象文化中国的方法》，《文艺争鸣》2017年第3期。
③ 赵稀方：《〈小说星期刊〉与〈伴侣〉——香港早期文学新论》，《文学评论》2016年第4期。
④ 陈国球：《香港文学大系（1919—1949）·总序》，《香港文学》2014年11月号。

并非因为论者所说的旧文学力量的强大,恰恰相反,是因为整个中文力量的弱小。因而,在香港,应该警惕的是许地山所指出的殖民文化所造成的中文文化的衰落,而不是中国旧文化。一味讨伐中国旧文化,不但是自断文化根源,而且可能会造成旧文学灭亡、新文化又不能建立的局面。"①然而,当下的不少香港作家本末倒置,表现出继续维护西方现代性或固守本土的迹象,而把能够推动自身文化强大的传统文化力量尽可能排斥。

要想消除这种"唯西方是瞻"的弊病,以及走出"本土意识"的限制,实现人文精神传统的重塑,乃至于再造新的人文精神理念,需要回到中国传统文化内部寻求艺术资源。为此,有两点是作家在走向"重返与书写"之路上可以考虑的。一方面,克服并走出对西方文化的自卑感和"仰赖情结",重新培养对东方文脉的自信与想象。由于香港长期为西方殖民主义所统治,"英语所代表的强势,除了实际上给予使用者一种社会上生存的优势之外,也造成了原住民对本源文化和语言的自卑,而知识分子在这种强势的感染下无意中与殖民(统治)者的文化认同,亦即是在求存中把殖民(统治)思想内在化。……这种殖民(统治)者文化内涵的内在化是一种自觉不自觉间的同化,在香港极其深入和普遍"②。香港作家黄傲云也指出:"我到过不少受过殖民地统治的国家,发现殖民地政府的共通点,是提倡宗主国语文,压抑被统治民族的文化。懂得宗主国语文的人可以做大官,那么这些大官的语文程度,肯定是比不上来自宗主国的人,更肯定的是他们很易有很重的自卑感。"③这种由殖民者制造的"同化"及其引发的情结,属于殖民活动的第二阶段,属于在军事征服后的统治阶段。这种情结,是"殖民思想的内在化过程和这个过程同时引发的对本源文化意识和对外来入侵的文化意识'既爱犹恨、既恨犹爱'的情结"④。不少香港作家对这种充满矛盾的"同化"情结有着不安和模糊态度,因为"一面要为两种文化协调,一面又在

---

① 赵稀方:《小说香港》,生活·读书·新知三联书店2003年版,第90页。
② 叶维廉:《解读现代·后现代:生活空间与文化空间的思索》,台湾东大图书股份有限公司1992年版,第150页。
③ 黄傲云:《微弱的脉搏》,《香港文学》1985年第1期。
④ 叶维廉:《解读现代·后现代:生活空间与文化空间的思索》,台湾东大图书股份有限公司1992年版,第157页。

两种文化的认同间彷徨与犹疑"①。另一方面,这种模棱两可的态度,使不少香港作家的内心产生分裂感。为了缓和这种感受,他们选择回归,希望能从地方文化中寻找书写资源并重建有机社群的精神品格,从而抗衡现代性危机给香港带来的消极影响。然而,书写的局限性也于此浮现,主要原因是缺失了大力弘扬东方文脉优势这一维度,丧失了从中吸取精神能量和书写经验的有利契机。因此,在现代语境中"重撷失落的传统精神和东方美学",并将它们做出创造性的转化,可以成为接下来"重返与书写"的方向。如同葛亮被海外评论界誉为"新古典主义小说的定音之作"的《北鸢》,就是努力在这方面实践的典范。②用葛亮的话来定义,新古典主义的历程就是"常"与"变",即"常是传统的东西。在时代交接时,遭遇来自现代的考验,而在这种情况下,怎么通过当代人的消化、体认、反刍,再把所谓的传统通过你的方式表达出来"③。换言之,"新古典主义"就是"以现代的方式从古典文学传统中汲取营养"④。放在"香港书写"的语境,"重撷失落的东方美学"指向的是既要从东方美学里吸取书写的资源和方式,也要提取一种社群乃至民族的精神能量和气质。从东方美学出发,《北鸢》将中国文学的东方气质和古典精神与当下和西方的文化精神做了成功的对接。因此,它既能作为近年来"中国书写"的典范,也为当下的"香港书写"提供了可资借鉴的经验和启示。

　　实际上,西方一些智者对现代性的危机早有警惕。19世纪末,齐美尔(Georg Simmel)、涂尔干(Emile Durkheim)、滕尼斯(Ferdinand Tonnies)等人都曾敏锐地洞察到西方人文传统与西方现代工业文明发展失衡带来的社会危机,并就此开出过补救的处方。到了20世纪50年代,传统与现代二元互补的呼声成为西方后现代主义的重要思潮。⑤这如同约翰·格鲁姆雷

　　①　叶维廉:《解读现代·后现代:生活空间与文化空间的思索》,台湾东大图书股份有限公司1992年版,第157页。
　　②　也有学者将《北鸢》视为"新古韵小说"的代表,并认为"新古韵小说是新古典主义在东方语境下的回归与重建"。详见凌逾:《开拓新古韵小说——论葛亮〈北鸢〉的复古与新变》,《南方文坛》2017年第1期。
　　③　卢欢:《葛亮:尊重一个时代,让它自己说话》,《长江文艺》2016年第12期。
　　④　张莉:《〈北鸢〉与想象文化中国的方法》,《文艺争鸣》2017年第3期。
　　⑤　向怀林主编:《人文基础》,重庆大学出版社2010年版,编写说明第1页。

所说的："现代化的进程威胁并削弱了文化为人的生存提供意义和方向的传统作用,现代世界,即使是最高的价值观念——自由也不能够重新点亮希望,文化充当了无以计数的人类意义的必不可或缺的载体。"①可见,在现代性危机的侵袭下,如何在"混杂性"的多元文化空间里积极发扬"东方文化"的优势并借此推动建构属于香港文化的主体身份便成为战胜人文精神危机的重要出路。第三代儒家人文主义学者杜维明曾提出"文化中国"(Cultural China)②概念。它的"去中心的论述可以打破'边缘'的限制,超越'边缘'与'中心'的相对性定位。若把文化中国与香港经验结合起来寻找对话,论述的取向更需要模糊(fussy)和无边(borderless),才能有机地、无中心地在不同话语场所(discursive fields)不停沟通,以期达至视野领域的接触或甚至汇合"③。这个概念立足于打破香港的边缘地位,再将其作为浮动而无固定定位的论述对象置于文化中国的话语场所,以此突显内地文化与香港文化的对话关系。1993年在香港中文大学举办的关于讨论"文化中国"议题的研讨会上,论文集编者在前言中指出,文化整合虽有利于大陆与台湾两地的沟通,但谈文化不应从本位主义出发,应兼重多元化、精致与通俗混融,并寻求传统的转化。④因此,透过香港经验来参与"文化中国"或中国传统文化的现代转化行为,也不失为在现代语境下中国传统文化为求"新变"的一次可操作性实践。凌逾认为,传统文化的再造是可能的,需要从各类跨媒介创意的磨砺中实现中西文化的跨界变通。她以四部台湾影响较大的戏剧和电影(戏剧《暗恋桃花源》、舞剧《水月》、青春版昆曲《牡丹亭》及电影《刺客聂隐娘》)为例,考察它们如何相互吸取智慧,在东方与西

---

① John Grurnley. *Agnes Heller: A Moralist in the Vortex of History.* London: Pluto Press, 2005, p.244.

② "文化中国"蕴含着三个"象征世界"(symbolic universes)之间的互动。这三个象征世界包括由华人为主的中国大陆、中国台湾、中国香港和新加坡的"第一象征世界";以散居各地的海外华人组成的"第二象征世界";试图以观念理解评介中国的学者、知识分子、自由作家和记者组成的"第三象征世界"。杜维明:《"文化中国"初探》,《九十年代月刊》1990年总第245期。

③ 郭少棠:《无边的论述——从文化中国到后殖民地反思》,见陈清侨编:《文化想象与意识形态:当代香港文化政治论评》,香港牛津大学出版社1997年版,第162页。

④ 陈其南、周英雄主编:《文化中国:理念与实践》,台湾允晨文化实业股份有限公司1994年版,第3~10页。

方、传统与现代的边界找到焊接点，通过活用各类媒介来复兴和优化传统，并强调这"需要跨媒介的精神，灵活的变通，融通的智慧"①。这种考虑为本书所设想的重返方向提供了有力的理论支撑。

在20世纪80年代以来的香港小说里，有两部作品可以被视为"新古典主义"的典范之作：一部是钟晓阳的《停车暂借问》，另一部是葛亮的《北鸢》。这两部作品不完全属于"香港书写"范畴，②但在复归传统精神和东方美学的理念中，其实也渗透着他们对香港文化、历史和社会的思考，可以从不同侧面为当下的"香港书写"提供可资借鉴的书写经验和方法。与此同时，两部作品在"重返"的意念上是有延续性的。钟晓阳的《停车暂借问》是在20世纪80年代感慨古典精神和东方美学在香港这片现代土地上面临失传的困境，而葛亮的《北鸢》则是在21世纪尝试接续并弥合这种断裂，让传统精神和东方美学重新复活在这片现代土地之上。

一

《停车暂借问》是一部在现实中返归古典精神和东方美学的"新古典主义"佳作。这部小说不仅仅是讲述爱情的故事，也是作者立足香港来回望故乡之作。这种回望，有其特殊性。作者只是跟随母亲回过一次故乡沈阳，所以对故乡的认知基本建立在其母亲对沈阳回忆的诉说及表现出来的日常行为之上。朱颜易逝，作者思考的是如何才能保住母亲心中的"青春年少"，所以此作最终献给"操劳半生，忧多乐少，却付给儿女们她所有的爱"③的母亲。可见，家乡与母亲形成了同构的关系。也就是说，回望故乡，

---

① 凌逾：《复兴传统的跨媒介创意》，《中国文艺评论》2018年第3期。

② 根据本书在"绪论"部分对"香港书写"所下的定义，两部作品并不完全符合其中的内容，主要原因是它们并没有直接写"香港人香港事"。即便如此，这并不妨碍两部作品能在一定程度上归入"香港书写"的范畴，入选理由是他们以港人的视角去审视笔下的人物和生活，在字里行间折射出对香港文化、历史和社会的反思，以道地的香港眼光从社会历史经验中生发出在地关爱的情怀。蔡益怀也对入选"香港书写"的条件做过相关阐释："有些人可能过分执着于'写香港人香港事'，以为这就算得上是有'香港性'，我并不这样认为，我更看重的是作家有没有一种香港意识、香港情怀，在他的创作中是否能够反映出香港的文化精神。"蔡益怀：《为"香港小说"正名——兼说香港小说的本土性》，《香港文学》2005年10月号。

③ 钟晓阳：《后记　车痕遗事》，见《停车暂借问》，新星出版社2011年版，第236页。

就是尝试寻找并连接与母亲(祖国)的文化命脉,并且将这种感情落实于文字中。在文字的世界里,她尝试将传统与现代进行对接。可最后发现,要真正实现这种对接还是有难度的,因为传统文化在香港这个现代社会里未能有充分存活的空间。

钟晓阳在香港长大,作品闻名于港台地区。1962年12月诞生在一个华侨知识分子家庭(其中父亲是印尼华侨,母亲是沈阳人),祖籍广东梅县。1963年随父母移居香港。虽然入读的是英文中学,但由于家庭的熏陶和本人的天赋,她对古典诗词有着极大的兴趣,十四五岁就已经在各类报刊上发表小说、散文及诗歌,并斩获各类文学奖。钟晓阳就像从闺阁中走出来的女子,生性沉静,不喜说话,好读书,喜用小楷填词,爱听由古筝、琵琶、笛子一类乐器奏出来的音乐。台湾作家朱天心在读到钟晓阳写给她的信时,第一感觉就是"正牌林黛玉出现了,不是柔弱,而是她孤傲、挑剔的气质"①。

1980年,钟晓阳随母亲回故乡沈阳探亲。从广州、上海、北京一直到沈阳、抚顺,都让从未真正感受过内地气息的她大开眼界。她一路兴致盎然,并缠着母亲和亲戚不停地询问有关故乡的一切。在亲见东北大地风物人情之际,一组爱情三部曲已在悄然酝酿。同年年底,18岁的她已完成"赵宁静的传奇"第一部《妾住长城外》,紧接着下一年完成第二部《停车暂借问》和第三部《却遗枕函泪》,最后于1982年将三部曲结集为《停车暂借问》,并由台湾三三书坊出版,引起轰动,名盛文坛。钟晓阳本人也在当时被港台文坛誉为"天才少女作家"。不少文坛大家都非常惊讶于小小年纪的她竟能把成人面临的爱情困境捕捉得如此到位,比如台湾著名作家朱西宁用"仙缘"来评价钟晓阳的小说:"中国正统的文学艺术是极现实和超现实的合一,惟其现实可以极致,所以超现实必于现实无不包容。此在小说家,是一于民族的强大,时、空、能三者全部拿他莫可奈何。所以会叫人想到天纵。钟晓阳的得天之幸尚不在闪烁的才华,是有仙缘在中国诗词的养育里呵护长大,只这一点便可以造就她是个天骄。在她虽只十七八岁女孩,现实世界不过香港一地,承受的是不中不西的文化教育,这些可全都约束不住她。但凭她伸手要天,也得许她半边,更不必说她有一部小说,《妾

---

① 何晶:《钟晓阳:作家在哪里都一样寂寞》,《羊城晚报》2013年4月14日。

住长城外》要从 1944 年的奉天写起,《停车暂借问》要在 1945 年之后的上海。以西洋写实的僵硬观念看,对此必不以为然,但若就中国小说言,哪位作家是受时、空、能三者所限? 钟晓阳这又算得什么? 天地人世间,作者熟悉的经验不过是现实的大海之一粟,超现实尤不必说了,何拿有限拘禁无限的自苦? 钟晓阳今做了中国正统小说的言者,一言兴邦而大为开了今之西化小说艰危的绝境。"①

《停车暂借问》讲述的是东北女子赵宁静的爱情故事,发生的时间从 20 世纪 40 年代到 60 年代,地点从沈阳、抚顺一直转移至香港。其中第一部《妾住长城外》写的是她和一个叫吉田千重的日本男孩的模糊初恋,而后两部《停车暂借问》和《却遗枕函泪》表现的则是她和表哥林爽然真挚但不能结果的爱情故事。

王德威赞誉钟晓阳为"今之古人",称此作品"能用现代小说的形式包装中国古典诗词歌曲的情思,其中尤其擅长描绘流离的哀伤","宛如时代版《红楼梦》"。②结合三部曲的标题来看,王德威的评价还是有道理的,因为它们让我们想起如下的古诗章句:

> 君家何处住?妾住在横塘。
> 停船暂借问,或恐是同乡。
> ——(唐)崔颢《长干曲(其一)》

再走进书中的文字,我们隐隐体会到其中所流露出张爱玲笔下的"身世之感",又感觉到它同时接续了《红楼梦》的命脉。不仅钟晓阳喜欢阅读《红楼梦》和赋诗填词,小说中的赵宁静也同样如此,每至情深之处必会引发其诗意之思。对于《红楼梦》的流离哀伤之感,钟晓阳也是钟情到底。在这组"爱情三部曲"里,破碎的爱情既让人心疼,也成为最吸引人的地方。对于宁静而言,每一段的恋情都是充满着无奈和悲哀。"在错的时间遇见对的人"本身就是千古遗憾之事。尤其在感受到表兄妹"近乎绝望的眷恋"之

---

① 引自彭燕彬:《当代海外华人华文小说精品论析》,中国文联出版社 2000 年版,第 231 页。
② 王德威:《当代小说二十家》,生活·读书·新知三联书店 2006 年版,第 53~54 页。

情后,更能借此想起"宝黛之恋"而印证此种感受。

初恋之花是美丽的,但又是容易枯萎的。由于"千重是日本人"的事实,所以宁静与千重发生在伪满洲国时期的恋爱本身就是不踏实的。在两人诀别的那一刻,千重倒先问起了宁静:

> "小静,你——你恨我们国家吗?"
>
> 宁静愕然,有点怕,不敢答。
>
> 千重叹一口气,动身要走,宁静稳稳地说:"如果将来我不恨你的国家,那是因为你。"
>
> 千重赶快别过脸去,大概泪又涌出来。他借旁边的一棵槐树攀上墙头,他回眼望她。不知道是月亮还是街灯,两张脸都是月白。她仰着头,辫子垂在后面,神色浮浮的,仿佛她的脸是他的脸的倒影。
>
> 然后他在墙头消失了。宁静整个人扑在墙上,听得墙外咚一下的皮鞋落地声,她死命把耳朵揿在墙上,听着听着,脚步声就远得很了。①

"如果将来我不恨你的国家,那是因为你",这句话读来震撼!当家国仇和爱情两者摆在面前时,该如何抉择?无论选择哪一方,我们相信这都需要付出极大的勇气。正因为这道裂缝已是如此的宽,两人弱小的身躯根本无力承受来自国家和民族所施压的重负,所以无法越过就只能成为他们唯一要面对的事实了。

第二段恋情于宁静而言可谓是刻骨铭心。在第二部《停车暂借问》里,宁静和她的表哥林爽然是惺惺相惜的。只不过,阴差阳错导致二人最终错失相伴终身的机会。爽然小时候因父母之命而与陈素云有了婚约,可他从来没有喜欢过素云,只想一心一意娶宁静为妻,愿意一辈子贴心保护爱人。事实上,宁静同样如此。她虽然深知爽然爱她,也承认他们是命中注定的知己,但到了后来却发现对爽然竟一无所知(按:实际上中间也有几次类似

---

① 钟晓阳:《停车暂借问》,新星出版社2011年版,第50页。

的困惑和愤慨）。从素云口中道出来的爽然，与她所认识的爽然完全不是同一个人，让她极度怀疑眼前的真实及过往的一切。在此之前，上天实际上已给宁静安排好一段姻缘，那就是熊应生与她"停车暂借问"的偶遇。原以为只是一次极其普通的偶遇，但一次停下来的问路，便成了宁静一生转折点的开端。凑巧的是，宁静后来生病住院，管床医生竟然是熊应生，两人从此便有了交集。应生对宁静有了感情，宁静对他却没有感觉，甚至想过逃避，最终还是给他留下几分情面。与此同时，宁静父母本来就对爽然因有婚约还不停纠缠宁静的行为有所不满，此时应生的出现便中了二老的心。宁静对此思索后，觉得一来和真实的爽然还是生分，二来为了不让爽然再因她为难而耽误与素云的婚事，便答应了应生的婚约。不过，这些理由都是用来自欺欺人的。可正是这自欺欺人，使宁静永远地痛失爽然。当爽然看到宁静右手黄黄的金戒指时，他明白他将永远地失去她。于是，他感慨好在没将自己夙筹夜划的心意说出口，不然真的不知道如何收场。就这样，一个没说出口，一个没追问下去，便注定要错过一生。

爽然在临离开东北之际，向宁静道别。两人一起堆雪人，发现默契还在，只是各自已怀近乎绝望的眷恋之情了。爽然最后一句"我走了，你保重"[1]给他们一起的日子画上句号。后来，当宁静从爽然母亲处得知爽然说了"我"字后其实是想向她求婚时，她已经学会不哭了。她真的不哭了，因为错过了就是错过了。她想假如当初爽然真向她求婚，她会毫不犹豫和应生解除婚约，可一切都回不去了。如今的她发现，好像嫁给谁都无所谓了，因为她的眼泪已经为爽然流干了，而她欠这人世的，也已相应还清。对此，小说是这样描写的：

> 她不哭了。她现在已经学会不哭了，光是流泪，一大颗一大
> 颗地流；泪流干了，她欠这人世的，也就还清了。[2]

由此可见，宁静不就是"绛珠草"的化身吗？她与林黛玉一样具有"还

---

①　钟晓阳：《停车暂借问》，新星出版社2011年版，第147页。

②　钟晓阳：《停车暂借问》，新星出版社2011年版，第159页。

泪"的禀赋。犹记得《红楼梦十二曲——飞鸟各投林》里有这样几句话:"欠命的,命已还;欠泪的,泪已尽。冤冤相报实非轻,分离聚合皆前定。"痛彻心扉后的回首,已多了几分苍凉。此时,再多的追悔已无济于事,宁静非常清楚她和爽然的爱情彻底完结了,于是只能拿着爽然送给她的《红楼梦》,期待在梦中与他相聚。

到了第三部《却遗枕函泪》,时光不知不觉已走过15个春秋,宁静和爽然在香港竟不期然相遇了。此时的宁静已为商人妇,而近半百的爽然依旧子然一身。只不过,一切已时过境迁。宁静依旧有着东北女孩的倔强和果敢,决定与应生离婚并回到爽然身边,可身患疾病且生活拮据的爽然选择了退缩。他无力面对这突如其来的决定,更不愿意让宁静放弃现有的荣华富贵而跟他一辈子受苦受难。无论宁静是否出于补偿心理,爽然非常清楚他们之间是不可能再回到过去了。文中是如此写爽然决绝的态度:

> 宁静……喟叹一声道:"我想了整晚,失去的不知道还能不能补回来。"
> "不可能的。"爽然一句就把她堵死了。
> 她却不死心,又说:"世事难料,就拿我们再见的这件事来说,不就是谁也料不着的吗? 也许……"
> "小静,"爽然没等她说完便说,"我们年纪都一大把了,过去怎样生活的,以后就怎样生活吧。"[1]

虽然此后宁静希望通过各种方式挽留这段无果之恋,但爽然没有做出如她所期望的回应,因为他深知自己恶疾的现状是无法让宁静幸福终生的。于是,他不得不选择再次出走,永远地离开宁静。然而,为了感念上苍让他们重逢,以及报答宁静对他一生的爱,临走前,他存心"跟她一夜夫妻",到底还是承认了她是他今生的妻子,不过只能"以象征性的自我泯灭来成全他对宁静一腔诗情爱意的最后敬礼"[2],以此保存这份永恒"宁静"的

---

① 钟晓阳:《停车暂借问》,新星出版社2011年版,第171页。
② 王德威:《当代小说二十家》,生活·读书·新知三联书店2006年版,第55页。

爱情。虽然结局有一些令人慰藉的光明，但依旧是以宁静痛失爱人而告终，让人不免唏嘘："他们的命该如此！"这个爱情的悲剧，被作者放在香港的语境下发生是有其针对性的。"我们再也回不去了"是对这段无果之恋最贴切不过的概括了。在现代性危机的侵袭乃至带有毁灭性的冲击下，美好的古典情怀在香港正面临着消逝的厄运，如同赵稀方所言："现代香港容不下这一份古典的诗意"①；"这种情怀在现代社会是无法存身的"②。

　　也就是说，在这种环境下，重逢对于已经遍体鳞伤的恋人而言的确是一件残酷的事情，如同一句歌词所写的："也许不如不见，过去才能够沉淀成美满；也许不如不见，一切才能够被当成永远。"在第三部曲的最后，当看到老妇晾晒的衣服在风中飘曳时，"宁静的眼泪，很快的，也就干了"③。这次，真的是连眼泪都要流干了。宁静"还泪"的禀赋也延续到了终结。小说戛然而止，并没有告诉我们宁静到底何去何从。

　　"倘若无缘，为何偏要相逢？倘若有缘，为何偏要分手？"一切，似乎命已注定。对此，我们不免作悲观地猜想：宁静是否只有死了以后，才能得到真正的宁静？从钟晓阳的"爱情三部曲"里，我们可以看到即使她写世俗的爱情，也能写得如此充满诗意和雅致。

　　实际上，钟晓阳在香港产生返归古典人文的情怀与母亲"北望"家乡之心是息息相关的。这可以从《停车暂借问》简体版的序《致中国大陆读者》和附录后记《车痕遗世》中得知。钟晓阳在序言里就明确指出：没有她（按：指钟晓阳的母亲）动辄发作的思乡病就没有《停车暂借问》。④这两篇文章与小说正文可形成互文性的对读，为进入作者"重撷失落的传统精神和东方美学"的心境提供了一些线索。

　　《车痕遗事》是钟晓阳在"香港书写"回望东北故乡的散文，属于《停车暂借问》简体版的后记，分为《盛世之痕》《乱世之痕》《故国之痕》《异国之痕》《新痕与旧痕》五节。《车痕遗事》之所以引起外界的关注，是因为钟晓阳不仅回顾了写作及修订《停车暂借问》的来龙去脉，还深情记叙了她的家族

---

① 赵稀方：《小说香港》，生活·读书·新知三联书店2003年版，第226页。

② 赵稀方：《小说香港》，生活·读书·新知三联书店2003年版，第227页。

③ 钟晓阳：《停车暂借问》，新星出版社2011年版，第198页。

④ 钟晓阳：《致中国大陆读者》，见《停车暂借问》，新星出版社2011年版，第1页。

往事,让人为之动容。最特别的是,虽然钟晓阳并没有在东北故乡长大,也只回过故乡一次,但这丝毫不妨碍在香港成长的她把长城外的土地封为家乡领土,并且矢志效忠母系血脉。在此情况下,家乡于她而言到底留下了什么印象呢? 她在文章中是这样写的:

> 家乡,什么是家乡? 家乡是天苍苍,野茫茫,风吹草低见牛羊。一抹晚烟荒戍垒,半竿斜月旧关城。家乡是逢年过节母亲的三分钟怀旧,突然又听到母亲骂我一声"王八犊子",好熟悉的骂儿话。家乡是东北的大地河山在我梦中成形,朦胧间一个少女的身影出现在茫茫雪地,月白肌肤,月满轮廓,睫护秋水,眉含孤清。北方有佳人,绝世而独立——我认识真正的母亲之前的母亲。我的梦母,北国无名女。①

整篇散文弥漫着浓浓的亲情,以及对故乡挥之不去的思念。从回首家族历史到跟随母亲回乡省亲,钟晓阳均投入了最真挚的感情来述说这一切,并将这股亲情融入作品的写作中,使读者对《停车暂借问》的创作过程有更为直观而全面的认识。

毫无疑问,钟晓阳对母系家族的历史是做过详尽考察的。她的外婆是世袭正黄旗燕喜堂刘氏的后代,外婆娘家在沈阳小东街,离夫家不远。不过假如要回溯母系血脉到夷族祖先一度生息繁衍的繁殖地,因无族谱家史可据,只能笼统插旗在国之东北。她的母亲到大学毕业后才与父亲一起被分配到湖南工作,至此母亲的脚步就一直往南走,最后来到了香港。这一次的停留,便是一生。然而,无论走多远,他们都没有忘记出发的地方。犹记得钟晓阳在文章中提到直至与母亲回到故居,才让她真正感觉回到了人生的起点:

> 此刻两个远来异乡客依门伫立,舶来衣装美白面容,抬头看旧日门墙尽毁只剩穑楼对夕照。少小离家老大回,乡音无改鬓毛

---

① 钟晓阳:《后记 车痕遗事》,见《停车暂借问》,新星出版社2011年版,第207页。

衰。曾经时代的风将这一家的种籽向南吹，向南吹，吹到好远好远的南方小岛。曾经有个满汉混血女子从这门里走出去，走上一生的梦途。①

这一"梦途"的终点即香港，也是母亲一生的归宿。虽然母亲后来也会与父亲多次回去，但要真正做到"落叶归根"已然是不可能了，对钟晓阳而言就更不用说了。因此，她觉得这篇文字"不是为了怀旧，也不是为了追源溯始，而是陈述一些家庭的点点滴滴的记忆遗痕"②。这无可厚非，对于一个并未在东北生活过的女孩，要她如同母亲那般产生感同身受的怀旧思绪是不现实的。然而，她对家乡的态度是值得我们珍视的。她希望通过书写家乡的风物、人情及语言等，能够让"过往的一切经验、情感与记忆重又回到眼前来"③，这个过程是她所珍视，也是她为自己的家族所能做出的一件极其有意义的事情。可以看出，她对自己出生在具有满族旗人血统的家族是颇为自豪的。当回乡看到一大片高粱田时，她会想起故乡大地曾上演过无数铁马金戈喋血战场的英雄事迹，也猜想外婆的先祖是否也在清太祖努尔哈赤麾下打过仗。作为读者，我们也是幸运的，因为能从钟晓阳的家族史里真切体会到女真族后裔在东北乃至整个中国大地的变迁历史。

这是钟晓阳与同样是从内地南来的香港作家葛亮有所不同之处，葛亮在家乡南京生活了二十多年，对家乡的风物人情回忆充满了个人化色彩。相较而言，钟晓阳对家乡的回忆是她与母亲共同完成的。因此，《停车暂借问》便成为钟晓阳献给母亲的作品。

钟晓阳坦言，这是"一个浅薄说书人年少时的幻想非非之作"④。这于我们当下阅读而言也会产生相类似的感受。《停车暂借问》其实过于聚焦主人公的"爱与离"，历史在里面仿佛可有可无。这的确会使读者产生误解，也使作品离厚重感相去甚远。第三部曲的内容未能得以充分展开，情节叙述也稍显仓促，有虎头蛇尾之嫌，读了这篇散文后才得知原来是"经朋友的

---

① 钟晓阳：《后记 车痕遗事》，见《停车暂借问》，新星出版社 2011 年版，第 229 页。

② 钟晓阳：《后记 车痕遗事》，见《停车暂借问》，新星出版社 2011 年版，第 234 页。

③ 钟晓阳：《后记 车痕遗事》，见《停车暂借问》，新星出版社 2011 年版，第 234 页。

④ 钟晓阳：《后记 车痕遗事》，见《停车暂借问》，新星出版社 2011 年版，第 235 页。

催促"完成的。不过,要一个如此年轻的女孩去充分体悟中年人的思想,本身就是苛刻的。她的初衷并非在此,更多的还是借此作品"回望故乡",并由此开启她半生的创作之路。

后来,钟晓阳有大概十年时间隐没于香港文学界,对此外界传闻不绝于耳,甚至有人揣测她绝笔不写。那是否真的意味着她要从此停下来,结束创作的一生呢?实际上,绝大部分揣测都是错误的。在这隐没的十年里,钟晓阳没有放弃文学,仍在以另一种形式进行写作,在心底构思着点点滴滴的小说题材。她几乎隐隐知道,总有一天,她会再写,以文学之名,跟读者见面。因此,她感念有重新归队的机会。当然,让她产生重拾文字勇气的,是她的外婆。故乡在冥冥中给了她前行的力量。当年为了喝上一碗肉汤,外婆刚天亮便往乡间方向走去,从抚顺出发顶着严寒长途跋涉,走到乡下时,已是天黑。受上天保佑,外婆找到老佃户家,喝了一碗肉汤,带着喜滋滋的心情回来。这一直是钟晓阳回望故乡时非常喜欢的一则故事。她并不清楚这次重新出发,会面临什么困难,会坚持多久,也不知道是否会如外婆那样收获满意的成果,但沉寂十年后,她终于明白重要的是过程,而不是结果。

荒田十亩无人耕,且以细部逐字行。实际上,对故乡的回望使她没有忘记写作这一初心。在接受《明报》专访时,她提道:"我渴望保持我的心。像软心糖那样,即使外表看来是坚硬的,但内里却始终是柔软的。"①这种柔软,正是岁月流转回望人生后的淡然姿态,如同她回望故乡一般。书评界曾称赞她为第二个张爱玲,实际上她与张爱玲有着很大的不同。张爱玲的作品处处是阴暗的色调,但她的作品显得明亮活泼。或许,她对生活还是心存一丝希望的。她选择隐没,但没有消失,就说明了这一点。正如她的古典情怀,即使在香港乃至后来移民外国生活遭遇现代性危机,也一直随着她的怀乡之情潜藏在内心深处而不灭,并且不忘用创作实践来反省这一危机。

---

① 钟玲玲:《为了启动静止的引擎——钟玲玲访钟晓阳》,《明报》2007年9月3日。

二

如果说钟晓阳通过"回望故乡"来揭示古典情怀和东方美学在香港面临失传的困境，那么葛亮在三十多年后不仅走出这一困境，还成功地将传统文化因素在现代叙事语境中做出创造性的转化。经过七年的沉潜，葛亮于2016年10月在内地出版的长篇小说《北鸢》，成为当下文坛从复古中求新变的重要代表作。《北鸢》通过创设融南北中国不同文化品性的多元共生空间"襄城"，来观照传统与现代、南方与北方如何于此地进行相互的对话、砥砺和融合的情形。葛亮认为"襄城"对于南北方而言是一种有意味的表达着眼点：

> 我所表达的是对中国文化版图的看法和想法。中国作为大的文化和地理空间，并不是铁板一块。中国南方和北方的文化气质，也有差别。写这座城市时，我希望它处于南北之间，关照彼此。我写到我外公的幼年时期在天津度过。天津是当时非常重要的文化重镇，体现传统与现代性的撞击、融合，与其他北方城市表现出来的气韵不同。襄城也是如此，对于南北方，是一种有意味的表达着眼点。这个着眼点对于我表达文化包容力大的空间，是很有益的事情。①

这个在中国版图上能融南北中国文化的多元共生空间，实际上或多或少影射着葛亮现居地香港。香港作为一个中西文化碰撞、融合和砥砺的混杂性多元文化空间，传统与现代性因素共存在一个可以提供它们对话乃至相互检验的文化场域。然而，不少作家的"香港书写"更多聚焦香港的文化和历史与中国关系的断裂性层面。葛亮恰好反其道而行之，通过切入文化传统部分的表达来关注二者内部之间的延续性层面，"勾勒这些历史场景，跟历史做一些对接"②。同时，将二者的文化与历史做对接，只是属于葛亮

---

① 卫毅：《葛亮十几年的写作总结：将心比心，人之常情》，《南方人物周刊》2017年6月10日。
② 卢欢：《葛亮：尊重一个时代，让它自己说话》，《长江文艺》2016年第12期。

重返传统的其中一个部分,更为重要的是保存精神层面的承继感。在现代性危机的侵袭下,葛亮能够在精神上保持笃定和从容,更多是源于家族祖辈在其中起的连接现代与传统之间纽带的作用。对此,他曾解释道:"你不可否认,有些东西是会烙在血液里的,这也是我想去写下这个故事的原因,但是对我的人生轨迹,倒没有太多影响和改变。不过,家中长辈的过往是我为人为文的尺度,也构成我认知当下的标准。目前的时代太匆促,需要有些让人心里安静乃至安定的存在。家族对我的意义就是这样。"①因此,"家族"成为他创作的精神原乡,并成就了《北鸢》的历史书写。其中,葛亮希望"以'在场者'的身份,进入对中国近现代历史过渡期的发掘,从而将某种在我们文化谱系中已淡去的脉络重新进行勾勒"②。

《北鸢》与《朱雀》共同构筑了葛亮书写近代中国历史家国兴亡的"南北书",属于其中的北篇。《北鸢》首次叙写葛亮祖辈的故事,描写了政客、军阀、寓公、文人、商人、伶人等经典民国人物,用钩沉家族日常生活细节的工笔手法再现民国"清明上河图"。小说从主人公卢文笙和冯仁桢的成长说起,直到20世纪40年代后期结束,以民国商贾世家卢氏和没落士绅冯氏家族的命运变迁来映射风云变幻的民国史。最终,卢文笙和冯仁桢的命运在动荡时势的考验下尘埃落定。谈起《北鸢》的创作缘起,葛亮坦言是曾受到祖父遗作《据几曾看》的编辑建议启发。这位编辑希望葛亮能从家人的角度书写祖父的过往。经过深思熟虑后,他选择小说这种更"有温度"的表达方式来叙写家族历史。

谈起小说取名"北鸢"的缘由,据葛亮解释,它的出处源于曹雪芹的一本著作,叫《南鹞北鸢考工志》。在这本书里,曹雪芹对"风筝"一词做了如下解析:"比之书画无其雅,方之器物无其用,业此者岁闲太半。"将此意放入小说里进行考察,可以产生三个方面的具体内涵,并成为葛亮创作这部小说的亮点所在。

首先,提起"风筝",相较于浩瀚无垠的天际,它显得异常渺小,并不处

---

① 潘卓盈:《〈北鸢〉这部小说最近很火 作者说,跟杭州关系太大了》,《都市快报》2016年8月24日。

② 摘自笔者对葛亮的访谈《〈北鸢〉的历史书写与叙事营造———葛亮、徐诗颖文学访谈录》。葛亮:《由"饮食"而"历史"——从〈北鸢〉谈起》,《暨南学报(哲学社会科学版)》2019年第1期。

于主流位置。这就如同民间，相对于庙堂而言，它只能被视为"碎片化"的存在。然而，正因为这些"碎片"的存在，才成就并保存了一个个的大时代，包括被称为"中国最为丰盛起伏的断代"的民国。葛亮在《北鸢·自序》中就把民国视为一个大时代，是因为"总有一方可容纳华美而落拓的碎裂"①。因此，葛亮把目光重点聚焦在民国时代的日常民间及其普通人身上，而非大历史或者大人物。由此可见，小说不仅以虚构的形式为家族历史保存了某些重要的史料，而且使读者从波诡云谲的时代中去感受日常、体悟人间，以一种温和的方式为我们展示无常时代里的"常情力量"。

其次，如同这些落在民间的"碎片"，风筝是被边缘化的东西。它顺势而为地漂浮在天空中，可同时又有"一线"牵引，并未丧失自己的主心骨。小说以"鸢"作喻，实际隐喻着两类人：一类指有骨气的民国文人，他们虽然生活在风起云涌的民国乱世，有时候也不得不顺时势而行，但在内心深处依旧有着自己的道德底线，并不会偏离做人的本分。这才使中国文化的命脉并没有因动乱兴衰的民国时代而遭遇失传的危机。此外，民国"自由、智性、不拘一格"的空间使得不少文人在失去"学而优则仕"的奋斗目标后有了更多的人生选择，具体而言，就是在保住自己精神风骨的前提之下，从事开展多种类型的事业。有一个走上实业道路的读书人孟养辉，他向昭德道出了选择此路的原因所在，那就是：近可独善，远可兼济。②相较于那些用纵横捭阖的方式成就人生的大人物，孟养辉选择的是另一种更为日常的方式来"一身以至于天下"③。因此，在葛亮看来，民国是一个"不拘一格降人才"的大时代。另一类人指的是生活在民国时代的小人物，他们与大人物同样经历着民国的鼎盛与没落。在此情况下，他们并没有选择与时代抗衡，而是选择和解。卢氏夫人孟昭如，嫁作商人妇，相夫教子，自夫君家睦不幸病逝后，凭着一股坚韧的精神独自扛起照顾和教育卢家子弟的重担。面对日益衰落的家道，她没有轻言放弃，而是教育文笙：即使要败，也要败得好看；要活，就要活得漂亮。她的人生哲学非常明确，那就是过有尊严的生活，活出生命的硬度。这就是蕴藏在她内心深处的精神风骨。与此同

---

① 葛亮：《时间煮海》，见《北鸢》，人民文学出版社2016年版，第VI页。
② 葛亮：《北鸢》，人民文学出版社2016年版，第54页。
③ 葛亮：《北鸢》，人民文学出版社2016年版，第54页。

时,在维护这条道德底线的前提之下,她愿意以一种更为温和与宽容的心态去待人处事,通过努力建设"小家"来参与到民国历史的建构之中。这种"大风起于青萍之末"的力量,奏响了由一个个"华美而落拓"的音符汇聚起来的闵音,使人为之动容。

最后,"风筝"一线牵引着男女主人公的心,使他们在等待中没有放弃彼此,并实现了多年前的诺言。可以说,文笙和仁桢因"鸢"生情,也因"鸢"系情。这份真挚的感情之所以恒久正是源于风筝。在他们的心里,即便时代多么云谲波诡,可缘于"风筝"的这份情谊从来就不会因此而动摇。一句话、一只鸢,使他们终于确证了一个事实:对方从未在自己的内心中消失。两人在抗战期间都经受了磨炼,对人生的意义有了更多的思考。尤其是文笙,还经历过残酷的战争考验,活着对于他来说便显得弥足珍贵。他感慨道:"活着,便无谓再想旁的事了。"①因此,两人战后的重逢于他们而言便有了想"珍惜彼此"的意愿。在相约放飞风筝时,仁桢希望风筝能够飞得更高更远,可文笙却不这样看,他说:"风筝飞得再高再远,终是有条线牵着。有了这条线,便知道怎么回来。"②在他的眼里,"人,总要有些牵挂"③。文笙是在战场上经历过生死考验的人,可他依旧选择留在襄城,一来固然是不想让母亲昭如担心和牵挂,愿一辈子做一个无悔于家族期盼的孝子,正所谓父母在,不远游;二来正是与仁桢的这段"未了情缘"呼唤着他回襄城。由此可见,昭如和仁桢已是文笙这一生最大的牵挂了。如果说《停车暂借问》里宁静和爽然充满古典诗意的爱情无法在香港这个现代社会存活,那么《北鸢》里文笙和仁桢的爱情则在长久的等待中交汇。以现代的价值观来评判,这种等待纯属浪费青春的不明智举动。然而,无论民国历经了多少风云变幻,两人各自经历了多少风风雨雨,都丝毫没有使他们彻底忘记对方。一句"我认得你",一句带有默契回应的"我也认得你",便逐渐成为两人每次重逢后确认彼此的心有灵犀之语。这是属于葛亮在小说里尝试接续传统人文精神的一个较为明显的实证。

葛亮关注民间并细察散布于其中的碎片,是因为他坚信要发掘历史真

---

① 葛亮:《北鸢》,人民文学出版社2016年版,第406页。
② 葛亮:《北鸢》,人民文学出版社2016年版,第404页。
③ 葛亮:《北鸢》,人民文学出版社2016年版,第405页。

正的意蕴，则需要深入民间去寻找，或者去钩沉被我们常常忽略的历史细节。他在《北鸢·自序》里就点出了其中的真谛，那就是：管窥之下，是久藏的民间真精神。①而这种久藏在民间的真精神，在葛亮看来，指的是"再谦卑的骨头里也流淌着江河"。民国是一个民不聊生的时代，国家以及个人所遭遇到的困难是前所未有的。然而，无论选择过一种什么样的生活，每个人都已经将自己融入时代的洪流中，并不同程度地推动这个时代向前发展，最终形成相互成全的关系。在小说里，我们不仅能从多数人物的为人处世上看到谦卑的品质，也感受到作者在用一种谦卑的姿态来构思行文。两股力量结合在一起，共同浮现了葛亮的民国文化想象。更为重要的是，个人与时代的相互成全，成为葛亮构建理想"民国"的奠基石。民国是旧传统向新时代过渡的重要时期，对于如何在现代语境中继承中华优秀传统文化的问题，便成为葛亮在这部小说里思考的重点。在《北鸢》里，他从"谦卑"一词入手对这个问题作出了回答。

"谦卑"是中华民族的传统美德，而主人公卢文笙则拥有着这一宝贵的品质，是葛亮对传统文化理想人格的追求和认同的重要代表人物。卢文笙在婴儿时期便对人采取"一视同仁"的言行，抓周时显露出"无欲则刚、目无俗物"的态度，成长过程中表现出"重义轻利、仁者爱人、中正平和"的品质。可以说，他的身上汇集了传统文化"儒释道"三者合一的精髓。除了人物塑造以外，在小说内涵的表现上，葛亮同样融进了这些精髓。以小说反复出现的意象风筝为例，它既象征乱世中的浮生命运，又隐含着人生"活着"的哲学，那就是在"有为"与"无为"中寻求"儒道互补"的平衡点。风筝顺势而为，但又有引导它前行的"线"，从而彰显为人处世"不偏不倚"的中庸之道。如同前文提及的孟昭如，她的尊严感并不是凭空而生的，而是源自一股在中国五千年文明历史深处延续下来的精神气质，是中国人强大内心信仰的外在显现。中国的精神命脉没有被切断的重要原因正是因为它掌握在"民心"这条线上。陈思和在给《北鸢》作序时就提到这点："其实匹夫之责，不在危亡之际表现出奋不顾身的自愿送命，而在乎太平岁月里民间世界有所

---

① 葛亮：《时间煮海》，见《北鸢》，人民文学出版社2016年版，第Ⅴ页。

坚持,有所不为,平常时期的君子之道才是真正人心所系的'一线'。"①这种君子之道,表面给人彬彬有礼、温润如玉之感,可实际上其内心深处是有着坚硬的风骨及不屈的精神。这从另外一个层面为我们提供理解"再谦卑的骨头里也流淌着江河"的独特之意。这条"民心"之线,促使葛亮形成对中华传统美学精神回归的思考,并接续20世纪末在我国兴起的寻根小说所坚守的"文化中国"立场。

此外,葛亮在小说叙事风格的安排上也契合了这一写作立场。王德威在为《北鸢》的繁体版作序时曾称颂道:"抒情意境大为提升""以淡笔写深情""经营既古典又现代的叙事风格"。②从整体意境来看,小说的内容与形式达到美学上的相互融合,流露出平和冲淡与温润清澈之美。无可否认,葛亮在理解历史与人物时已经将静穆、典雅与温和的美学追求融入其中,比如在"叙述速度"的控制上,他曾表示:"'叙述速度'是文字的内在节奏,我相信文字间自有胶着。在叙事上,我有一种宿命。故事一将开首,便有了独立的生命。我不想去干涉甚至掌控它的进度。沿着情节的逻辑轨迹行进,对我而言,已经足够。即使有突变的因子,也是酝酿已久,非一日之寒。这多少也可比拟为对人生的态度吧,平缓的、顺势而为。说到底,大约还是旁观者的角色比较轻松些。"③葛亮固然有诉说显赫家族故事的得天独厚优势,但他并没有陷入追忆家族"大历史"叙事的窠臼中,而是尽可能用最简洁的笔墨去勾勒他要诉说的人和事,以克制的深情娓娓叙说这段历史,引领读者重新理解中华优秀传统文化,逐渐唤醒潜藏在每个人内心深处那股"既柔软又坚硬"的精神力量。

任风云日新月异,唯他将时代写旧。葛亮有感于当时中华优秀传统文化的发展态势,便以此作为展开民国文化想象的起点,从而思考传统与现代的关系。对往事追溯的"执着",让葛亮展开了一场精神还乡之旅,也让古典人文传统和书写经验在现代语境中得以复活。在今天,讲好香港的故事固然重要,但从中华优秀文化传统中寻找书写的资源和经验,对于拓展

---

① 陈思和:《此情可待成追忆》,见葛亮:《北鸢》,人民文学出版社2016年版,第Ⅸ页。

② 王德威:《抒情民国——葛亮的〈北鸢〉》,见 http://www.chinawriter.com.cn/n1/2016/0922/c404030-28731290.html(中国作家网)。

③ 葛亮、张昭兵:《葛亮:创作的可能》,《青春》2009年第11期。

想象文化香港的方法也同样重要。葛亮在这方面有着清醒的认识："中国其实是有讲故事的传统的，从传奇到话本到拟话本，然后在曹雪芹手中通过文人化的取向变得非常成熟，这实际上是非常好的传统，但没有得到充分的重视，没有得到薪火相传。"①黄子平对此大为赞赏："葛亮七年磨一剑，其贡献恰是创造了一种既古典又现代的叙事语言，既典重温雅又细致入微，写市井风情错落有致，写时代风云开阖有度，成就了这位'当代华语小说界最可期待的作家'独树一帜的抒情美学。"②这种抒情美学将会促使当代作家重新思考汉语写作，建立语言自觉，摒弃那种为追赶时间而"粗粝躁进制造无数的疯狂叙述"③，进而实现葛亮所言："一种古典传统的东方气质，语言的薪火也有其接续的意义。"④为此，葛亮展现了华语文学未来无限的想象力空间，是走向世界舞台中心的华语文学新的力量呈现。⑤

实际上，如同前文所分析的，香港有着对各地食物保存和传承的方法，因而在20世纪的历史长河里因缘际会保存了最多的中国传统菜式。然而，在保存和传承的同时，它也不会原封照搬，而是实现在地化的"新变"，包括不少传统习俗亦是如此。在文学创作中，尤其是对中国传统文化的创造性转化中，"香港书写"实际上也可以形成自己的特色和内涵。《北鸢》为当下的"香港书写"确立了一个新坐标，相信往后的"香港书写"会出现某种程度的创作转向。而葛亮本人并没有放弃继续耕耘的努力，于2022年出版"中国三部曲"的最后一部《燕食记》，从食物着手见证辛亥革命以来，粤港经历的近百年风云变幻，展示岭南文化与江南文化在香港的传承和新变，为"香港书写"增添了新的维度与方向。

① 卢欢：《葛亮：尊重一个时代，让它自己说话》，《长江文艺》2016年第12期。

② 黄子平：《葛亮的语言有久别重逢的欣喜》，《晶报》2016年12月3日。

③ 陈庆妃：《葛亮：在"三城"与"双统"之间》，《当代作家评论》2017年第6期。

④ 北青艺评：《青年作家葛亮：重撷失落的古典精神与东方美学》，《北京青年报》2016年12月13日。

⑤ 人民文学出版社：《十五位名家共谈葛亮作品〈北鸢〉：情味隽永，古典中见历史》，见 http://www.sohu.com/a/213537479_661695（搜狐文化频道：人民文学出版社专栏）。

结语　走向人文复兴的"我城"

　　阅读香港,书写香港,总会感受到作家对这片土地"朦胧而矛盾"的情结,似乎已经成为一种宿命。也斯也承认自己写生长地香港时是带有浓浓的郁结:"叶维廉教授说我在香港写的东西特别浓,在日本写的就更清淡和抒情,意象的用法也不同。我想我在香港有种种郁结,在日本就比较轻松。"①

　　如果说,外地人对香港持有"文化沙漠"看法多是出于对这个城市没有深入了解之故,那么香港本地人呢? 除了感到愤然或不在乎,似乎也有许多无奈与茫然,因为连他们自己都无法说清"我城"。"我城",一个文化包容力极强的地方,无法摆脱一百多年来中英双方共同作用下的影响,不同文化背景的人都曾在它上面造像,城市与文化生态的演变形成了结晶化,结果留下了一幅幅百花争妍的图画,不同文化的汇聚形成了这座城市独有的文明形态。董启章曾对这个生长之地的景象用"一体两面"来概括,即那是一种繁荣的衰落,一种膨胀的崩坏,一种丰足的贫乏,那就是自己成长的年代,香港的一体两面。②

　　然而,到底什么才能真正代表"我城"? 是"东方之珠""狮子山下",抑或其他? 小思曾说:"香港既是一个朦胧之城,生长其中的人,自当也具备这种朦胧个性。香港人不容易让人理解,因为我们自己也无法说得清楚。生于斯长于斯,血脉相连着,我们已经与香港订下一种爱恨交缠的关系。对于她,我们有时很骄傲,有时很自卑,这矛盾缠成不解之结,就是远远离她而去的人,还会时在心头。"③可见,这个家不能给予他们"在地"的踏实与安稳感。西西在《浮城志异》里也表达过相同的感受:在风季里,只有一件比较特别的事情要发生,那就是浮城人的梦境。到了五月,浮城的人开始

---

　　① 　也斯、陈智德:《文学对谈:如何书写一个城市?》,《文学世纪》2003年1月号。
　　② 　何映宇:《香港异数董启章:文学必须拒绝大众拒绝消费》,《新民周刊》2011年5月2日。
　　③ 　小思:《香港故事》,山东友谊出版社1998年版,序第3~4页。

做梦了,而且所有的人都做同样的梦,梦见自己浮在半空中,既不上升,也不下沉,好像每个人都是一座小小的浮城。浮人并没有翅膀,所以他们不能够飞行,他们只能浮着,彼此之间也不通话,只默默地、肃穆地浮着。整个城市,天空中都浮满了人,仿佛四月,天上落下来的骤雨。①因此,落地"寻找家园"并成为这个家园的主人便成为他们一直以来渴望归属于这个城市的梦想。可对这个城市越在乎,反而越不知所措,因为城市急速流动的生命节奏,并没有给他们留下思考的时间,于是他们只能抱着"漂浮空中"的不安之心继续前行。与此同时,"寻找家园"的归属感逐渐演变成港人对这座城市的"本土意识",也就是"香港意识"。这种香港意识表现在文学上,可以看作是香港作家关于乡愁表达的一种诉求。

从真正产生到发展逾半个世纪的"香港意识",已经成为作家观察这座城市的"眼睛"。尤其自20世纪80年代以来,"九七"回归及其后的全球化危机使得不少作家害怕香港文化从此失去多元性和驳杂性,表现出担忧和警觉。于是,这个"眼睛"对作家观察香港发挥了相当重要的作用,使得作家的文化心态和审美精神呈现出充满"香港味"的写作气韵和"在地关爱"的写作情怀。他们笔下的"香港书写"极力保持开放包容的审美风格,尤其通过各种方式想象"香港",以保持香港文化多元复杂的审美特质,保存这个容许自由想象的异质性书写空间。

既然港人一直渴望"寻找家园"并成为这个家园的主人,那么"我要到哪里去?"便成为当下港人所要面临的最大难题。无论是面对"九七"回归还是后"九七"时代的香港,港人从来都没有停止过对这个难题的追问与探寻,但始终没有找到理想的答案。因此,"如何重返,怎样书写"自然而然成为20世纪80年代以来香港小说中的"香港书写"需要与之回应的问题。尤其当今全球化危机对香港传统人文精神的传承造成了巨大的冲击,过于强调"本土"和"唯西方是瞻"也使香港和香港文化的发展出现诸多障碍。因此,重返人文"我城"便成为不少香港作家期盼能实现的愿景。连著名华人作家白先勇也对香港走向人文复兴寄予了厚望。他在2000年出席香港城市大学主办的文学沙龙时就明确提出,香港在21世纪复兴中国传统文化的

---

① 何福仁:《浮城1.2.3:西西小说新析》,三联书店(香港)有限公司2008年版,第82页。

征途里是能起到带头作用的。①据此,本书为作家如何通过"香港书写"实现"重返"提供两点思考的方向:第一,关于文化身份意义上的重返。注意"混杂性"概念本身的游移与含混,也会影响对香港"本土性"的准确定义。第二,关于审美趣味意义上的重返。反省"现代性"危机,重撷失落的传统精神和东方美学。如果能重拾自身所拥有东方这一脉的文化自信,那么在粤港澳大湾区发展前景下,香港走向人文复兴指日可待。

如绪论所言,香港诗歌和电影中"香港书写"的成果也极为丰厚,同样展现了多元丰富的探索面相。本书仅从香港小说这一体裁进行切入,虽并不能做到面面俱到,但期盼能对其中所涉及的问题进行总结和反思,为港人重新认识"我城"提供新的向度,进而慢慢走出对这座城市"朦胧而矛盾"的情结。

---

① 2000年1月20日,白先勇出席由香港城市大学张隆溪教授主办的文化沙龙时有一个讲话,这个讲话后来被《明报月刊》整理成文,以《眉眼盈盈处——二十一世纪上海、香港、台北承担融合中西文化的重要任务》之名发表。在讲话中,白先勇以上海博物馆为例,认为"我们的古文化经过现代的包装,是不是可以发现另外一种美?——上海博物馆给我这种感受";而香港有大量的英语人才,台湾传统文化保留较好同时又向"外"开放,在白先勇看来,上海、香港、台北这三个城市在二十一世纪中国文化复兴的过程中,应该能起到重要的带头作用。因为它们既有传统文化的底蕴,又有国际性的文化视野,两相结合,正好可以既"发掘中国几千年文化传统的精髓",又可以"接续上现代世界的新文化",并"在此基础上完成中国文化重建或重构的工作"。该处解释引自刘俊:《情与美　白先勇传》,花城出版社2009年版,第173页。

参考文献

一、学术论著

（一）英文类

[1]Bill Ashcroft, Gareth Griffiths and Helen Tiffin. *Key Concepts in Post-Colonial Studies*. London and New York: Routledge, 1998.

[2]Denis E. Cosgrove, *Social Formation and Symbolic Landscape*. London: Croom Helm, 1984.

[3]Fredric Jameson. *Postmodernism, or, The Cultural Logic of Late Capitalism*. Durham: Duke UP, 1991.

[4]Gayatri Chakravorty Spivak. *Outside in the Teaching Machine*. New York and London: Routledge, 1993.

[5]Georg Lukacs. *The Historical Novel*. Trans. Hanah and Stanley Mitchell. London: Merlin, 1962.

[6]Harold Ingrams. *Hong Kong*. London: H.M. Stationery Office, 1952.

[7]Hayden White. *Metahistory*. Baltimore: The Johns Hopkins UP, 1973.

[8]Homi K. Bhabha. *The Location of Culture*. London and New York: Routledge, 1994.

[9]*Hong Kong Sixties: Designing Identity*. Eds. Matthew Turner and Irene Ngan. Hong Kong: Hong Kong Arts Center, 1995.

[10]*Identity: Community, Culture, Difference*. Ed. Jonathan Rutherford. London: Lawrence and Wishart, 1990.

[11]J. Hillis Miller. *Topogtaphies*. Stanford, California: Standford University Press, 1995.

[12]Jane M. Jacobs. *Edge of Empire: Postcolonialism and the City*. London and New York: Routledge, 1996.

[13]John Grurnley. *Ágnes Heller: A Moralist in the Vortex of History*. London: Pluto Press, 2005.

[14]John Beckett. *Writing Local History*. Manchester: Manchester University Press, 2007.

[15]Kaja Silverman. *The Acoustic Mirror: The Female Voice in Psychoanalysis and Cinema*. Bloomington and Indianapolis: Indiana University Press, 1988.

[16]*Realms of Memory: Rethinking the French Past*. Ed. Lawrence D. Kritzman. Trans. Arthur Goldhammer. New York: Columbia University Press, 1996, Vol.1: Conflicts and Divisions.

[17]*Rethinking Architecture: A Reader in Cultural Theory*. Ed. Neil Leach. London & New York: Routledge, 1997.

[18][奥]西格蒙德·弗洛伊德:《弗洛伊德后期著作选》,林尘等译,上海译文出版社1986年版。

[19][奥]西格蒙德·弗洛伊德:《梦的解析》,赵辰译,光明日报出版社2006年版。

[20][澳]比尔·阿希克洛夫特、格瑞斯·格里菲斯、海伦·蒂芬:《逆写帝国:后殖民文学的理论与实践》,任一鸣译,北京大学出版社2014年版。

[21][波兰]埃娃·多曼斯卡编:《邂逅:后现代主义之后的历史哲学》,彭刚译,北京大学出版社2007年版。

[22][德]汉娜·阿伦特编:《启迪:本雅明文选》(修订译本),张旭东、王斑译,生活·读书·新知三联书店2012年版。

[23][德]汉斯-格奥尔塔·加达默尔:《真理与方法:哲学诠释学的基本特征》(上卷),洪汉鼎译,上海译文出版社1992年版。

[24][德]海德格尔:《存在与时间》,陈嘉映、王庆节合译,生活·读书·新知三联书店1987年版。

[25][德]海德格尔:《海德格尔诗学文集》,成穷等译,华中师范大学出版社1992年版。

[26][德]海德格尔:《海德格尔选集》,孙周兴选编,生活·读书·新知上海三联书店1996年版。

[27][德]海德格尔:《荷尔德林诗的阐释》,孙周兴译,商务印书馆2004年版。

[28][德]海德格尔:《在通向语言的途中》,孙周兴译,商务印书馆2004年版。

[29][德]卡尔·施米特:《政治的概念》,刘宗坤等译,上海人民出版社2003年版。

[30]《马克思恩格斯选集》(第一卷),人民出版社1972年版。

[31][德]玛克斯·德索:《美学与艺术理论》,兰金仁译,中国社会科学出版社1987年版。

[32][德]尼采:《不合时宜的沉思》,李秋零译,华东师范大学出版社2007年版。

[33][德]瓦尔特·本雅明:《机械复制时代的艺术作品》,王才勇译,中国城市出版社2002年版。

[34][德]瓦尔特·本雅明:《写作与救赎——本雅明文选》,李茂增、苏仲乐译,东方出版中心2009年版。

[35][德]瓦尔特·本雅明:《波德莱尔:发达资本主义时代的抒情诗人》,王涌译,译林出版社2014年版。

[36][俄]米哈伊尔·巴赫金:《陀思妥耶夫斯基诗学问题》,刘虎译,中央编译出版社2010年版。

[37][法]昂利·柏格森:《材料与记忆》,肖聿译,华夏出版社1999年版。

[38][法]蒂费纳·萨莫瓦约:《互文性研究》,邵炜译,天津人民出版社2003年版。

[39][法]加斯东·巴什拉:《空间诗学》,龚卓军、王静慧译,世界图书出版公司北京公司2017年版。

[40][法]罗兰·巴尔特:《符号学原理——结构主义文学理论文选》,李幼蒸译,生活·读书·新知三联书店1988年版。

[41][法]罗兰·巴尔特:《写作的零度》,李幼蒸译,中国人民大学出版社2008年版。

[42][法]罗兰·巴特:《罗兰·巴特随笔选》,怀宇译,百花文艺出版社1995年版。

[43][法]米兰·昆德拉:《被背叛的遗嘱》,余中先译,上海译文出版社2011年版。

[44][法]米歇尔·德·塞托:《日常生活实践·1. 实践的艺术》,方琳琳、黄春柳译,南京大学出版社2009年版。

[45][法]莫里斯·哈布瓦赫:《论集体记忆》,毕然、郭金华译,上海人民出版社2002年版。

[46][法]让·华尔:《存在哲学》,翁绍军译,生活·读书·新知三联书店1987年版。

[47][法]热拉尔·热奈特:《叙事话语 新叙事话语》,王文融译,中国社会科学出版社1990年版。

[48][法]雅克·德里达、伊丽莎白·卢迪内斯库:《明天会怎样:雅克·德里达与伊丽莎白·卢迪内斯库对话录》,苏旭译,中信出版社2002年版。

[49][法]雅克·德里达:《论文字学》,汪堂家译,上海译文出版社2005年版。

[50][加拿大]帕米拉·麦烤勒姆、谢少波选编:《后现代主义质疑历史》,蓝仁哲、韩启群译,中国社会科学出版社2008年版。

[51][加拿大]伊恩·哈金:《驯服偶然》,刘钢译,商务印书馆2015年版。

[52][美]阿里夫·德里克:《跨国资本时代的后殖民批评》,王宁等译,北京大学出版社2004年版。

[53][美]阿瑟·阿萨·伯杰:《通俗文化、媒介和日常生活中的叙事》,姚媛译,南京大学出版社2000年版。

[54][美]爱德华·W.萨义德:《东方学》,王宇根译,生活·读书·新知三联书店1999年版。

[55][美]爱德华·W.萨义德:《知识分子论》,单德兴译,生活·读书·新知三联书店2013年版。

[56][美]爱德华·W.苏贾:《后现代地理学——重申批判社会理论中的空间》,王文斌译,商务印书馆2004年版。

[57][美]爱德华·W.索亚:《第三空间——去往洛杉矶和其他真实和想

象地方的旅程》，陆扬等译，上海教育出版社2005年版。

[58][美]保罗·德曼:《解构之图》，李自修等译，中国社会科学出版社
1998年版。

[59][美]本尼迪克特·安德森:《想象的共同体:民族主义的起源与散
布》，吴叡人译，上海人民出版社2003年版。

[60][美]戴维斯·麦克罗伊:《存在主义与文学》，沈华进译，春风文艺出
版社1988年版。

[61][美]戴卫·赫尔曼主编:《新叙事学》，马海良译，北京大学出版社
2002年版。

[62][美]道格拉斯·凯尔纳、斯蒂文·贝斯特:《后现代理论:批判性的质
疑》，张志斌译，中央编译出版社1999年版。

[63][美]迪克·赫伯迪格:《亚文化:风格的意义》，陆道夫、胡疆锋译，北
京大学出版社2009年版。

[64][美]哈罗德·布鲁姆:《影响的焦虑》，徐文博译，生活·读书·新知三
联书店1989年版。

[65][美]海登·怀特:《元史学:十九世纪欧洲的历史想像》，陈新译，译
林出版社2004年版。

[66][美]海登·怀特:《话语的转义——文化批评文集》，董立河译，大象
出版社2011年版。

[67][美]华莱士·马丁:《当代叙事学》，伍晓明译，北京大学出版社1990
年版。

[68][美]凯文·林奇:《城市形态》，林庆怡等译，华夏出版社2001年版。

[69][美]凯文·林奇:《城市意象》，方益萍、何晓军译，华夏出版社2001
年版。

[70][美]理查德·利罕:《文学中的城市:知识与文化的历史》，吴子枫
译，上海人民出版社2009年版。

[71][美]苏珊·朗格:《情感与形式》，刘大基等译，中国社会科学出版社
1986年版。

[72][美]苏珊·S.兰瑟:《虚构的权威:女性作家与叙述声音》，黄必康
译，北京大学出版社2002年版。

[73][美]W·C·布斯:《小说修辞学》,华明等译,北京大学出版社1987年版。

[74][美]韦勒克、沃伦:《文学理论》,刘象愚等译,江苏教育出版社2005年版。

[75][美]约瑟夫·弗兰克等:《现代小说中的空间形式》,秦林芳编译,北京大学出版社1991年版。

[76][美]詹明信:《马克思主义:后冷战时代的思索》,张京媛译,香港牛津大学出版社1994年版。

[77][美]詹明信:《晚期资本主义的文化逻辑:詹明信批评理论文选》,陈清侨等译,生活·读书·新知三联书店1997年版。

[78][美]詹明信:《后现代主义或晚期资本主义的文化逻辑》,吴美真译,台湾时报文化出版企业股份有限公司1998年版。

[79][美]詹姆斯·费伦:《作为修辞的叙事:技巧、读者、伦理、意识形态》,陈永国译,北京大学出版社2002年版。

[80][日]矾村英一主编:《城市问题百科全书》,黑龙江人民出版社1988年版。

[81][印度]阿吉兹·阿罕默德:《在理论内部:阶级、民族与文学》,易晖译,北京大学出版社2014年版。

[82][英]安东尼·吉登斯:《现代性与自我认同:现代晚期的自我与社会》,赵旭东、方文译,生活·读书·新知三联书店1998年版。

[83][英]安东尼·吉登斯:《现代性的后果》,田禾译,译林出版社2000年版。

[84][英]多米尼克·斯特里纳蒂:《通俗文化理论导论》,阎嘉译,商务印书馆2001年版。

[85][英]卡尔·波普尔:《开放社会及其敌人》,郑一明等译,中国社会科学出版社1999年版。

[86][英]罗伯特·扬:《白色神话:书写历史与西方》,赵稀方译,北京大学出版社2014年版。

[87][英]马·布雷德伯里、詹·麦克法兰:《现代主义》,胡家峦等译,上海外语教育出版社1992年版。

[88][英]马克·柯里:《后现代叙事理论》,宁一中译,北京大学出版社2003年版。

[89][英]迈克·费瑟斯通:《消费文化与后现代主义》,刘精明译,译林出版社2000年版。

[90][英]迈克·克朗:《文化地理学》,杨淑华、宋慧敏译,南京大学出版社2003年版。

[91][英]诺南·帕迪森编:《城市研究手册》,郭爱军、王贻志等译校,格致出版社、上海人民出版社2009年版。

[92][英]帕特里莎·渥厄:《后设小说——自我意识小说的理论与实践》,钱竞、刘雁滨译,台湾骆驼出版社1995年版。

[93][英]史蒂文·康纳:《后现代主义文化——当代理论导引》,严忠志译,商务印书馆2002年版。

[94]高建平、丁国旗主编:《西方文论经典(第六卷),后现代与文化研究》,安徽文艺出版社2014年版。

[95]《后现代主义与文化理论——杰姆逊教授讲演录》,唐小兵译,陕西师范大学出版社1986年版。

(二)中文类

[1]艾晓明:《从文本到彼岸》,广州出版社1998年版。

[2]白杨:《文化想像与身份探寻——近五十年香港文学意识的嬗变》,吉林人民出版社2006年版。

[3]包亚明主编:《后现代性与地理学的政治》,上海教育出版社2001年版。

[4]包亚明主编:《现代性与空间的生产》,上海教育出版社2003年版。

[5]包亚明主编:《后大都市与文化研究》,上海教育出版社2005年版。

[6]包亚明主编:《现代性与都市文化理论》,上海社会科学院出版社2008年版。

[7]鲍宗豪主编:《人文与社会——文化哲学·宗教·历史》,上海社会科学院出版社2004年版。

[8]蔡孝本:《戏人戏语:粤剧行话俚语》,广州出版社2015年版。

[9]蔡益怀:《想象香港的方法:香港小说(1945—2000)论集》,中国社会科学出版社2005年版。

[10]蔡益怀编:《陶然作品评论集》,香港文学评论出版社有限公司2011年版。

[11]蔡益怀:《本土内外——文学文化评论集》,香港文学出版社有限公司2015年版。

[12]残雪:《灵魂的城堡——理解卡夫卡》,华东师范大学出版社2008年版。

[13]曹惠民主编:《台港澳文学教程》,汉语大词典出版社2000年版。

[14]曹惠民主编:《阅读陶然:陶然创作研究论集》,北京师范大学出版社2000年版。

[15]曹书文:《中国当代家族小说研究》,中国社会科学出版社2010年版。

[16]陈炳良编:《香港文学探赏》,三联书店(香港)有限公司1991年版。

[17]陈多、蔡赤萌:《香港的经济》(一),新华出版社1996年版。

[18]陈芳明:《后殖民台湾:文学史论及其周边》,台湾麦田出版·城邦文化事业股份有限公司2007年版。

[19]陈冠中、廖伟棠、颜峻:《波希米亚中国》,广西师范大学出版社2004年版。

[20]陈冠中:《城市九章》,上海书店出版社2008年版。

[21]陈冠中:《我这一代香港人》,中信出版社2013年版。

[22]陈国球编:《文学香港与李碧华》,台湾麦田出版·城邦文化事业股份有限公司2000年版。

[23]陈国球:《感伤的旅程:在香港读文学》,台湾学生书局2003年版。

[24]陈国球:《情迷家国》,上海书店出版社2007年版。

[25]陈国球、王德威编:《抒情之现代性:"抒情传统"论述与中国文学研究》,生活·读书·新知三联书店2014年版。

[26]陈丽芬:《现代文学与文化想象:从台湾到香港》,台湾书林出版有限公司2000年版。

[27]陈辽主编:《台湾港澳与海外华文文学辞典》,山西教育出版社

1990年版。

[28]陈平原:《中国小说叙事模式的转变》,上海人民出版社1988年版。

[29]陈平原、陈国球主编:《文学史》(第三辑),北京大学出版社1996年版。

[30]陈平原:《小说史:理论与实践》,北京大学出版社2010年版。

[31]陈平原、陈国球、王德威编:《香港:都市想象与文化记忆》,北京大学出版社2015年版。

[32]陈其南、周英雄主编:《文化中国:理念与实践》,台湾允晨文化实业股份有限公司1994年版。

[33]陈清侨编:《身份认同与公共文化:文化研究论文集》,香港牛津大学出版社1997年版。

[34]陈清侨编:《文化想象与意识形态:当代香港文化政治论评》,香港牛津大学出版社1997年版。

[35]陈望衡:《环境美学》,武汉大学出版社2007年版。

[36]陈映真:《美国统治下的台湾:政论及批判卷》,台湾人间出版社1988年版。

[37]陈智德:《解体我城:香港文学1950—2005》,香港花千树出版有限公司2009年版。

[38]陈智德:《地文志:追忆香港地方与文学》,台湾联经出版事业股份有限公司2013年版。

[39]东瑞:《我看香港文学》,香港获益出版事业有限公司1995年版。

[40]董启章:《说书人——阅读与评论合集》,香港香江出版有限公司1996年版。

[41]董启章编:《在世界中写作,为世界而写》,台湾联经出版事业股份有限公司2011年版。

[42]董启章:《答同代人》,作家出版社2012年版。

[43]杜红艳:《多元文化阐释与文化现代性批判——布达佩斯学派文化理论研究》,黑龙江大学出版社2016年版。

[44]段进:《城市空间发展论》,江苏科学技术出版社2006年版。

[45]范明华、黄有柱主编:《美学与艺术研究.第5辑》,武汉大学出版社

2014年版。

[46]范铭如:《文学地理:台湾小说的空间阅读》,台湾麦田出版·城邦文化事业股份有限公司2008年版。

[47]《港澳大百科全书》编委会编:《港澳大百科全书》,花城出版社1993年版。

[48]高承恕、陈介玄主编:《香港:文明的延续与断裂?》,台湾联经出版事业股份有限公司1997年版。

[49]耿占春:《叙事美学:探索一种百科全书式的小说》,郑州大学出版社2002年版。

[50]公仲主编:《世界华文文学概要》,人民文学出版社2000年版。

[51]龚鹏程:《文化符号学导论》,北京大学出版社2005年版。

[52]古远清:《香港当代文学批评史》,湖北教育出版社1997年版。

[53]古远清:《华文文学研究的前沿问题:古远清选集》,花城出版社2016年版。

[54]古远清编:《世界华文文学研究年鉴.2015》,武汉大学出版社2017年版。

[55]郝欲翔:《情欲世纪末——当代台湾女性小说论》,台湾联合文学出版社有限公司2002年版。

[56]何福仁:《浮城1.2.3:西西小说新析》,三联书店(香港)有限公司2008年版。

[57]何慧:《香港当代小说概述(1949—1996年)》,广东经济出版社1996年版。

[58]贺玉高:《霍米·巴巴的杂交性身份理论研究》,中国社会科学出版社2012年版。

[59]洪子诚:《中国当代文学史》,北京大学出版社2007年版。

[60]胡亚敏:《叙事学》,华中师范大学出版社2003年版。

[61]黄灿然:《在两大传统的阴影下》,香港天地图书有限公司2005年版。

[62]黄继持、卢玮銮、郑树森:《追迹香港文学》,香港牛津大学出版社1998年版。

[63]黄建烽:《问道大学:承继与建构中的中国大学文化》,厦门大学出版社2016年版。

[64]黄劲辉:《刘以鬯与香港摩登:文学·电影·纪录片》,中华书局(香港)有限公司2016年版。

[65]黄康显:《香港文学的发展与评价》,香港秋海棠文化企业1996年版。

[66]黄克剑主编:《论衡(第一辑)》,福建教育出版社1998年版。

[67]黄淑娴编:《香港文学书目》,香港青文书屋1996年版。

[68]黄万华:《中国和海外:20世纪汉语文学史论》,百花文艺出版社2006年版。

[69]黄万华:《战后二十年中国文学研究》,人民文学出版社2008年版。

[70]黄万华:《百年香港文学史》,花城出版社2017年版。

[71]黄维樑编:《火浴的凤凰——余光中作品评论集》,台湾纯文学出版社有限公司1982年版。

[72]黄维樑:《香港文学初探》,中国友谊出版公司1987年版。

[73]黄维樑:《香港文学再探》,香港香江出版有限公司1996年版。

[74]黄子平:《"灰阑"中的叙述》,上海文艺出版社2001年版。

[75]计红芳:《香港南来作家的身份建构》,中国社会科学出版社2007年版。

[76]江迅:《香港,一个城市的密码》,上海文艺出版社2008年版。

[77]黎海华:《细致与磅礴》,香港天地图书有限公司2005年版。

[78]黎活仁等编:《方法论与中国小说研究》,香港大学亚洲研究中心2000年版。

[79]黎活仁等总编:《香港八十年代文学现象》,台湾学生书局2000年版。

[80]李欧梵:《世纪末的反思》,浙江人民出版社2000年版。

[81]李欧梵:《上海摩登:一种新都市文化在中国 1930—1945》,毛尖译,北京大学出版社2001年版。

[82]李欧梵:《都市漫游者:文化观察》,广西师范大学出版社2003年版。

[83]李欧梵:《寻回香港文化》,广西师范大学出版社2003年版。

[84]李欧梵:《人文文本》,人民文学出版社2010年版。

[85]李欧梵:《现代性的追求》,人民文学出版社2010年版。

[86]李照兴:《香港后摩登:后现代时期的城市笔记》,香港指南针集团有限公司2002年版。

[87]梁秉钧编:《香港的流行文化》,三联书店(香港)有限公司1993年版。

[88]梁漱溟:《乡村建设理论》,商务印书馆2015年版。

[89]梁晓萍:《明清家族小说的文化与叙事》,南开大学出版社2008年版。

[90]廖炳惠编:《回顾现代文化想象》,台湾时报文化出版社1995年版。

[91]廖炳惠编著:《关键词200:文学与批评研究的通用词汇编》,江苏教育出版社2006年版。

[92]廖伟棠:《波希米亚香港》,北京大学出版社2011年版。

[93]凌逾:《跨媒介叙事——论西西小说新生态》,人民出版社2009年版。

[94]凌逾编:《跨媒介:港台叙事作品选读》,广东高等教育出版社2012年版。

[95]凌逾:《跨媒介香港》,社会科学文献出版社2015年版。

[96]凌逾:《跨界网》,中国社会科学出版社2018年版。

[97]凌逾:《融媒介:赛博时代的文学跨媒介传播》,海峡文艺出版社2021年版。

[98]凌逾:《跨界创意访谈录》,花城出版社2021年版。

[99]凌逾主编:《中国当代文学思潮:1978—2020》,陕西人民出版社2023年版。

[100]凌逾:《跨界华文:凌逾选集》,花城出版社2023年版。

[101]刘登翰主编:《香港文学史》,人民文学出版社1999年版。

[102]刘俊:《悲悯情怀:白先勇评传》,花城出版社2000年版。

[103]刘俊:《情与美 白先勇传》,花城出版社2009年版。

[104]刘俊:《复合互渗的世界华文文学:刘俊选集》,花城出版社2014

年版。

[105]刘俊:《越界与交融:跨区域跨文化的世界华文文学》,人民文学出版社2014年版。

[106]刘亮雅:《情色世纪末:小说、性别、文化、美学》,台湾九歌出版有限公司2001年版。

[107]刘亮雅:《后现代与后殖民:解严以来台湾小说专论》,台湾麦田出版·城邦文化事业股份有限公司2006年版。

[108]刘绍铭:《激流对倒》,香港天地图书有限公司2005年版。

[109]刘蜀永:《香港的历史》,新华出版社1996年版。

[110]刘蜀永:《香港史话》,社会科学文献出版社2000年版。

[111]刘蜀永主编:《简明香港史》(第三版),三联书店(香港)有限公司2016年版。

[112]刘小枫:《沉重的肉身——现代性伦理的叙事纬语》,华夏出版社2004年版。

[113]刘以鬯:《香港文学作家传略》,香港市政局公共图书馆1996年版。

[114]刘以鬯:《畅谈香港文学》,香港获益出版事业有限公司2002年版。

[115]刘兆佳等编:《华人社会的变貌:社会指标的分析》,香港中文大学香港亚太研究所1998年版。

[116]柳鸣九主编:《从现代主义到后现代主义》,中国社会科学出版社1994年版。

[117]柳苏:《香港文坛剪影》,生活·读书·新知三联书店1993年版。

[118]龙迪勇:《空间叙事学》,生活·读书·新知三联书店2015年版。

[119]卢玮銮:《香港文纵——内地作家南来及其文化活动》,香港华汉文化事业公司1987年版。

[120]陆扬、王毅:《文化研究导论》,复旦大学出版社2006年版。

[121]罗孚:《南斗文星高——香港作家剪影》,香港天地图书有限公司1993年版。

[122]罗钢:《叙事学导论》,云南人民出版社1994年版。

[123]罗钢、刘象愚主编:《后殖民主义文化理论》,中国社会科学出版社1999年版。

[124]罗贵祥:《他地在地——访寻文学的评论》,香港天地图书有限公司2008年版。

[125]罗永生编:《谁的城市？战后香港的公民文化与政治论述》,香港牛津大学出版社1997年版。

[126]洛枫:《世纪末城市:香港的流行文化》,香港牛津大学出版社1995年版。

[127]洛枫:《盛世边缘:香港电影的性别、特技与九七政治》,香港牛津大学出版社2002年版。

[128]洛枫:《流动风景:香港文化的时代记认》,浙江大学出版社2011年版。

[129]骆颖佳:《边缘上的香港——国族论述中的(后)殖民想象》,黄大业译,香港印象文字2016年版。

[130]吕大乐:《唔该,埋单——一个社会学家的香港笔记》,香港牛津大学出版社2007年版。

[131]吕同六著,蔡蓉、吕晶编:《吕同六全集 第一卷.文论、评论》,世界知识出版社2015年版。

[132]马杰伟:《后九七香港认同》,香港 Voice Publishing Corp.2007年版。

[133]梅子:《香港文学识小》,香港香江出版有限公司1996年版。

[134]梅子:《人文心影》,香港天地图书有限公司2005年版。

[135]孟樊:《后现代的认同政治》,台湾扬智文化事业股份有限公司2001年版。

[136]慕容羽军:《为文学作证:亲历的香港文学史》,香港普文社2005年版。

[137]倪婷婷:《"五四"作家的文化心理》,南京大学出版社2005年版。

[138]倪雪君选编:《雅记清词写流韵》,厦门大学出版社2015年版。

[139]宁业勤:《教育评价实践研究》,浙江工商大学出版社2016年版。

[140]欧阳嘉敏、何佩莲:《香港:中西交汇奇迹地》,外文出版社2006

年版。

[141]欧阳健:《历史小说史》,浙江古籍出版社2003年版。

[142]欧阳谦:《20世纪西方人学思想导论》,中国人民大学出版社2002年版。

[143]潘国灵:《城市学:香港文化笔记》,上海人民出版社2008年版。

[144]潘亚暾:《香港作家剪影》,海峡文艺出版社1989年版。

[145]潘亚暾主编:《台港文学导论》,高等教育出版社1990年版。

[146]潘亚暾、汪义生:《香港文学史》,鹭江出版社1997年版。

[147]潘毅、余丽文编:《书写城市:香港的身份与文化》,香港牛津大学出版社2003年版。

[148]彭刚:《叙事的转向:当代西方史学理论的考察》,北京大学出版社2009年版。

[149]彭丽君编:《边城对话:香港·中国·边缘·边界》,香港中文大学出版社2013年版。

[150]彭燕彬:《当代海外华人华文小说精品论析》,中国文联出版社2000年版。

[151]钱谷融、鲁枢元主编:《文学心理学》,华东师范大学出版社2003年版。

[152]钱穆:《中国文学论丛》,生活·读书·新知三联书店2002年版。

[153]秦牧、饶芃子、潘亚暾主编:《台港澳暨海外华文文学大辞典》,花城出版社1998年版。

[154]阮慧娟等:《观景窗》,香港青文书屋1998年版。

[155]邵玉铭、张宝琴、痖弦主编:《四十年来中国文学》,台湾联合文学出版社有限公司1994年版。

[156]申丹:《叙述学与小说文体学研究》,北京大学出版社1998年版。

[157]施建伟、应宇力、汪义生:《香港文学简史》,同济大学出版社1999年版。

[158]司马长风:《中国新文学史》,香港昭明出版社1978年版。

[159]孙伯鍨、侯惠勤主编:《马克思主义哲学的历史和现状》,南京大学出版社2004年版。

[160]谭安奎编:《公共性二十讲》,天津人民出版社2008年版。

[161]唐桦:《文化研究视域下的台湾社会:音乐、电影及其他》,厦门大学出版社2014年版。

[162]唐君毅:《中华人文与当今世界》(上),台湾学生书局1975年版。

[163]陶然:《面对都市丛林——〈香港文学〉文论选(2000年9月—2003年6月)》,香港文学出版社有限公司2003年版。

[164]田根胜、黄忠顺主编:《城市文化评论》(第8卷),花城出版社2012年版。

[165]汪晖、陈燕谷主编:《文化与公共性》,生活·读书·新知三联书店2005年版。

[166]汪民安:《身体、空间与后现代性》,江苏人民出版社2005年版。

[167]汪民安主编:《文化研究关键词》,江苏人民出版社2007年版。

[168]汪正龙:《西方形式美学问题研究》,黑龙江人民出版社2007年版。

[169]王斑:《历史与记忆:全球现代性的质疑》,香港牛津大学出版社2004年版。

[170]王德威:《众声喧哗:三〇与八〇年代的中国小说》,台湾远流出版事业股份有限公司1988年版。

[171]王德威:《小说中国:晚清到当代的中文小说》,台湾麦田出版·城邦文化事业股份有限公司1993年版。

[172]王德威:《想像中国的方法:历史·小说·叙事》,生活·读书·新知三联书店1998年版。

[173]王德威:《众声喧哗以后——点评当代中文小说》,台湾麦田出版·城邦文化事业股份有限公司2001年版。

[174]王德威:《现代中国小说十讲》,复旦大学出版社2003年版。

[175]王德威,黄锦树编:《想象的本邦:现代文学十五论》,台湾麦田出版·城邦文化事业股份有限公司2005年版。

[176]王德威:《当代小说二十家》,生活·读书·新知三联书店2006年版。

[177]王德威:《如此繁华》,上海书店出版社2006年版。

[178]王德威:《后遗民写作》,台湾麦田出版·城邦文化事业股份有限公司2007年版。

[179]王德威:《如何现代,怎样文学?十九、二十世纪中文小说新论》,台湾麦田出版·城邦文化事业股份有限公司2008年版。

[180]王德威:《抒情传统与中国现代性:在北大的八堂课》,生活·读书·新知三联书店2010年版。

[181]王庚武主编:《香港史新编》,三联书店(香港)有限公司1997年版。

[182]王宏志、李小良、陈清侨:《否想香港——历史·文化·未来》,台湾麦田出版·城邦文化事业股份有限公司1997年版。

[183]王宏志:《历史的沉重——从香港看中国大陆的香港史论述》,香港牛津大学出版社2000年版。

[184]王剑丛编:《香港作家传略》,广西人民出版社1989年版。

[185]王剑丛等:《台湾香港文学研究述论》,天津教育出版社1991年版。

[186]王剑丛:《香港文学史》,百花洲文艺出版社1995年版。

[187]王剑丛:《20世纪香港文学》,山东教育出版社1996年版。

[188]王建科:《元明家庭家族叙事文学研究》,中国社会科学出版社2004年版。

[189]王景山主编:《台港澳暨海外华文作家辞典》,人民文学出版社1992年版。

[190]王艳芳:《异度时空下的身份书写——香港女性小说研究》,中国社会科学出版社2015年版。

[191]王一桃:《香港作家掠影》,香港现代教育研究社有限公司1990年版。

[192]王一桃:《香港文学评析》,香港雅苑出版社1994年版。

[193]王一桃:《香港文学与现实主义》,香港当代文艺出版社2000年版。

[194]王又平:《新时期文学转型中的小说创作潮流》,华中师范大学出版社2001年版。

[195]王岳川、尚水编:《后现代主义文化与美学》,北京大学出版社1992年版。

[196]王岳川:《后殖民主义与新历史主义文论》,山东教育出版社1999年版。

[197]王志毅:《为己之读》,海豚出版社2014年版。

[198]伍宝珠:《书写女性与女性书写——八、九十年代香港女性小说研究》,台湾大安出版社2006年版。

[199]吴潜诚:《岛屿巡航:黑倪和台湾作家的介入诗学》,台湾立绪文化事业有限公司1999年版。

[200]吴冶平:《空间理论与文学的再现》,甘肃人民出版社2008年版。

[201]《香港与中国——历史文献资料汇编》,香港广角镜出版社1981年版。

[202]香港作家联会编:《香港作家小传》,香港作家出版社有限公司1996年版。

[203]香港岭南大学人文学科研究中心、香港文学研究小组编:《书写香港@文学故事》,香港教育图书公司2008年版。

[204]香港中文大学香港文学研究中心编:《叠印——漫步香港文学地景》,商务印书馆(香港)有限公司2016年版。

[205]向怀林主编:《人文基础》,重庆大学出版社2010年版。

[206]小思:《香港故事》,山东友谊出版社1998年版。

[207]谢常青:《香港新文学简史》,暨南大学出版社1990年版。

[208]谢常青:《日出东方永向前——香港澳门文学研究论文集》,暨南大学出版社1993年版。

[209]谢有顺:《消夏集》,安徽教育出版社2013年版。

[210]谢有顺:《小说中的心事》,作家出版社2016年版。

[211]新妇女协进会编:《又喊又笑:阿婆口述历史》,香港新妇女协进会1998年版。

[212]徐岱:《小说形态学》,杭州大学出版社1992年版。

[213]徐贲:《走向后现代与后殖民》,中国社会科学出版社1996年版。

[214]许宝强编:《重写我城的历史故事》,香港牛津大学出版社2010

年版。

[215]许文荣、孙彦庄主编:《马华文学文本解读》(下册),马来亚大学中文系毕业生协会、马来亚大学中文系2012年版。

[216]许翼心:《香港文学观察》,花城出版社1993年版。

[217]许子东:《呐喊与流言》,上海文艺出版社2004年版。

[218]许子东:《香港短篇小说初探》,香港天地图书有限公司2005年版。

[219]杨国雄:《旧书刊中的香港身世》,三联书店(香港)有限公司2014年版。

[220]杨星映:《中西小说文体形态》,中国社会科学出版社2005年版。

[221]杨义:《中国现代文学流派》,人民出版社1998年版。

[222]杨义:《重绘中国文学地图——杨义学术讲演集》,中国社会科学出版社2003年版。

[223]杨义:《中国叙事学(图文版)》,人民出版社2009年版。

[224]姚媛:《身份与第三空间:迈克尔·昂达奇作品主题研究》,南京大学出版社2011年版。

[225]也斯:《香港的流行文化》,三联书店(香港)有限公司1993年版。

[226]也斯著、艾晓明编:《寻找空间》,中国人民大学出版社1994年版。

[227]也斯:《香港文化空间与文学》,香港青文书屋1996年版。

[228]也斯:《书与城市》,浙江大学出版社2012年版。

[229]也斯:《香港文化十论》,浙江大学出版社2012年版。

[230]也斯:《城与文学》,浙江大学出版社2013年版。

[231]叶德伟等编著:《香港沦陷史》,香港广角镜出版社1982年版。

[232]叶辉:《书写浮城——香港文学评论集》,香港青文书屋2001年版。

[233]叶辉:《Kairos:身体、房子及其他》,香港唯美生活2010年版。

[234]叶灵凤:《香港方物志》,生活·读书·新知三联书店1985年版。

[235]叶灵凤:《香港的失落》,江西教育出版社有限责任公司2013年版。

[236]叶舒宪:《文学与人类学——知识全球化时代的文学研究》,社会

科学文献出版社2003年版。

[237]叶舒宪:《现代性危机与文化寻根》,山东教育出版社2009年版。

[238]叶维廉:《解读现代·后现代:生活空间与文化空间的思索》,台湾东大图书股份有限公司1992年版。

[239]叶维廉:《从现象到表现——叶维廉早期文集》,台湾东大图书股份有限公司1994年版。

[240]叶永胜:《家族叙事流变研究——中国文学古今演变个案考察》,安徽人民出版社2009年版。

[241]余绳武、刘存宽主编:《十九世纪的香港》,中华书局1994年版。

[242]余绳武、刘蜀永主编:《20世纪的香港》,中国大百科全书出版社1995年版。

[243]袁良骏:《香港小说史》(第一卷),海天出版社1999年版。

[244]袁良骏:《香港小说流派史》,福建人民出版社2008年版。

[245]袁勇麟主编:《陶然研究资料》,福建人民出版社2013年版。

[246]乐黛云、张辉主编:《文化传递与文学形象》,北京大学出版社1999年版。

[247]曾敏之:《海上文谭:曾敏之选集》,花城出版社2012年版。

[248]查良镛:《明报社评选之一 香港的前途》,香港明报有限公司1984年版。

[249]翟晶:《边缘世界——霍米·巴巴后殖民理论研究》,文化艺术出版社2013年版。

[250]詹宏志:《城市人:城市空间的感觉、符号和解释》,台湾麦田出版·城邦文化事业股份有限公司1996年版。

[251]张错:《西洋文学术语手册——文学诠释举隅》,上海译文出版社2012年版。

[252]张京媛:《当代女性主义文学批评》,北京大学出版社1992年版。

[253]张京媛主编:《新历史主义与文学批评》,北京大学出版社1993年版。

[254]张京媛主编:《后殖民理论与文化批评》,北京大学出版社1999年版。

20世纪80年代以来香港小说中的『香港书写』研究

[255]张京媛编:《后殖民理论与文化认同》,台湾麦田出版·城邦文化事业股份有限公司2007年版。

[256]张莉:《持微火者:当代文学的二十五张面孔》,百花文艺出版社2016年版。

[257]张美君、朱耀伟主编:《香港文学@文化研究》,香港牛津大学出版社2002年版。

[258]张美君:《沙巴翁的城市漫游》,香港红出版社2005年版。

[259]张首映:《西方二十世纪文论史》,北京大学出版社1999年版。

[260]张新军:《可能世界叙事学》,苏州大学出版社2011年版。

[261]张寅德编:《叙述学研究》,中国社会科学出版社1989年版。

[262]张郱娴:《观城论市:城市化背景下场所认同的危机与重建策略研究》,北京理工大学出版社2016年版。

[263]赵稀方:《小说香港》,生活·读书·新知三联书店2003年版。

[264]赵稀方:《后殖民理论》,北京大学出版社2009年版。

[265]赵稀方:《报刊香港:历史语境与文学场域》,三联书店(香港)有限公司2019年版。

[266]赵一凡等主编:《西方文论关键词》,外语教学与研究出版社2006年版。

[267]赵毅衡:《符号学原理与推演》,南京大学出版社2011年版。

[268]赵毅衡:《广义叙述学》,四川大学出版社2013年版。

[269]赵毅衡:《苦恼的叙述者》,四川文艺出版社2013年版。

[270]郑树森、黄继持、卢玮銮编:《早期香港新文学资料选(一九二七——一九四一)》,香港天地图书有限公司1998年版。

[271]中国曲艺志全国编辑委员会、《中国曲艺志·广东卷》编辑委员会编:《中国曲艺志·广东卷》,中国ISBN中心2008年版。

[272]中国作家协会理论批评委员会编:《中国文学理论批评文选·2003卷》,作家出版社2004年版。

[273]周蕾:《写在家国以外》,香港牛津大学出版社1995年版。

[274]周伟林:《企业选址智慧——地理·文化·经济维度》,东南大学出版社2008年版。

[275]周文彬:《当代香港写实小说散文概论·写实小说卷》,广东高等教育出版社1998年版。

[276]周宪:《从文学规训到文化批判》,译林出版社2014年版。

[277]周毅之:《香港的文化》,新华出版社1996年版。

[278]周永新:《香港人香港事》,香港明报出版社有限公司1987年版。

[279]周永新:《见证香港五十年》,香港明报出版社有限公司1997年版。

[280]朱骏声:《说文通训定声》,武汉市古籍书店影印1983年版。

[281]朱立元:《当代西方文艺理论》,华东师范大学出版社1997年版。

[282]朱立元主编:《美学大辞典》,上海辞书出版社2014年版。

[283]朱双一:《穿行台湾文学两甲子:朱双一选集》,花城出版社2014年版。

[284]朱耀伟:《当代西方批评论述的中国图象》,台湾骆驼出版社1996年版。

[285]朱耀伟:《本土神话:全球化年代的论述生产》,台湾学生书局2002年版。

[286]子羽编:《香港掌故》,广东人民出版社1985年版。

二、文学作品

[1]Robert Arnold Aubin. *Topographical Poetry in XVIII-century England.* New York:The Modern Language Association of America,1980.

[2]胡小跃编:《波德莱尔诗全集》,浙江文艺出版社1996年版。

[3][奥]卡夫卡著、叶廷芳主编:《变形记》,河北教育出版社2005年版。

[4][意]伊塔诺·卡尔维诺著,吕同六、张洁主编:《卡尔维诺文集》,译林出版社2001年版。

[5][意]伊塔洛·卡尔维诺:《看不见的城市》,张密译,译林出版社2012年版。

[6]艾晓明编:《浮城志异——香港小说新选》,中国人民大学出版社1991年版。

[7]白洛编:《香港作家中篇小说选》,花城出版社1986年版。

[8]白先勇:《孽子》,上海文艺出版社1999年版。

[9]陈宝珍:《找房子》,香港田园书屋1990年版。

[10]陈宝珍:《梦创世》,香港文学出版社有限公司2015年版。

[11]陈冠中:《什么都没有发生》,春风文艺出版社2010年版。

[12]陈冠中:《香港三部曲》,香港牛津大学出版社2013年版。

[13]陈浩泉:《香港九七》,中国友谊出版公司1991年版。

[14]陈慧:《拾香纪》,香港七字头出版社2008年版。

[15]董启章:《时间繁史·哑瓷之光》(上、下),台湾麦田出版·城邦文化事业股份有限公司2007年版。

[16]董启章:《天工开物·栩栩如真》,上海人民出版社2010年版。

[17]董启章:《物种源始·贝贝重生之学习年代》,台湾麦田出版·城邦文化事业股份有限公司2010年版。

[18]董启章:《地图集》,台湾联经出版事业股份有限公司2011年版。

[19]董启章:《博物志》,台湾联经出版事业股份有限公司2012年版。

[20]董启章:《繁胜录》,台湾联经出版事业股份有限公司2012年版。

[21]董桥:《香港中文不是葡萄酒》,辽宁教育出版社1999年版。

[22]董桥:《锻句炼字是礼貌》,台湾远流出版事业股份有限公司2000年版。

[23]董桥:《红了文化,绿了文明》,台湾远流出版事业股份有限公司2000年版。

[24]董桥:《旧情解构》,生活·读书·新知三联书店2002年版。

[25]董桥:《橄榄香:小说人生集》,海豚出版社2012年版。

[26]冯伟才编:《香港短篇小说选》,三联书店(香港)有限公司1988年版。

[27]冯伟才编:《香港短篇小说选(七十年代)》,香港天地图书有限公司1998年版。

[28]冯伟才编:《香港短篇小说选(1986—1989)》,三联书店(香港)有限公司1998年版。

[29]葛亮:《德律风》,金城出版社2010年版。

297

[30]葛亮:《绘色》,上海文化出版社2011年版。

[31]葛亮:《七声》,作家出版社2011年版。

[32]葛亮:《戏年》,新星出版社2012年版。

[33]葛亮:《浣熊》,南京大学出版社2013年版。

[34]葛亮:《谜鸦》,南京大学出版社2013年版。

[35]葛亮:《北鸢》,人民文学出版社2016年版。

[36]葛亮:《朱雀》,人民文学出版社2016年版。

[37]葛亮:《小山河》,浙江文艺出版社2016年版。

[38]葛亮:《燕食记》,人民文学出版社2022年版。

[39]海辛:《塘西三代名花》,香港天地图书有限公司1990年版。

[40]韩丽珠:《风筝家族》,台湾联合文学出版社有限公司2008年版。

[41]韩丽珠、谢晓虹:《双城辞典ⅠⅡ》,台湾联经出版事业股份有限公司
2012年版。

[42]何福仁:《浮城1.2.3——西西小说新析》,三联书店(香港)有限公司2008年版。

[43]黄碧云:《其后》,香港天地图书有限公司1991年版。

[44]黄碧云:《温柔与暴烈》,香港天地图书有限公司1994年版。

[45]黄碧云:《媚行者》,台湾大田出版有限公司2000年版。

[46]黄碧云:《十二女色》,台湾麦田出版·城邦文化事业股份有限公司2000年版。

[47]黄碧云:《后殖民志》,台湾大田出版有限公司2003年版。

[48]黄碧云:《沉默·暗哑·微小》,台湾大田出版有限公司2004年版。

[49]黄碧云:《烈女图》,香港天地图书有限公司2004年版。

[50]黄碧云:《烈佬传》,台湾大田出版有限公司2012年版。

[51]黄谷柳:《虾球传》,浙江文艺出版社2006年版。

[52]黄继持、卢玮銮、郑树森编:《香港小说选——1948—1969》,香港中文大学人文学科研究所香港文化研究计划1997年版。

[53]黄仁逵:《放风》,香港素叶出版社2005年版。

[54]黄子平、许子东编:《香港短篇小说选(2002—2003)》,三联书店(香港)有限公司2006年版。

[55]江迅选编:《董桥散文》,浙江文艺出版社1996年版。

[56]金宏达、于青主编:《徐　　　小说》,安徽文艺出版社1996年版。

[57]黎海华编:《香港短篇小说选(1990—1993)》,三联书店(香港)有限公司1994年版。

[58]黎海华编:《香港短篇小说选(九十年代)》,香港天地图书有限公司1997年版。

[59]黎紫书:《出走的乐园》,花城出版社2005年版。

[60]黎紫书:《野菩萨》,新星出版社2013年版。

[61]李碧华:《霸王别姬》,人民文学出版社1993年版。

[62]李碧华:《胭脂扣》,人民文学出版社1993年版。

[63]李碧华:《李碧华作品集》(一),花城出版社2001年版。

[64]李金发:《李金发诗集》,四川文艺出版社1987年版。

[65]刘以鬯:《一九九七》,台湾远景出版事业公司1984年版。

[66]刘以鬯:《香港文丛:刘以鬯卷》,三联书店(香港)有限公司1991年版。

[67]刘以鬯:《岛与半岛》,香港获益出版事业有限公司1993年版。

[68]刘以鬯:《对倒》,中国文联出版公司1993年版。

[69]刘以鬯编:《香港短篇小说选(五十年代)》,香港天地图书有限公司1997年版。

[70]刘以鬯主编:《香港短篇小说百年精华》(上、下册),三联书店(香港)有限公司2006年版。

[71]刘以鬯:《酒徒》,江苏文艺出版社2011年版。

[72]卢玮銮编:《香港的忧郁——文人笔下的香港(1925—1941)》,香港华风书局1983年版。

[73]鲁迅:《鲁迅散文经典》,齐鲁书社2012年版。

[74]马家辉:《龙头凤尾》,四川文艺出版社2016年版。

[75]麦树坚:《琉璃珠》,花城出版社2017年版。

[76]梅子编:《香港短篇小说选(八十年代)》,香港天地图书有限公司1998年版。

[77]潘步钊编:《香港短篇小说选 2006—2007》,三联书店(香港)有限

公司2013年版。

[78]潘国灵:《伤城记》,香港天地图书有限公司1998年版。

[79]潘国灵:《病忘书》,生活·读书·新知上海三联书店2012年版。

[80]潘国灵:《失落园》,生活·读书·新知上海三联书店2012年版。

[81]潘国灵:《静人活物》,台湾联经出版事业股份有限公司2013年版。

[82]潘国灵:《写托邦与消失咒》,台湾联经出版事业股份有限公司2016年版。

[83]潘国灵:《消失物志》,中华书局(香港)有限公司2017年版。

[84]且夫选编:《曹禺作品精选》,长江文艺出版社2004年版。

[85]施叔青:《她名叫蝴蝶——香港三部曲之一》,台湾洪范书店有限公司1993年版。

[86]施叔青:《香港三部曲》,江苏文艺出版社2010年版。

[87]斯峻编:《香港小说精选》,人民文学出版社1992年版。

[88]苏伟贞、刘俊主编:《穿过荒野的女人:华文女性小说世纪读本》,南京大学出版社2015年版。

[89]唐睿:《脚注》,花城出版社2017年版。

[90]陶然:《蜜月》,海天出版社1988年版。

[91]陶然:《留下岁月风尘的记忆》,香港文学出版社有限公司2015年版。

[92]陶然:《没有帆的船》,香港文学出版社有限公司2015年版。

[93]陶然、蔡益怀主编:《香港文学》(增刊),香港文学出版社有限公司2017年版。

[94]王良和:《鱼咒》,香港青文书屋2002年版。

[95]西西:《美丽大厦》,台湾洪范书店有限公司1990年版。

[96]西西:《我城》,台湾洪范书店有限公司1999年版。

[97]西西:《我城》,广西师范大学出版社2010年版。

[98]西西:《白发阿娥及其他》,台湾洪范书店有限公司2006年版。

[99]西西:《像我这样的一个女子》,广西师范大学出版社2010年版。

[100]西西:《飞毡》,广西师范大学出版社2016年版。

[101]西西:《手卷》,广西师范大学出版社2016年版。

[102]《香港短篇小说选(50—60年代)》,集力出版社1985年版。

[103]香港艺术中心及Kubrick编:《i-城志——我城05跨界创作》,香港艺术中心出版社2005年版。

[104]小思编著:《香港文学散步》,上海译文出版社2015年版。

[105]谢晓虹:《好黑》,台湾宝瓶文化事业有限公司2005年版。

[106]谢晓虹:《雪与影》,花城出版社2017年版。

[107]心猿:《狂城乱马》,香港青文书屋1996年版。

[108]徐訏:《徐訏全集》(1—15),台湾正中书局1966—1970年版。

[109]许子东编:《香港短篇小说选(1994—1995)》,三联书店(香港)有限公司2000年版。

[110]许子东编:《香港短篇小说选(1996—1997)》,三联书店(香港)有限公司2000年版。

[111]许子东编:《香港短篇小说选(1998—1999)》,三联书店(香港)有限公司2001年版。

[112]许子东编:《香港短篇小说选(2000—2001)》,三联书店(香港)有限公司2004年版。

[113]许子东主编:《输水管森林》,上海文艺出版社2001年版。

[114]许子东主编:《后殖民食物与爱情》,上海文艺出版社2003年版。

[115]许子东主编:《无爱纪》,上海文艺出版社2006年版。

[116]杨匡汉主编:《华人女作家与成名作(香港卷)》,台海出版社1999年版。

[117]也斯:《记忆的城市,虚构的城市》,香港牛津大学出版社1993年版。

[118]也斯:《烦恼娃娃的旅程》,漓江出版社1996年版。

[119]也斯编:《香港短篇小说选(六十年代)》,香港天地图书有限公司1998年版。

[120]也斯:《后殖民食物与爱情》,香港牛津大学出版社2009年版。

[121]也斯:《后殖民食物与爱情》,作家出版社2013年版。

[122]也斯、叶辉、郑政恒主编:《香港当代作家作品合集选:小说卷》(上、下册),香港明报月刊出版社2011年版。

[123]也斯:《剪纸》,浙江大学出版社2014年版。

[124]张爱玲:《秧歌》,台湾皇冠出版社1979年版。

[125]张爱玲:《传奇》,湖南文艺出版社2003年版。

[126]钟玲:《大轮回》,台湾九歌出版有限公司1998年版。

[127]钟晓阳:《停车暂借问》,新星出版社2011年版。

[128]周洁茹:《香港公园》,香港练习文化实验室有限公司2017年版。

三、原始期刊/会议论文集

(一)原始期刊

[1]Roland Barthes,"Le discourse de l'histoire",*Social Science Informa-tion*,6,4(1967).

[2][法]菲利浦·拉宋:《香港,浮动的小岛》,《香港文学》2004年9月号。

[3][荷兰]瑞恩·赛格斯:《全球化时代的文学和文化身份构建》,《跨文化对话》1999年第2期。

[4]白杨:《淡出历史的"香港意识"——世纪之交香港文学的主题与叙事策略》,《文艺争鸣》2006年第1期。

[5]蔡益怀:《回到文学本身——重写香港文学史之我见》,《香港文学》2003年3月号。

[6]蔡益怀:《为"香港小说"正名——兼说香港小说的本土性》,《香港文学》2005年10月号。

[7]蔡益怀:《在地抒情》,《香港文学》2016年4月号。

[8]蔡益怀:《"倾城之恋"——香港文学的在地书写谱系》,(香港)《文学评论》2017年总第48期。

[9]蔡益怀:《"我城"——香港文学在地书写六座标》,《粤海风》2017年第1期。

[10]蔡益怀:《小说我城·魅影处处——香港小说二十年(1997—2017)批与评》,《香港文学》2017年7月号。

[11]蔡益怀:《香港文学的"在地抒情"传统》,《中国文艺评论》2017年

第11期。

[12]曹惠民:《寻找香港》,《香港文学》2006年1月号。

[13]陈岸峰:《解读"香港情与爱"与"浮城志异"中的香港》,《中国现代文学理论》1998年第11期。

[14]陈德锦:《谈香港文学的处境》,《亚洲华文作家杂志》1992年第34期。

[15]陈德锦:《文学,文学史,香港文学》,《中外文学》1995年第6期。

[16]陈德锦:《想一想本土文学——兼谈香港的文学批评》,(香港)《文学评论》2011年总第15期。

[17]陈国球:《香港文学大系(1919—1949)·总序》,《香港文学》2014年11月号。

[18]陈林侠:《香港的焦虑:政治意识、"再殖民"及其身份认同的前瞻——以〈建国大业〉〈风声〉在香港的传播为核心》,《戏剧(中央戏剧学院学报)》2010年第2期。

[19]陈小明、曹惠民:《面对都市丛林——〈香港文学〉(2000年9月号—2001年10月号)及其小说略评》,《香港文学》2001年12月号。

[20]程锡麟:《叙事理论的空间转向:叙事空间理论概述》,《江西社会科学》2007年第11期。

[21]杜维明:《"文化中国"初探》,《九十年代月刊》1990年总第245期。

[22]方忆桐:《〈香港文学〉及其文化身份——以2000.9—2002.10各期为考察场域》,《香港文学》2003年2月号。

[23]傅元峰:《文学研究中的城乡意识错乱及其根源》,《文艺研究》2016年第12期。

[24]傅元峰:《新诗地理学:一种诗学启示》,《文艺争鸣》2017年第9期。

[25]傅元峰:《"百年新诗"辨》,《南方文坛》2018年第1期。

[26]葛亮:《摄光》,《香港文学》2017年10月号。

[27]葛亮:《由"饮食"而"历史"——从〈北鸢〉谈起》,《暨南学报(哲学社会科学版)》2019年第1期。

[28]公仲:《香港文学概说》,《创作评谭》1997年第4期。

[29]古远清:《"九七"前夕的香港文坛》,《中国文化研究》1997年

第2期。

[30]古远清：《内地的香港文学研究》，《湖北社会科学》1998年第5期。

[31]古远清：《香港文学研究二十年》，《香港文学》2001年10月号。

[32]古远清：《两岸三地当代文学研究连环比较》，(香港)《文学评论》2017年总第50期、第51期、第52期。

[33]古远清：《香港当代文艺思潮的混合性结构》，《中国文艺评论》2017年第6期。

[34]古远清：《香港回归二十年来的文艺思潮》，《香港文学》2017年7月号。

[35]郭道晖：《关注社会弱势群体——法学视角的几点思考》，《河北法学》2005年第7期。

[36]韩丽珠：《重建的市区——被规划的城市生活记忆》，《文化研究@岭南》2007年第4期。

[37]韩卫娟：《香港文学的本土化进程及其政治指向》，《中国文学研究》2015年第1期。

[38]黄傲云：《微弱的脉搏》，《香港文学》1985年第1期。

[39]黄万华：《原乡的追寻——从一种形象看20世纪华文文学史》，《人文杂志》2000年第4期。

[40]黄万华：《战时香港文学："中原心态"与本地化进程的纠结》，《中国现代文学研究丛刊》2003年第1期。

[41]黄万华：《1945—1949年的香港文学》，《中国现代文学研究丛刊》2004年第2期。

[42]黄万华：《从〈天工开物·栩栩如真〉看回归后的香港小说》，《华文文学》2007年第3期。

[43]黄万华：《左右翼政治对峙中的战后香港文学"主体性"建设》，《学术月刊》2007年第9期。

[44]黄万华：《香港小说："混杂"中的丰厚》，《香港文学》2012年10月号。

[45]黄志江：《看"流亡者"黄碧云眼中的香港》，《百家文学杂志》2014年10月号。

[46]计红芳:《内地香港文学研究之我见》,《当代文坛》2005年第7期。

[47]季进、余夏云:《写在主流之外——论周蕾理论批评的边缘论述》,《文艺理论研究》2010年第2期。

[48]金惠俊:《1997年香港回归以来香港文学的变化及其意义》,《香港文学》2007年7月号。

[49]崑南:《旗向》,《好望角》1963年第6期。

[50]崑南:《香港·文学·反思·断想》,《香港文学》2003年1月号。

[51]李安东、肖宁:《〈香港文学〉的视界——以2003—2004年的〈香港文学〉为例》,《香港文学》2005年4月号。

[52]李嘉慧:《黑夜里的闪电——试论〈香港文学(文论选)〉中主体的逃逸》,《香港文学》2011年2月号。

[53]李嘉慧:《从西西到Mr.Pizza的香港文学——立足本土、放眼世界》,《香港文学》2015年8月号。

[54]李欧梵、季进、宋洋:《身处中国话语的边缘:边缘文化意义的个人思考》,《当代作家评论》2008年第1期。

[55]李薇婷:《王德威教授论以小说对抗当代——兼记〈岭南学报〉复刊学术会议之四》,《明报月刊》2017年1月号。

[56]梁秉钧:《嗜同尝异——从食物看香港文化》,《香港文学》2004年3月号。

[57]林淑贞:《地景临现——六朝志怪"地志书写"范式与文化意蕴》,《政大中文学报》2009年第12期。

[58]凌逾:《中国女性主义的自我赋权叙事策略》,《学术研究》2010年第4期。

[59]凌逾、薛亚聪:《挤感空间:香港城市文化》,《暨南学报(哲学社会科学版)》2016年第12期。

[60]凌逾、陈桂花:《香港三代谱系叙事》,《中国现代文学论丛》2016年第2期。

[61]凌逾:《香港文坛:共同记忆与共生时空》,《华文文学》2018年第1期。

[62]刘登翰:《论香港文学的发展道路》,《文学评论》1997年第3期。

[63]刘登翰:《台湾作家的香港关注——以余光中、施叔青为中心的考察》,《福建论坛·人文社会科学版》2001年第2期。

[64]刘登翰:《守住"边缘"》,《香港文学》2003年1月号。

[65]刘登翰:《施叔青:香港经验和台湾叙事——兼说世界华文创作中的'施叔青现象'》,《台湾研究集刊》2005年第4期。

[66]刘登翰:《香港的期待》,《香港文学》2006年1月号。

[67]刘俊:《〈香港文学〉与"香港文学"——以2002年〈香港文学〉为考察对象》,《香港文学》2005年11月号。

[68]刘俊:《香港文学:从"地区"文学到"特征"文学》,《香港文学》2006年1月号。

[69]刘俊:《一种文学,多种看法——香港文学研究的立场、论域和方法(1997—2007)》,《香港文学》2007年7月号。

[70]刘俊:《香港小说:中国"特区"文学中的小说形态——以〈香港当代作家作品合集选·小说卷〉为论述对象》,《香港文学》2012年5月号。

[71]刘俊:《从"四代人"到"三世人"——论施叔青的"香港三部曲"和"台湾三部曲"》,《香港文学》2014年11月号。

[72]刘兆佳:《"香港人"或"中国人":香港华人的身份认同1985-1995》,《二十一世纪》1997年6月号。

[73]鹿义霞:《中国式乡愁——海派赴港作家的原乡书写》,《当代文坛》2015年第3期。

[74]罗岗:《认同的悖论:全球化背景下的香港文化身份问题》,《思想与文化》2003年第1期。

[75]洛枫:《香港怀旧电影的内容与形式》,《今天》1995年总第28期。

[76]洛枫:《历史想象与文化身份的建构——论西西的〈飞毡〉与董启章的〈地图集〉》,《中外文学》2000年第10期。

[77]侣伦:《香港新文化滋长期琐忆》,《海光文艺》1966年8月号。

[78]尚杰:《空间的哲学:福柯的"异托邦"概念》,《同济大学学报(社会科学版)》2005年第3期。

[79]沈冬青:《香江过客半生缘——施叔青和她的香港》,《幼狮文艺》1994年6月号。

[80]施建伟:《香港文学:世界性和香港性》,《香港文学》1999年第6期。

[81]孙桂荣:《经验的匮乏与阐释的过剩——评周蕾〈妇女与中国现代性——西方与东方之间的阅读政治〉》,《中国现代文学研究丛刊》2010年第4期。

[82]谭以诺:《本土意识高涨之时——试论香港近年小说创作》,《香港文学》2013年11月号。

[83]唐睿:《虚实之间——试论1970—1980年代香港作家之内地游记》,《南方文坛》2021年第4期。

[84]唐睿:《20世纪70—80年代香港民间社区的跨媒介书写——以剧集〈狮子山下〉及个人书写为例》,《世界华文文学论坛》2024年第2期。

[85]陶然:《写作中的香港身份疑惑》,《香港文学》2004年3月号。

[86]陶然:《也斯散文的空间意识——以其香港书写为考察场域》,《香港文学》2015年12月号。

[87]涂又光:《论人文精神》,《高等教育研究》1996年第5期。

[88]王德威:《香港情与爱——回归后的小说叙事与欲望》,《当代作家评论》2003年第5期。

[89]王德威:《城市的物理、病理与伦理——香港小说的世纪因缘》,《香港文学》2007年7月号。

[90]王仁芸:《一九九七与香港文学》,《香港文学》1985年第1期。

[91]王少瑜:《关于"捞世界"与"虾球精神":重读粤味文化小说〈虾球传〉》,《名作欣赏》2012年第3期。

[92]王祥:《试论现代性危机与马克思现代性批判理论的"在场"》,《国外理论动态》2009年第7期。

[93]王岳川:《后殖民语境与侨居者身份意识》,《广东社会科学》2000年第2期。

[94]吴广泰:《从"'鸳鸯茶座'系列:收编文学"讲座看香港文学"正典化"问题》,《香港文学》2015年11月号。

[95]吴俊雄:《寻找香港本土意识》,《明报月刊》1998年3月号。

[96]徐诗颖:《香港文学与身份认同——以回归过渡期的香港小说为例》,《世界华文文学论坛》2016年第4期。

[97]颜纯钩:《怎一个"生"字了得——初读黄碧云(上)》,《台港与海外华文文学评论和研究》1997年第2期。

[98]颜纯钩:《怎一个"生字"了得——初读黄碧云(下)》,《台港与海外华文文学评论和研究》1997年第3期。

[99]杨匡汉:《台港文学二题》,《理论与创作》1993年第6期。

[100]杨匡汉:《深化香港文学研究之我见》,《广东社会科学》1998年第1期。

[101]杨匡汉:《学术语境中的香港文学研究》,《东南学术》1999年第6期。

[102]杨立青:《"我们"如何论述香港》,《读书》2005年第8期。

[103]也斯:《都市文化与香港文学》,《当代》1989年6月号。

[104]叶辉:《十年来的香港文学评论》,《香港文学》2007年7月号。

[105]伊永文:《以〈东京梦华录〉为中心的"梦华体"文学》,《求是学刊》2009年第1期。

[106]殷鹏飞:《湾仔"秘密"的野蛮生长——论马家辉〈龙头凤尾〉中的香港市民文化书写》,《雨花》2017年第7期。

[107]余夏云:《"后殖民"的洞见与盲视:读周蕾的〈写在家国以外〉》,《华文文学》2014年第6期。

[108]袁良骏:《关于香港文学的源流》,《文学评论》1997年第3期。

[109]袁良骏:《新旧文学的交替和香港新小说的萌芽》,《中国社会科学》1997年第4期。

[110]袁勇麟:《解读香港的文化身份——〈小说香港〉的独特叙述视角》,《香港文学》2003年12月号。

[111]袁勇麟:《香港文学脉动蠡测——以〈香港文学选集系列〉(第二辑)为例》,《香港文学》2006年1月号。

[112]曾祥金:《论葛亮〈北鸢〉的民国想象与古典书写》,《百家评论》2017年第5期。

[113]张咏梅:《论香港〈文汇报·文艺〉副刊所载小说中的"香港"》,《中外文学》2000年第10期。

[114]张羽、陈素丹:《日据台湾报刊文献中鼓浪屿的地景书写与历史叙

事研究》,《台湾研究集刊》2017年第5期。

[115]赵稀方:《香港文学本土性的实现——从〈虾球传〉〈穷巷〉到〈太阳落山了〉》,《世界华文文学论坛》1998年第2期。

[116]赵稀方:《寻求文化身份——也斯小说论》,《小说评论》2000年第1期。

[117]赵稀方:《西西小说与香港意识》,《华文文学》2003年第3期。

[118]赵稀方:《后殖民时代的香港小说》,《香港文学》2007年7月号。

[119]赵稀方:《从"食物"和"爱情"看后殖民——重读也斯〈后殖民食物与爱情〉》,《常州工学院学报(社科版)》2008年第6期。

[120]赵稀方:《〈小说星期刊〉与〈伴侣〉——香港早期文学新论》,《文学评论》2016年第4期。

[121]赵稀方:《如何香港,怎样文学》,《香港文学》2017年3月号。

[122]赵稀方:《〈伴侣〉之前的香港白话文学》,《香港文学》2017年7月号。

[123]郑宏泰、黄绍伦:《香港华人的身份认同:九七前后的转变》,《二十一世纪》2002年10月号。

[124]郑树森:《遗忘的历史、历史的遗忘——五、六〇年代的香港文学》,《幼师文艺》1996年7月号。

[125]郑政恒:《二十年来的香港小说面貌》,《香港文学》2017年7月号。

[126]钟晓毅:《香港文学:身份之中与身份之外》,《香港文学》2006年1月号。

[127]钟晓毅:《整体性·关联式·个体化——对香港小说的遥感》,《香港文学》2011年5月号。

[128]钟怡雯:《从理论到实践——论马华文学的地志书写》,《成功大学中文学报》2010年总第29期。

[129]周丽娟:《论香港"本土意识"的萌芽》,《香港文学》2001年11月号。

[130]周志强、邴波:《书写:作为文学理论范畴》,《新疆大学学报(社会科学版)》2001年第4期。

[131]朱立立:《意识形态与文化研究的偏执——评周蕾〈写在家国以

外〉》,《文艺研究》2005年第9期。

(二)会议论文集

[1]范铭如主编:《挑拨新趋势:第二届中国女性书写国际学术研讨会论文集》,台湾学生书局2003年版。

[2]福建师范大学文学院编:《学术史视野中的华文文学——第十七届世界华文文学国际学术研讨会论文集》,海峡文艺出版社2014年版。

[3]胡德才主编:《多元文化共建的世界华文文学——第十六届世界华文文学国际学术研讨会论文集》,中国华侨出版社2011年版。

[4]黄万华主编:《多元文化语境中的华文文学——第十三届世界华文文学国际学术研讨会论文集》,山东文艺出版社2004年版。

[5]黄维樑主编:《活泼纷繁的香港文学:一九九九年香港文学国际研讨会论文集(上、下册)》,中文大学出版社、香港中文大学新亚书院2000年版。

[6]暨南大学中国文艺评论基地编:《粤港澳青年文学研讨会论文集》(未出版),会议时间:2017年5月20—21日。

[7]廖炳惠主编:《回顾现代——后现代与后殖民论文集》,台湾麦田出版·城邦文化事业股份有限公司1994年版。

[8]刘俊主编:《"华文文学与中华文化"国际学术研讨会论文集》(未出版),会议时间:2016年8月26—27日。

[9]刘中树、张福贵、白杨主编:《世界华文文学的新世纪 第十四届世界华文文学国际学术研讨会论文选》,吉林大学出版社2006年版。

[10]陆士清主编:《新视野、新开拓 第十二届世界华文文学国际学术研讨会论文集》,复旦大学出版社2002年版。

[11]陆卓宁主编:《和而不同 第十五届世界华文文学国际学术研讨会论文集》,广西人民出版社2008年版。

[12]王列耀主编,中国世界华文文学学会编:《文化传承与时代担当:首届世界华文文学大会文选》,花城出版社2016年版。

[13]王列耀主编,中国世界华文文学学会编:《语言寻根 文化铸魂 首届世界华文文学大会论文集》,花城出版社2016年版。

[14]香港浸会大学文学院主编:《第五届红楼梦奖评论集 黄碧云〈烈佬传〉》,香港天地图书有限公司2016年版。

[15]香港中文大学中国语言及文学系、香港教育学院中国文学文化研究中心合编:《都市蜃楼:香港文学论集》,香港牛津大学出版社2010年版。

四、学位论文

(一)内地地区

1.硕士学位论文

[1]蔡益怀:《八、九十年代香港小说中的"香港形象"与叙事范式》,暨南大学2000届硕士学位论文。

[2]陈琳:《二十世纪九十年代香港城市小说研究》,福建师范大学2007届硕士学位论文。

[3]陈思:《论二十世纪七十年代以来香港现代主义文学中的物质书写》,南京大学2012届硕士学位论文。

[4]邓文娟:《城市、身体、fort da隐喻——潘国灵中短篇小说系统研究》,华南师范大学2013届硕士学位论文。

[5]杜若松:《论当下港台言情小说的大众文化生产体制》,东北师范大学2006届硕士学位论文。

[6]郭玩香:《论黄碧云作品的悲剧意识》,暨南大学2011届硕士学位论文。

[7]黄丽兰:《文学性与跨界性——〈香港文学〉的特色研究》,华南师范大学2015届硕士学位论文。

[8]刘慧敏:《别样的书写——论西西小说的香港都市风情描绘》,吉林大学2008届硕士学位论文。

[9]牟方磊:《海德格尔诗意栖居理论研究》,湖南师范大学2010届硕士学位论文。

[10]秦磊:《妓女传奇与历史想象——论〈香港三部曲〉〈胭脂扣〉〈扶桑〉中的文化意蕴》,郑州大学2007届硕士学位论文。

[11]邵娃:《现代性视野下的当代香港言情小说创作》,南京师范大学

2014届硕士学位论文。

[12]宋巧文:《也斯小说研究》,福建师范大学2012届硕士学位论文。

[13]唐雅琴:《2000年以来的〈香港文学〉研究》,暨南大学2010届硕士学位论文。

[14]向萍:《台湾香港女性小说创作比较论》,山东师范大学2005届硕士学位论文。

[15]向颖:《地方经验与身份认同——论西西小说中的"香港"与"家国"》,重庆师范大学2012届硕士学位论文。

[16]徐诗颖:《论陈残云民国时期小说的人性书写》,广西师范大学2015届硕士学位论文。

[17]姚斐菲:《西西小说中的城市想象与文化身份认同》,复旦大学2012届硕士学位论文。

[18]叶畅:《李碧华小说中体现的香港意识》,东北师范大学2006届硕士学位论文。

[19]张眉:《城里城外——黄碧云小说中的香港意识》,华东师范大学2016届硕士学位论文。

[20]张晓凝:《百年香港的历史寓言——施叔青小说"香港三部曲"的后殖民书写》,吉林大学2006届硕士学位论文。

[21]张雪梅:《重合与创新 承袭与变异——施叔青的"香港故事"和张爱玲的"香港传奇"对比谈》,西南师范大学2001届硕士学位论文。

[22]赵玉菡:《边缘书写——论施叔青"香港三部曲"的历史叙述与文本策略》,华中科技大学2011届硕士学位论文。

2.博士学位论文

[1]白杨:《文化想像与身份探寻——当代香港文学意识的嬗变》,东北师范大学2005届博士学位论文。

[2]蔡益怀:《香江浪子悲歌——二战后25年香港小说人物形象论》,暨南大学2004届博士学位论文。

[3]陈淑贞:《金庸武侠小说人物研究》,苏州大学2003届博士学位论文。

[4]池雷鸣:《加拿大新移民华文小说的历史书写研究》,暨南大学2013届博士学位论文。

[5]黄劲辉:《刘以鬯与现代主义:从上海到香港》,山东大学2012届博士学位论文。

[6]计红芳:《跨界书写——香港南来作家的身份建构》,苏州大学2006届博士学位论文。

[7]金凤:《徐讦小说的诗性品格研究》,南京师范大学2012届博士学位论文。

[8]宋琦:《武侠小说从"民国旧派"到"港台新派"叙事模式的变迁》,山东大学2010届博士学位论文。

[9]唐丽芳:《香港城市精神观照下的景致——论二十世纪八、九十年代李碧华的中长篇小说创作》,复旦大学2004届博士学位论文。

[10]佟金丹:《徐讦小说创作的文化心理》,山东大学2008届博士学位论文。

[11]姚晓南:《学术史视野中的台港澳暨海外华文文学研究——以历届世界华文文学国际学术研讨会及典例与个案为对象》,暨南大学2009届博士学位论文。

[12]张清秀:《香港文学:一种城市文学形态》,兰州大学2012届博士学位论文。

[13]周福如:《香港现代派小说论》,苏州大学2002届博士学位论文。

(二)香港地区

[1]黄静:《一九五〇至一九七〇年代香港都市小说研究》,香港岭南大学2002届硕士学位论文。

[2]林贺超:《香港小说中的情欲与政治:从施叔青,李碧华到黄碧云》,香港岭南大学2002届硕士学位论文。

[3]王芳:《香港九〇年代短篇小说中的"房子"》,香港岭南大学2015届硕士学位论文。

五、报纸文章

[1]保路:《香港空间 文学建筑》,《文汇报》2008年7月28日。

[2]北青艺评:《青年作家葛亮:重撷失落的古典精神与东方美学》,《北京青年报》2016年12月13日。

[3]蔡益怀:《〈烈佬传〉不烈,但纯正》,《明报月刊》2014年10月号。

[4]曹惠民:《走向前沿》,《文艺报》2007年7月3日。

[5]草草:《书介:Metaxy:中间诗学的诞生》,《文汇报》2011年12月19日。

[6]陈庆妃:《新古典小说〈北鸢〉的语言范式》,《中国社会科学报》2017年3月13日。

[7]陈子谦:《如果命运有如果——读黄碧云〈烈佬传〉》,《明报》2012年8月26日。

[8]何晶:《钟晓阳:作家在哪里都一样寂寞》,《羊城晚报》2013年4月14日。

[9]何映宇:《香港异数董启章:文学必须拒绝大众拒绝消费》,《新民周刊》2011年5月2日。

[10]黄碧云:《"言语无用 沉默可伤"——"红楼梦奖"得奖感言》,《明报》(世纪版)2014年7月21日。

[11]黄子平:《葛亮的语言有久别重逢的欣喜》,《晶报》2016年12月3日。

[12]李青:《新晋"红楼梦奖"得主黄碧云:我希望我的读者是失意的人》,《新京报》(书评周刊)2014年9月19日。

[13]了了(萨空了):《建立新文化中心》,《立报》1938年4月2日。

[14]凌逾:《"他们在岛屿写作"系列之〈1918〉〈东西〉:1918之世与东西之界》,《文艺报》2017年7月7日。

[15]潘卓盈:《〈北鸢〉这部小说最近很火 作者说,跟杭州关系太大了》,《都市快报》2016年8月24日。

[16]苏娅:《葛亮:平和比戏剧性更强大》,《第一财经日报》2011年9月16日。

[17]孙郁:《关于香港文学与祖国内地文学——袁良骏答〈北京日报〉记者问》,《北京日报》1997年7月8日。

[18]王迅:《"70后"的历史感何以确立——从〈北鸢〉看葛亮的意义》,

《文艺报》2016年4月20日。

[19]王旨琪：《〈烈佬传〉：无火之烈》，《立场新闻》（书评）2015年5月26日。

[20]魏沛娜：《以小面对大是写作人的责任》，《深圳商报》2014年7月31日。

[21]卫毅：《葛亮十几年的写作总结：将心比心，人之常情》，《南方人物周刊》2017年6月10日。

[22]谢傲霜：《当黄碧云成为烈佬》，《经济日报》（书香阵）2014年10月21日。

[23]行超：《葛亮：我喜欢历史中的意外》，《文艺报》2014年8月20日。

[24]杨匡汉：《香港十年之文学》，《中华读书报》2007年6月27日。

[25]杨宇轩、蔡晓彤：《烈佬的湾仔，我们的香港》，《明报》2012年11月14日。

[26]袁欢、金莹：《"香港文学新动力"丛书出版 万花筒式的香港记忆新书写》，《文学报》2017年8月31日。

[27]袁欢、金莹：《为"香港"这部书做"脚注"》，《文学报》2017年9月26日。

[28]袁良骏：《香港文学的爱国主题》，《大公报》1997年7月23日。

[29]张娟芬：《鬼城的喧哗》，《中国时报·开卷周报》1999年5月6日。

[30]张璐诗：《董启章"写本土是为了写世界"》，《新京报》2010年3月27日。

[31]赵明宇：《葛亮：年轻作家讲不年轻的故事》，《中国新闻出版报》2010年9月10日。

[32]赵稀方：《香港文学探源》，《大公报》2017年3月10日。

[33]赵稀方：《后"九七"时代的香港文学研究》，《大公报》2017年4月9日。

[34]赵振杰：《北鸢南飞 断肠余音袅袅》，《文艺报》2016年1月13日。

[35]郑荣健：《"香港文学最根本的根，是中华文学"——独家专访〈香港文学〉杂志总编辑、著名作家陶然》，《中国艺术报》2013年3月18日。

[36]钟玲玲：《为了启动静止的引擎——钟玲玲访钟晓阳》，《明报》2007

年9月3日。

[37]钟润生:《"香港文学强调人文关怀":专访香港著名作家、文学博士葛亮》,《深圳特区报》2013年6月19日。

六、其他

[1]蔡益怀、周洁茹、王威廉、李德南:《本土内外与岛屿写作》,《华文文学》2016年第4期。

[2]蔡益怀等:《香港作家对谈录:出走与回归》,(香港)《文学评论》2017年总第53期。

[3]晨曦:《小说我城 多元空间——"香港小说二十年(1997—2017)创作风貌回顾"讲座纪要》,《香港作家》2018年1月号。

[4]黄碧云:《默想生活——文学与精神世界》,第25届香港国际书展作家讲座演讲词,2014年7月20日。

[5]黄劲辉、凌逾:《港岛作家影像之世与界——访问黄劲辉导演实录》,《香港文学》2017年6月号。

[6]李敬泽:《盛大、永恒的城——〈东京梦华录〉》,《散文》2002年第3期。

[7]梁秉钧:《香港文化专辑·引言》,《今天》1995年总第28期。

[8]凌逾:《盘点2013香港文评》,《香港文学》2014年5月号。

[9]凌逾:《2015香港文学年鉴:深吸传统、深吐创意》,《香港文学》2016年5月号。

[10]凌逾:《点亮新古韵——葛亮访谈录》,(香港)《文学评论》2017年总第51期。

[11]凌逾:《1918之世与东西之界》,(香港)《文学评论》2017年总第52期。

[12]凌逾:《写托邦:2016年香港文学与文评》,(香港)《文学评论》2017年总第53期。

[13]凌逾、刘倍辰、刘玲:《2017年香港文学扫描》,《苏州教育学院学报》2018年第6期。

[14]徐诗颖、肖小娟、何春桃:《2018年香港文学研究概况》,《苏州教育学院学报》2020年第4期。

[15]凌逾、陆婵映:《2019年香港文学研究综述》,《苏州教育学院学报》2021年第4期。

[16]凌逾、张紫嫣、谢慧玲:《2020香港文学研究综述》,《粤港澳大湾区文学评论》2022年第1期。

[17]凌逾、骆江瑜:《向阳而生焕新机,紫荆花开映香江——2021年香港文学扫描》,《粤海风》2022年第3期。

[18]骆江瑜、凌逾:《香港文学的多重宇宙——2022年香港文坛概述》,《惠州学院学报》2023年第5期。

[19]刘以鬯:《〈香港文学〉创刊词》,《香港文学》1985年第1期。

[20]龙扬志:《华文文学的文化视野与学科建设——刘登翰研究员访谈录》,《文艺研究》2018年第3期。

[21]平可:《误闯文坛忆述(六)》,《香港文学》1985年第6期。

[22]颜纯钩:《新移民作家的心路历程》,《幼狮文艺》1994年6月号。

[23]颜敏:《流动的空间,自己的房子——葛亮采访小记》,《香港文学》2016年3月号。

[24]杨晓帆:《周洁茹访谈录——我们当然是我们生活的参与者》,(香港)《文学评论》2017年总第48期。

[25]也斯、陈智德:《文学对谈:如何书写一个城市?》,《文学世纪》2003年1月号。

[26]赵稀方:《走进香港故事》,《粤海风》1998年第1期。

[27]郑树森、卢玮銮、黄继持:《五、六十年代香港文学现象三人谈——导读〈香港新文学年表〉(一九五〇至一九六九年)》,《中外文学》2000年第10期。

[28]朱耀伟:《2005城市漫游:香港空间回忆与想象》,第七届香港文学节"香港空间:回忆与想象"专场演讲,香港中央图书馆演讲厅2008年7月5日。

"南京大学白先勇文化基金·博士文库"丛书书目

丛书主编：白先勇

执行主编：刘　俊

已出版

联合副刊文学生产与传播研究　　　　　　　　　李光辉

白先勇小说的翻译模式研究　　　　　　　　　　宋仕振

空间书写与精神依归
　　　　——抗战时期旅陆台籍作家研究（1931—1945）　　王　璇

杨逵及其文学研究　　　　　　　　　　　　　　蔡榕滨

台湾当代散文批评新探索研究　　　　　　　　　林美貌

20世纪80年代以来香港小说中的"香港书写"研究　　徐诗颖

待出版

消解历史的秩序
　　　　——当代台湾文学中的历史叙事研究　　　肖宝凤

新文学传统的延续
　　　　——以20世纪50年代台湾文学教育为中心的考察　　陈秋慧

大转折时期的旅美左翼知识分子研究
　　　　——以郭松棻为中心　　　　　　　　　　尹姝红